圖解 生活實用日語

舉目所及的人事物

檸檬樹

出版前言

無邊無際的日文單字，如何有效歸納記憶？

【圖解生活實用日語】全系列三冊，
系統化整合龐雜大量的日文單字，分類為：

「眼睛所見」（具體事物）
「大腦所想」（抽象概念）
「種類構造」（生活經驗）

透過全版面的圖像元素，對應的單字具體呈現眼前；
達成「圖像化、視覺性、眼到、心到」的無負擔學習。

第 1 冊【舉目所及的人事物】：眼睛所見人事物的具體單字對應
第 2 冊【腦中延伸的人事物】：大腦所想人事物的具體單字對應
第 3 冊【人事物的種類構造】：生活所知人事物的具體單字對應

「各種場面」的「小群組單字」與「生活場景」實境呼應，
將日語學習導入日常生活，體驗眼前蘊藏的日文風景，

適合「循序自學」、「從情境反查單字」、「群組式串連記憶」。

第 1 冊：舉目所及的人事物

生活場景中，「常見人事物」的日文說法。

觀賞「馬戲團表演」，你會看到……

1 綱《つな》渡《わた》り
(名)走鋼索

2 空《くう》中《ちゅう》ブ《ブ》ラ《ラ》ン《ン》コ《コ》
(名)空中飛人

3 一《いち》輪《りん》車《しゃ》
(名)單輪車

4 ピエロ
（pierrot）
(名)小丑

5 曲《きょく》芸《げい》師《し》
(名)雜耍者

6 怪《かい》力《りき》男《おとこ》
(名)大力士

7 魔《ま》術《じゅつ》師《し》
(名)魔術師

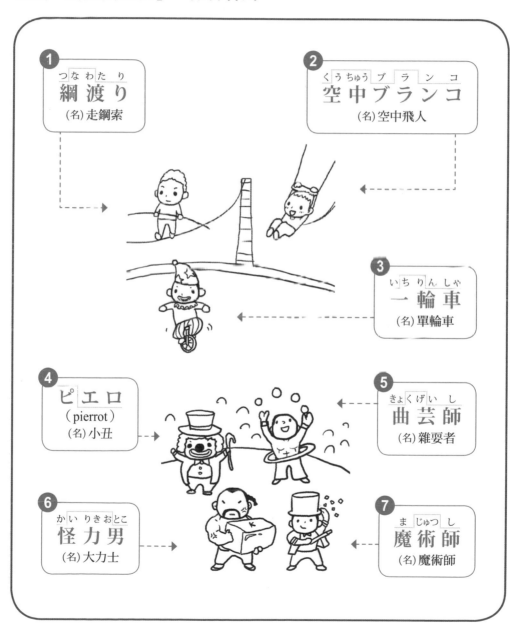

第2冊：大腦延伸的人事物

從這個主題，容易聯想到的日文單字。

從「學生百態」，可能聯想到……

1 居《い》眠《ねむ》りをする

(動III) 打瞌睡

2 ぼうっとする

(動III) 發呆

3 手《て》紙《がみ》を回《まわ》す

(動I) 傳紙條

4 ノートを取《と》る

(動I) 做筆記

5 体《たい》罰《ばつ》

(名) 體罰

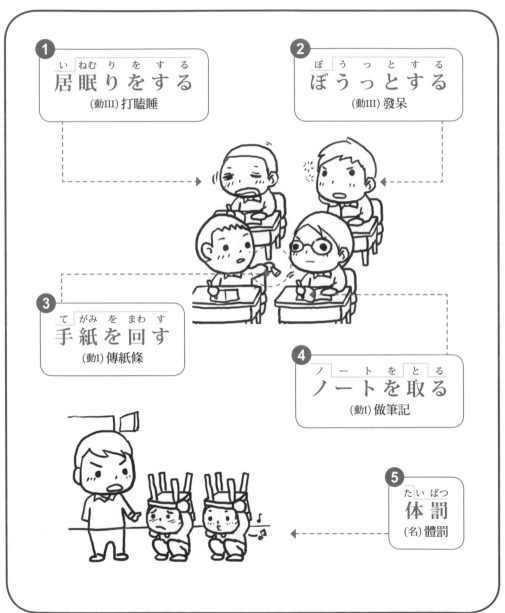

第 3 冊：人事物的種類構造

〔種類〕彙整「同種類、同類型事物」日文說法。

「奧運項目」的種類有……

1
フェンシング
（fencing）
(名) 擊劍

2
乗《じょう》馬《ば》
(名) 馬術

3
アーチェリー
（archery）
(名) 射箭

4
ボクシング
（boxing）
(名) 拳擊

5
重《じゅう》量《りょう》挙《あ》げ《げ》
(名) 舉重

6
レスリング
（wrestling）
(名) 角力

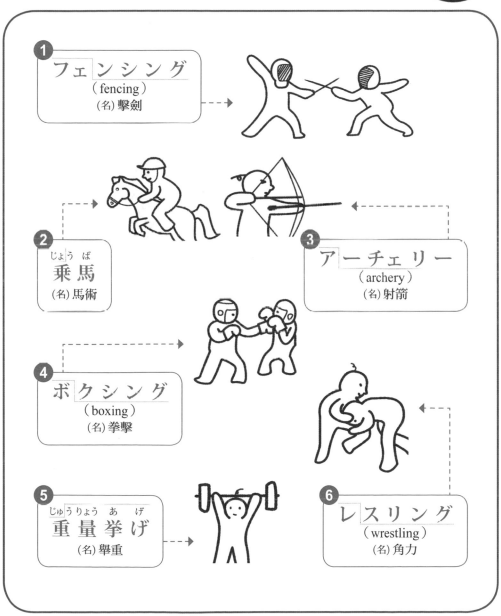

〔構造〕細究「事物組成結構」日文說法。

「腳踏車」的構造有……

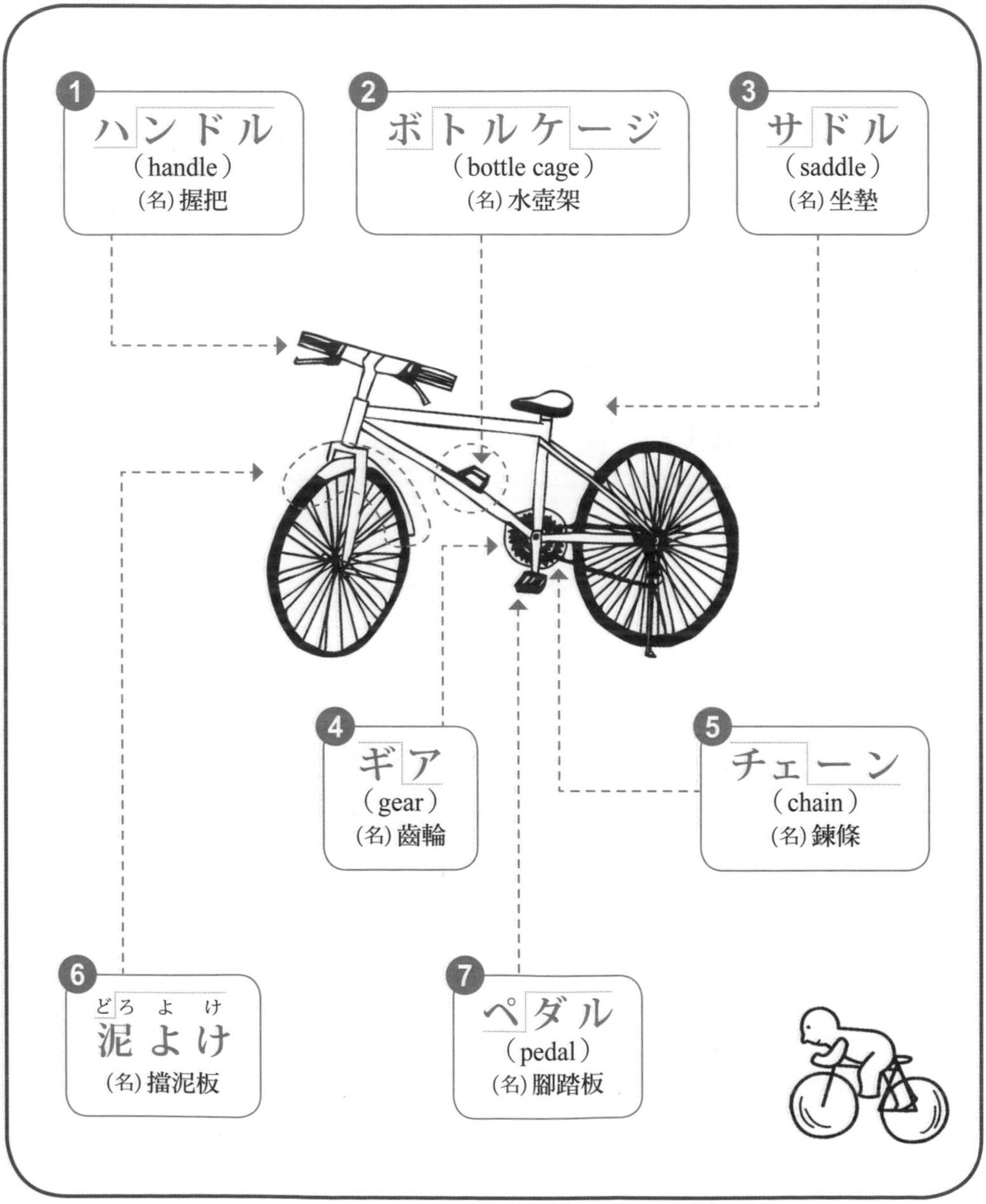

本書特色

【舉目所及的人事物】：

「眼睛所見各種場面」的「小群組單字」，與生活場景實境呼應！

◎ 以插圖【十字路口周遭】（單元 001）對應學習單字：

交通警察（交通警察《こうつうけいさつ》）、行人（歩《ほ》行者《こうしゃ》）、斑馬線（横断《おうだん》歩《ほ》道《どう》）、紅綠燈（信号《しんごう》）、人行道（歩《ほ》道《どう》）、地下道（地《ち》下《か》道《どう》）。

◎ 以插圖【平面停車格】（單元 009）對應學習單字：

監視器（モニター）、高度限制（高《たか》さ制限《せいげん》）、速度限制（速《そく》度《ど》制限《せいげん》）、電梯（エレベーター）、停車格（駐車枠《ちゅうしゃわく》）。

◎ 以插圖【碼頭邊】（單元 010、011）對應學習單字：

燈塔（灯台《とうだい》）、海鷗（カモメ）、碼頭（港《みなと》）、救生圈（救命《きゅうめい》ブイ）、起重機（クレーン）、堆高機（フォークリフト）、貨櫃（コンテナ）。

各單元有「4 區域學習板塊」，點線面延伸完備的「生活單字＋生活例句」！

「透過圖像」對應單字，「透過例句」掌握單字用法，就能將日文運用自如。安排「4 區域學習板塊」達成上述功能：

1.【**單字圖解區**】：
各單元約安排 5 ~ 7 個「具相關性的小群組單字」，以「全版面情境插圖」解說單字。

2.【**單字例句區**】：
各單字列舉例句，可掌握單字用法、培養閱讀力，並強化單字印象。

3.【**延伸學習區**】：
詳列例句「新單字、單字原形（字典呈現的形式）、文型接續原則、意義、詞性」。

4.【**中文釋義區**】：
安排在頁面最下方，扮演「輔助學習角色」，如不明瞭日文句義，再參考中譯。

採「全版面情境圖像」解說單字：

插圖清晰易懂，舉目所及的人事物，留下具體日文印象！

【單字圖解區】

全版面情境插圖，對應的「人、事、物」單字具體呈現眼前。

【學習單字框】

包含「單字、重音語調線、詞性、中譯」；並用虛線指引至插圖，不妨礙閱讀舒適度。

2
歩行者《ほこうしゃ》
(名)行人

← （假名、重音語調線）
← （單字）
← （詞性、中譯）

【小圖示另安排放大圖】

讓圖像構造清楚呈現。

（單元 010：船錨放大圖）

4
錨《いかり》
(名)船錨

【情境式畫面學習】

透過插圖強化視覺記憶，能減輕學習負擔，加深單字印象。

可以「從情境主題查詢單字」，任意發想的單字疑問，都能找到答案！

全書「202 個生活情境」，「蘊藏 202 種日文風景」。生活中看到、想到的場景，都能透過查詢主題，「呈現該場景蘊藏的日文風景」。

<u>最熟悉的生活百態，成為最實用的日語資源</u>。

單字加註「重音語調線」，掌握日語「提高、持平、下降」的標準語感！

本書在每個單字加註「重音語調線」，可以看著「語調線」嘗試唸；或是搭配「日籍播音員」錄音的「東京標準音MP3」，檢驗自己的發音是否正確。跟唸幾個單字之後，就能掌握日語「提高、持平、下降」的語調特質。「記住發音＝記住單字」，讓每個單字以標準發音，停留在你的腦海中。

單字加註背景知識，同步累積生活知識，提升日語力，豐富知識庫！

受限於生活經驗，許多生活中隨處可見的人事物，可能「只知名稱、不知背景知識與內涵」。本書透過圖解指引日文單字，對於常聽聞、卻未必了解本質的單字，加註背景知識，有助於閱讀時加深單字印象。同步累積生活知識，對於聽說讀寫，更有助力。

◎ 單元 010【碼頭邊】的【錨】（船錨）：

4
錨《いかり》
(名) 船錨

用於穩定船舶的鐵製倒鉤，一端以鐵鏈和船身相連，將另一端拋至水底或岸上，可使船停住。

◎ 單元 012【郵輪上】的【一等航海士】（大副）：

2
一《いっ》等《とう》航《こう》海《かい》士《し》
(名) 大副

負責駕駛輪船的人，地位僅次於船長。

◎ 單元 125【宇宙中】的【ブラックホール】（黑洞）：

2
ブラックホール
（black hole）
(名) 黑洞

恆星於核心燃料耗盡後，所產生的重力場縮現象。

書末增列【全書單字附錄】：

詞性分類 × 50 音排序，清楚知道「從這本書學到了哪些單字」！

依循「詞性分類＋50 音排序」原則，將全書單字製作成「單字附錄總整理」。有別於本文的「情境式圖解」，「單字附錄」採取「規則性整理」，有助於學習者具體掌握「學了哪些單字、記住了哪些單字」。

讓所經歷的學習過程並非蜻蜓點水，而是務實與確實的學習紀錄。

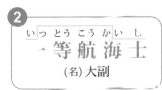

目錄

※ 本書各單元 MP3 音軌 = 各單元序號

交通

居家

娛樂&購物

070	演唱會 (2)	コンサート(2)
071	舞台劇 (1)	舞台劇《ぶたいげき》(1)
072	舞台劇 (2)	舞台劇《ぶたいげき》(2)
073	SPA中心	スパセンター
074	三溫暖蒸氣室	サウナ
075	水療池	ジャグジー
076	旅館大廳 (1)	ホテルロビー(1)
077	旅館大廳 (2)	ホテルロビー(2)
078	網咖設備	ネットカフェ
079	網咖臨檢	ネットカフェへの臨時検査《りんじけんさ》
080	網咖飲食	ネットカフェでの飲食《いんしょく》
081	賭桌上	カジノテーブル
082	宴會舞池	ダンスフロア
083	賓主同歡	来賓《らいひん》とホストが一体《いったい》となって楽《たの》しむ
084	宴會餐飲	宴会《えんかい》の食事《しょくじ》
085	服飾賣場	服飾売場《ふくしょくうりば》
086	百貨陳列	百貨店《ひゃっかてん》の陳列《ちんれつ》
087	協尋服務&停車	インフォメーションセンター& 駐車《ちゅうしゃ》サービス
088	酒吧內 (1)	バー(1)
089	酒吧內 (2)	バー(2)

學術&生態

090	博物館入口處	博物館《はくぶつかん》エントランス
091	博物館展覽區	博物館《はくぶつかん》の展覧《てんらん》エリア
092	教室內	教室《きょうしつ》で
093	課堂上	授業中《じゅぎょうちゅう》
094	學校操場	学校《がっこう》の運動場《うんどうじょう》
095	操場上的遊樂設施	運動場《うんどうじょう》の遊具《ゆうぐ》設備《せつび》
096	書店	本屋《ほんや》
097	書店陳列區	本屋《ほんや》の陳列《ちんれつ》エリア
098	書籍櫃位	書籍《しょせき》コーナー
099	醫療中心 (1)	医療《いりょう》センター(1)
100	醫療中心 (2)	医療《いりょう》センター(2)
101	學校宿舍 (1)	学校《がっこう》の寮《りょう》(1)
102	學校宿舍 (2)	学校《がっこう》の寮《りょう》(2)
103	考場內	試験会場《しけんかいじょう》で
104	考試用具	試験用《しけんよう》の道具《どうぐ》
105	幼稚園 (1)	幼稚園《ようちえん》(1)
106	幼稚園 (2)	幼稚園《ようちえん》(2)
107	野生動物保護區	野生動物保護区《やせいどうぶつほごく》
108	大自然生態	大自然《だいしぜん》の生態《せいたい》
109	夏令營	サマーキャンプ
110	畫室裡 (1)	アトリエで(1)
111	畫室裡 (2)	アトリエで(2)

運動&競賽

112	健身設備&課程	トレーニング設備《せつび》&レッスン
113	健身中心設施	トレーニングセンターの施設《しせつ》
114	田徑場競技	トラック競技《きょうぎ》
115	賽跑	レース
116	游泳池(1)	プール(1)
117	游泳池(2)	プール(2)
118	泳池更衣室(1)	プール用《よう》更衣室《こういしつ》(1)
119	泳池更衣室(2)	プール用《よう》更衣室《こういしつ》(2)
120	拳擊賽(1)	ボクシングの試合《しあい》(1)
121	拳擊賽(2)	ボクシングの試合《しあい》(2)
122	拳擊賽(3)	ボクシングの試合《しあい》(3)

自然環境

123	農牧場(1)	農牧場《のうぼくじょう》(1)
124	農牧場(2)	農牧場《のうぼくじょう》(2)
125	宇宙中(1)	宇宙《うちゅう》(1)
126	宇宙中(2)	宇宙《うちゅう》(2)
127	天空中(1)	空《そら》(1)
128	天空中(2)	空《そら》(2)
129	山區(1)	山間区《さんかんく》(1)
130	山區(2)	山間区《さんかんく》(2)
131	山區(3)	山間区《さんかんく》(3)

飲食

132	餐車(1)	屋台《やたい》(1)
133	餐車(2)	屋台《やたい》(2)
134	速食店點餐	ファストフード店《てん》の注文《ちゅうもん》
135	速食店套餐	ファストフード店《てん》のセットメニュー
136	麵包店陳列	パン屋《や》の陳列《ちんれつ》
137	麵包店櫃檯	パン屋《や》の販売《はんばい》カウンター
138	露天咖啡廳	オープンカフェ
139	下午茶點心	三時《さんじ》のおやつ（アフタヌーンティー）

職場

140	辦公桌上(1)	オフィスデスクの上《うえ》(1)
141	辦公桌上(2)	オフィスデスクの上《うえ》(2)
142	辦公室(1)	オフィス(1)
143	辦公室(2)	オフィス(2)
144	辦公室(3)	オフィス(3)

145	會議室 (1)	会議室《かいぎしつ》(1)
146	會議室 (2)	会議室《かいぎしつ》(2)

日常場合

147	公園 (1)	公園《こうえん》(1)
148	公園 (2)	公園《こうえん》(2)
149	騎樓 (1)	アーケード(1)
150	騎樓 (2)	アーケード(2)
151	地下道 (1)	地下道《ちかどう》(1)
152	地下道 (2)	地下道《ちかどう》(2)
153	便利商店櫃位 (1)	コンビニのコーナー(1)
154	便利商店櫃位 (2)	コンビニのコーナー(2)
155	郵局 (1)	郵便局《ゆうびんきょく》(1)
156	郵局 (2)	郵便局《ゆうびんきょく》(2)
157	銀行櫃檯 (1)	銀行窓口《ぎんこうまどぐち》(1)
158	銀行櫃檯 (2)	銀行窓口《ぎんこうまどぐち》(2)
159	藥局 (1)	薬局《やっきょく》(1)
160	藥局 (2)	薬局《やっきょく》(2)
161	傳統市場 (1)	伝統市場《でんとういちば》(1)
162	傳統市場 (2)	伝統市場《でんとういちば》(2)
163	電梯 (1)	エレベーター(1)
164	電梯 (2)	エレベーター(2)
165	花店 (1)	花屋《はなや》(1)
166	花店 (2)	花屋《はなや》(2)
167	美容院 (1)	美容院《びよういん》(1)
168	美容院 (2)	美容院《びよういん》(2)
169	戶外廣場 (1)	野外広場《やがいひろば》(1)
170	戶外廣場 (2)	野外広場《やがいひろば》(2)
171	戶外廣場 (3)	野外広場《やがいひろば》(3)
172	行李箱內 (1)	スーツケースの中《なか》(1)
173	行李箱內 (2)	スーツケースの中《なか》(2)

特殊場合

174	車禍現場 (1)	交通事故現場《こうつうじこげんば》(1)
175	車禍現場 (2)	交通事故現場《こうつうじこげんば》(2)
176	火災現場 (1)	火災現場《かさいげんば》(1)
177	火災現場 (2)	火災現場《かさいげんば》(2)
178	警察局 (1)	警察署《けいさつしょ》(1)
179	警察局 (2)	警察署《けいさつしょ》(2)
180	加護病房 (1)	集中治療室《しゅうちゅうちりょうしつ》(1)
181	加護病房 (2)	集中治療室《しゅうちゅうちりょうしつ》(2)
182	電視節目現場 (1)	テレビ番組《ばんぐみ》の現場《げんば》(1)
183	電視節目現場 (2)	テレビ番組《ばんぐみ》の現場《げんば》(2)
184	動物醫院 (1)	動物病院《どうぶつびょういん》(1)
185	動物醫院 (2)	動物病院《どうぶつびょういん》(2)

186	軍事堡壘(1)	堡塁《ほうるい》(トーチカ)(1)
187	軍事堡壘(2)	堡塁《ほうるい》(トーチカ)(2)
188	命案現場(1)	殺人《さつじん》事件《じけん》の現場《げんば》(1)
189	命案現場(2)	殺人《さつじん》事件《じけん》の現場《げんば》(2)
190	教堂裡(1)	教会《きょうかい》で(1)
191	教堂裡(2)	教会《きょうかい》で(2)
192	教堂裡(3)	教会《きょうかい》で(3)
193	寺廟裡(1)	寺《てら》で(1)
194	寺廟裡(2)	寺《てら》で(2)
195	溫室裡	温室《おんしつ》で
196	建築工地(1)	建築《けんちく》現場《げんば》(1)
197	建築工地(2)	建築《けんちく》現場《げんば》(2)
198	記者會(1)	記者会見《きしゃかいけん》(1)
199	記者會(2)	記者会見《きしゃかいけん》(2)
200	記者會(3)	記者会見《きしゃかいけん》(3)
201	法庭上(1)	法廷《ほうてい》にて(1)
202	法庭上(2)	法廷《ほうてい》にて(2)

本書「詞性・名稱」說明

【原形】＝ 字典裡呈現的形式
【 名 】＝ 名詞
【動Ⅰ】＝ 第Ⅰ類動詞（有些書稱為「五段動詞」）

字尾：u 段音　〔例〕：買う（かう）
字尾：a 段音＋る　〔例〕：頑張る（がんばる）
字尾：u 段音＋る　〔例〕：作る（つくる）
字尾：o 段音＋る　〔例〕：怒る（おこる）

【動Ⅱ】＝ 第Ⅱ類動詞（有些書稱為「上一段動詞」及「下一段動詞」）

字尾：i 段音＋る　〔例〕：起きる（おきる）〈上一段動詞〉
字尾：e 段音＋る　〔例〕：食べる（たべる）〈下一段動詞〉

【動Ⅲ】＝ 第Ⅲ類動詞（包含「サ行動詞」及「カ行動詞」）

する　〔例〕：する　〈サ行動詞〉
字尾：する　〔例〕：勉強する（べんきょうする）〈サ行動詞〉
来る　〔例〕：来る（くる）〈カ行動詞〉
字尾：くる　〔例〕：持ってくる（もってくる）〈カ行動詞〉

【い形】＝ い形容詞

字尾：～い　〔例〕：美味しい（おいしい）、高い（たかい）

【な形】＝ な形容詞

接續名詞要加「な」〔例〕：静（しずか）、賑やか（にぎやか）

【補充說明】：

如果是「名詞＋助詞＋動詞」這種片語形式，標示詞性時，會根據「最後的動詞」來歸類詞性。

〔例〕：火を通す（加熱）：最後是「通す」→ 歸類為【動Ⅰ】（第Ⅰ類動詞）
〔例〕：映像にする（做成影像）：最後是「する」→ 歸類為【動Ⅲ】（第Ⅲ類動詞）

001~031
交通

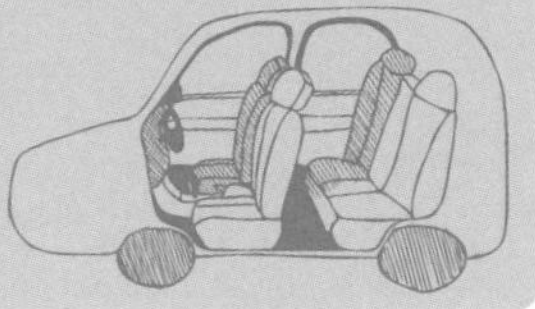

032~053
居家

054~089
娛樂&購物

090~111
學術&生態

112~122
運動&競賽

123~131
自然環境

132~139
飲食

140~146
職場

147~173
日常場合

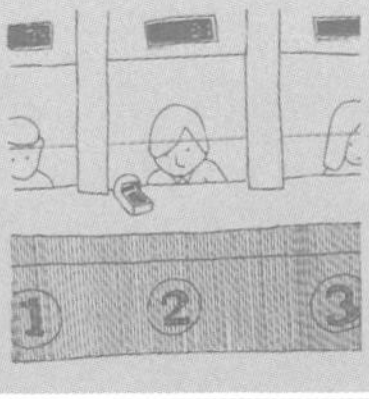

174~202
特殊場合

001

十字路口周遭

MP3 001

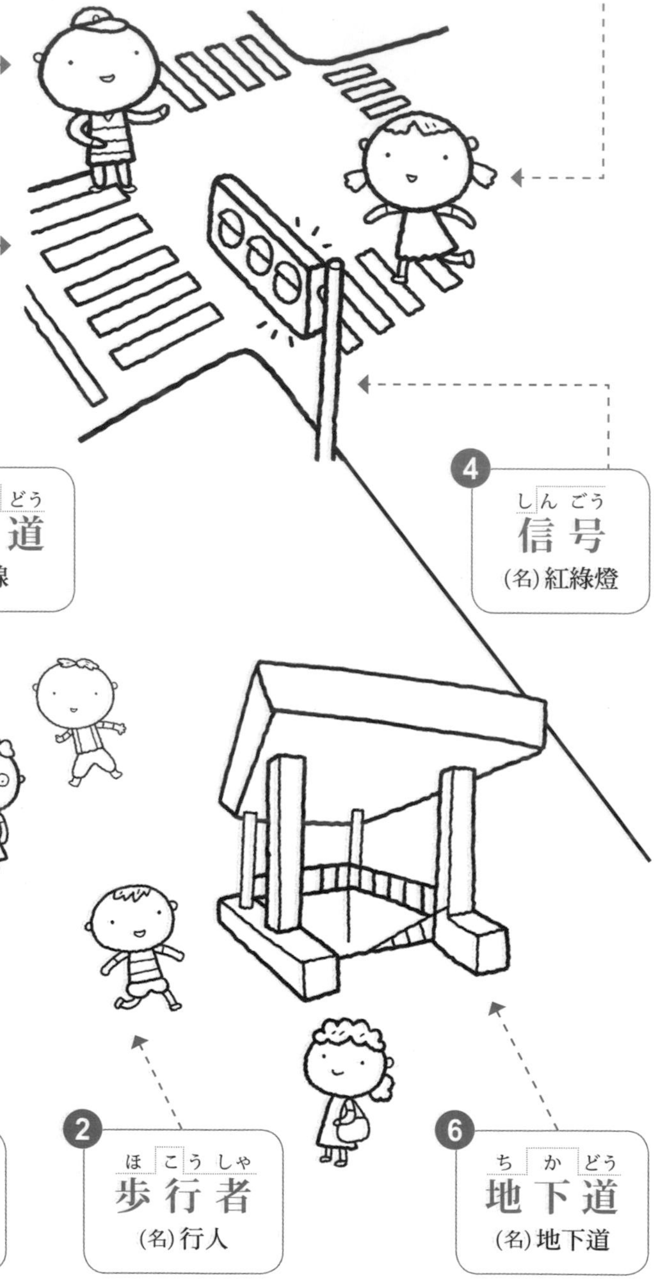

1 交《こう》通《つう》警《けい》察《さつ》

(名) 交通警察

2 歩《ほ》行《こう》者《しゃ》

(名) 行人

3 横《おう》断《だん》歩《ほ》道《どう》

(名) 斑馬線

4 信《しん》号《ごう》

(名) 紅綠燈

5 歩《ほ》道《どう》

(名) 人行道

2 歩《ほ》行《こう》者《しゃ》

(名) 行人

6 地《ち》下《か》道《どう》

(名) 地下道

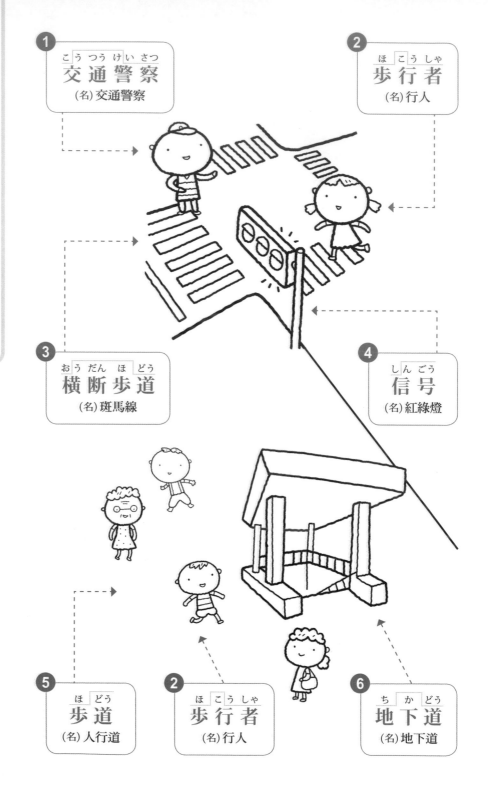

❶ 交通警察が、交通違反《こうつういはん》を取《と》り締《し》まっています。

❷ 運転手《うんてんしゅ》は、歩行者に注意《ちゅうい》して車《くるま》を運転《うんてん》しましょう。

❸ 道《みち》を渡《わた》る時《とき》は、横断歩道を渡《わた》りましょう。

❹ 信号を渡《わた》る時《とき》は、左右《さゆう》を確認《かくにん》してから渡《わた》りましょう。

❺ 歩行者専用《ほこうしゃせんよう》の道《みち》を、歩道と言《い》います。

❻ この地下道を通《とお》れば、地下鉄《ちかてつ》の駅《えき》に行《い》けます。

學更多

	例句出現的		原形／接續原則	意義	詞性
❶	交通違反	→	交通違反	交通違規	名詞
	取り締まって	→	取り締まる	取締	動 I
	取り締まっています	→	動詞て形＋いる	正在做～	文型
❷	運転手	→	運転手	駕駛人	名詞
	注意して	→	注意する	注意	動Ⅲ
	運転しましょう	→	運転する	駕駛	動Ⅲ
❸	渡る	→	渡る	穿過	動 I
	渡りましょう	→	渡る	穿過	動 I
❹	確認して	→	確認する	確認	動Ⅲ
	確認してから	→	動詞て形＋から	做～之後，再～	文型
❺	歩行者専用	→	歩行者専用	行人專用	名詞
	歩道と言います	→	名詞＋と言う	說～、稱為～	文型
❻	通れば	→	通れば	如果通過的話，～	通る的條件形
	行けます	→	行ける	可以去	行く的可能形

中譯

❶ 交通警察正在取締交通違規。
❷ 駕駛人開車時要注意行人的安全。
❸ 過馬路時，要走斑馬線。
❹ 通過紅綠燈時，要確認左右方有無來車再通過。
❺ 行人專用的道路稱為人行道。
❻ 穿過這個地下道，就可以抵達地下鐵車站。

002 走上天橋看街景

MP3 002

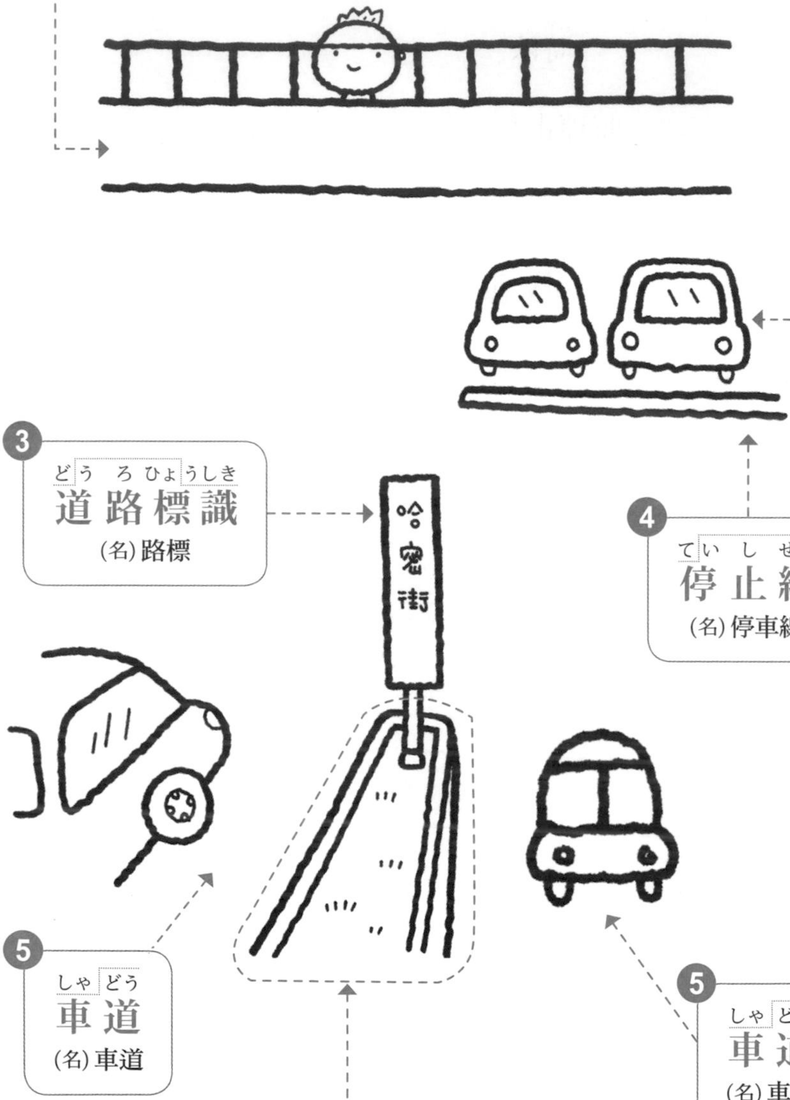

1 歩《ほ》道《どう》橋《きょう》
(名) 天橋

2 車《くるま》
(名) 車輛

3 道《どう》路《ろ》標《ひょう》識《しき》
(名) 路標

4 停《てい》止《し》線《せん》
(名) 停車線

5 車《しゃ》道《どう》
(名) 車道

5 車《しゃ》道《どう》
(名) 車道

6 中《ちゅう》央《おう》分《ぶん》離《り》帯《たい》
(名) 分隔島

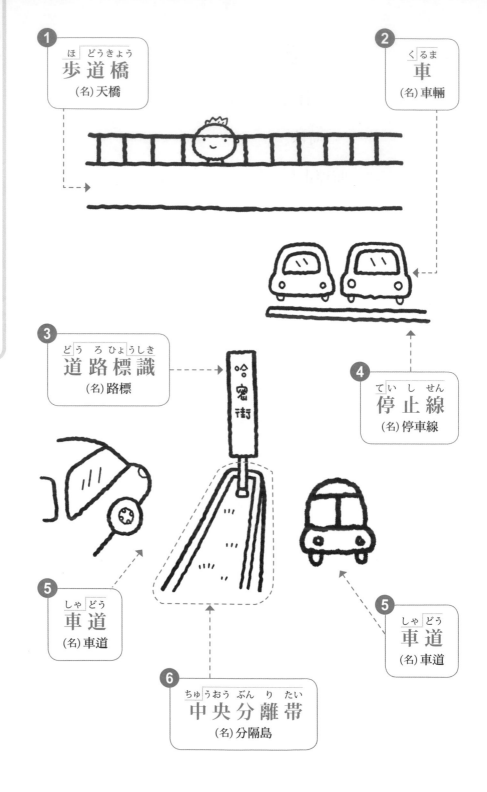

❶ 歩道橋は、大《おお》きな道《みち》を渡《わた》るのに便利《べんり》です。

❷ 歩行者《ほこうしゃ》は、車に注意《ちゅうい》して歩行《ほこう》しましょう。

❸ 車《くるま》を運転《うんてん》する時《とき》は、道路標識に注意《ちゅうい》しましょう。

❹ 停止線で一時停止《いちじていし》してください。

❺ 車専用《くるませんよう》の道《みち》を、車道と言《い》います。

❻ 普通《ふつう》は、車《くるま》の多《おお》い道路《どうろ》には中央分離帯があります。

學更多

	例句出現的		原形／接續原則	意義	詞性
❶	大きな	→	大きな	大的	連體詞
	渡る	→	渡る	穿越	動Ⅰ
	渡るのに	→	動詞辭書形＋のに	在～方面	文型
	便利	→	便利	方便	な形
❷	注意して	→	注意する	注意	動Ⅲ
	歩行しましょう	→	歩行する	行走	動Ⅲ
❸	運転する	→	運転する	駕駛	動Ⅲ
	注意しましょう	→	注意する	注意	動Ⅲ
❹	一時	→	一時	暫時	名詞
	停止して	→	停止する	停止	動Ⅲ
	停止してください	→	動詞て形＋ください	請做～	文型
❺	車道と言います	→	名詞＋と言う	說～、稱為～	文型
❻	多い	→	多い	多的	い形
	あります	→	ある	有（事或物）	動Ⅰ

中譯

❶ 穿越大馬路時，走天橋是很方便的。
❷ 行人行走時，要注意有無車輛再前進。
❸ 開車時，要注意路標。
❹ 請在停車線暫時停車。
❺ 車輛專用的道路稱為車道。
❻ 車流量多的道路，通常都會有分隔島。

003 汽車內部

MP3 003

1 ウインドウ
（window）
(名) 車窗

2 サンルーフ
（sunroof）
(名) 天窗

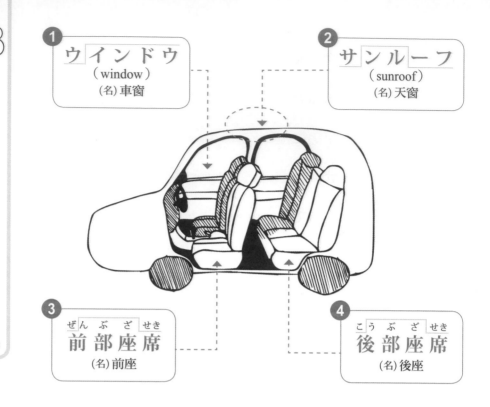

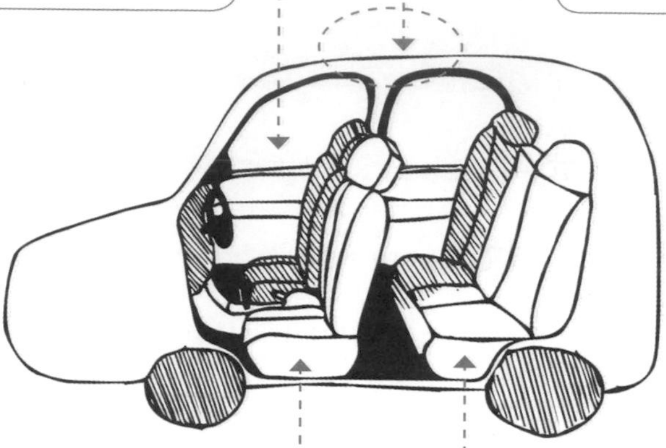

3 前《ぜん》部《ぶ》座《ざ》席《せき》
(名) 前座

4 後《こう》部《ぶ》座《ざ》席《せき》
(名) 後座

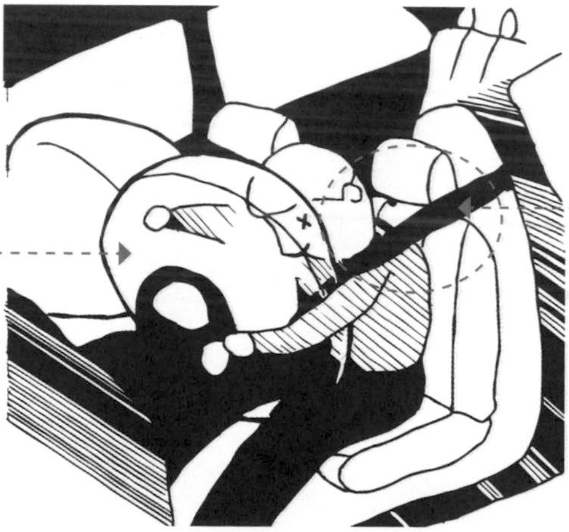

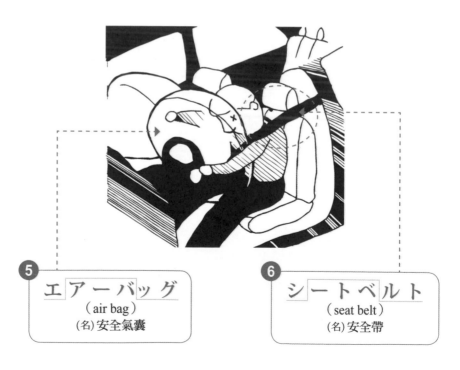

5 エアーバッグ
（air bag）
(名) 安全氣囊

6 シートベルト
（seat belt）
(名) 安全帶

❶ ウインドウにフィルムを貼《は》ると、涼《すず》しくなります。

❷ サンルーフがあると、上《うえ》から風《かぜ》が入《はい》って気《き》持《も》ちいいです。

❸ 大人《おとな》は、前部座席に座《すわ》ってください。

❹ ベビーシートは、後部座席に取《と》り付《つ》けます。

❺ 小《ちい》さな子供《こども》にとってエアーバッグは危険《きけん》です。

❻ 一般道路《いっぱんどうろ》でも、シートベルトを着用《ちゃくよう》してください。

學更多

	例句出現的		原形／接續原則	意義	詞性
❶	フィルム	→	フィルム	隔熱紙	名詞
	貼る	→	**貼る**	張貼	動Ⅰ
	貼ると	→	**動詞辭書形＋と**	如果～的話，就～	文型
	涼しくなります	→	**涼し~~い~~＋くなる**	變涼	文型
❷	ある	→	**ある**	有（事或物）	動Ⅰ
	あると	→	**動詞辭書形＋と**	如果～的話，就～	文型
	入って	→	**入る**	進入	動Ⅰ
❸	座って	→	**座る**	坐	動Ⅰ
	座ってください	→	**動詞て形＋ください**	請做～	文型
❹	ベビーシート	→	**ベビーシート**	嬰兒座椅	名詞
	取り付けます	→	**取り付ける**	安裝	動Ⅱ
❺	小さな	→	**小さな**	小的	連體詞
	子供にとって	→	**名詞＋にとって**	對～而言	文型
❻	一般道路でも	→	**名詞＋でも**	即使～，也～	文型
	着用して	→	**着用する**	穿、繫上	動Ⅲ

中譯

❶ 在車窗上貼上隔熱紙的話，就會變涼爽。
❷ 車子有天窗的話，風會從上方吹進來，感覺很舒服。
❸ 大人請坐在前座。
❹ 嬰兒座椅要安裝在後座。
❺ 對小孩子而言，安全氣囊很危險。
❻ 即使是一般道路也請繫上安全帶。

004 汽車駕駛座

MP3 004

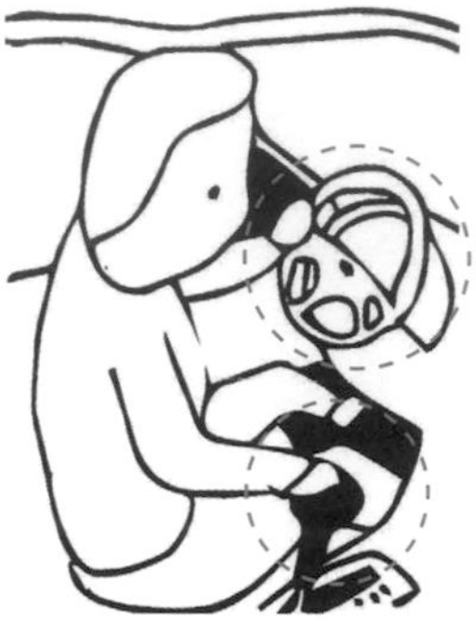

1 ハンドル
（handle）
(名) 方向盤

2 シフトレバー
（shift lever）
(名) 排檔

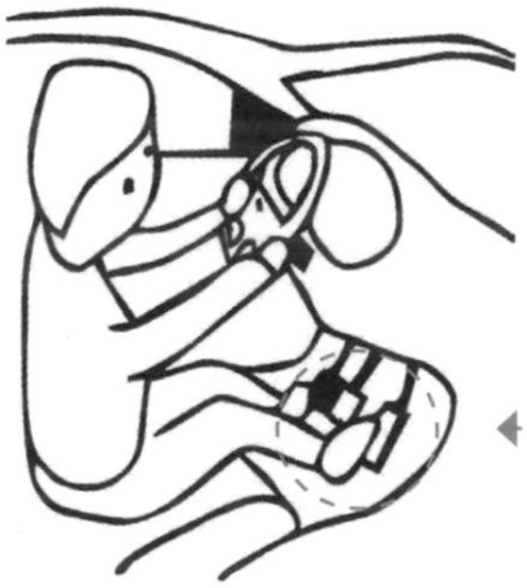

3 ハンドブレーキ
（hand brake）
(名) 手煞車

4 アクセルペダル
（accelerator pedal）
(名) 油門踏板

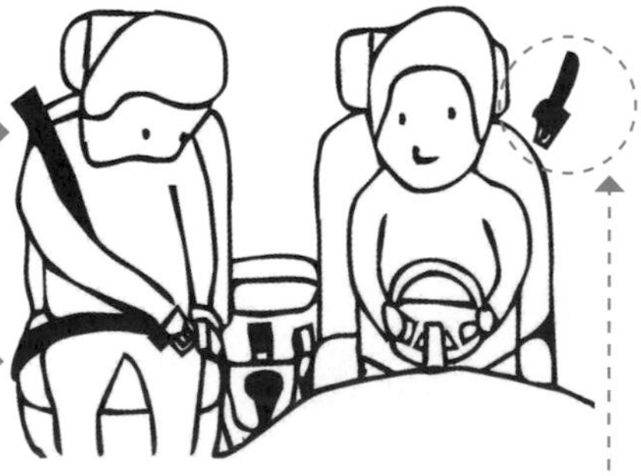

5 シートベルト
（seat belt）
(名) 安全帶

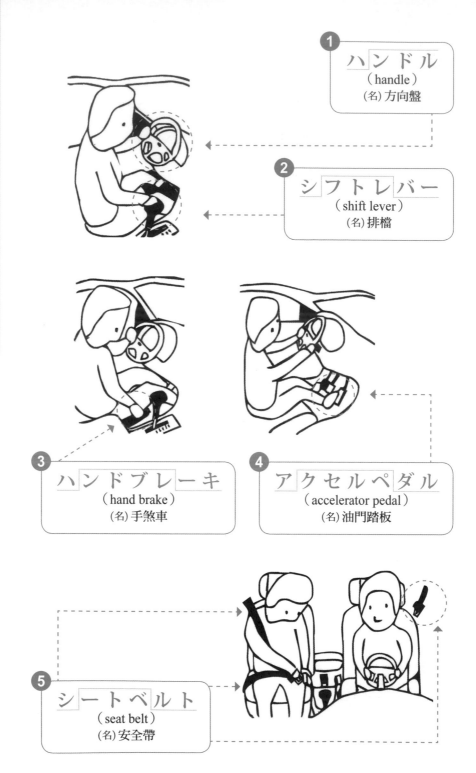

❶ このレーサーのハンドルさばきは、絶妙《ぜつみょう》です。

❷ オートマチック車《しゃ》は、シフトレバーを操作《そうさ》しなくてもいいです。

❸ 坂道《さかみち》で停車《ていしゃ》する時《とき》は、ハンドブレーキを引《ひ》くのを忘《わす》れずに。

❹ アクセルペダルを踏《ふ》んでから加速《かそく》するまでに、時間《じかん》がかかります。

❺ 車《くるま》に乗《の》る時《とき》は、必《かなら》ずシートベルトを締《し》めます。

學更多

	例句出現的		原形／接續原則	意義	詞性
❶	レーサー	→	**レーサー**	賽車手	名詞
	さばき	→	**さばき**	掌控	名詞
❷	オートマチック車	→	**オートマチック車**	自排車	名詞
	操作しなく	→	**操作する**	操作	動Ⅲ
	操作しなくてもいい	→	**動詞ない形＋なくてもいい**	可以不做～	文型
❸	停車する	→	**停車する**	停車	動Ⅲ
	引く	→	**引く**	拉	動Ⅰ
	忘れ	→	**忘れる**	忘記	動Ⅱ
	忘れずに	→	**動詞ない形＋ずに**	不要～	文型
❹	踏んで	→	**踏む**	踩	動Ⅰ
	踏んでから	→	**動詞て形＋から**	做～之後，再～	文型
	加速する	→	**加速する**	加速	動Ⅲ
	加速するまでに	→	**動詞辭書形＋までに**	到～為止	文型
	かかります	→	**かかる**	花費	動Ⅰ
❺	乗る	→	**乗る**	搭乘	動Ⅰ
	必ず	→	**必ず**	一定	副詞
	締めます	→	**締める**	繫上	動Ⅱ

中譯

❶ 這個賽車手掌控方向盤的功力一流。
❷ 自排車可以不用變換排檔。
❸ 在坡道停車時，不要忘記拉手煞車。
❹ 踩下油門踏板後到開始加速為止，會花上一點時間。
❺ 坐車時，一定要繫上安全帶。

005 公車內(1)

MP3 005

1 バ《バ》ス《ス》運《うん》転《てん》手《しゅ》
(名)公車司機

2 カードリーダー
(card reader)
(名)票卡感應器

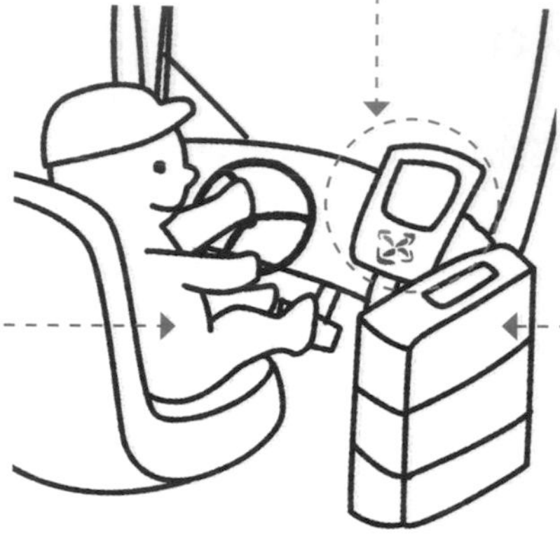

3 料《りょう》金《きん》箱《ばこ》
(名)投幣箱

4 緊《きん》急《きゅう》出《で》口《ぐち》
(名)緊急出口

5 消《しょう》火《か》器《き》
(名)滅火器

6 後《こう》方《ほう》ド《ド》ア《ア》
(名)後門

7 前《ぜん》方《ぽう》ド《ド》ア《ア》
(名)前門

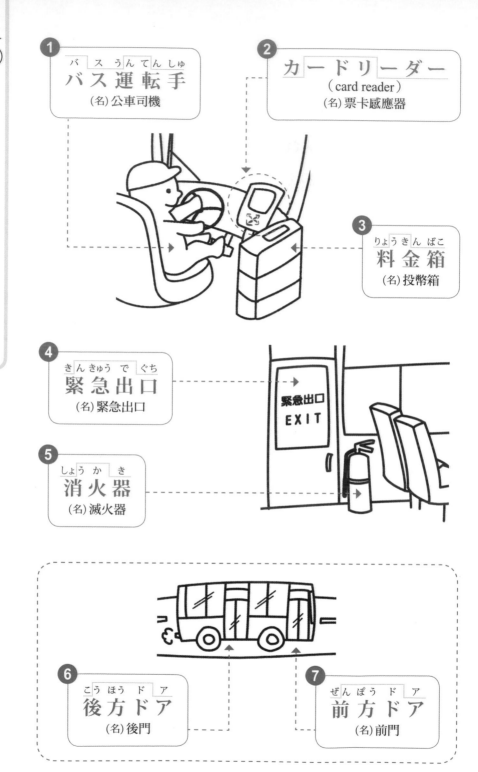

❶ 長距離《ちょうきょり》のバス運転手の仕事《しごと》は、とてもハードです。

❷ 最近《さいきん》のバスには、カードリーダーが付《つ》いています。

❸ 現金《げんきん》は料金箱に入《い》れます。

❹ 緊急出口は、後部座席《こうぶざせき》に設《もう》けてあります。

❺ このバスには、消火器が２本《にほん》備《そな》え付《つ》けてあります。

❻ 乗《の》る時《とき》は、後方ドアから乗車《じょうしゃ》します。

❼ 降《お》りる時《とき》は、前方ドアから下車《げしゃ》します。

學更多

	例句出現的		原形／接續原則	意義	詞性
❶	とても	→	**とても**	非常	副詞
	ハード	→	**ハード**	辛苦	な形
❷	付いて	→	**付く**	附設	動Ⅰ
	付いています	→	**動詞て形＋いる**	目前狀態	文型
❸	入れます	→	**入れる**	放入	動Ⅱ
❹	後部座席	→	**後部座席**	後座	名詞
	設けて	→	**設ける**	設置	動Ⅱ
	設けてあります	→	**動詞て形＋ある**	有目的的存在狀態	文型
❺	備え付けて	→	**備え付ける**	備置	動Ⅱ
❻	乗る	→	**乗る**	搭乘	動Ⅰ
	乗車します	→	**乗車する**	上車	動Ⅲ
❼	降りる	→	**降りる**	下（車）	動Ⅱ
	下車します	→	**下車する**	下車	動Ⅲ

中譯

❶ 長程公車司機的工作非常辛苦。
❷ 現在的公車上設有票卡感應器。
❸ 現金要投入投幣箱。
❹ 緊急出口設置在後座。
❺ 這輛公車上備有２個滅火器。
❻ 上車時，要從後門上車。
❼ 下車時，要從前門下車。

006 公車內(2)

1 つ《つ》り《り》革《かわ》
(名) 拉環

2 乗《じょう》客《きゃく》
(名) 乘客

3 座《ざ》席《せき》
(名) 座位

4 ブザー
（buzzer）
(名) 下車鈴

5 優《ゆう》先《せん》席《せき》
(名) 博愛座

3 座《ざ》席《せき》
(名) 座位

MP3 006

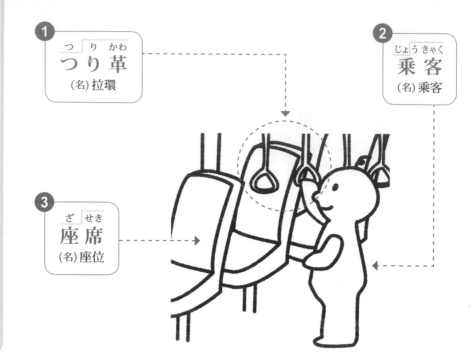

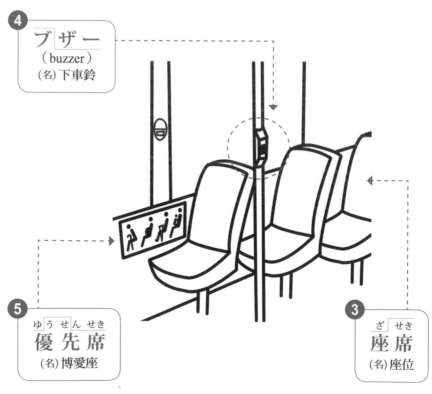

❶ 立《た》ち乗《の》りする時《とき》は、急停車《きゅうていしゃ》に備《そな》えてつり革にしっかり掴《つか》まりましょう。

❷ 乗客の安全《あんぜん》を最優先《さいゆうせん》に考《かんが》えます。

❸ お座席を譲《ゆず》り合《あ》いましょう。

❹ 下車《げしゃ》する時《とき》は、ブザーを鳴《な》らしましょう。

❺ 優先席は体《からだ》の不自由《ふじゆう》な人《ひと》、お年寄《としよ》りや妊婦《にんぷ》のための席《せき》です。

學更多

	例句出現的		原形／接續原則	意義	詞性
❶	立ち乗りする	→	**立ち乗りする**	站立搭乘	動Ⅲ
	急停車	→	**急停車**	緊急煞車	名詞
	備えて	→	**備える**	防備	動Ⅱ
	しっかり	→	**しっかり**	用力地	副詞
	掴まりましょう	→	**掴まる**	抓住	動Ⅰ
❷	考えます	→	**考える**	考慮	動Ⅱ
❸	お	→	**お**	表示美化、鄭重	接頭辭
	譲り合いましょう	→	**譲り合う**	互相退讓	動Ⅰ
❹	下車する	→	**下車する**	下車	動Ⅲ
	鳴らしましょう	→	**鳴す**	使鳴響	動Ⅰ
❺	体の不自由な人	→	**体の不自由な人**	身障者	名詞
	お年寄り	→	**お年寄り**	年長者	名詞
	妊婦	→	**妊婦**	孕婦	名詞
	お年寄りや妊婦	→	**名詞Ａ＋や＋名詞Ｂ**	名詞Ａ或名詞Ｂ	文型
	妊婦のため	→	**名詞＋のため**	為了～	文型

中譯

❶ 站著搭車時，為了防範緊急煞車，要抓緊拉環。
❷ 以乘客的安全為最優先考量。
❸ 一起讓座吧。
❹ 下車時，要按響下車鈴。
❺ 博愛座是為了身障者、年長者或孕婦所設的座位。

007 停車場出入口

MP3 007

1 駐《ちゅう》車《しゃ》精《せい》算《さん》機《き》
(名)停車收費機

2 精《せい》算《さん》係《かかり》員《いん》
(名)收費員

3 駐《ちゅう》車《しゃ》ゲート《ゲート》
(名)收費閘門

4 出《で》口《ぐち》
(名)出口

5 駐《ちゅう》車《しゃ》券《けん》
(名)停車收費單

6 入《いり》口《ぐち》
(名)入口

❶ 退場時《たいじょうじ》は、駐車券《ちゅうしゃけん》を駐車精算機に入《い》れてください。

❷ 詳細《しょうさい》は精算係員にお尋《たず》ねください。

❸ 駐車ゲートより入場《にゅうじょう》します。

❹ 駐車場《ちゅうしゃじょう》の出口はあちらです。

❺ この駐車場《ちゅうしゃじょう》では、駐車券が必要《ひつよう》です。

❻ 駐車場《ちゅうしゃじょう》の入口はこちらです。

學更多

	例句出現的		原形／接續原則	意義	詞性
❶	退場時	→	**退場時**	離場時	名詞
	駐車券	→	**駐車券**	停車收費單	名詞
	入れて	→	**入れる**	放入	動Ⅱ
	入れてください	→	**動詞て形＋ください**	請做～	文型
❷	詳細	→	**詳細**	詳情	名詞
	お尋ね	→	**尋ねる**	詢問	動Ⅱ
	お尋ねください	→	**お＋動詞ます形＋ください**	請您做～	文型
❸	駐車ゲートより	→	**名詞＋より**	從～	文型
	入場します	→	**入場する**	入場	動Ⅲ
❹	あちら	→	**あちら**	那邊	指示代名詞
❺	必要	→	**必要**	必要的	な形
❻	こちら	→	**こちら**	這邊	指示代名詞

中譯

❶ 離開停車場時，請將停車收費單放入停車收費機。
❷ 詳情請您向收費員詢問。
❸ 從收費閘門入場。
❹ 停車場的出口在那邊。
❺ 在這個停車場停車，需要使用停車收費單。
❻ 停車場的入口在這邊。

008

機械停車格

MP3 008

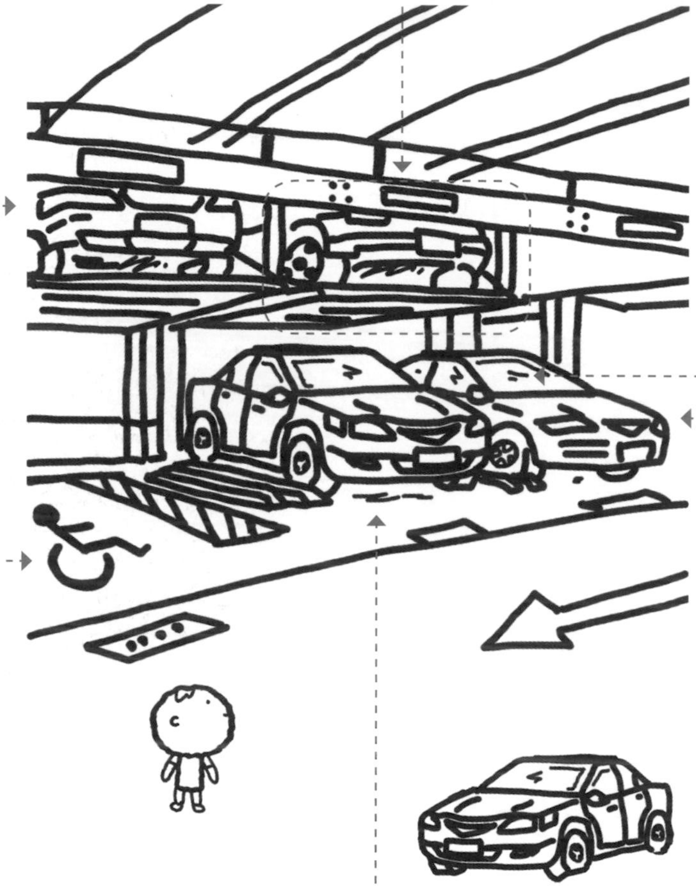

1 立《りっ》体《たい》駐《ちゅう》車《しゃ》場《じょう》 (名)機械停車場

2 上《じょう》段《だん》 (名)上層

3 車《しゃ》両《りょう》 (名)車輛

4 障《しょう》害《がい》者《しゃ》専《せん》用《よう》駐《ちゅう》車《しゃ》枠《わく》 (名)殘障停車格

5 駐《ちゅう》車《しゃ》枠《わく》 (名)停車格

6 下《げ》段《だん》 (名)下層

❶ 最近《さいきん》都会《とかい》では立体駐車場が増《ふ》えています。

❷ 上段の車《くるま》から油《あぶら》が垂《た》れて、私《わたし》の車《くるま》が汚《よご》れました。

❸ イベント時《じ》は、車両の入場制限《にゅうじょうせいげん》があります。

❹ 障害者専用駐車枠には、一般車両《いっぱんしゃりょう》は駐車《ちゅうしゃ》できません。

❺ 駐車枠内《ない》に車《くるま》を駐車《ちゅうしゃ》してください。

❻ この駐車場《ちゅうしゃじょう》は、下段《げだん》の車《くるま》を出《だ》さなくても上段《じょうだん》の車《くるま》が出《だ》せます。

學更多

	例句出現的		原形／接續原則	意義	詞性
❶	増えて	→	増える	增加	動II
	増えています	→	動詞て形＋いる	目前狀態	文型
❷	車から	→	名詞＋から	從～	文型
	垂れて	→	垂れる	滴、流	動II
	汚れました	→	汚れる	髒掉	動II
❸	イベント時	→	イベント時	活動時	名詞
	入場制限	→	入場制限	入場限制	名詞
	あります	→	ある	有（事或物）	動I
❹	駐車できません	→	駐車できる	可以停車	駐車する的可能形
❺	駐車して	→	駐車する	停車	動III
	駐車してください	→	動詞て形＋ください	請做～	文型
❻	出さなく	→	出す	開出去	動I
	出さなくても	→	動詞ない形＋なくても	即使沒有～，也～	文型
	出せます	→	出せる	可以開出去	出す的可能形

中譯

❶ 最近都市裡的機械停車場越來越多。
❷ 油從上層的車子滴下來，把我的車弄髒了。
❸ 有活動時，車輛有入場限制。
❹ 一般車輛不能停放在殘障停車格。
❺ 請把車子停放在停車格內。
❻ 在這個停車場，即使下層的車輛沒有開走，上層的車輛也可以開出去。

009 平面停車格

MP3 009

1. モニター
(monitor)
(名)監視器

2. 高《たか》さ制《せい》限《げん》
(名)高度限制

3. 速《そく》度《ど》制《せい》限《げん》
(名)速度限制

4. エレベーター
(elevator)
(名)電梯

5. 駐《ちゅう》車《しゃ》枠《わく》
(名)停車格

❶ 駐車場《ちゅうしゃじょう》はモニターで２４時間監視《にじゅうよじかんかんし》されています。

❷ 駐車場《ちゅうしゃじょう》の天井《てんじょう》は低《ひく》いので、高さ制限を守《まも》ってください。

❸ 駐車場内《ちゅうしゃじょうない》では、速度制限を守《まも》ってください。

❹ エレベーターで駅《えき》のホームに行《い》けます。

❺ 駐車枠からはみ出《だ》さないでください。

學更多

	例句出現的		原形／接續原則	意義	詞性
❶	モニターで	→	**名詞＋で**	利用～	文型
	２４時間	→	**２４時間**	２４小時	名詞
	監視されて	→	**監視される**	被監視	監視する的被動形
	監視されています	→	**動詞て形＋いる**	目前狀態	文型
❷	天井	→	**天井**	天花板	名詞
	低い	→	**低い**	低的	い形
	低いので	→	**い形容詞＋ので**	因為～	文型
	守って	→	**守る**	遵守	動Ⅰ
	守ってください	→	**動詞て形＋ください**	請做～	文型
❸	守って	→	**守る**	遵守	動Ⅰ
	守ってください	→	**動詞て形＋ください**	請做～	文型
❹	ホーム	→	**ホーム**	月台	名詞
	行けます	→	**行ける**	可以去	行く的可能形
❺	駐車枠から	→	**名詞＋から**	從～	文型
	はみ出して	→	**はみ出す**	超出	動Ⅰ
	はみ出さないでください	→	**動詞ない形＋ないでください**	請不要做～	文型

中譯

❶ 停車場透過監視器２４小時監看。
❷ 因為停車場的天花板很低，請遵守高度限制。
❸ 在停車場內，請遵守速度限制。
❹ 搭電梯可以前往車站月台。
❺ 請不要超出停車格。

010 碼頭邊(1)

MP3 010

1 フェリー
（ferry）
(名) 渡輪

2 船《せん》員《いん》
(名) 水手

3 漁《ぎょ》船《せん》
(名) 漁船

4 錨《いかり》
(名) 船錨

（船錨放大圖）
船錨：用於穩定船舶的鐵製倒鉤，一端以鐵鏈和船身相連，將另一端拋至水底或岸上，可使船停住。

5 船《せん》長《ちょう》
(名) 船駕駛/船長

6 魚《うお》市《いち》場《ば》
(名) 魚貨攤

7 海《かい》産《さん》物《ぶつ》
(名) 魚貨

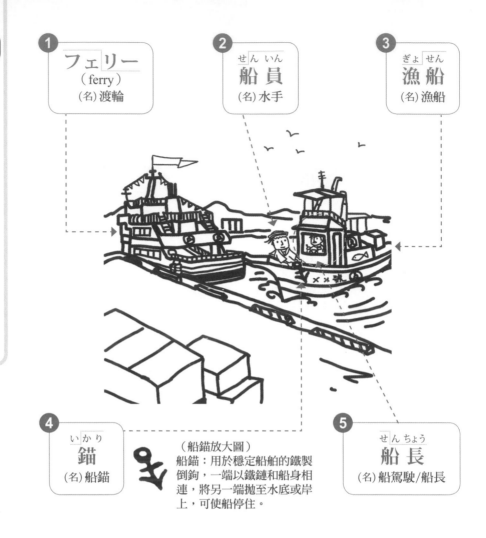

❶ フェリーで対岸《たいがん》に渡《わた》ることができます。

❷ この漁船《ぎょせん》の船員は全部《ぜんぶ》で５名《ごめい》です。

❸ 港《みなと》には多《おお》くの漁船が停泊《ていはく》しています。

❹ 錨を上《あ》げてさあ出発《しゅっぱつ》！

❺ 連絡船《れんらくせん》の船長はベテランが多《おお》いです。

❻ 魚市場で新鮮《しんせん》な魚《さかな》を手《て》に入《い》れましょう。

❼ 函館《はこだて》の海鮮料理《かいせんりょうり》、海産物は全国的《ぜんこくてき》に有名《ゆうめい》です。

學更多

	例句出現的		原形／接續原則	意義	詞性
❶	渡る	→	**渡る**	橫渡	動Ⅰ
	渡ることができます	→	**動詞辭書形＋ことができる**	可以做～	文型
❷	全部で	→	**全部＋で**	總共	文型
❸	多く	→	**多く**	多數	名詞
	停泊して	→	**停泊する**	停泊	動Ⅲ
	停泊しています	→	**動詞て形＋いる**	目前狀態	文型
❹	上げて	→	**上げる**	拉起	動Ⅱ
	さあ	→	**さあ**	表示勸誘	感嘆詞
❺	連絡船	→	**連絡船**	渡船	名詞
	ベテラン	→	**ベテラン**	老手	名詞
❻	手に入れましょう	→	**手に入れる**	得到、入手	動Ⅱ
❼	全国的に	→	**全国的に**	全國	副詞
	有名	→	**有名**	有名	な形

中譯

❶ 利用渡輪可以橫渡到對岸。
❷ 這艘漁船的水手，總共有５位。
❸ 港口停靠著很多漁船。
❹ 拉起船錨出發吧！
❺ 渡船的船駕駛，大多是資深老手。
❻ 在魚貨攤買新鮮的魚吧。
❼ 函館的海鮮料理、魚貨是全國知名的。

011

碼頭邊(2)

MP3 011

1 灯《とう》台《だい》
(名) 燈塔

2 カモメ《カモメ》
(名) 海鷗

3 港《みなと》
(名) 碼頭

(救生圈放大圖)

4 救《きゅう》命《めい》ブイ《ブイ》
(名) 救生圈

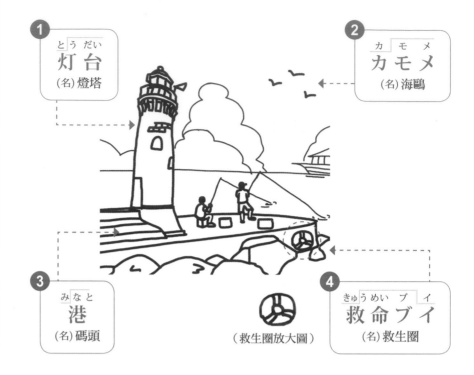

5 クレーン
(crane)
(名) 起重機

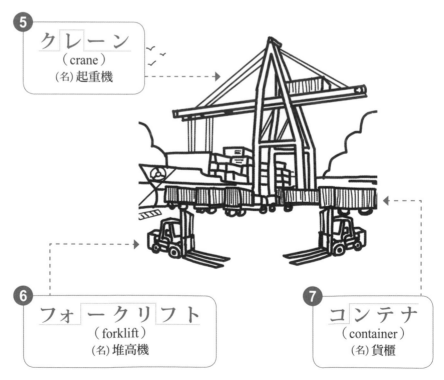

6 フォークリフト
(forklift)
(名) 堆高機

7 コンテナ
(container)
(名) 貨櫃

❶ 夜《よる》の灯台の光《ひかり》は美《うつく》しいです。

❷ この海岸《かいがん》にはカモメがたくさん飛《と》んでいます。

❸ ここは港を中心《ちゅうしん》に栄《さか》えた街《まち》です。

❹ フェリーには救命ブイが備《そな》え付《つ》けてあります。

❺ クレーンでコンテナを吊《つ》り上《あ》げます。

❻ 物《もの》がフォークリフトで倉庫《そうこ》へ運《はこ》ばれます。

❼ 港《みなと》には外国《がいこく》からのコンテナ船《せん》も多《おお》いです。

學更多

	例句出現的		原形／接續原則	意義	詞性
❶	美しい	→	美しい	美麗的	い形
❷	たくさん	→	たくさん	很多	副詞
	飛んで	→	飛ぶ	飛翔	動 I
	飛んでいます	→	動詞て形＋いる	目前狀態	文型
❸	港を中心に	→	名詞＋を中心に	以～為中心	文型
	栄えた	→	栄える	繁榮	動 II
	街	→	街	城鎮	名詞
❹	フェリー	→	フェリー	渡輪	名詞
	備え付ける	→	備え付ける	備置	動 II
	備え付けてあります	→	動詞て形＋ある	有目的的存在狀態	文型
❺	吊り上げます	→	吊り上げる	吊起來	動 II
❻	運ばれます	→	運ばれる	被搬運	運ぶ的被動形
❼	外国から	→	地點＋から	來自～	文型

中譯

❶ 夜晚的燈塔燈光很美麗。
❷ 這個海岸有很多海鷗在飛翔。
❸ 這裡是以碼頭為中心而繁榮的城鎮。
❹ 渡輪上備有救生圈。
❺ 用起重機吊起貨櫃。
❻ 用堆高機搬運東西到倉庫。
❼ 碼頭也有許多來自國外的貨櫃船。

012 郵輪上(1)

MP3 012

1 操《そう》縦《じゅう》室《しつ》

(名)駕駛艙

2 一《いっ》等《とう》航《こう》海《かい》士《し》

(名)大副

負責駕駛輪船的人，地位僅次於船長。

3 船《せん》長《ちょう》

(名)船長

總管全船事務的人。

4 デッキ

（deck）

(名)甲板

5 船《せん》室《しつ》

(名)船艙

船內部可容納客貨的地方。

6 船《せん》員《いん》

(名)水手

船夫、船員。

7 エンジンルーム

（engine room）

(名)機輪室

❶ 操縦室は前方《ぜんぽう》にあります。

❷ 一等航海士になるのは簡単《かんたん》ではありません。

❸ クック船長の家《いえ》は、今《いま》でもオーストラリアのメルボルンに残《のこ》っています。

❹ デッキに出《で》て、外《そと》の空気《くうき》を吸《す》います。

❺ 船室に入《はい》ると、海《うみ》の音《おと》はあまり聞《き》こえません。

❻ 外国《がいこく》の船《ふね》の船員の国籍《こくせき》は様々《さまざま》です。

❼ エンジンルームは、関係者《かんけいしゃ》以外《いがい》立《た》ち入《い》り禁止《きんし》です。

學更多

	例句出現的		原形／接續原則	意義	詞性
❶	前方にあります	→	地點＋にある	位於～	文型
❷	なる	→	なる	成為	動Ｉ
	なるのは	→	動詞辭書形＋のは	～這件事	文型
❸	簡単ではありません	→	簡単	簡單	な形
	残って	→	残る	殘存	動Ｉ
	残っています	→	残っている	目前狀態	文型
❹	出て	→	出る	出去	動II
	吸います	→	吸う	呼吸	動Ｉ
❺	入る	→	入る	進入	動Ｉ
	入ると	→	動詞辭書形＋と	一～，就～	文型
	聞こえません	→	聞こえる	聽得到	動II
❻	様々	→	様々	各自不同	な形
❼	立ち入り禁止	→	立ち入り禁止	禁止進入	名詞

中譯

❶ 駕駛艙位於前方。
❷ 要成為大副並不簡單。
❸ 庫克船長的家，現在仍然留存在澳洲的墨爾本。
❹ 來到甲板上，呼吸外面的空氣。
❺ 一進入船艙，就聽不太到海浪聲。
❻ 外國船隻的水手的國籍各不相同。
❼ 除了相關人員以外，禁止進入機輪室。

013 郵輪上(2)

MP3 013

1 映《えい》画《が》館《かん》

(名)電影院

2 カジノ

（casino）

(名)賭場

3 レストラン

（restaurant（法））

(名)餐廳

4 バンケットルーム

（Banquet room）

(名)宴會廳

5 乗《じょう》客《きゃく》

(名)乘客

6 クラブ

（club）

(名)俱樂部

7 プール

（pool）

(名)游泳池

❶ 船内《せんない》では、映画館に行《い》くより安《やす》く映画《えいが》が見《み》られます。

❷ カジノは２０歳《はたち》以上《いじょう》が対象《たいしょう》です。

❸ レストランには、正装《せいそう》で出《で》かけなければいけない日《ひ》もあります。

❹ バンケットルームでは、パーティーが行《おこな》われています。

❺ 船長《せんちょう》は、常《つね》に乗客の安全《あんぜん》を第一《だいいち》に考《かんが》えています。

❻ 船内《せんない》には、クラブやラウンジも完備《かんび》しています。

❼ 子供《こども》も楽《たの》しめるプールは屋上《おくじょう》にあります。

學更多

	例句出現的		原形／接續原則	意義	詞性
❶	行くより	→	動詞辭書形＋より	比～	文型
	安く	→	安い	便宜的	い形
	見られます	→	見られる	可以看見	見る的可能形
❷	２０歳以上	→	數量詞＋以上	～數量以上	文型
❸	正装	→	正装	禮服	名詞
	出かけなければ	→	出かける	出門	動II
	出かけなければいけない	→	動詞ない形＋なければいけない	必須做～	文型
❹	行われて	→	行われる	舉行	動II
	行われています	→	動詞て形＋いる	正在做～	文型
❺	考えて	→	考える	考慮	動II
❻	ラウンジ	→	ラウンジ	交誼廳	名詞
	完備して	→	完備する	完備	動III
❼	楽しめる	→	楽しめる	可以玩樂	楽しむ的可能形

中譯

❶ 在船上，可以看到比去電影院還要便宜的電影。
❷ 賭場以２０歲以上的人為目標對象。
❸ 前往餐廳時，有時必須穿著禮服。
❹ 在宴會廳，派對正在舉行中。
❺ 船長總是以乘客的安全為優先考量。
❻ 在船上，俱樂部和交誼廳等設施也很完善。
❼ 小孩也適合玩樂的游泳池在頂樓。

014 捷運站(1)

MP3 014

❶ 入《いり》口《ぐち》
(名)入口

❷ 出《で》口《ぐち》
(名)出口

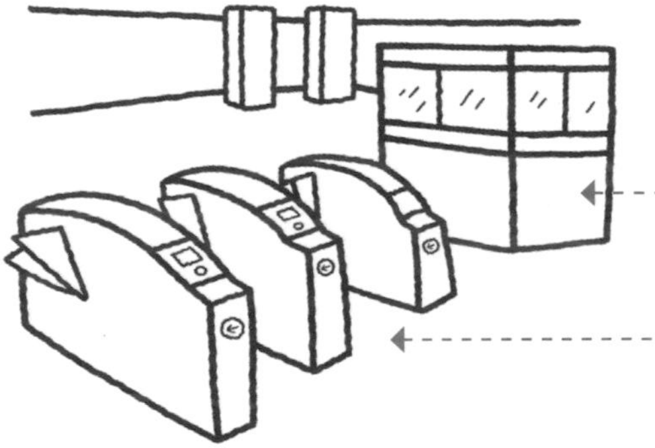

❸ 案《あん》内《ない》所《じょ》
(名)服務處

❹ 改《かい》札《さつ》口《ぐち》
(名)閘口

❺ チャージ《チャージ》機《き》/自《じ》動《どう》精《せい》算《さん》機《き》
(名)加值機

兩個單字都是「加值機」。

❻ 路《ろ》線《せん》図《ず》
(名)路線圖

❼ 乗《じょう》車《しゃ》券《けん》販《はん》売《ばい》機《き》
(名)售票機

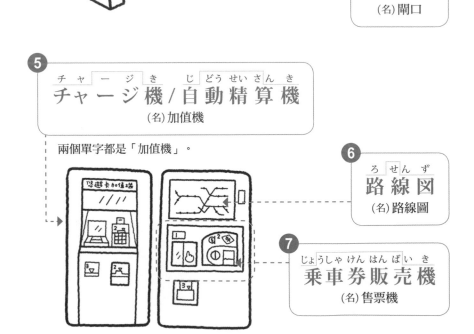

❶ 入口はあちらです。

❷ 出口はこちらです。

❸ この駅《えき》の案内所は、２４時間《にじゅうよじかん》開《あ》いています。

❹ 駅《えき》の改札口で待《ま》ち合《あ》わせる人《ひと》が多《おお》いです。

❺ チャージ機（自動精算機）で、Suicaをチャージします。

❻ 路線図は、インターネットでも見《み》ることができます。

❼ 乗車券《じょうしゃけん》は乗車券販売機でお求《もと》めください。

學更多

	例句出現的		原形／接續原則	意義	詞性
❶	こちら	→	こちら	這邊	指示代名詞
❷	あちら	→	あちら	那邊	指示代名詞
❸	開いて	→	開く	開張、開放	動Ⅰ
	開いています	→	動詞て形＋いる	目前狀態	文型
❹	待ち合わせる	→	待ち合わせる	約定見面	動Ⅱ
	多い	→	多い	多的	い形
❺	チャージします	→	チャージする	加值	動Ⅲ
❻	インターネット	→	インターネット	網路	名詞
	見る	→	見る	看	動Ⅱ
	見ることができます	→	動詞辭書形＋ことができる	可以做～	文型
❼	お求め	→	求める	購買	動Ⅱ
	お求めください	→	お＋動詞~~ます~~形＋ください	請您做～	文型

中譯

❶ 入口在那邊。
❷ 出口在這邊。
❸ 這個車站的服務處是２４小時開放的。
❹ 很多人約在車站的閘口碰面。
❺ 用加值機加值Suica（日本的交通儲值卡）。
❻ 在網路上也可以看到路線圖。
❼ 請您在售票機購買車票。

015 捷運站(2)

MP3 015

1 M《エム》R《アール》T《ティー》
(名)捷運列車

2 エスカレーター
(escalator)
(名)手扶梯

3 ホーム
(platform)
(名)月台

4 夜《や》間《かん》女《じょ》性《せい》専《せん》用《よう》エ《エ》リ《リ》ア《ア》
(名)夜間婦女候車區

兩個單字都是「月台警戒線」。

5 ホ《ホ》ー《ー》ム《ム》の《の》隙《す》間《きま》
(名)月台間隙

6 白《はく》線《せん》/黄《き》色《いろ》い《い》線《せん》
(名)月台警戒線

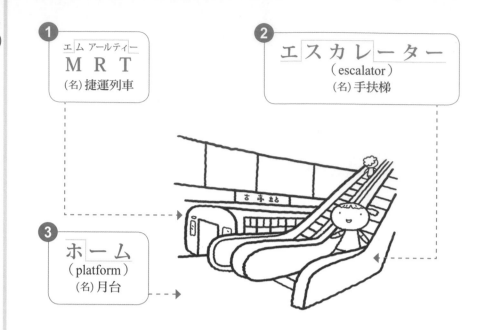

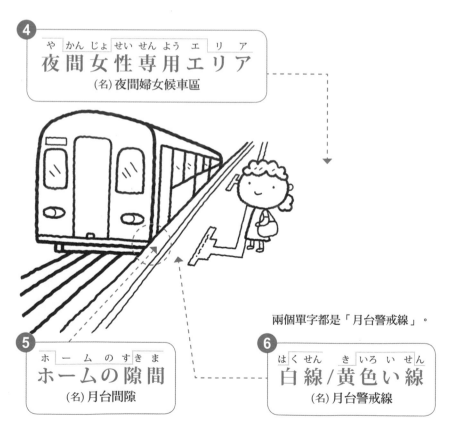

❶ 共通乗車券《きょうつうじょうしゃけん》でMRTに乗《の》り換《か》えることができます。

❷ エスカレーターは、一列《いちれつ》に並《なら》んで乗《の》りましょう。

❸ ラッシュ時《じ》の駅《えき》のホームは、大変混雑《たいへんこんざつ》しています。

❹ 夜間帰宅時《やかんきたくじ》は、夜間女性専用エリアが安心《あんしん》です。

❺ 乗車時《じょうしゃじ》は、ホームの隙間に注意《ちゅうい》してください。

❻ ホームの白線（黄色い線）から出《で》ないでください。

學更多

	例句出現的		原形／接續原則	意義	詞性
❶	乗り換える	→	**乗り換える**	轉乘	動Ⅱ
	乗り換えることができます	→	**動詞辭書形＋ことができる**	可以做～	文型
❷	並んで	→	**並ぶ**	排列	動Ⅰ
	乗りましょう	→	**乗る**	搭乘	動Ⅰ
❸	ラッシュ時	→	**ラッシュ時**	尖峰時段	名詞
	大変	→	**大変**	非常	副詞
	混雑して	→	**混雑する**	擁擠	動Ⅲ
	混雑しています	→	**動詞て形＋いる**	目前狀態	文型
❹	安心	→	**安心**	放心	な形
❺	注意して	→	**注意する**	注意	動Ⅲ
	注意してください	→	**動詞て形＋ください**	請做～	文型
❻	出ない	→	**出る**	出去	動Ⅱ
	出ないでください	→	**動詞ない形＋ないでください**	請不要做～	文型

中譯

❶ 利用共通車票可以轉乘捷運列車。
❷ 搭乘手扶梯時，要排成一列。
❸ 尖峰時段的車站月台非常擁擠。
❹ 夜晚回家時，使用夜間婦女候車區會讓人很放心。
❺ 搭車時，請注意月台間隙。
❻ 請不要超越月台警戒線。

016

捷運車廂(1)

MP3 016

1 つ《つ》り《り》革《かわ》

(名)吊環

2 広《こう》告《こく》

(名)廣告看板

3 窓《まど》

(名)車窗

4 優《ゆう》先《せん》席《せき》

(名)博愛座

5 乗《じょう》客《きゃく》

(名)乘客

6 車《しゃ》両《りょう》

(名)車廂

7 座《ざ》席《せき》

(名)座位

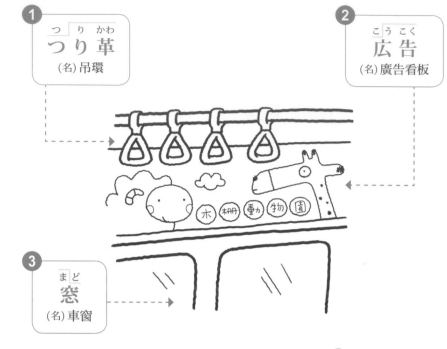

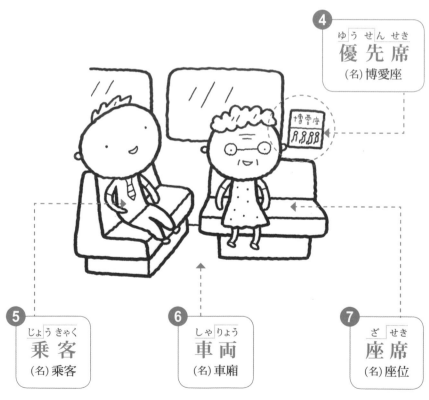

❶ ラッシュ時《じ》は、つり革に掴《つか》まりましょう。

❷ 広告のモデルの写真《しゃしん》に、ついうっとりしてしまった。

❸ 新幹線《しんかんせん》の窓は開《あ》きません。

❹ 優先席にはマークが付《つ》いています。

❺ 乗客はとても静《しず》かです。

❻ 車両は全部《ぜんぶ》で５《いつ》つあります。

❼ 座席には番号《ばんごう》が付《つ》いています。

學更多

	例句出現的		原形／接續原則	意義	詞性
❶	ラッシュ時	→	ラッシュ時	尖峰時段	名詞
	掴まりましょう	→	掴まる	抓住	動Ⅰ
❷	つい	→	つい	不由得	副詞
	うっとりして	→	うっとりする	出神、看得入迷	動Ⅲ
	うっとりしてしまった	→	動詞て形＋しまう	無法抵抗、無法控制	文型
❸	開きません	→	開く	打開	動Ⅰ
❹	マック	→	マック	記號	名詞
	付いて	→	付く	附有	動Ⅰ
	付いています	→	動詞て形＋いる	目前狀態	文型
❺	とても	→	とても	非常	副詞
	静か	→	静か	安靜	な形
❻	あります	→	ある	有（事或物）	動Ⅰ
❼	付いて	→	付く	附有	動Ⅰ

中譯

❶ 尖峰時段搭車時要抓緊吊環。
❷ 廣告看板上的模特兒照片，讓人忍不住看到入迷。
❸ 新幹線的車窗打不開。
❹ 博愛座都有標示記號。
❺ 乘客非常安靜。
❻ 車廂總共有五個。
❼ 座位上都有號碼。

017 捷運車廂(2)

MP3 017

1 液晶《えきしょう》モニター《モニター》

(名) 液晶顯示板

2 路線図《ろせんず》

(名) 路線圖

3 ドア

(door)

(名) 車門

4 緊急用《きんきゅうよう》インターホン《インターホン》

(名) 緊急對講機

5 非常《ひじょう》コック《コック》

(名) 緊急逃生把手

❶ 液晶モニターでニュースも見《み》られます。

❷ 路線図はドアの上《うえ》に貼《は》ってあります。

❸ ドアは自動《じどう》で開閉《かいへい》します。

❹ 各車両《かくしゃりょう》に、緊急用インターホンが付《つ》いています。

❺ 非常口《ひじょうぐち》付近《ふきん》には非常コックが付《つ》いています。

學更多

	例句出現的		原形／接續原則	意義	詞性
❶	液晶モニターで	→	名詞＋で	利用～	文型
	ニュース	→	ニュース	新聞	名詞
	ニュースも	→	名詞＋も	～也	文型
	見られます	→	見られる	可以看見	見る的可能形
❷	貼って	→	貼る	貼	動Ⅰ
	貼ってあります	→	動詞て形＋ある	有目的的存在狀態	文型
❸	自動で	→	名詞＋で	利用～	文型
	開閉します	→	開閉する	開闔	動Ⅲ
❹	付いて	→	付く	附有	動Ⅰ
	付いています	→	動詞て形＋いる	目前狀態	文型
❺	非常口	→	非常口	緊急逃生門	名詞
	付いて	→	付く	附有	動Ⅰ
	付いています	→	動詞て形＋いる	目前狀態	文型

中譯

❶ 也可以用液晶顯示板觀看新聞。
❷ 路線圖貼在門上。
❸ 車門是自動開闔。
❹ 各個車廂都有緊急對講機。
❺ 緊急逃生門附近有緊急逃生把手。

018 機場大廳

MP3 018

1 チェックインカウンター
(check in counter)
(名)登機報到櫃檯

2 地《ち》上《じょう》職《しょく》員《いん》
(名)地勤人員

3 持《もち》込《こみ》手《て》荷《に》物《もつ》
(名)隨身行李

4 搭《とう》乗《じょう》者《しゃ》
(名)乘客

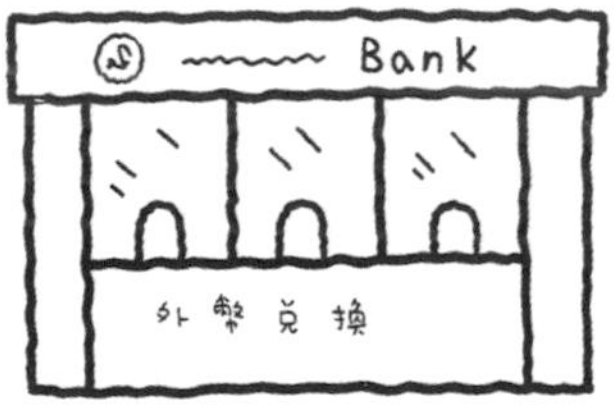

5 案《あん》内《ない》カウンター《カウンター》
(名)詢問櫃檯

6 両《りょう》替《がえ》所《じょ》
(名)外幣兌換處

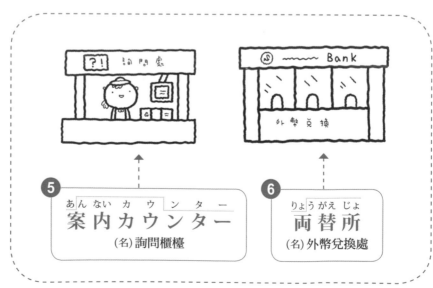

❶ 出発時間《しゅっぱつじかん》の2時間前《にじかんまえ》から、チェックインカウンターで手続《てつづ》きができます。

❷ 多《おお》くの女性《じょせい》にとって、地上職員は憧《あこが》れの職業《しょくぎょう》です。

❸ 持込手荷物は、2《ふた》つまでです。

❹ 搭乗者名簿《めいぼ》に、日本人乗客《にほんじんじょうきゃく》の名前《なまえ》はありませんでした。

❺ 案内カウンターでは、呼《よ》び出《だ》しの放送《ほうそう》をお願《ねが》いすることができます。

❻ 空港《くうこう》の両替所のレートは悪《わる》いです。

學更多

	例句出現的		原形／接續原則	意義	詞性
❶	2時間前から	→	時點＋から	從～時點開始	文型
	手続き	→	手続き	手續	名詞
	手続きができます	→	名詞＋が＋できる	可以～	文型
❷	多く	→	多く	多數	名詞
	女性にとって	→	名詞＋にとって	對～而言	文型
	憧れ	→	憧れ	憧憬	名詞
❸	2つまで	→	數量詞＋まで	最多～數量	文型
❹	名簿	→	名簿	名單	名詞
	名簿に	→	名詞＋に	在～之上	文型
	ありませんでした	→	ある	有（事或物）	動Ⅰ
❺	呼び出し	→	呼び出し	呼叫	名詞
	放送	→	放送	廣播	名詞
	お願いする	→	お願いする	請求	動Ⅲ
	お願いすることができます	→	動詞辭書形＋ことができる	可以做～	文型
❻	レート	→	レート	匯率	名詞
	悪い	→	悪い	不好的	い形

中譯

❶ 班機起飛前的2小時開始，可以在登機報到櫃檯辦理手續。
❷ 對許多女性而言，地勤人員是令人憧憬的工作。
❸ 隨身行李最多兩個。
❹ 乘客名單上，沒有日本乘客的名字。
❺ 可以在詢問櫃檯請求使用廣播尋人。
❻ 機場的外幣兌換處的匯率很差。

019 登機文件與手續

MP3 019

1 航《こう》空《くう》券《けん》

(名) 機票

2 搭《とう》乗《じょう》券《けん》

(名) 登機證

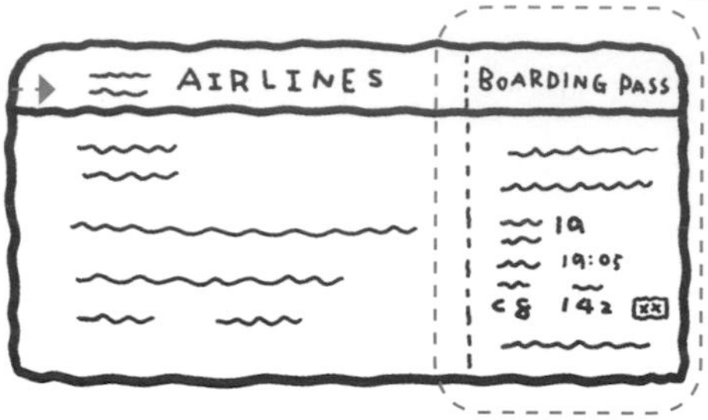

3 ビザ

(visa)

(名) 簽證

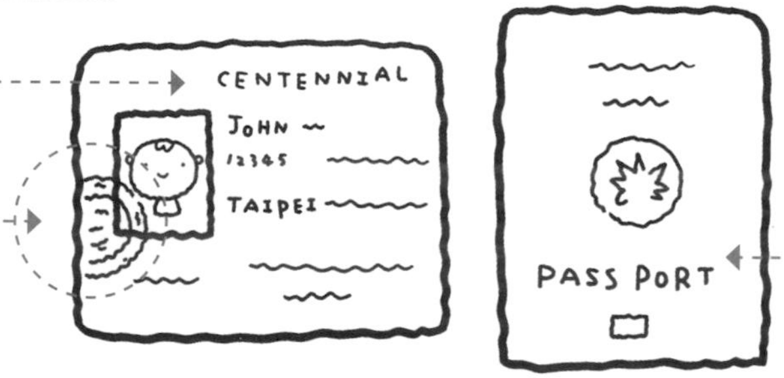

4 出《しゅっ》国《こく》スタンプ《スタンプ》

(名) 出境審核章

入《にゅう》国《こく》スタンプ《スタンプ》

(名) 入境審核章

5 パスポート

(passport)

(名) 護照

6 手《て》荷《に》物《もつ》カウンター《カウンター》

(名) 行李托運處

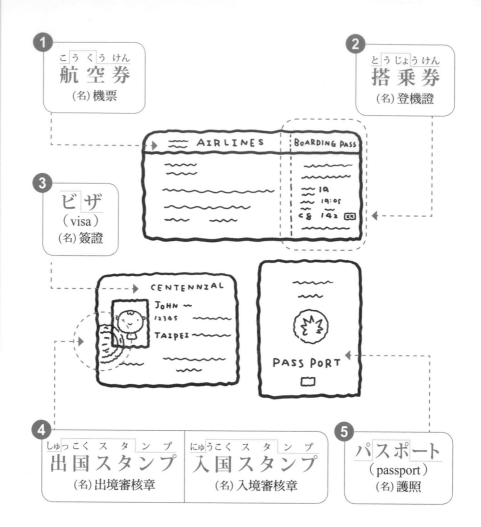

❶ 航空券を発行《はっこう》してもらいます。

❷ 搭乗券に記載《きさい》されている氏名《しめい》を確認《かくにん》します。

❸ アメリカの永住《えいじゅう》ビザを取得《しゅとく》するのは、以前《いぜん》より難《むずか》しくなりました。

❹ パスポートが、出国スタンプ / 入国スタンプでいっぱいになりました。

❺ パスポートの有効期限《ゆうこうきげん》を確認《かくにん》します。

❻ 手荷物カウンターで手荷物《てにもつ》の検査《けんさ》を受《う》けてください。

學更多

	例句出現的		原形／接續原則	意義	詞性
❶	発行して	→	**発行する**	發售	動III
	発行してもらいます	→	**動詞て形＋もらう**	請別人為我做～	文型
❷	記載されて	→	**記載される**	被記載、被刊登	記載する的被動形
	記載されている	→	**動詞て形＋いる**	目前狀態	文型
	確認します	→	**確認する**	確認	動III
❸	永住	→	**永住**	永久居住	名詞
	取得する	→	**取得する**	取得	動III
	取得するのは	→	**動詞辭書形＋のは**	～這件事	文型
	以前より	→	**名詞＋より**	比～	文型
	難しく	→	**難しい**	困難的	い形
	難しくなりました	→	**難し~~い~~＋くなりました**	變困難了	文型
❹	いっぱい	→	**いっぱい**	充滿	名詞
	いっぱいになりました	→	**名詞＋になりました**	變成了～	文型
❺	パスポートの有効期限	→	**名詞＋の＋有効期限**	～的有效期限	文型
❻	手荷物カウンターで	→	**地點＋で**	在～地點	文型
	受けて	→	**受ける**	接受	動II
	受けてください	→	**動詞て形＋ください**	請做～	文型

中譯

❶ 我要購買機票。
❷ 要確認登機證上面的姓名。
❸ 現在要取得美國的永久居留簽證，變得比以前更困難。
❹ 護照上蓋滿了出境審核章 / 入境審核章。
❺ 要確認護照的有效期限。
❻ 請在行李托運處接受行李檢查。

020 機場安檢處(1)

MP3 020

1 パスポート
（passport）
(名)護照

2 バスケット
（basket）
(名)置物籃

3 持《もち》込《こみ》手《て》荷《に》物《もつ》
(名)隨身行李

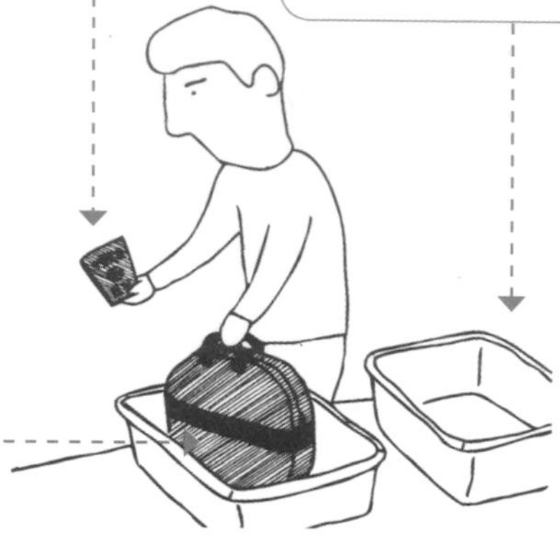

4 セキュリティー《セキュリティー》検《けん》査《さ》係《かかり》員《いん》
(名)安檢人員

5 X《エックス》線《せん》検《けん》査《さ》機《き》
(名)X 光檢測機

6 金《きん》属《ぞく》探《たん》知《ち》機《き》
(名)金屬探測器

7 手《て》荷《に》物《もつ》検《けん》査《さ》モニター《モニター》
(名)行李檢測螢幕

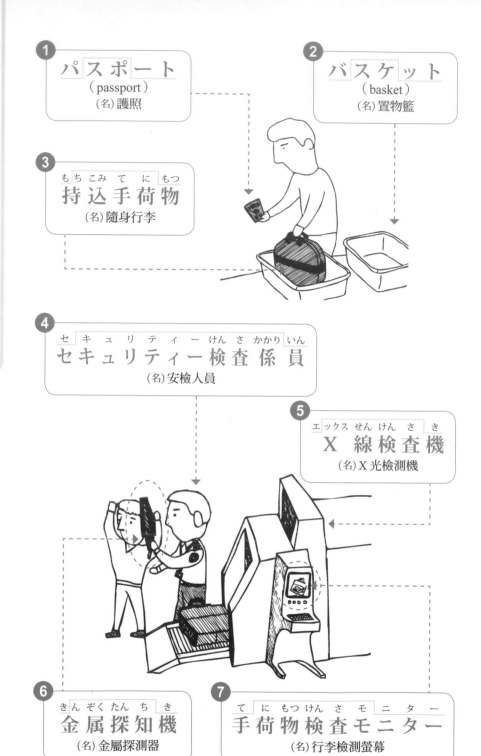

❶ パスポートはお持《も》ちください。

❷ 小物《こもの》はバスケットに入《い》れてください。

❸ 持込手荷物にも重量制限《じゅうりょうせいげん》はあります。

❹ セキュリティー検査係員の訓練《くんれん》を強化《きょうか》します。

❺ 全《すべ》ての持《も》ち物《もの》を、X線検査機に通《とお》してください。

❻ 貴金属《ききんぞく》のアクセサリーも、金属探知機に反応《はんのう》します。

❼ 手荷物検査モニターで不審《ふしん》な物《もの》がないか確認《かくにん》します。

學更多

	例句出現的		原形／接續原則	意義	詞性
❶	お持ち	→	持つ	攜帶	動 I
	お持ちください	→	お＋動詞ます形＋ください	請您做～	文型
❷	入れて	→	入れる	放入	動 II
	入れてください	→	動詞て形＋ください	請做～	文型
❸	あります	→	ある	有（事或物）	動 I
❹	強化します	→	強化する	強化	動 III
❺	持ち物	→	持ち物	隨身物品	名詞
	通して	→	通す	通過	動 I
❻	アクセサリー	→	アクセサリー	飾品	名詞
	反応します	→	反応する	反應	動 III
❼	不審な物	→	不審＋な＋名詞	可疑的～	文型
	物がないか	→	名詞＋がないか	是否有～	文型
	確認します	→	確認する	確認	動 III

中譯

❶ 請您攜帶護照。
❷ 請把小東西放進置物籃。
❸ 隨身行李也有重量限制。
❹ 要強化安檢人員的訓練。
❺ 請將所有隨身物品通過X光檢測機檢測。
❻ 貴金屬的飾品也會引起金屬探測器的反應。
❼ 透過行李檢測螢幕，確認是否有可疑物品。

021

機場安檢處(2)

MP3 021

1 持《もち》込《こみ》禁《きん》止《し》物《ぶつ》に関《かん》する告《こく》示《じ》

(名) 違禁物品告示

2 持《もち》込《こみ》禁《きん》止《し》物《ぶつ》

(名) 違禁品

3 ナイフ

(knife)

(名) 刀子

4 銃《じゅう》

(名) 槍枝

5 鋏《はさみ》

(名) 剪刀

6 空《くう》港《こう》警《けい》察《さつ》

(名) 機場警察

7 警《けい》察《さつ》犬《けん》

(名) 警犬

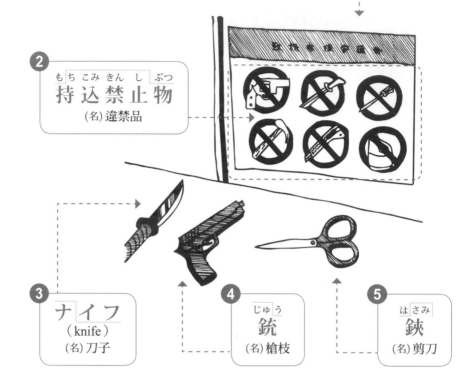

❶ 検査所《けんさじょ》に持込禁止物に関する告示があります。

❷ 持込禁止物のリストを確認《かくにん》します。

❸ ナイフは機内《きない》に持《も》ち込《こ》めません。

❹ 機内《きない》に銃を持《も》ち込《こ》むと、法律《ほうりつ》で罰《ばっ》せられます。

❺ 鋏は、出国審査《しゅっこくしんさ》で没収《ぼっしゅう》されます。

❻ 空港警察はテロ対策《たいさく》に追《お》われています。

❼ 空港《くうこう》には、麻薬取《まやくと》り締《し》まりに当《あ》たる警察犬がいました。

學更多

	例句出現的		原形／接續原則	意義	詞性
❶	あります	→	ある	有（事或物）	動 I
❷	確認します	→	確認する	確認	動 III
❸	持ち込めません	→	持ち込める	可以帶進去	持ち込む的可能形
❹	持ち込む	→	持ち込む	帶進去	動 I
	持ち込むと	→	動詞辭書形＋と	如果～的話，就～	文型
	罰せられます	→	罰せられる	被處罰	罰する的被動形
❺	没収されます	→	没収される	被沒收	没収する的被動形
❻	テロ対策	→	テロ対策	反恐對策	名詞
	追われて	→	追われる	忙於～	追う的被動形
	追われています	→	動詞て形＋いる	目前狀態	文型
❼	麻薬取り締まり	→	麻薬取り締まり	取締毒品	名詞
	当たる	→	当たる	擔負	動 I
	いました	→	いる	有（人或動物）	動 II

中譯

❶ 檢查站有違禁物品告示。
❷ 要確認違禁品的清單。
❸ 刀子不可以帶進機艙內。
❹ 攜帶槍枝進入機艙內，就會被法律懲處。
❺ 剪刀在出境審查時會被沒收。
❻ 機場警察忙於反恐對策。
❼ 在機場，有負責找出毒品的警犬。

022 候機時間

MP3 022

1 免《めん》税《ぜい》店《てん》
(名) 免稅商店

2 空《くう》港《こう》ラウンジ《ラウンジ》
(名) 航空公司貴賓室

3 搭《とう》乗《じょう》待《まち》合《あい》室《しつ》
(名) 候機室

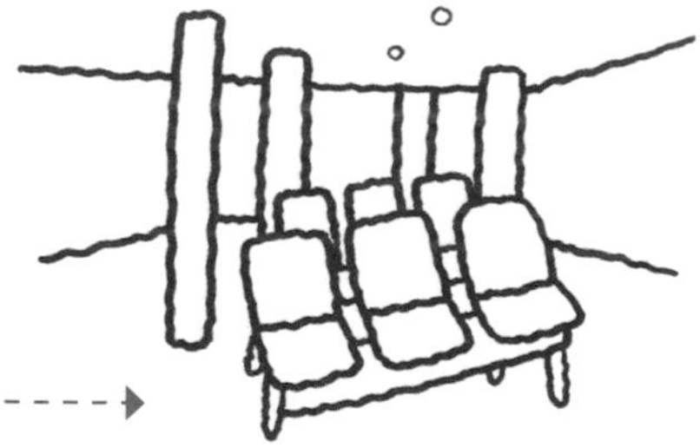

4 フライト《フライト》情《じょう》報《ほう》表《ひょう》示《じ》板《ばん》
(名) 航班顯示表

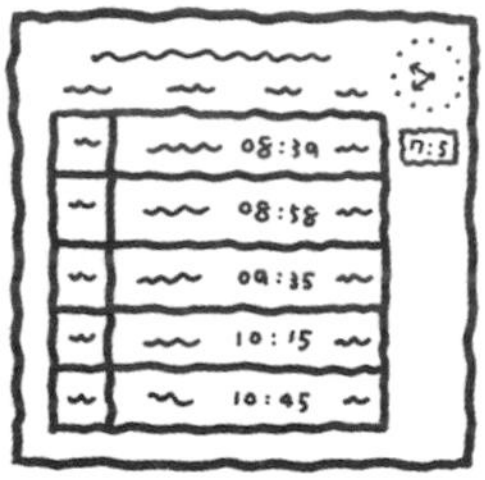

5 搭《とう》乗《じょう》ゲート《ゲート》
(名) 登機門

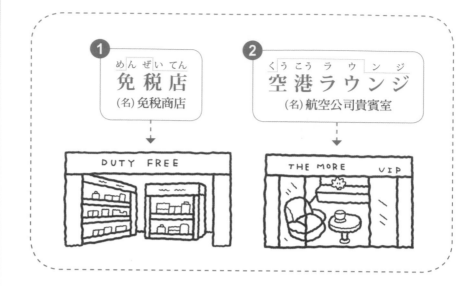

❶ 免税店では、ブランド物《もの》が安《やす》く買《か》えます。

❷ 空港ラウンジの利用《りよう》には、制限《せいげん》があります。

❸ 搭乗待合室は禁煙《きんえん》です。

❹ フライト情報表示板で、出発便《しゅっぱつびん》の確認《かくにん》ができます。

❺ 出発前《しゅっぱつまえ》に、搭乗ゲートまでお越《こ》しください。

學更多

	例句出現的		原形／接續原則	意義	詞性
❶	免税店では	→	**地點＋では**	在～地點	文型
	ブランド物	→	**ブランド物**	名牌	名詞
	安く	→	**安い**	便宜的	い形
	買えます	→	**買える**	可以買	買う的可能形
❷	空港ラウンジの利用には	→	**名詞＋の＋利用には**	使用～	文型
	制限	→	**制限**	限制	名詞
	あります	→	**ある**	有（事或物）	動 I
❸	禁煙	→	**禁煙**	禁煙	名詞
❹	フライト情報表示板で	→	**名詞＋で**	利用～	名詞
	出発便	→	**出発便**	出發班機	名詞
	確認ができます	→	**名詞＋が＋できる**	可以～	文型
❺	出発前に	→	**時點＋に**	在～時點	文型
	搭乗ゲートまで	→	**地點＋まで**	移動至某處	文型
	お越し	→	**越す**	去、前往	動 I
	お越しください	→	**お＋動詞ます形＋ください**	請您做～	文型

中譯

❶ 在免稅商店，可以用便宜的價格買到名牌。
❷ 航空公司貴賓室在使用上有限制。
❸ 候機室是禁煙的。
❹ 可以利用航班顯示表確認出發班機。
❺ 請您在飛機起飛前前往登機門。

023 飛機上(1)

1 機《き》長《ちょう》
(名)機長

此字也可以唸成きちょう。

2 コックピット
(cockpit)
(名)駕駛艙

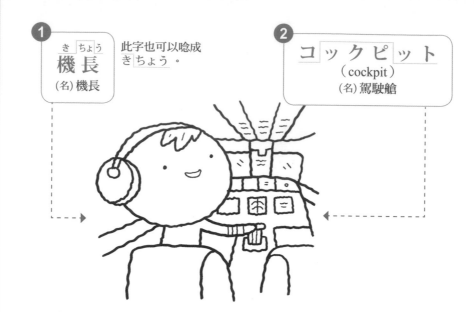

3 エコノミークラス
(economy class)
(名)經濟艙

4 ビジネスクラス
(business class)
(名)商務艙

5 ファーストクラス
(first class)
(名)頭等艙

MP3 023

❶ 国際線《こくさいせん》の機長は、機内放送《きないほうそう》では必《かなら》ず英語《えいご》で話《はな》します。

❷ 機長《きちょう》が子供《こども》にコックピットの中《なか》を見《み》せてくれました。

❸ この路線《ろせん》は、エコノミークラスは常《つね》に満席《まんせき》です。

❹ 長距離《ちょうきょり》のフライトは、ビジネスクラスがお勧《すす》めです。

❺ ファーストクラスは、非常《ひじょう》に快適《かいてき》ですが高《たか》いです。

學更多

	例句出現的		原形／接續原則	意義	詞性
❶	機内放送では	→	場合＋では	在～場合	文型
	必ず	→	必ず	一定	副詞
	英語で	→	名詞＋で	利用～	文型
	話します	→	話す	說話	動 I
❷	中	→	中	內部	名詞
	見せて	→	見せる	給～看	動 II
	見せてくれました	→	動詞て形＋くれました	別人為我做了～	文型
❸	常に	→	常に	經常	副詞
	満席	→	満席	客滿	名詞
❹	長距離	→	長距離	長程	名詞
	フライト	→	フライト	飛行	名詞
	お勧め	→	お勧め	建議	名詞
❺	非常に	→	非常に	非常地	副詞
	快適	→	快適	舒適	な形
	快適ですが	→	な形容詞＋ですが	～，但是～	文型
	高い	→	高い	貴的	い形

中譯

❶ 國際線的機長在機內廣播時，一定會使用英語。
❷ 機長讓孩子參觀駕駛艙內部。
❸ 這條航線的班機，經濟艙經常客滿。
❹ 長途飛行會建議搭乘商務艙。
❺ 頭等艙非常地舒適，但是價格昂貴。

024

飛機上(2)

MP3 024

1 荷物棚《にもつだな》
(名)頭頂置物櫃

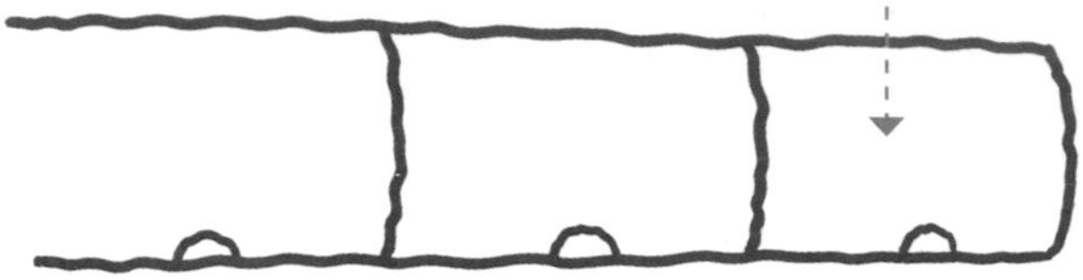

2 毛布《もうふ》
(名)毛毯

3 窓側席《まどがわせき》
(名)靠窗座位

4 通路側席《つうろがわせき》
(名)走道座位

5 客室乗務員《きゃくしつじょうむいん》
(名)空服員

6 テーブル
(table)
(名)折疊桌

7 安全《あんぜん》ベルト《べルト》
(名)安全帶

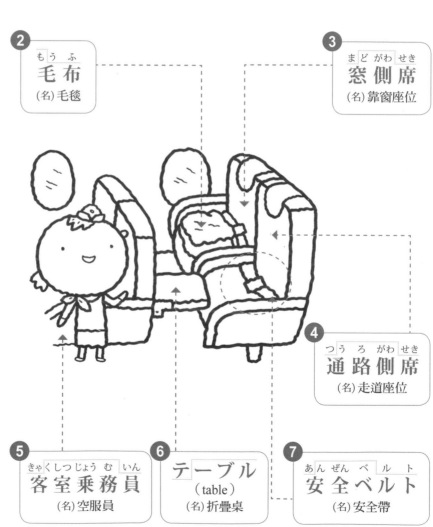

❶ 荷物棚の開《あ》け閉《し》めには、十分《じゅうぶん》ご注《ちゅう》意《い》ください。

❷ 寒《さむ》ければ毛布をもらいましょう。

❸ 窓側席からの眺《なが》めが好《す》きです。

❹ 通路側席はトイレに行《い》くのに便《べん》利《り》です。

❺ 国際線《こくさいせん》の客室乗務員の国籍《こくせき》は様々《さまざま》です。

❻ 離《り》着《ちゃく》陸《りく》時《じ》には、テーブルは元《もと》の位《い》置《ち》に戻《もど》してください。

❼ 飛《ひ》行《こう》中《ちゅう》は、安全ベルトは常《つね》に締《し》めておいてください。

學更多

	例句出現的		原形／接續原則	意義	詞性
❶	開け閉め	→	開け閉め	開關	名詞
	ご注意	→	注意する	注意	動Ⅲ
	ご注意ください	→	ご＋動詞ます形＋ください	請您做～	文型
❷	寒ければ	→	寒ければ	如果冷的話，～	寒い的條件形
	もらいましょう	→	もらう	領取	動Ⅰ
❸	好き	→	好き	喜歡	な形
❹	行く	→	行く	去	動Ⅰ
	行くのに	→	動詞辭書形＋のに	在～方面	文型
❺	様々	→	様々	各自不同	な形
❻	離着陸時	→	離着陸時	起降時	名詞
	戻して	→	戻す	放回	動Ⅰ
	戻してください	→	動詞て形＋ください	請做～	文型
❼	締めて	→	締める	繫	動Ⅱ
	締めておいて	→	動詞て形＋おく	妥善處理	文型

中譯

❶ 開關頭頂置物櫃時，請您要非常小心。
❷ 如果覺得冷，就要條毛毯吧。
❸ 我喜歡從靠窗座位看出去的視野。
❹ 坐在走道座位，去廁所時很方便。
❺ 國際線的空服員的國籍各不相同。
❻ 飛機起降時，請將折疊桌放回原本的位置。
❼ 飛行中，請隨時繫好安全帶。

025 準備通關

MP3 025

1 入国《にゅうこく》カード《カード》
(名) 入境表

2 パスポート
（passport）
(名) 護照

3 ビザ
（visa）
(名) 簽證

4 旅行者《りょこうしゃ》
(名) 旅客

5 航空券《こうくうけん》
(名) 機票

❶ 入国カードに必要事項《ひつようじこう》を記入《きにゅう》してください。

❷ パスポートを所持《しょじ》しているかどうかを確認《かくにん》します。

❸ アメリカのビザには多《おお》くの種類《しゅるい》があります。

❹ 不景気《ふけいき》で、訪《おとず》れる旅行者数《すう》は年々《ねんねん》減《へ》っています。

❺ 航空券の控《ひか》えを見《み》せるように言《い》われました。

學更多

	例句出現的		原形／接續原則	意義	詞性
❶	記入して	→	記入する	填寫	動Ⅲ
	記入してください	→	動詞て形＋ください	請做～	文型
❷	所持して	→	所持する	攜帶	動Ⅲ
	所持している	→	動詞て形＋いる	目前狀態	文型
	所持しているかどうか	→	動詞ている形＋かどうか	是否～	文型
	確認します	→	確認する	確認	動Ⅲ
❸	多く	→	多く	許多	名詞
	あります	→	ある	有（事或物）	動Ⅰ
❹	不景気で	→	名詞＋で	因為～	文型
	訪れる	→	訪れる	訪問	動Ⅱ
	減って	→	減る	減少	動Ⅰ
	減っています	→	動詞て形＋いる	目前狀態	文型
❺	控え	→	控え	存根	名詞
	見せる	→	見せる	出示	動Ⅱ
	見せるように	→	動詞辭書形＋ように	要做～	文型
	言われました	→	言われる	被說	言う的被動形

中譯

❶ 請在入境表上填寫必要事項。

❷ 要確認是否有攜帶護照。

❸ 美國的簽證有很多種類。

❹ 因為經濟不景氣，造訪的旅客數量逐年減少。

❺ 被要求出示機票票根。

026

出入境處

MP3 026

1 入《にゅう》国《こく》管《かん》理《り》官《かん》
(名)移民局官員

2 出《しゅっ》国《こく》
(名)出境

3 入《にゅう》国《こく》
(名)入境

4 出《しゅつ》入《にゅう》国《こく》ロビー《ロビー》
(名)出入境處

5 出《しゅっ》国《こく》ゲート《ゲート》
(名)出境閘門

6 入《にゅう》国《こく》ゲート《ゲート》
(名)入境閘門

❶ テロ事件《じけん》があってから、入国管理官はより厳《きび》しい態度《たいど》で仕事《しごと》に臨《のぞ》んでいます。

❷ 出国審査《しんさ》カウンターで、出国審査《しんさ》を受《う》けます。

❸ ビザなしでの入国はできません。

❹ 最近《さいきん》は、出入国ロビーの近《ちか》くに警察犬《けいさつけん》がいることが多《おお》いです。

❺ 出国ゲートを超《こ》えるまで、日本《にほん》を出《で》たことにはなりません。

❻ 入国ゲートを超《こ》えれば、そこはもうアメリカです。

學更多

	例句出現的		原形／接續原則	意義	詞性
❶	テロ事件	→	テロ事件	恐怖事件	名詞
	あって	→	ある	有（事或物）	動I
	あってから	→	動詞て形＋から	～之後	文型
	より	→	より	更加	副詞
	臨んで	→	臨む	面對	動I
	臨んでいます	→	動詞て形＋いる	目前狀態	文型
❷	受けます	→	受ける	接受	動II
❸	ビザなしで	→	名詞＋なしで	沒有～	文型
	できません	→	できる	可以	動II
❹	いる	→	いる	有（人或動物）	動II
❺	超える	→	超える	越過	動II
	超えるまで	→	動詞辭書形＋まで	～之前	文型
	出た	→	出る	離開	動II
	出たことにはなりません	→	動詞た形＋ことにはなりません	不算是～	文型
❻	超えれば	→	超えれば	如果越過的話，～	超える的條件形
	もう	→	もう	已經	副詞

中譯

❶ 發生恐怖事件後，移民局官員用更嚴謹的態度面對工作。
❷ 要在出境審查櫃檯接受出境審查。
❸ 沒有護照無法入境。
❹ 最近在出入境處附近經常有警犬。
❺ 越過出境閘門之前，都不算離開日本。
❻ 越過入境閘門的話，那裡就已經屬於美國境內。

027 通關審查與檢疫

MP3 027

1 健《けん》康《こう》証《しょう》明《めい》書《しょ》
(名)健康證明表

2 携《けい》帯《たい》品《ひん》・別《べっ》送《そう》品《ひん》申《しん》告《こく》書《しょ》
(名)海關申報單

3 税《ぜい》関《かん》
(名)海關

4 税《ぜい》関《かん》係《かかり》員《いん》
(名)海關人員

5 出《しゅっ》国《こく》スタンプ《スタンプ》
(名)出境審核章

入《にゅう》国《こく》スタンプ《スタンプ》
(名)入境審核章

6 検《けん》疫《えき》所《じょ》
(名)檢疫處

7 待《たい》機《き》ライン《ライン》
(名)等候線

❶ 場合《ばあい》によっては、健康証明書も必要《ひつよう》です。

❷ 一定額《いっていがく》以上《いじょう》の現金《げんきん》を持参《じさん》していたので、携帯品・別送品申告書を提出《ていしゅつ》しました。

❸ 税関の職員《しょくいん》に、タバコを没収《ぼっしゅう》されました。

❹ 税関係員にスーツケースの中《なか》を見《み》せます。

❺ 出国スタンプ/入国スタンプをもらい問題《もんだい》なく審査《しんさ》を通過《つうか》しました。

❻ ペットを連《つ》れての入国《にゅうこく》は、検疫所で検査《けんさ》を受《う》けなければなりません。

❼ 待機ラインで自分《じぶん》の番《ばん》が来《く》るのを待《ま》ってください。

學更多

	例句出現的		原形／接續原則	意義	詞性
❶	場合によっては	→	名詞＋によっては	根據～	文型
❷	持参して	→	持參する	攜帶	動Ⅲ
	持参していた	→	動詞て形＋いた	過去維持的狀態	文型
	提出しました	→	提出する	提交	動Ⅲ
❸	没収されました	→	没収される	被沒收	没収する的被動形
❹	見せます	→	見せる	給～看	動Ⅱ
❺	もらい	→	もらう	得到	動Ⅰ
	通過しました	→	通過する	通過	動Ⅲ
❻	受けなければ	→	受ける	接受	動Ⅱ
	受けなければなりません	→	動詞ない形＋なければならない	必須做～	文型
❼	来る	→	来る	來	動Ⅲ
	待って	→	待つ	等待	動Ⅰ

中譯

❶ 根據情況而定，也會需要健康證明表。
❷ 因為攜帶定額以上的現金，所以提交了海關申報單。
❸ 被海關職員沒收香菸。
❹ 給海關人員看行李箱的裡面。
❺ 拿到出境審核章 / 入境審核章，順利地通過審查。
❻ 攜帶寵物入境時，必須在檢疫處接受檢查。
❼ 請在等候線等待輪到自己。

028 提領行李

MP3 028

1 ベルトコンベア
（belt conveyor）
(名)行李輸送帶

2 手《て》荷《に》物《もつ》受《うけ》取《とり》所《じょ》
(名)行李提領處

（行李輸送帶局部放大圖）

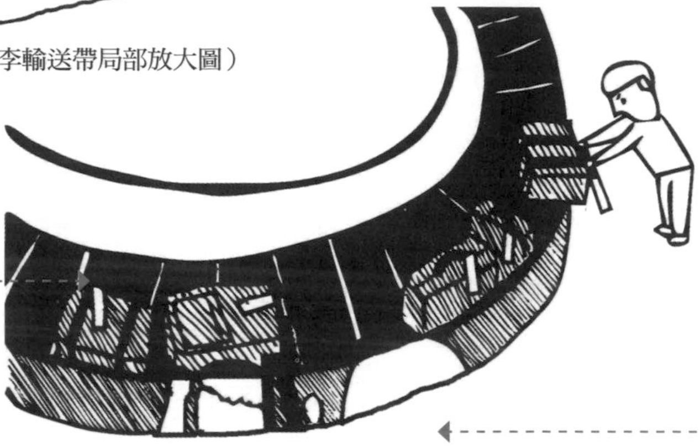

3 カート
（cart）
(名)行李推車

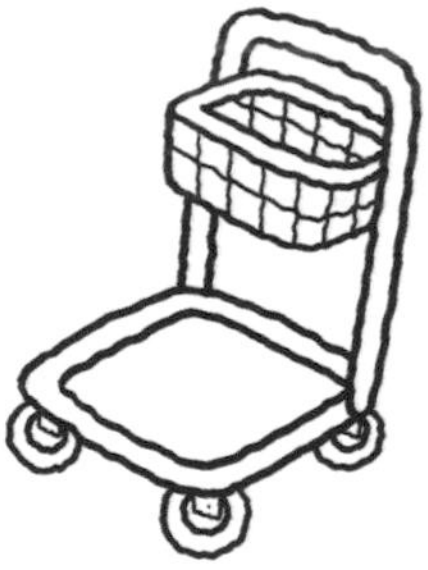

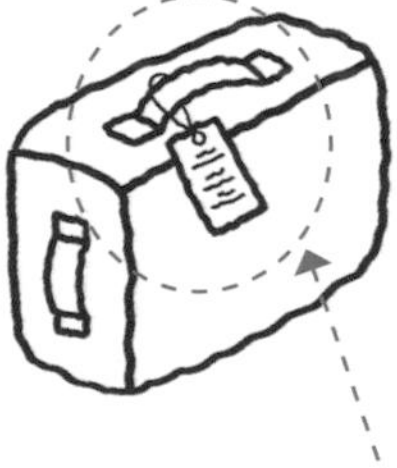

4 荷《に》物《もつ》
(名)行李

5 荷《に》物《もつ》タ《タ》グ《グ》
(名)行李吊牌

（行李吊牌放大圖）

❶ ベルトコンベアでスーツケースが運《はこ》ばれてきました。

❷ 手荷物《てにもつ》は手荷物受取所で受《う》け取《と》ります。

❸ カートは有料《ゆうりょう》です。

❹ ターンテーブルから荷物を降《お》ろします。

❺ 海外旅行時《かいがいりょこうじ》には、ローマ字《じ》表記《ひょうき》で荷物タグを付《つ》けておきましょう。

學更多

	例句出現的		原形／接續原則	意義	詞性
❶	ベルトコンベアで	→	名詞＋で	利用～	文型
	スーツケース	→	スーツケース	行李箱	名詞
	運ばれて	→	運ばれる	被運送	運ぶ的被動形
	運ばれてきました	→	動詞て形＋きました	～過來了	文型
❷	手荷物受取所で	→	地點＋で	在～地點	文型
	受け取ります	→	受け取る	領取	動Ⅰ
❸	有料	→	有料	收費	名詞
❹	ターンテーブル	→	ターンテーブル	行李轉盤	名詞
	ターンテーブルから	→	地點＋から	從～地點	文型
	降ろします	→	降ろす	取下、卸下	動Ⅰ
❺	ローマ字	→	ローマ字	羅馬拼音	名詞
	表記で	→	名詞＋で	利用～	文型
	付けて	→	付ける	繫上	動Ⅱ
	付けておきましょう	→	動詞て形＋おく	事前準備	文型

中譯

❶ 行李箱用行李輸送帶送過來了。
❷ 行李要在行李提領處提領。
❸ 行李推車是要收費的。
❹ 從行李轉盤取下行李。
❺ 到國外旅行時，要事先繫上用羅馬拼音書寫的行李吊牌。

029 高速公路上

MP3 029

1 道《どう》路《ろ》標《ひょう》識《しき》
(名) 路標

2 インターチェンジ
（interchange）
(名) 交流道

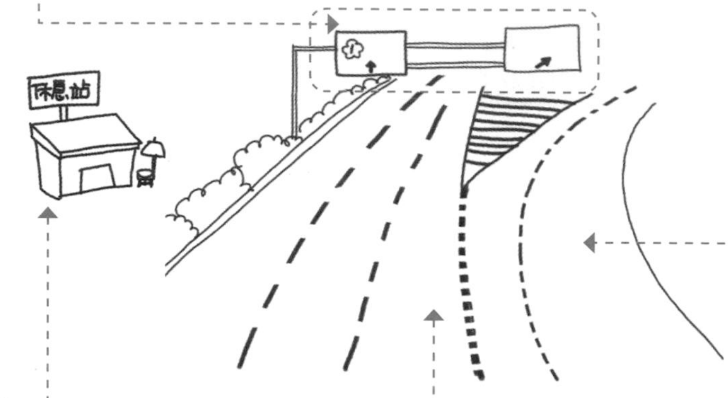

3 サービスエリア
（service area）
(名) 休息站

4 車《しゃ》道《どう》
(名) 車道

5 連《れん》絡《らく》路《ろ》
(名) 匝道

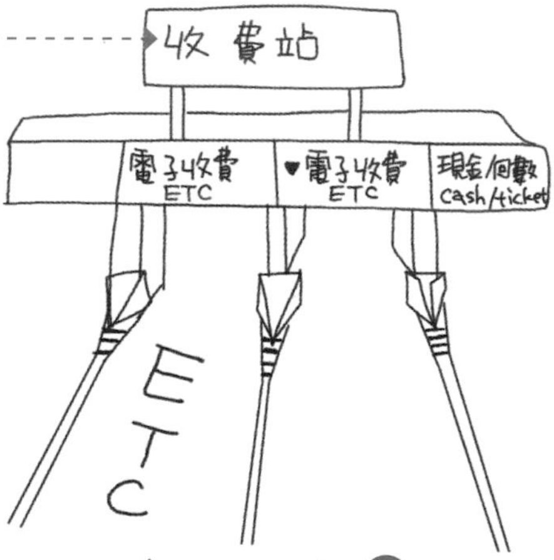

「收費站」在台灣已成歷史。

6 料《りょう》金《きん》所《じょ》
(名) 收費站

7 ETC《イーティーシー》レーン《レーン》
(名) 電子收費車道

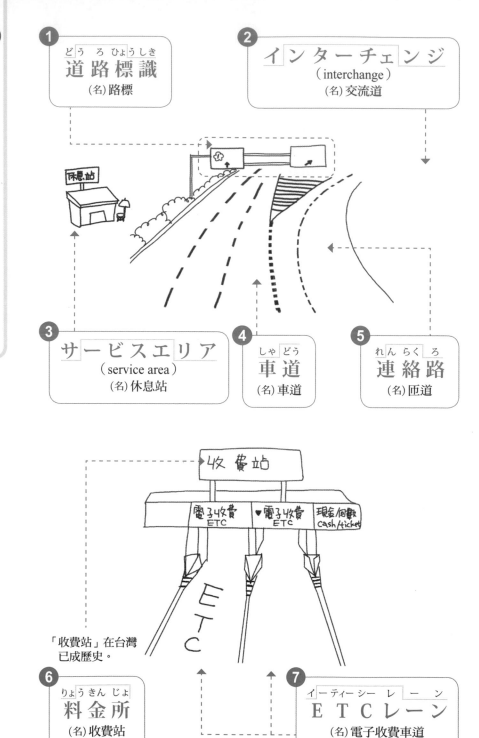

❶ 高速道路《こうそくどうろ》の道路標識は、一般道路《いっぱんどうろ》よりも少《すく》ないです。

❷ このインターチェンジ付近《ふきん》は、いつも渋滞《じゅうたい》します。

❸ サービスエリアでグルメを楽《たの》しみましょう。

❹ 車道が狭《せま》いので気《き》をつけてください。

❺ この連絡路から、東名高速道路《とうめいこうそくどうろ》に入《はい》れます。

❻ この有料道路《ゆうりょうどうろ》には、料金所が何箇所《なんかしょ》もあります。

❼ ETCレーンには係員《かかりいん》がいません。

學更多

	例句出現的		原形／接續原則	意義	詞性
❶	一般道路よりも	→	名詞＋よりも	比～更	文型
	少ない	→	少ない	少的	い形
❷	いつも	→	いつも	總是	副詞
	渋滞します	→	渋滞する	塞車	動Ⅲ
❸	サービスエリアで	→	地點＋で	在～地點	文型
	楽しみましょう	→	楽しむ	享用	動Ⅰ
❹	狭い	→	狭い	狹窄的	い形
	狭いので	→	い形容詞＋ので	因為～	文型
	気をつけて	→	気をつける	小心	動Ⅱ
	気をつけてください	→	動詞て形＋ください	請做～	文型
❺	入れます	→	入れる	可以進入	入る的可能形
❻	何箇所も	→	何箇所＋も	好幾個地方	文型
	あります	→	ある	有（事或物）	動Ⅰ
❼	いません	→	いる	有（人或動物）	動Ⅱ

中譯

❶ 高速公路的路標，比一般道路還要少。
❷ 這個交流道附近總是塞車。
❸ 在休息站享用美食吧。
❹ 因為車道很窄，所以請小心。
❺ 從這個匝道可以進入東名高速公路。
❻ 這條收費道路上，有好幾個收費站。
❼ 電子收費車道沒有工作人員。

030

路肩拋錨車

MP3 030

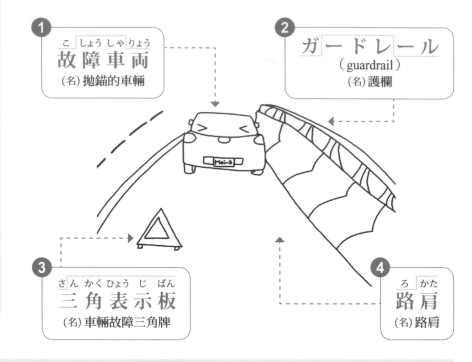

❶ 故《こ》障《しょう》車《しゃ》両《りょう》
(名) 拋錨的車輛

❷ ガードレール
(guardrail)
(名) 護欄

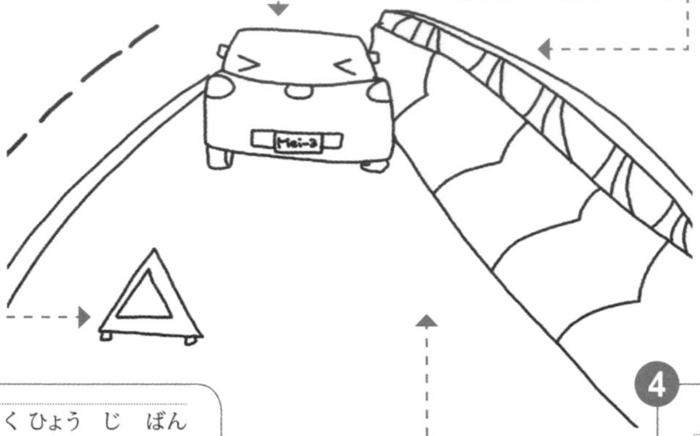

❸ 三《さん》角《かく》表《ひょう》示《じ》板《ばん》
(名) 車輛故障三角牌

❹ 路《ろ》肩《かた》
(名) 路肩

❶ 気《き》の毒《どく》なことに、高速道路《こうそくどうろ》で故障車両を見《み》かけました。

❷ ガードレールに、車《くるま》がぶつかった跡《あと》が付《つ》いています。

❸ 後方《こうほう》の車《くるま》に知《し》らせるため、三角表示板を立《た》てます。

❹ 路肩にゴミが落《お》ちています。

學更多

	例句出現的		原形／接續原則	意義	詞性
❶	気の毒なことに	→	な形容詞＋な＋ことに	令人～的是	文型
	見かけました	→	見かける	看見	動Ⅱ
❷	ぶつかった	→	ぶつかる	碰撞	動Ⅰ
	付いて	→	付く	附著	動Ⅰ
	付いています	→	動詞て形＋いる	目前狀態	文型
❸	知らせる	→	知らせる	通知	動Ⅱ
	立てます	→	立てる	豎立	動Ⅱ
❹	落ちて	→	落ちる	掉落	動Ⅱ

中譯

❶ 在高速公路上看到拋錨的車輛，覺得很可憐。
❷ 護欄上有車子衝撞過的痕跡。
❸ 為了通知後方來車，要立起車輛故障三角牌。
❹ 垃圾掉落在路肩。

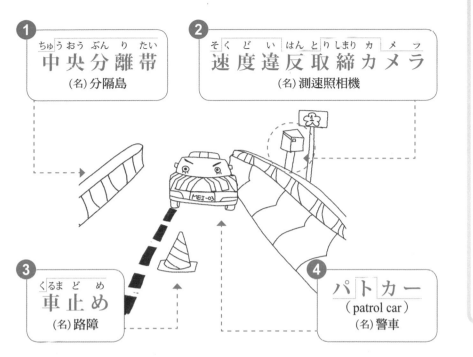

031 警車臨停

MP3 031

1. 中央分離帯《ちゅうおうぶんりたい》
(名) 分隔島

2. 速度違反取締《そくどいはんとりしまり》カメラ《カメラ》
(名) 測速照相機

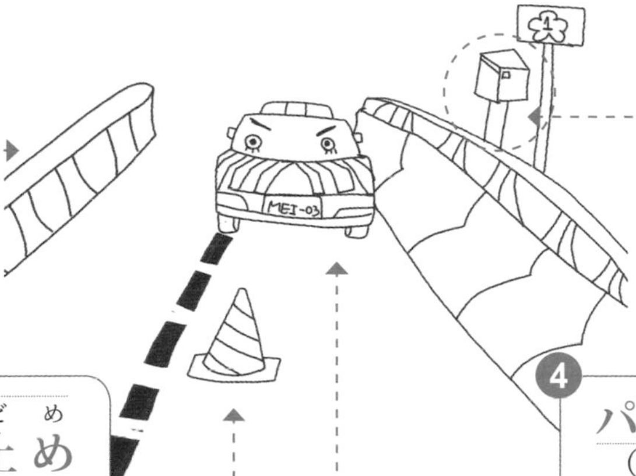

3. 車止め《くるまどめ》
(名) 路障

4. パトカー
(patrol car)
(名) 警車

❶ 事故車《じこしゃ》が中央分離帯に乗《の》り上《あ》げています。

❷ 速度違反取締カメラが、至《いた》る所《ところ》に設置《せっち》されています。

❸ ここから先《さき》は工事《こうじ》のため車止めが置《お》かれています。

❹ スピード違反《いはん》を取《と》り締《し》まるために、パトカーが隠《かく》れています。

學更多

	例句出現的		原形／接續原則	意義	詞性
❶	乗り上げて	→	乗り上げる	衝上、開上	動II
	乗り上げています	→	動詞て形＋いる	目前狀態	文型
❷	至る所	→	至る所	到處	名詞
	設置されて	→	設置される	被設置	設置する的被動形
❸	工事のため	→	名詞＋のため	因為～	文型
	置かれて	→	置かれる	被放置	置く的被動形
❹	取り締まる	→	取り締まる	取締	動I
	隠れて	→	隠れる	躲藏	動II

中譯

❶ 事故車衝上分隔島。
❷ 到處都設有測速照相機。
❸ 因為從這裡開始要進行工程，所以放置了路障。
❹ 為了取締超速行駛，警車躲藏起來。

032 餐具擺放(1)

MP3 032

1 フォーク
(folk)
(名)叉子

2 ナプキン
(napkin)
(名)餐巾

3 ナイフ
(knife)
(名)餐刀

4 ランチョンマット
(luncheon mat)
(名)餐墊

5 皿《さら》
(名)盤子

6 スプーン
(spoon)
(名)湯匙

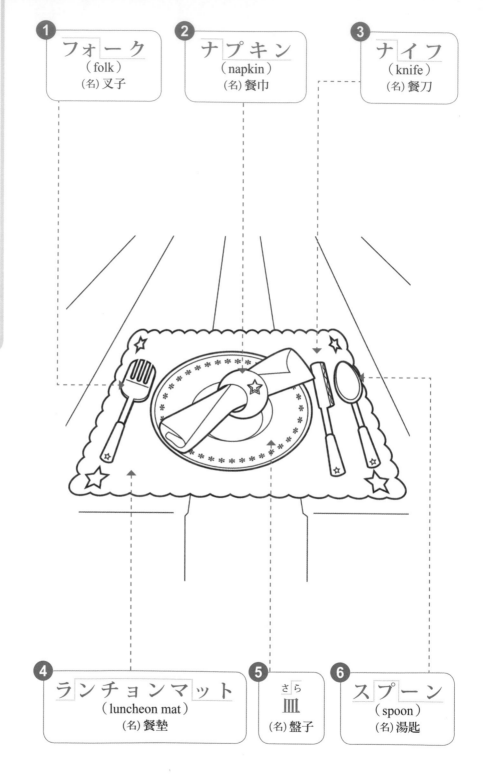

❶ 小《ちい》さな子供《こども》は、フォークを使《つか》ってもいいですよ。

❷ ナプキンの畳《たた》み方《かた》は色々《いろいろ》あります。

❸ ステーキナイフの取《と》り扱《あつか》いには注《ちゅう》意《い》してください。

❹ 食卓《しょくたく》に敷《し》かれたランチョンマットがとても可愛《かわい》いです。

❺ 美《うつく》しいお皿の数々《かずかず》が並《なら》んでいます。

❻ スープ用《よう》にスプーンを用意《ようい》してください。

學更多

	例句出現的		原形／接續原則	意義	詞性
❶	小さな	→	**小さな**	小的	連體詞
	使って	→	**使う**	使用	動Ⅰ
	使ってもいい	→	**動詞て形＋もいい**	可以做～	文型
❷	色々	→	**色々**	各式各樣	副詞
	あります	→	**ある**	有（事或物）	動Ⅰ
❸	ステーキ	→	**ステーキ**	牛排	名詞
	取り扱い	→	**取り扱い**	使用	名詞
	注意して	→	**注意する**	注意	動Ⅲ
	注意してください	→	**動詞て形＋ください**	請做～	文型
❹	敷かれた	→	**敷かれる**	被鋪上	敷く的被動形
	とても	→	**とても**	非常	副詞
❺	数々	→	**数々**	各種	名詞
	並んで	→	**並ぶ**	排列	動Ⅰ
	並んでいます	→	**動詞て形＋いる**	目前狀態	文型
❻	スープ用	→	**スープ用**	喝湯用	名詞
	用意して	→	**用意する**	準備	動Ⅲ

中譯

❶ 小孩子可以使用叉子喔。
❷ 餐巾的摺法有很多種。
❸ 使用牛排餐刀時，請小心使用。
❹ 鋪在餐桌上的餐墊非常可愛。
❺ 擺放著各種美麗的盤子。
❻ 請準備喝湯用的湯匙。

033

餐具擺放(2)

MP3 033

1 箸《はし》
(名)筷子

2 お《お》椀《わん》
(名)碗

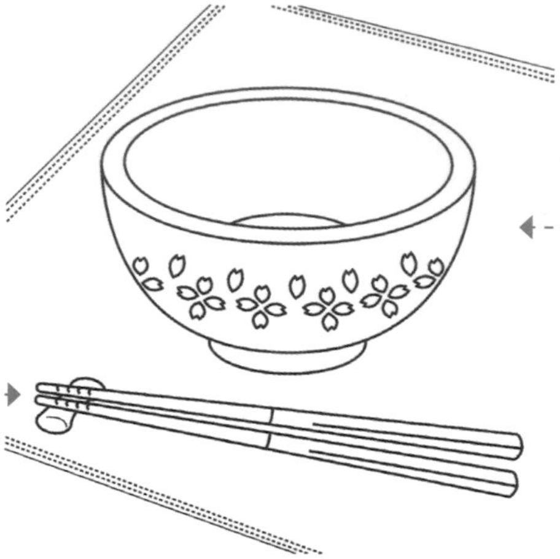

3 コップ
(kop(荷))
(名)水杯

4 グラス
(glass)
(名)酒杯

5 ペッパーミル
(pepper mill)
(名)胡椒研磨器

6 ソルトミル
(salt mill)
(名)鹽罐

❶ 箸を並《なら》べてください。

❷ お椀に味噌汁《みそしる》を入《い》れてください。

❸ コップに水《みず》を注《そそ》ぎます。

❹ お洒落《しゃれ》なグラスでワインを飲《の》むと更《さら》に美味《おい》しいです。

❺ 最新《さいしん》のペッパーミルには、電池《でんち》で動《うご》くタイプのものがあります。

❻ ソルトミルに岩塩《がんえん》を入《い》れます。

學更多

	例句出現的		原形／接續原則	意義	詞性
❶	並べて	→	並べる	排列	動II
	並べてください	→	動詞て形＋ください	請做～	文型
❷	入れて	→	入れる	放入	動II
	入れてください	→	動詞て形＋ください	請做～	文型
❸	注ぎます	→	注ぐ	灌入	動I
❹	お洒落なグラス	→	お洒落＋な＋名詞	漂亮的～	文型
	グラスで	→	名詞＋で	利用～	文型
	飲む	→	飲む	喝	動I
	飲むと	→	動詞辭書形＋と	如果～的話，就～	文型
	更に	→	更に	更加	副詞
	美味しい	→	美味しい	好喝的	い形
❺	電池で	→	名詞＋で	利用～	文型
	動く	→	動く	啟動	動I
	あります	→	ある	有（事或物）	動I
❻	入れます	→	入れる	放入	動II

中譯

❶ 請將筷子排好。
❷ 請將味噌湯裝入碗裡。
❸ 將水灌進水杯裡。
❹ 用漂亮的酒杯喝葡萄酒的話，就會更加可口。
❺ 在最新的胡椒研磨器中，有利用電池啟動的類型。
❻ 將岩鹽裝入鹽罐裡。

034 厨房流理臺

MP3 034

1. 換《かん》気《き》扇《せん》
(名)抽油煙機

2. ガスレンジ
(gas range)
(名)瓦斯爐

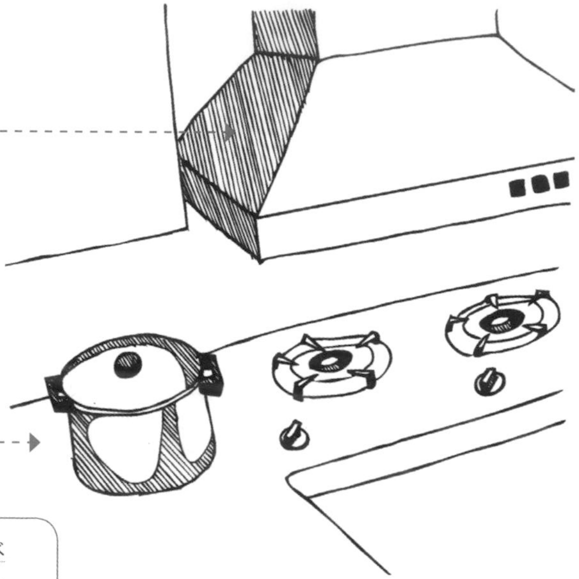

3. 鍋《なべ》
(名)鍋子

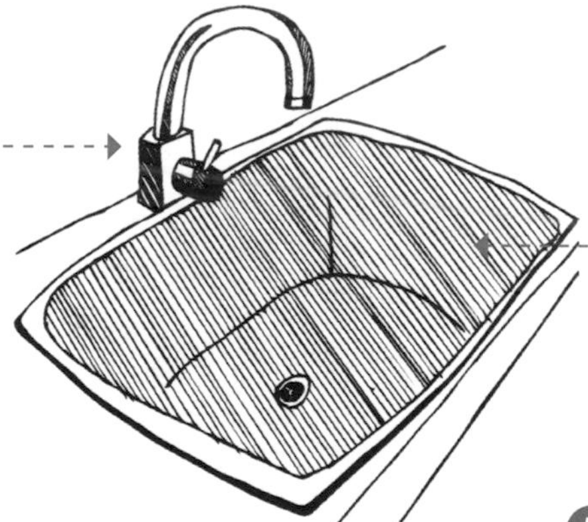

4. 蛇《じゃ》口《ぐち》
(名)水龍頭

5. シンク
(sink)
(名)水槽

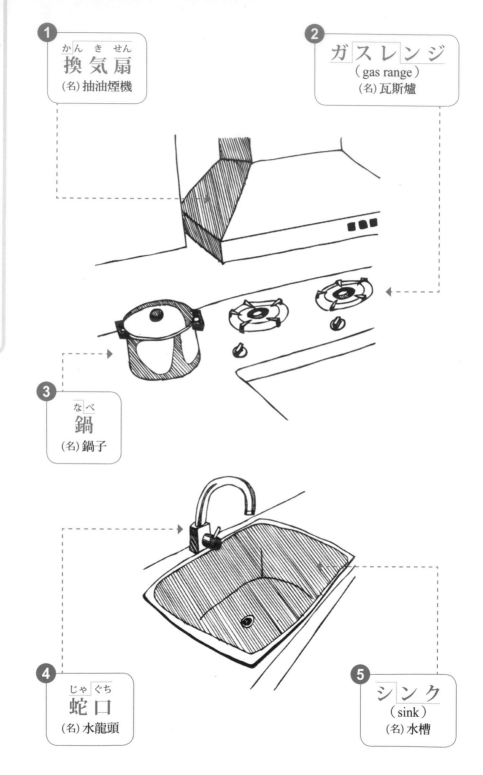

❶ 揚《あ》げ物《もの》を作《つく》る時《とき》は、換気扇をつけてください。

❷ 最新型《さいしんがた》のガスレンジを購入《こうにゅう》しました。

❸ 鍋はよく使《つか》うのでいくつあってもいいです。

❹ 蛇口には、スタイリッシュなデザインのものが多《おお》く見《み》られます。

❺ 最近《さいきん》は深《ふか》いタイプのシンクが人気《にんき》です。

學更多

	例句出現的		原形／接續原則	意義	詞性
❶	作る	→	**作る**	製作	動Ⅰ
	つけて	→	**つける**	打開	動Ⅱ
	つけてください	→	**動詞て形＋ください**	請做～	文型
❷	購入しました	→	**購入する**	購買	動Ⅲ
❸	よく	→	**よく**	經常	副詞
	使う	→	**使う**	使用	動Ⅰ
	使うので	→	**動詞辭書形＋ので**	因為～	文型
	いくつ	→	**いくつ**	幾個	名詞
	あって	→	**ある**	有（事或物）	動Ⅰ
	あってもいい	→	**動詞て形＋もいい**	可以做～	文型
❹	スタイリッシュなデザイン	→	**スタイリッシュ＋な＋名詞**	時尚的～	文型
	デザイン	→	**デザイン**	設計	名詞
	多く	→	**多く**	許多	副詞
	見られます	→	**見られる**	可以看見	見る的可能形
❺	深い	→	**深い**	深的	い形
	タイプ	→	**タイプ**	類型	名詞
	人気	→	**人気**	受歡迎	名詞

中譯

❶ 料理油炸食物時，請打開抽油煙機。
❷ 買了最新型的瓦斯爐。
❸ 鍋子是經常使用的器具，所以多幾個也無妨。
❹ 在水龍頭方面，可以看到很多帶有時尚風格設計的產品。
❺ 最近深型水槽很受歡迎。

035

廚具與設備

MP3 035

1

包《ほう》丁《ちょう》

(名)菜刀

2

フライ《フライ》返《がえ》し

(名)鍋鏟

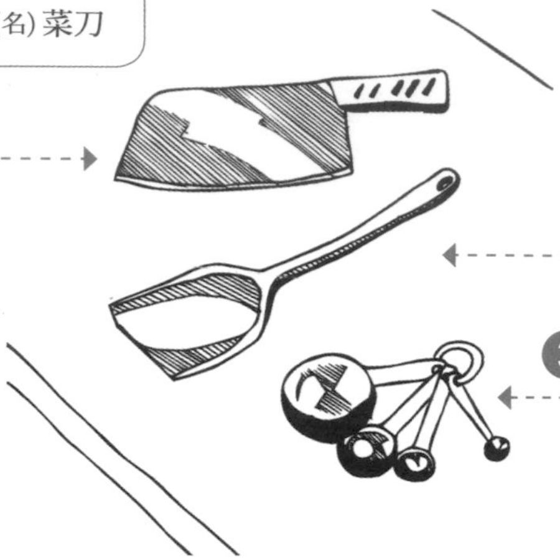

3

計《けい》量《りょう》スプーン《スプーン》

(名)量匙

4

冷《れい》蔵《ぞう》庫《こ》

(名)冰箱

5

オーブン

(oven)

(名)烤箱

6

電《でん》子《し》レンジ《レンジ》

(名)微波爐

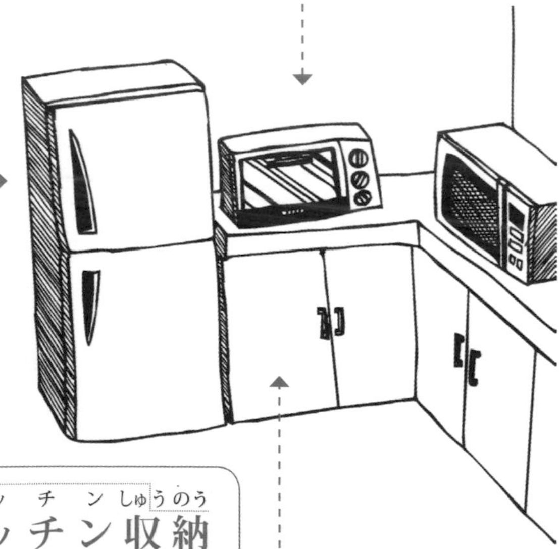

7

キッチン《キッチン》収《しゅう》納《のう》

(名)廚具櫃

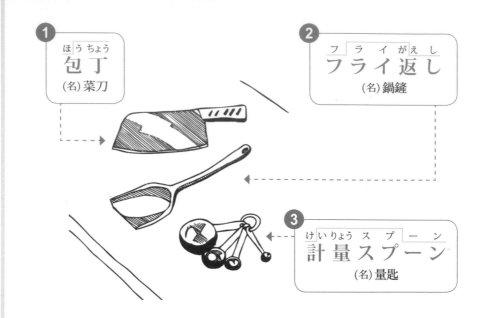

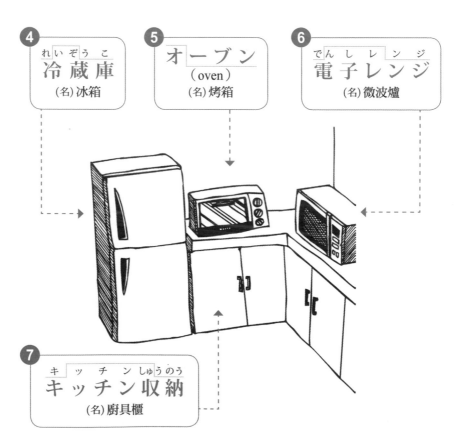

❶ 包丁を研《と》ぎます。

❷ フライ返しで返《かえ》す時《とき》に、フライパンに傷《きず》をつけないように！

❸ 目分量《めぶんりょう》ではなく、計量スプーンできちんと量《はか》ってください。

❹ 冷蔵庫を開《あ》けっ放《ぱな》しにするのはやめてください。

❺ 今《いま》オーブンで魚《さかな》を焼《や》いています。

❻ 電子レンジで1分《いっぷん》温《あたた》めてから食《た》べてください。

❼ キッチン収納のスペースは、とても重要《じゅうよう》です。

學更多

	例句出現的		原形／接續原則	意義	詞性
❶	研ぎます	→	研ぐ	研磨	動Ⅰ
❷	返す	→	返す	翻過來	動Ⅰ
	傷をつけない	→	傷をつける	弄傷	動Ⅱ
	傷をつけないように	→	動詞ない形＋ように	不要做～	文型
❸	目分量ではなく	→	名詞＋ではなく	不是～，而是～	文型
	きちんと	→	きちんと	仔細地	副詞
	量って	→	量る	測量	動Ⅰ
	量ってください	→	動詞て形＋ください	請做～	文型
❹	開けっ放しにする	→	開けっ放しにする	讓～開著	動Ⅲ
	開けっ放しにするのは	→	動詞辭書形＋のは	～這件事	文型
	やめて	→	やめる	停止	動Ⅱ
❺	焼いて	→	焼く	烤	動Ⅰ
	焼いています	→	動詞て形＋いる	正在做～	文型
❻	温めて	→	温める	加熱	動Ⅱ
	温めてから	→	動詞て形＋から	做～之後，再～	文型
❼	とても	→	とても	非常	副詞

中譯

❶ 研磨菜刀。
❷ 用鍋鏟翻炒食物時，不要刮傷平底鍋。
❸ 不要用目測的方式，請用量匙仔細地測量份量。
❹ 請不要讓冰箱開著。
❺ 現在正在用烤箱烤魚。
❻ 請用微波爐加熱１分鐘後再食用。
❼ 廚具櫃的空間非常重要。

036

窗台盆栽

MP3 036

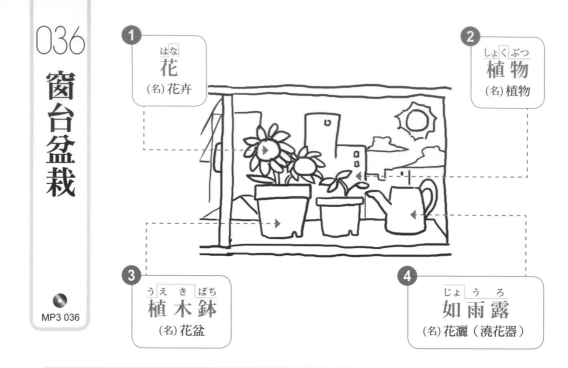

❶ 花《はな》
(名)花卉

❷ 植《しょく》物《ぶつ》
(名)植物

❸ 植《うえ》木《き》鉢《ばち》
(名)花盆

❹ 如《じょ》雨《う》露《ろ》
(名)花灑（澆花器）

❶ 花を見《み》ると心《こころ》が和《なご》みます。
❷ 部屋《へや》に植物があるとほっとします。
❸ 素焼《すや》きの可愛《かわい》い植木鉢が欲《ほ》しいです。
❹ 子供達《こどもたち》は如雨露で水《みず》をやるのを楽《たの》しんでいます。

學更多

	例句出現的		原形／接續原則	意義	詞性
❶	見ると	→	動詞辭書形＋と	如果～的話，就～	文型
	和みます	→	和む	平靜	動 I
❷	ほっとします	→	ほっとする	放鬆	動Ⅲ
❸	欲しい	→	欲しい	想要	い形
❹	水をやる	→	水をやる	澆水	動 I
	楽しんで	→	楽しむ	享受	動 I
	楽しんでいます	→	動詞て形＋いる	目前狀態	文型

中譯

❶ 看到花卉，心情就會平靜下來。
❷ 房間裡如果有植物，就會讓人心情放鬆。
❸ 我想要可愛的素陶器（未上釉）花盆。
❹ 孩子們享受著用花灑澆花的樂趣。

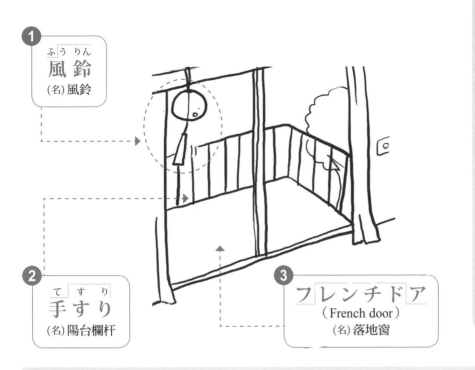

037 落地窗

MP3 037

❶ 風鈴《ふうりん》
(名)風鈴

❷ 手《て》すり
(名)陽台欄杆

❸ フレンチドア
（French door）
(名)落地窗

❶ 風《かぜ》が吹《ふ》くたびに、風鈴から心地《ここち》よい音《おと》がします。

❷ ベランダの手すりは木製《もくせい》にしました。

❸ ベランダに出《で》るドアは、お洒落《しゃれ》なフレンチドアにしました。

學更多

	例句出現的		原形／接續原則	意義	詞性
❶	吹く	→	**吹く**	吹	動Ⅰ
	吹くたびに	→	**動詞辭書形＋たびに**	每當～	文型
	心地よい	→	**心地よい**	悅耳的	い形
	音がします	→	**音がする**	發出聲音	動Ⅲ
❷	ベランダ	→	**ベランダ**	陽台	名詞
	木製にしました	→	**名詞＋にしました**	做成～了	文型
❸	出る	→	**出る**	出去	動Ⅱ
	ドア	→	**ドア**	門	名詞
	お洒落なフレンチドア	→	**お洒落＋な＋名詞**	漂亮的～	文型

中譯

❶ 每當風一吹拂，風鈴就會響起悅耳的聲音。
❷ 把陽台欄杆做成木製的。
❸ 把通往陽台的門，做成漂亮的落地窗。

038 家門口

MP3 038

❶ 傘《かさ》
(名)雨傘

❷ ドアノブ
（door knob）
(名)門把

❸ 傘《かさ》立《た》て《て》
(名)雨傘桶

❹ 門《もん》
(名)大門

❶ 濡《ぬ》れた傘を乾《かわ》かします。

❷ ドアノブを交換《こうかん》します。

❸ 傘立てに傘《かさ》を立《た》てます。

❹ 遊《あそ》びに行《い》く約束《やくそく》をしていた友達《ともだち》が、家《いえ》の門まで迎《むか》えに来《き》てくれました。

學更多

	例句出現的		原形／接續原則	意義	詞性
❶	濡れた	→	濡れる	淋濕	動II
	乾かします	→	乾かす	晾乾	動I
❷	交換します	→	交換する	更換	動III
❸	立てます	→	立てる	豎立	動II
❹	遊びに行く	→	遊びに行く	去玩	動I
	迎えに来て	→	迎えに来る	來迎接	動III

中譯

❶ 把濕掉的傘晾乾。
❷ 更換門把。
❸ 把傘立在雨傘桶裡。
❹ 約好要去玩的朋友來我家大門接我。

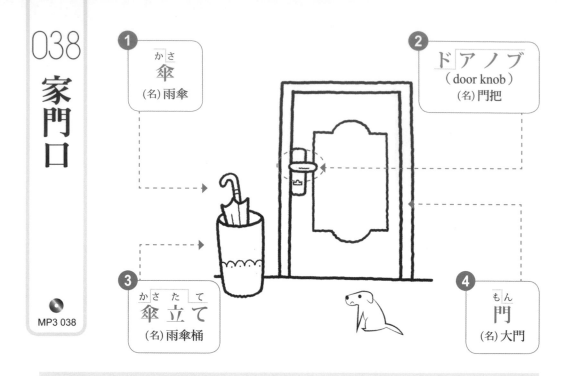

039 室外熱水器

MP3 039

① 温水器《おんすいき》
(名)熱水器

② 蛇口《じゃぐち》
(名)水龍頭

③ バケツ
（bucket）
(名)水桶

④ 排水口《はいすいこう》
(名)排水口

❶ 温水器には電気《でんき》のものとガスのものがあります。

❷ ベランダに蛇口があると便利《べんり》なのに…

❸ 苺《いちご》をバケツ一杯《いっぱい》ほど収穫《しゅうかく》しました。

❹ 排水口にゴミが溜《た》まったらしく、水《みず》の流《なが》れが悪《わる》いです。

學更多

	例句出現的		原形／接續原則	意義	詞性
❶	あります	→	ある	有（事或物）	動Ⅰ
❷	便利なのに	→	な形容詞＋な＋のに	明明～，卻～	文型
❸	一杯	→	一杯	充滿	名詞
	一杯ほど	→	名詞＋ほど	～那樣	文型
	収穫しました	→	収穫する	收穫	動Ⅲ
❹	溜まった	→	溜まる	積存	動Ⅰ
	溜まったらしく	→	動詞た形＋らしい	好像～	文型

中譯

❶ 熱水器有電氣類型和瓦斯類型。
❷ 陽台有水龍頭就的話就方便多了，卻…
❸ 採收了滿滿一整個水桶的草莓。
❹ 排水口好像堆積了垃圾，水流不順暢。

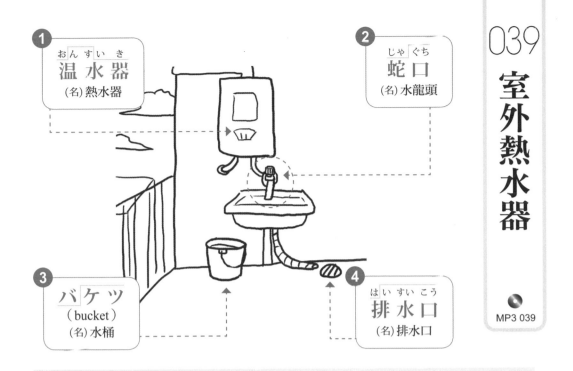

040 衛浴設備(1)

MP3 040

1 鏡《かがみ》
(名)鏡子

2 歯《は》ブラシ
(名)牙刷

3 歯《は》磨《みが》き粉《こ》
(名)牙膏

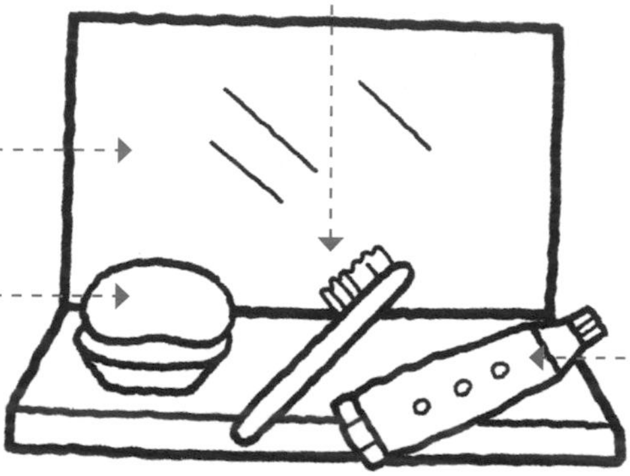

4 石鹸《せっけん》
(名)肥皂

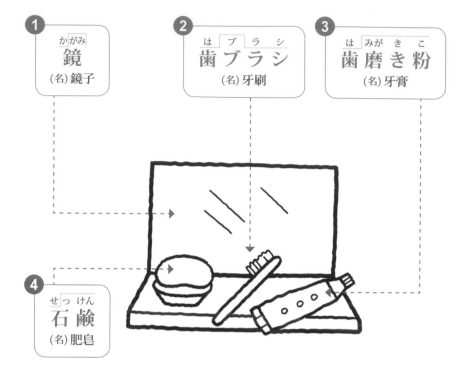

5 洗面台《せんめんだい》
(名)洗手台

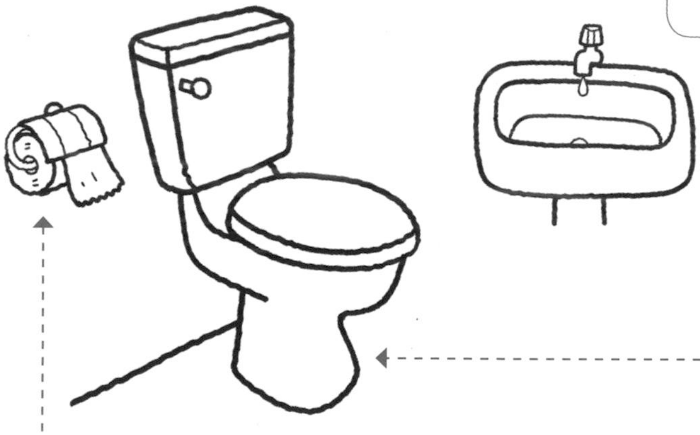

6 トイレットペーパー
(toilet paper)
(名)衛生紙

7 便器《べんき》
(名)馬桶

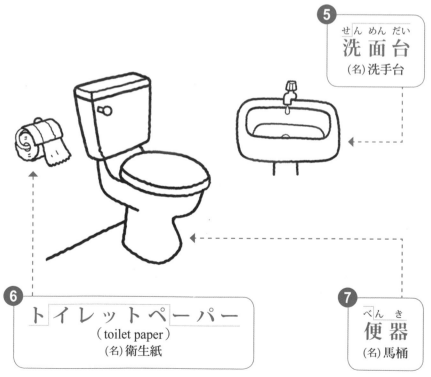

❶ 鏡に映《うつ》った自分《じぶん》を見《み》てぞっとしました。

❷ 古《ふる》くなった歯ブラシは、掃除《そうじ》に使《つか》えます。

❸ フッ素《そ》入《い》りの歯磨き粉を使《つか》うようにしています。

❹ 敏感肌《びんかんはだ》なので、石鹸で洗顔《せんがん》するようにしています。

❺ 洗面台で顔《かお》を洗《あら》います。

❻ トイレットペーパーは、いつも買《か》い置《お》きしてあります。

❼ 磨《みが》いても、便器の黄《き》ばみが取《と》れません。

學更多

	例句出現的		原形／接續原則	意義	詞性
❶	映った	→	映る	映照	動Ⅰ
	見て	→	見る	看	動Ⅱ
	ぞっとしました	→	ぞっとする	毛骨悚然	動Ⅲ
❷	古くなった	→	古い＋くなった	變舊	文型
	使えます	→	使える	可以使用	使う的可能形
❸	使う	→	使う	使用	動Ⅰ
	使うようにしています	→	動詞辭書形＋ようにしている	盡量有在做～	文型
❹	敏感肌なので	→	名詞＋な＋ので	因為～	文型
	洗顔する	→	洗顔する	洗臉	動Ⅲ
❺	洗います	→	洗う	清洗	動Ⅰ
❻	買い置きして	→	買い置きする	買來存放	動Ⅲ
	買い置きしてあります	→	動詞て形＋ある	有目的的存在狀態	文型
❼	磨いて	→	磨く	刷洗	動Ⅰ
	磨いても	→	動詞て形＋も	即使～，也～	文型
	取れません	→	取れる	去除	動Ⅱ

中譯

❶ 看到鏡子裡的自己，覺得毛骨悚然。
❷ 變舊的牙刷可以拿來清潔物品。
❸ 盡量使用含氟的牙膏。
❹ 因為是敏感性肌膚，所以盡量用肥皂洗臉。
❺ 在洗手台洗臉。
❻ 經常買衛生紙放著備用。
❼ 即使刷洗，馬桶的泛黃污漬也無法去除。

041 衛浴設備(2)

MP3 041

1 タオル《タオル》掛け《かけ》
(名)毛巾架

2 タオル
（towel）
(名)毛巾

3 シャワーカーテン
（shower curtain）
(名)浴簾

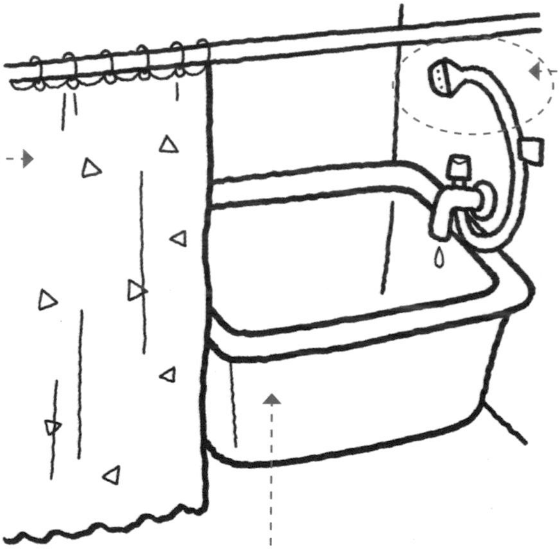

4 バスタブ
（bathtub）
(名)浴缸

5 シャワーヘッド
（shower head）
(名)蓮蓬頭

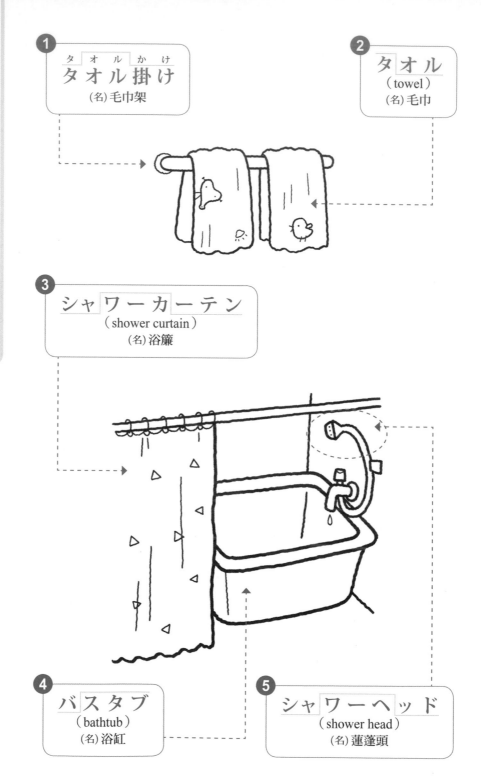

❶ 使用後《しようご》のバスタオルは、タオル掛けに掛《か》けておいてください。

❷ タオルを交換《こうかん》してください。

❸ 子供《こども》の喜《よろこ》びそうなデザインのシャワーカーテンを探《さが》します。

❹ バスタブにお湯《ゆ》を入《い》れて、ゆっくりお風呂《ふろ》に入《はい》りたいです。

❺ マッサージ機能《きのう》の付《つ》いたシャワーヘッドが人気《にんき》です。

學更多

	例句出現的		原形／接續原則	意義	詞性
❶	掛けて	→	掛ける	掛上	動II
	掛けておいて	→	動詞て形＋おく	妥善處理	文型
	掛けておいてください	→	動詞て形＋ください	請做～	文型
❷	交換して	→	交換する	更換	動III
❸	喜び	→	喜ぶ	歡喜、開心	動I
	喜びそう	→	動詞ます形＋そう	可能會～	文型
	喜びそうなデザイン	→	喜びそう＋な＋名詞	可能會喜歡的～	文型
	探します	→	探す	尋找	動I
❹	お湯	→	お湯	熱水	名詞
	入れて	→	入れる	放入	動II
	ゆっくり	→	ゆっくり	好好地	副詞
	お風呂に入り	→	お風呂に入る	泡澡	動I
	お風呂に入りたい	→	動詞ます形＋たい	想要做～	文型
❺	マッサージ	→	マッサージ	按摩	名詞
	付いた	→	付く	附有	動I
	人気	→	人気	受歡迎	名詞

中譯

❶ 用過的浴巾請掛在毛巾架上。
❷ 請更換毛巾。
❸ 尋找孩子可能會喜歡的設計的浴簾。
❹ 想在浴缸裡放熱水，好好地泡個澡。
❺ 附有按摩功能的蓮蓬頭很受歡迎。

042

臥室

MP3 042

1 チェスト
(chest)
(名)床頭櫃

2 目《め》覚《ざ》ま《ま》し《し》時《ど》計《けい》
(名)鬧鐘

3 枕《まくら》
(名)枕頭

4 布《ふ》団《とん》
(名)棉被

5 ベッド
(bed)
(名)床

6 抱《だ》き《き》枕《まくら》
(名)抱枕

7 シーツ
(sheet)
(名)床單

❶ 寝室《しんしつ》にチェストランプがあると読書《どくしょ》に便利《べんり》です。

❷ 目覚まし時計をセットします。

❸ 枕の高《たか》さは非常《ひじょう》に重要《じゅうよう》です。

❹ 布団に入《はい》ったらすぐ寝《ね》てしまいました。

❺ 布団《ふとん》よりベッドの方《ほう》が寝《ね》やすいです。

❻ 妊婦《にんぷ》の方《かた》は抱き枕を使《つか》うとよく眠《ねむ》れます。

❼ 新《あたら》しいシーツは気持《きも》ちいいです。

學更多

	例句出現的		原形／接續原則	意義	詞性
❶	ある	→	ある	有（事或物）	動 I
	あると	→	動詞辭書形＋と	如果～的話，就～	文型
❷	セットします	→	セットする	設定	動Ⅲ
❸	非常に	→	非常に	非常地	副詞
❹	入った	→	入る	進入	動 I
	入ったら	→	動詞た形＋ら	做～，結果～	文型
	寝て	→	寝る	睡覺	動 II
	寝てしまいました	→	動詞て形＋しまいました	完全～	文型
❺	布団より	→	名詞＋より	和～相比	文型
	ベッドの方が	→	名詞＋の方が	～比較	文型
	寝	→	寝る	睡覺	動 II
	寝やすい	→	動詞ます形＋やすい	容易做～	文型
❻	使う	→	使う	使用	動 I
	眠れます	→	眠れる	睡著	動 II
❼	気持ちいい	→	気持ちいい	舒服的	い形

中譯

❶ 如果臥室有裝床頭櫃的燈，看書時會很方便。
❷ 設定鬧鐘。
❸ 枕頭的高度非常重要。
❹ 一鑽進棉被，就立刻睡著了。
❺ 和在地上鋪棉被相比，床比較好睡。
❻ 孕婦使用抱枕的話，會睡得比較好。
❼ 新床單用起來很舒服。

043
衣櫥

MP3 043

1 鏡《かがみ》
(名) 鏡子

2 ハンガー
（hanger）
(名) 衣架

3 箪《たん》笥《す》
(名) 衣櫃

4 スリッパ
（slipper）
(名) 拖鞋

5 クローゼット
（closet）
(名) 衣櫥

❶ 鏡で姿勢《しせい》をチェックします。

❷ ジャケットをハンガーに掛《か》けます。

❸ 箪笥に靴下《くつした》や下着《したぎ》を入《い》れます。

❹ 冷《ひ》え性《しょう》なので必《かなら》ずスリッパを履《は》きます。

❺ 女性《じょせい》のクローゼットは、男性《だんせい》のクローゼットより大《おお》きいのが普《ふ》通《つう》です。

學更多

	例句出現的		原形／接續原則	意義	詞性
❶	鏡で	→	**名詞＋で**	利用～	文型
	チェックします	→	**チェックする**	確認	動III
❷	ジャケット	→	**ジャケット**	夾克	名詞
	掛けます	→	**掛ける**	掛上	動II
❸	靴下	→	**靴下**	襪子	名詞
	下着	→	**下着**	內衣褲	名詞
	入れます	→	**入れる**	放入	動II
❹	冷え性	→	**冷え性**	怕冷	名詞
	冷え性なので	→	**名詞＋な＋ので**	因為～	文型
	必ず	→	**必ず**	一定	副詞
	履きます	→	**履く**	穿（鞋）	動I
❺	クローゼットより	→	**名詞＋より**	比～	文型
	大きい	→	**大きい**	大的	い形
	普通	→	**普通**	正常	な形

中譯

❶ 透過鏡子確認姿勢。
❷ 把夾克掛在衣架上。
❸ 把襪子和內衣褲放進衣櫃。
❹ 因為怕冷，所以一定要穿拖鞋。
❺ 女性的衣櫥比男性的衣櫥大是很正常的。

044

書桌上

MP3 044

1 椅子《いす》
(名)椅子

2 ペン立《た》て
(名)筆筒

3 デスクライト
(desk light)
(名)檯燈

4 老《ろう》眼《がん》鏡《きょう》
(名)老花眼鏡

5 文《ぶん》鎮《ちん》
(名)紙鎮

6 ブックマーク
(bookmark)
(名)書籤

7 ブックエンド
(book end)
(名)書擋

❶ 座《すわ》り心地《ごこち》の良《よ》い椅子を見《み》つけるのは難《むずか》しいです。

❷ 空《あ》き缶《かん》でペン立てを作《つく》ります。

❸ 部分照明用《ぶぶんしょうめいよう》に、デスクライトが必要《ひつよう》です。

❹ そろそろ老眼鏡が必要《ひつよう》になってきました。

❺ ガラス製《せい》のお洒落《しゃれ》な文鎮が欲《ほ》しいです。

❻ ブックマークを手作《てづく》りします。

❼ 本棚《ほんだな》にブックエンドを入《い》れます。

學更多

	例句出現的		原形／接續原則	意義	詞性
❶	座り心地	→	**座り心地**	坐起來的感覺	名詞
	見つける	→	**見つける**	找到	動Ⅱ
	見つけるのは	→	**動詞辭書形＋のは**	～這件事	文型
❷	空き缶で	→	**名詞＋で**	利用～	文型
	作ります	→	**作る**	製作	動Ⅰ
❸	部分照明	→	**部分照明**	局部照明	名詞
❹	そろそろ	→	**そろそろ**	快要、差不多	副詞
	なって	→	**なる**	變成	動Ⅰ
	なってきました	→	**動詞て形＋きました**	逐漸～了	文型
❺	お洒落な文鎮	→	**お洒落＋な＋名詞**	漂亮的～	文型
	欲しい	→	**欲しい**	想要	い形
❻	手作りします	→	**手作りする**	手工製作	動Ⅲ
❼	入れます	→	**入れる**	放入	動Ⅱ

中譯

❶ 要找到一張坐起來很舒服的椅子，是很困難的。
❷ 用空罐子做筆筒。
❸ 在局部照明的用途上，檯燈是必要的。
❹ 差不多需要配戴老花眼鏡了。
❺ 我想要玻璃製的漂亮紙鎮。
❻ 手工製作書籤。
❼ 在書架中放入書擋。

045 文具與書

MP3 045

❶ 付《ふ》箋《せん》
(名)便利貼

❷ ノート
（note）
(名)記事本

❸ ペン
（pen）
(名)筆

❹ 机《つくえ》
(名)書桌

❺ 書《しょ》籍《せき》
(名)書籍

此字也可以唸成しょせき。

❻ 本《ほん》棚《だな》
(名)書架

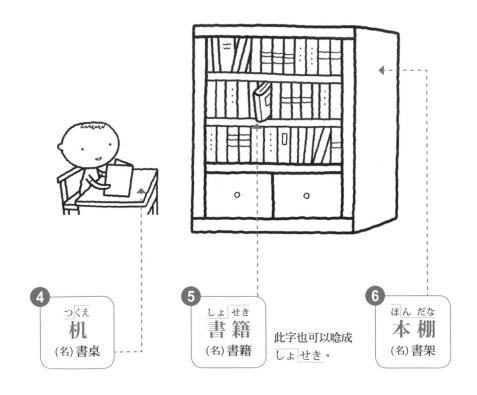

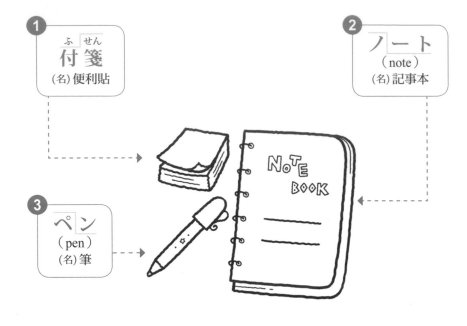

❶ 本《ほん》の気《き》になる箇所《かしょ》には付箋を付《つ》けておきます。

❷ 授業中《じゅぎょうちゅう》は、ノートにメモを取《と》ります。

❸ 父《ちち》の趣味《しゅみ》はペン収集《しゅうしゅう》です。

❹ 彼《かれ》は机の大《おお》きさとデザインにうるさいです。

❺ 彼《かれ》の書斎《しょさい》には、外国《がいこく》の書籍が多《おお》く並《なら》んでいます。

❻ 本《ほん》をたくさん持《も》っているので、大《おお》きな本棚が欲《ほ》しいです。

學更多

	例句出現的		原形／接續原則	意義	詞性
❶	気になる	→	気になる	喜歡	動Ⅰ
	付けて	→	付ける	貼上	動Ⅱ
	付けておきます	→	動詞て形＋おく	妥善處理	文型
❷	メモを取ります	→	メモを取る	做筆記	動Ⅰ
❸	趣味	→	趣味	興趣	名詞
❹	デザインにうるさい	→	名詞＋にうるさい	在～方面很挑剔	文型
❺	多く	→	多く	許多	副詞
	並んで	→	並ぶ	排列	動Ⅰ
	並んでいます	→	動詞て形＋いる	目前狀態	文型
❻	たくさん	→	たくさん	很多	副詞
	持って	→	持つ	擁有	動Ⅰ
	持っている	→	動詞て形＋いる	目前狀態	文型
	持っているので	→	動詞ている形＋ので	因為～	文型
	欲しい	→	欲しい	想要	い形

中譯

❶ 在書中喜歡的地方，貼上便利貼。
❷ 上課時，在記事本上做筆記。
❸ 父親的興趣是收集筆。
❹ 他對書桌的大小和設計很挑剔。
❺ 他的書房裡擺放了許多外文書籍。
❻ 因為有很多書，所以想要大型的書架。

046 客廳

MP3 046

1. 天井《てんじょう》
(名)天花板

2. シーリングファン
(ceiling fan)
(名)吊扇

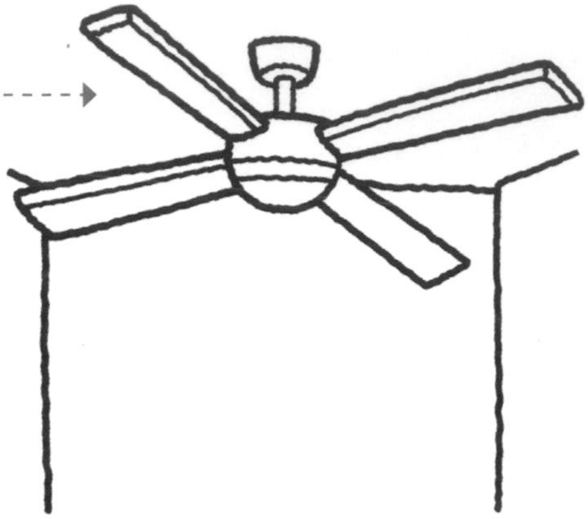

3. 絵画《かいが》
(名)掛畫

4. ソファー
(sofa)
(名)沙發

5. 揺《ゆ》り椅子《いす》
(名)搖椅

6. クッション
(cushion)
(名)靠枕

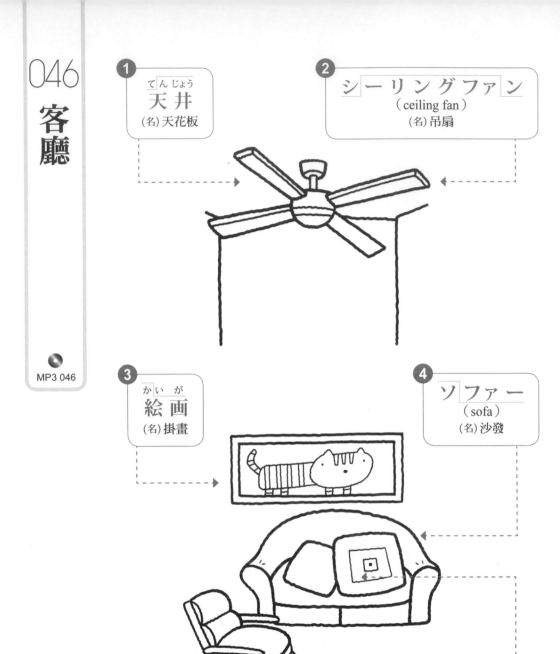

❶ 天井の高《たか》いリビングルームは広《ひろ》く感《かん》じます。

❷ 天井《てんじょう》にシーリングファンがあると快適《かいてき》です。

❸ 壁《かべ》に洋風《ようふう》の絵画を飾《かざ》ります。

❹ 犬《いぬ》がソファーに横《よこ》たわっています。

❺ 昔《むかし》ながらの揺り椅子は趣《おもむき》があります。

❻ ソファーにクッションを置《お》きます。

學更多

	例句出現的		原形／接續原則	意義	詞性
❶	高い	→	高い	高的	い形
	リビングルーム	→	リビングルーム	客廳	名詞
	広く	→	広い	寬廣的	い形
	感じます	→	感じる	感覺	動II
❷	ある	→	ある	有（事或物）	動I
	あると	→	動詞辭書形＋と	如果～的話，就～	文型
	快適	→	快適	舒適的	な形
❸	洋風	→	洋風	西式	名詞
	飾ります	→	飾る	裝飾	動I
❹	横たわって	→	横たわる	横躺	動I
	横たわっています	→	動詞て形＋いる	目前狀態	文型
❺	昔ながら	→	昔ながら	昔日、一如往昔	副詞
	趣	→	趣	風趣、雅致之處	名詞
	あります	→	ある	有（事或物）	動I
❻	置きます	→	置く	放置	動I

中譯

❶ 天花板高的客廳，感覺比較寬敞。
❷ 如果天花板有裝吊扇，就會很舒適。
❸ 在牆上擺放西式的掛畫。
❹ 狗躺在沙發上。
❺ 舊式的搖椅有其雅致之處。
❻ 在沙發上放置靠枕。

047

看電視

MP3 047

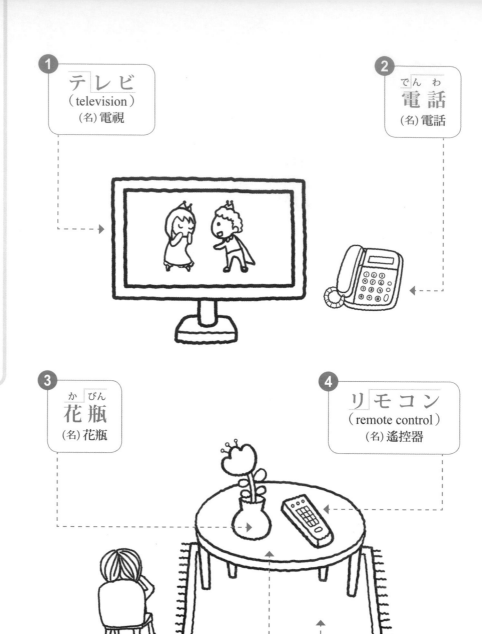

1 テレビ
(television)
(名)電視

2 電話《でんわ》
(名)電話

3 花瓶《かびん》
(名)花瓶

4 リモコン
(remote control)
(名)遙控器

5 サイドテーブル
(side table)
(名)茶几

6 絨毯《じゅうたん》
(名)地毯

❶ 薄型《うすがた》テレビは安《やす》くなってきています。

❷ リビングルームに電話を置《お》くか迷《まよ》っています。

❸ 花瓶を落《お》として割《わ》ってしまいました。

❹ テレビのリモコンが見《み》当《あ》たりません。

❺ サイドテーブルに写真《しゃしん》立《た》てを飾《かざ》ります。

❻ 絨毯より木《き》のフロアの方《ほう》が掃除《そうじ》しやすいです。

學更多

	例句出現的		原形／接續原則	意義	詞性
❶	安く	→	安い	便宜的	い形
	安くなってきて	→	安~~い~~＋くなってくる	逐漸變便宜	文型
	安くなってきています	→	動詞て形＋いる	目前狀態	文型
❷	置く	→	置く	放置	動Ⅰ
	置くか	→	動詞辭書形＋か	是否要～	文型
	迷って	→	迷う	猶豫	動Ⅰ
❸	落として	→	落とす	弄掉、摔掉	動Ⅰ
	割って	→	割る	打破	動Ⅰ
	割ってしまいました	→	動詞て形＋しまいました	無法挽回的遺憾	文型
❹	見当たりません	→	見当たる	找到	動Ⅰ
❺	写真立て	→	写真立て	相框	名詞
	飾ります	→	飾る	裝飾	動Ⅰ
❻	絨毯より	→	名詞＋より	和～相比	文型
	フロアの方が	→	名詞＋の方が	～比較	文型
	掃除し	→	掃除する	打掃	動Ⅲ
	掃除しやすい	→	動詞~~ます~~形＋やすい	容易做～	文型

中譯

❶ 薄型電視越來越便宜了。
❷ 正在猶豫是否要在客廳放置電話。
❸ 弄倒花瓶，不小心打破了。
❹ 找不到電視的遙控器。
❺ 在茶几上擺放相框。
❻ 和地毯比起來，木質地板比較容易打掃。

048 玄關處

MP3 048

1 コートハンガー
（coat hanger）
(名)衣帽架

2 下《げ》駄《た》箱《ばこ》
(名)鞋櫃

3 フック
（hook）
(名)掛勾

4 靴《くつ》
(名)鞋子

5 玄《げん》関《かん》マット《マット》
(名)踩腳墊

6 スリッパ
（slipper）
(名)拖鞋

7 靴《くつ》べら《べら》
(名)鞋拔

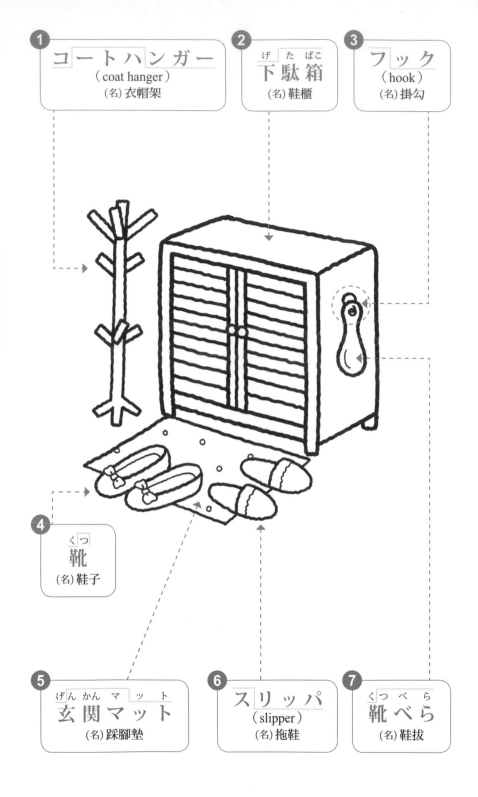

❶ コートをコートハンガーに掛《か》けてください。

❷ 日本《にほん》の玄関《げんかん》には必《かなら》ず下駄箱があります。

❸ フックに車《くるま》の鍵《かぎ》を戻《もど》します。

❹ 玄関《げんかん》に靴を揃《そろ》えておきます。

❺ 玄関マットで靴《くつ》の汚《よご》れをぬぐいます。

❻ お客《きゃく》さんが履《は》きやすいようにスリッパを揃《そろ》えておきます。

❼ 父《ちち》は毎日《まいにち》、この靴べらを使《つか》います。

學更多

	例句出現的		原形／接續原則	意義	詞性
❶	掛けて	→	掛ける	掛上	動II
	掛けてください	→	動詞て形＋ください	請做～	文型
❷	必ず	→	必ず	一定	副詞
	あります	→	ある	有（事或物）	動I
❸	戻します	→	戻す	放回	動I
❹	揃えて	→	揃える	擺整齊	動II
	揃えておきます	→	動詞て形＋おく	妥善處理	文型
❺	ぬぐいます	→	ぬぐう	擦拭	動I
❻	履き	→	履く	穿（鞋）	動I
	履きやすい	→	動詞ます形＋やすい	容易做～	文型
	履きやすいように	→	い形容詞＋ように	為了～	文型
	揃えて	→	揃える	擺整齊	動II
	揃えておきます	→	動詞て形＋おく	妥善處理	文型
❼	使います	→	使う	使用	動I

中譯

❶ 請將外套掛在衣帽架上。
❷ 日本的玄關一定有擺放鞋櫃。
❸ 將車鑰匙掛回掛勾上。
❹ 將鞋子整齊擺放在玄關。
❺ 用踩腳墊擦拭鞋子的污垢。
❻ 為了讓客人方便穿上，把拖鞋擺好。
❼ 父親每天使用這個鞋拔。

049 居家花園

MP3 049

❶ スプリンクラー
（sprinkler）
(名) 灑水器

此字也可以唸成スプリンクラー。

❷ 芝《しば》刈《か》り機《き》
(名) 除草機

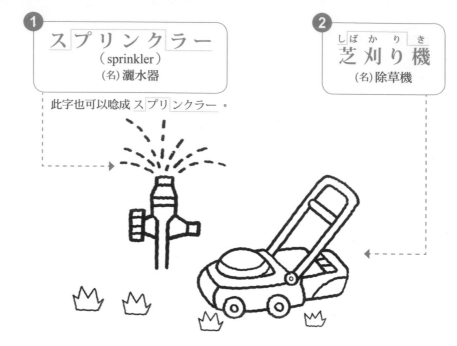

❸ 如《じょ》雨《う》露《ろ》
(名) 澆花壺

❹ 庭《にわ》師《し》
(名) 園丁

❺ 花《はな》
(名) 花卉

❻ 植《しょく》物《ぶつ》
(名) 植物

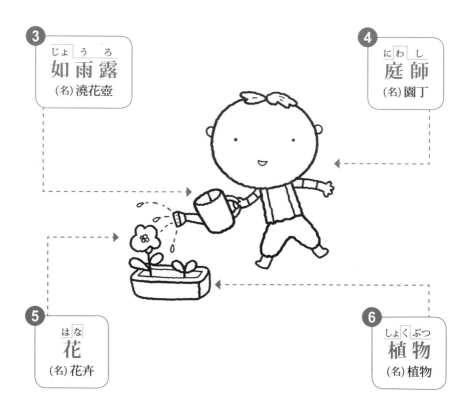

❶ スプリンクラーが自動的《じどうてき》に作動《さどう》します。

❷ 庭《にわ》が広《ひろ》いので、芝刈り機が必要《ひつよう》です。

❸ 毎朝《まいあさ》如雨露で植物《しょくぶつ》に水《みず》をやるのが、母《はは》の日課《にっか》です。

❹ 庭《にわ》の手《て》入《い》れができなくなったので、庭師を雇《やと》うことにしました。

❺ 部屋《へや》に花を飾《かざ》ります。

❻ 最近《さいきん》は、植物からプラスチックが作《つく》れるそうです。

學更多

	例句出現的		原形／接續原則	意義	詞性
❶	作動します	→	**作動する**	啟動	動Ⅲ
❷	広い	→	**広い**	寬廣的	い形
	広いので	→	**い形容詞＋ので**	因為～	文型
	必要	→	**必要**	必要的	な形
❸	水をやる	→	**水をやる**	澆水	動Ⅰ
	日課	→	**日課**	每天的慣例	名詞
❹	手入れ	→	**手入れ**	修整	名詞
	できなく	→	**できる**	能夠做、可以	動Ⅱ
	できなくなった	→	**できない＋くなる**	變成不會	文型
	雇う	→	**雇う**	雇用	動Ⅰ
	雇うことにしました	→	**動詞辭書形＋ことにしました**	決定做～了	文型
❺	飾ります	→	**飾る**	裝飾、佈置	動Ⅰ
❻	植物から	→	**名詞＋から**	從～東西	名詞
	プラスチック	→	**プラスチック**	塑膠	名詞
	作れる	→	**作れる**	可以製作	作る的可能形
	作れるそう	→	**作れる＋そう**	聽說可以製作	文型

中譯

❶ 灑水器自動啟動。
❷ 院子很寬敞，所以需要除草機。
❸ 每天早上用澆花壺給植物澆水，是母親每天的慣例。
❹ 因為不會整理庭院，所以決定雇用園丁。
❺ 在房間佈置花卉。
❻ 聽說最近可以從植物提煉原料做成塑膠。

050 居家庭園

MP3 050

❶ 低木《ていぼく》
(名) 矮樹叢

❷ フェンス
（fence）
(名) 圍籬

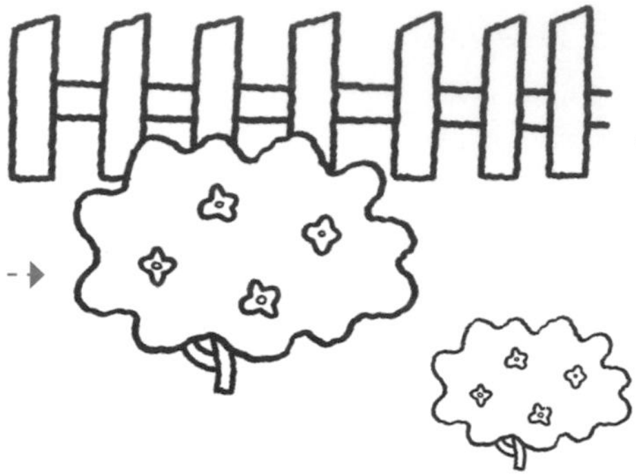

❸ 車庫《しゃこ》
(名) 車庫

❹ 犬小屋《いぬごや》
(名) 狗屋

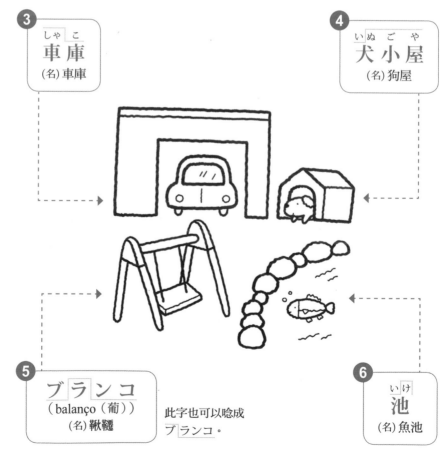

❺ ブランコ
（balanço（葡））
(名) 鞦韆

此字也可以唸成ブランコ。

❻ 池《いけ》
(名) 魚池

❶ フェンスの周《まわ》りに低木を植《う》えました。

❷ フェンスの外《そと》から中《なか》は見《み》えません。

❸ 車庫は物置《ものおき》も兼《か》ねています。

❹ 日中暑《にっちゅうあつ》いので、犬《いぬ》が犬小屋に入《はい》ったまま出《で》てきません。

❺ 子供《こども》がいるので、庭《にわ》にブランコを置《お》きました。

❻ 池に鯉《こい》がたくさんいます。

學更多

	例句出現的		原形／接續原則	意義	詞性
❶	周り	→	周り	周圍	名詞
	植えました	→	植える	種植	動II
❷	見えません	→	見える	看得到	動II
❸	物置も	→	名詞＋も	～也	文型
	兼ねて	→	兼ねる	兼任	動II
	兼ねています	→	動詞て形＋いる	目前狀態	文型
❹	日中	→	日中	白天	名詞
	暑い	→	暑い	炎熱的	い形
	暑いので	→	い形容詞＋ので	因為～	文型
	入った	→	入る	進入	動I
	入ったまま	→	動詞た形＋まま	做～後，一直保持著	文型
	出てきません	→	出てくる	出來	動III
❺	いる	→	いる	有（人或動物）	動II
	置きました	→	置く	放置	動I
❻	たくさん	→	たくさん	很多	副詞
	います	→	いる	有（人或動物）	動II

中譯

❶ 圍籬的四周種了矮樹叢。
❷ 從圍籬的外頭看不到裡面。
❸ 車庫也兼做儲藏室。
❹ 因為白天很熱，小狗進入狗屋後就不出來。
❺ 因為家裡有小孩，所以在庭院裝了鞦韆。
❻ 魚池裡有很多鯉魚。

051

梳妝台上

MP3 051

1 コットン
(cotton)
(名) 化妝棉

2 香《こう》水《すい》
(名) 香水

3 化《け》粧《しょう》品《ひん》
(名) 化妝品

4 ブラシ
(brush)
(名) 梳子

5 鏡《かがみ》
(名) 鏡子

6 爪《つめ》切《き》り《り》
(名) 指甲刀

7 ドライヤー
(dryer)
(名) 吹風機

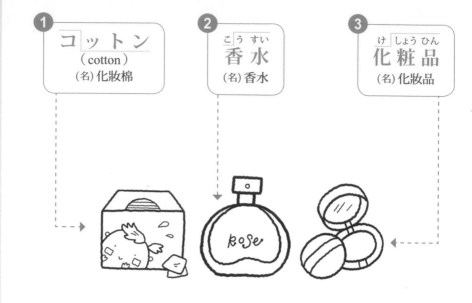

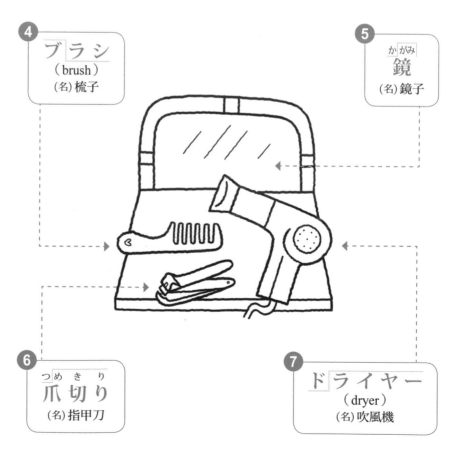

❶ コットンで化《け》粧《しょう》水《すい》をたっぷりつけます。

❷ 香《かお》りの強《つよ》い香水は嫌《きら》いです。

❸ ドレッサーに化粧品が並《なら》んでいます。

❹ ブラシで髪《かみ》を梳《す》きます。

❺ 鏡よ鏡、世《せ》界《かい》で一番《いちばん》美《うつく》しいのは誰《だれ》？

❻ 爪切りが見《み》当《あ》たりません。

❼ ドライヤーは使《つか》わず、自然乾燥《しぜんかんそう》することが多《おお》いです。

學更多

	例句出現的		原形／接續原則	意義	詞性
❶	コットンで	→	名詞＋で	利用～	文型
	たっぷり	→	たっぷり	充分	副詞
	つけます	→	つける	沾取	動II
❷	香り	→	香り	香味	名詞
	強い	→	強い	強烈的	い形
	嫌い	→	嫌い	討厭	な形
❸	ドレッサー	→	ドレッサー	梳妝台	名詞
	並んで	→	並ぶ	排列	動I
	並んでいます	→	動詞て形＋いる	目前狀態	文型
❹	梳きます	→	梳く	梳	動I
❺	世界で	→	範圍＋で	在～範圍	文型
❻	見当たりません	→	見当たる	找到	動I
❼	使わ	→	使う	使用	動I
	使わず	→	動詞ない形＋ず	不要～	文型
	自然乾燥する	→	自然乾燥する	自然乾燥	動III

中譯

❶ 用化妝棉沾取充分的化妝水。
❷ 討厭香味太濃的香水。
❸ 梳妝台上擺放著化妝品。
❹ 用梳子梳頭髮。
❺ 鏡子啊鏡子，世界上最美麗的人是誰？
❻ 找不到指甲刀。
❼ 不使用吹風機，大多讓頭髮自然乾。

052

洗衣間

MP3 052

1 乾《かん》燥《そう》機《き》
(名) 烘衣機

2 洗《せん》濯《たく》機《き》
(名) 洗衣機

3 洗《せん》濯《たく》籠《かご》
(名) 洗衣籃

4 洗《せん》濯《たく》ネット《ネット》
(名) 洗衣網

5 粉《こな》洗《せん》剤《ざい》
(名) 洗衣粉

6 液《えき》体《たい》洗《せん》剤《ざい》
(名) 洗衣精

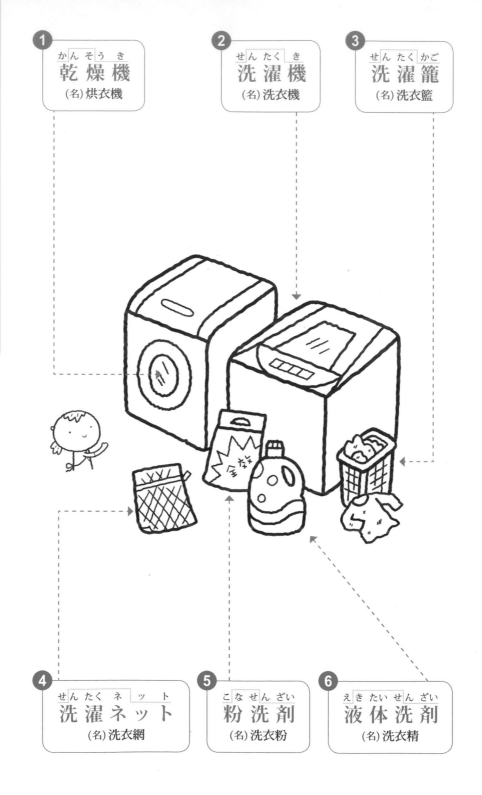

❶ 日本《にほん》では、乾燥機のない家《いえ》も少《すく》なくないです。

❷ 洗濯機は、省《しょう》エネタイプを選《えら》ぶといいです。

❸ 脱《ぬ》いだ服《ふく》は洗濯籠に入《い》れます。

❹ デリケートな衣類《いるい》は、洗濯ネットに入《い》れて洗濯《せんたく》します。

❺ このメーカーの粉洗剤は安《やす》いです。

❻ 無添加《むてんか》の液体洗剤を使用《しよう》します。

學更多

	例句出現的		原形／接續原則	意義	詞性
❶	ない	→	**ない**	沒有	い形
	少なくない	→	**少ない**	少的	い形
❷	省エネ	→	**省エネ**	節能	名詞
	タイプ	→	**タイプ**	類型	名詞
	選ぶ	→	**選ぶ**	選擇	動Ⅰ
	選ぶといい	→	**動詞辭書形＋といい**	還是做～的好	文型
❸	脱いだ	→	**脱ぐ**	脫	動Ⅰ
	入れます	→	**入れる**	放入	動Ⅱ
❹	デリケートな	→	**デリケート**	纖柔	な形
	デリケートな衣類	→	**デリケート＋な＋名詞**	纖柔的～	文型
	入れて	→	**入れる**	放入	動Ⅱ
	洗濯します	→	**洗濯する**	清洗	動Ⅲ
❺	メーカー	→	**メーカー**	廠商	名詞
	安い	→	**安い**	便宜的	い形
❻	使用します	→	**使用する**	使用	動Ⅲ

中譯

❶ 在日本，沒有烘衣機的家庭也不少。
❷ 洗衣機選擇節能機型的比較好。
❸ 把脫下來的衣服放進洗衣籃。
❹ 纖柔衣物要放進洗衣網後再清洗。
❺ 這家廠商的洗衣粉很便宜。
❻ 使用天然無添加物的洗衣精。

053

曬衣間

MP3 053

1 ハンガー
(hanger)
(名)衣架

2 物《もの》干《ほ》し竿《ざお》
(名)晾衣架

3 洗《せん》濯《たく》挟《ばさ》み
(名)衣夾

4 洗《せん》濯《たく》物《もの》
(名)洗好的衣服

5 アイロン
(iron)
(名)熨斗

6 アイロン台《だい》
(名)燙衣板

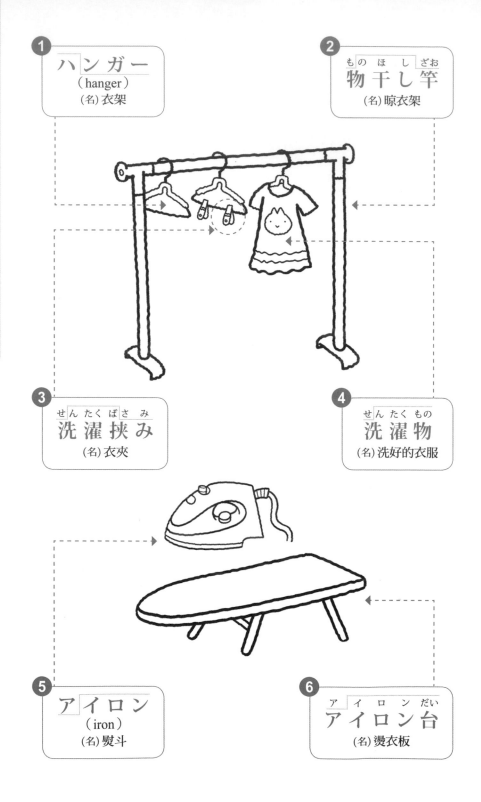

❶ 服《ふく》が皺《しわ》にならないように、ハンガーに吊《つ》るします。

❷ 物干し竿は、ホームセンターで買《か》えます。

❸ 洗濯挟みは、いくつあってもいいです。

❹ 子供《こども》が、洗濯物を畳《たた》むのを手伝《てつだ》ってくれました。

❺ アイロンを掛《か》けるのが好《す》きです。

❻ 折《お》りたたみ式《しき》のアイロン台を買《か》いました。

學更多

	例句出現的		原形／接續原則	意義	詞性
❶	皺にならない	→	皺になる	變皺	動 I
	皺にならないように	→	動詞ない形＋ように	為了不要～	文型
	吊るします	→	吊るす	吊掛	動 I
❷	買えます	→	買える	可以買	買う的可能形
❸	いくつ	→	いくつ	幾個	名詞
	あって	→	ある	有（事或物）	動 I
	あってもいい	→	動詞て形＋もいい	可以做～	文型
❹	畳む	→	畳む	摺、疊	動 I
	手伝って	→	手伝う	幫忙	動 I
	手伝ってくれました	→	動詞て形＋くれました	別人為我做了～	文型
❺	アイロンを掛ける	→	アイロンを掛ける	燙衣服	動 II
	好き	→	好き	喜歡	な形
❻	折りたたみ式	→	折りたたみ式	折疊式	名詞
	買いました	→	買う	買	動 I

中譯

❶ 為了不讓衣服起皺，要將衣服吊在衣架上。
❷ 在Home Center（家居用品賣場）可以買到晾衣架。
❸ 衣夾多幾個也無妨。
❹ 孩子幫忙摺洗好的衣服。
❺ 我喜歡燙衣服。
❻ 買了折疊式的燙衣板。

054 動物園(1)

MP3 054

1 入《にゅう》場《じょう》券《けん》売《うり》場《ば》
(名)售票口

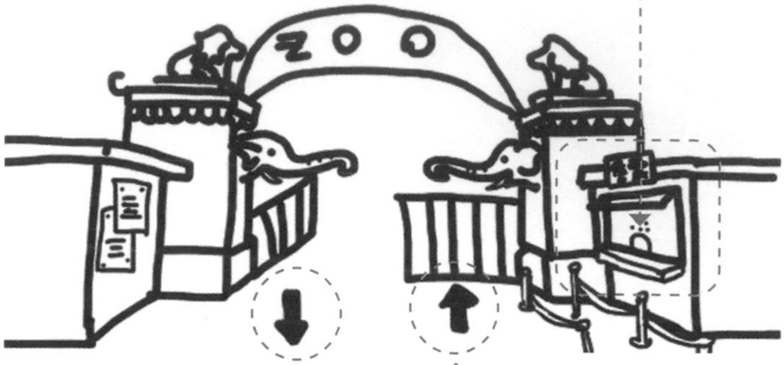

2 出《で》口《ぐち》
(名)出口

3 入《いり》口《ぐち》
(名)入口

4 記《き》念《ねん》品《ひん》販《はん》売《ばい》所《じょ》
(名)紀念品商店

5 案《あん》内《ない》所《じょ》
(名)遊客中心

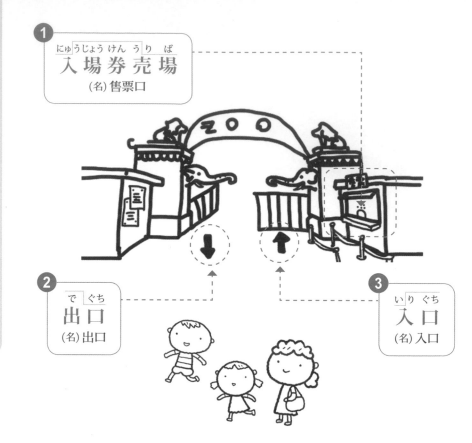

❶ 入場券《にゅうじょうけん》は入場券売場で買《か》えます。

❷ 再入場《さいにゅうじょう》したい場合《ばあい》には、出口でスタンプを押《お》してもらうことを忘《わす》れずに。

❸ 入口で荷物検査《にもつけんさ》を受《う》けてください。

❹ 記念品販売所で、動物園《どうぶつえん》のオリジナルグッズを買《か》うことができます。

❺ 道《みち》に迷《まよ》ったら案内所で聞《き》きましょう。

學更多

	例句出現的		原形／接續原則	意義	詞性
❶	入場券売場で	→	地點＋で	在～地點	文型
	買えます	→	買える	可以買	買う的可能形
❷	再入場し	→	再入場する	再次入場	動Ⅲ
	再入場したい	→	動詞ます形＋たい	想要做～	文型
	押して	→	押す	蓋（章）	動Ⅰ
	押してもらう	→	動詞て形＋もらう	請別人為我做～	文型
	忘れ	→	忘れる	忘記	動Ⅱ
	忘れずに	→	動詞ない形＋ずに	不要～	文型
❸	受けて	→	受ける	接受	動Ⅱ
	受けてください	→	動詞て形＋ください	請做～	文型
❹	オリジナルグッズ	→	オリジナルグッズ	原創商品	名詞
	買う	→	買う	買	動Ⅰ
	買うことができます	→	動詞辭書形＋ことができる	可以做～	文型
❺	迷った	→	迷う	迷路	動Ⅰ
	迷ったら	→	動詞た形＋ら	如果～的話	文型
	聞きましょう	→	聞く	詢問	動Ⅰ

中譯

❶ 入場券可以在售票口購買。
❷ 想要再次入場時，別忘了在出口蓋章。
❸ 請在入口接受行李檢查。
❹ 在紀念品商店，可以買到動物園的原創商品。
❺ 如果迷路了，就到遊客中心詢問吧。

055

動物園(2)

MP3 055

1. 園《えん》内《ない》ガイドブック《ガイドブック》
(名)園區導覽手冊

2. 園《えん》内《ない》案《あん》内《ない》図《ず》
(名)園區地圖

3. 園《えん》内《ない》バス《バス》
(名)導覽遊園車

4. 室《しつ》内《ない》展《てん》示《じ》場《じょう》
(名)室內展示館

5. 爬《は》虫《ちゅう》類《るい》
(名)爬蟲動物

❶ この動物園《どうぶつえん》では、外国人専用《がいこくじんせんよう》の園内ガイドブックを置《お》いています。

❷ 園内案内図は案内所《あんないじょ》でもらえます。

❸ 歩《ある》き疲《つか》れたら、園内バスに乗車《じょうしゃ》すると良《よ》いです。

❹ 夏《なつ》の暑《あつ》い日《ひ》は、涼《すず》しい室内展示場で過《す》ごすのがお勧《すす》めです。

❺ 爬虫類エリアには、ヘビやワニがいます。

學更多

	例句出現的		原形／接續原則	意義	詞性
❶	置いて	→	置く	放置	動I
	置いています	→	動詞て形＋いる	目前狀態	文型
❷	案内所で	→	地點＋で	在～地點	文型
	もらえます	→	もらえる	可以領取	もらう的可能形
❸	歩き疲れた	→	歩き疲れる	走累	動II
	歩き疲れたら	→	動詞た形＋ら	如果～的話	文型
	乗車する	→	乗車する	搭車	動III
	乗車すると良い	→	動詞辭書形＋と良い	還是做～的好	文型
❹	暑い	→	暑い	炎熱的	い形
	涼しい	→	涼しい	涼爽的	い形
	過ごす	→	過ごす	度過	動I
	お勧め	→	お勧め	推薦、建議	名詞
❺	エリア	→	エリア	區域	名詞
	ヘビ	→	ヘビ	蛇	名詞
	ワニ	→	ワニ	鱷魚	名詞
	います	→	いる	有（人或動物）	動II

中譯

❶ 在這間動物園，有放置外國人專用的園區導覽手冊。
❷ 園區地圖可以在遊客中心索取。
❸ 如果走累了，可以搭乘導覽遊園車。
❹ 夏天炎熱時，會建議在涼爽的室內展示館度過。
❺ 爬蟲動物區裡有蛇和鱷魚。

056

動物園(3)

MP3 056

❶ 肉《にく》食《しょく》動《どう》物《ぶつ》
(名)肉食動物

❷ ライオン
(lion)
(名)獅子

❸ ヤギ《ヤギ》
(名)山羊

❹ 草《そう》食《しょく》動《どう》物《ぶつ》
(名)草食動物

❺ 飼《し》育《いく》係《がかり》
(名)動物管理員

❻ 檻《おり》
(名)圍欄

❶ 肉食動物エリアには、トラやライオンがいます。

❷ ライオンは、百獣《ひゃくじゅう》の王《おう》と言《い》われます。

❸ ヤギが群《む》れて、草《くさ》を食《た》べています。

❹ この動物園《どうぶつえん》の草食動物エリアでは、実際《じっさい》に動物《どうぶつ》を触《さわ》ることもできます。

❺ 飼育係から直接《ちょくせつ》話《はなし》を聞《き》くこともできます。

❻ 危険《きけん》な動物《どうぶつ》が中《なか》にいる時《とき》は、檻に近《ちか》づきすぎないようにしましょう。

學更多

	例句出現的		原形／接續原則	意義	詞性
❶	エリア	→	エリア	區域	名詞
	トラ	→	トラ	老虎	名詞
	います	→	いる	有（人或動物）	動Ⅱ
❷	百獣の王と言われます	→	名詞＋と言われる	被稱為～	文型
❸	群れて	→	群れる	群聚	動Ⅱ
	食べて	→	食べる	吃	動Ⅱ
	食べています	→	動詞て形＋いる	目前狀態	文型
❹	触る	→	触る	觸摸	動Ⅰ
	触ることもできます	→	動詞辭書形＋こともできる	也可以做～	文型
❺	飼育係から	→	對象＋から	從～對象	文型
	聞く	→	聞く	詢問	動Ⅰ
	聞くこともできます	→	動詞辭書形＋こともできる	也可以做～	文型
❻	危険な動物	→	危険＋な＋名詞	危險的～	文型
	いる	→	いる	有（人或動物）	動Ⅱ
	近づきすぎない	→	近づきすぎる	過於靠近	動Ⅱ
	近づきすぎないようにしましょう	→	動詞ない形＋ようにしましょう	盡量不要做～	文型

中譯

❶ 肉食動物區裡有老虎和獅子。
❷ 獅子被稱為百獸之王。
❸ 山羊聚在一起吃草。
❹ 在這間動物園的草食動物區，也可以親手觸摸動物。
❺ 也可以直接向動物管理員詢問。
❻ 裡面有危險動物時，不要太靠近圍欄。

057

遊樂園設施(1)

MP3 057

1 メリーゴーランド
（merry-go-round）
(名) 旋轉木馬

2 観覧車《かんらんしゃ》
(名) 摩天輪

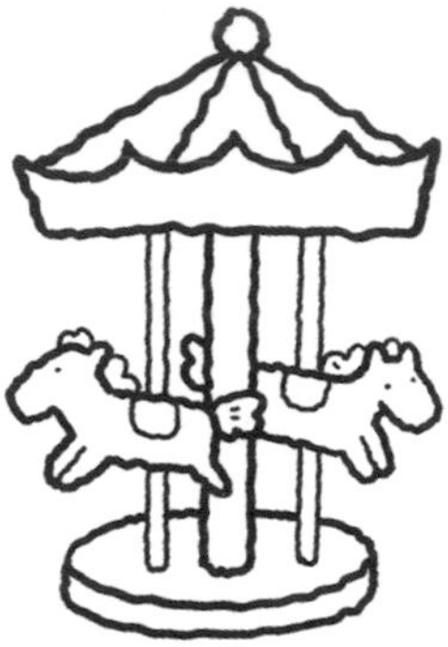

3 コーヒーカップ
（coffee cup）
(名) 咖啡杯

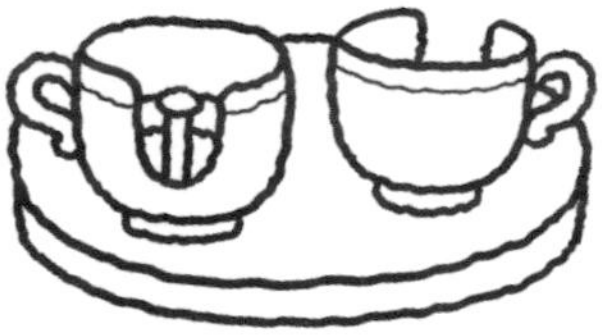

4 係員《かかりいん》
(名) 工作人員

5 入場券《にゅうじょうけん》
(名) 遊樂園門票

6 園内案内図《えんないあんないず》
(名) 遊樂園地圖

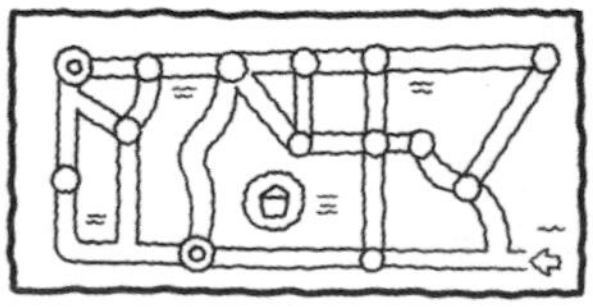

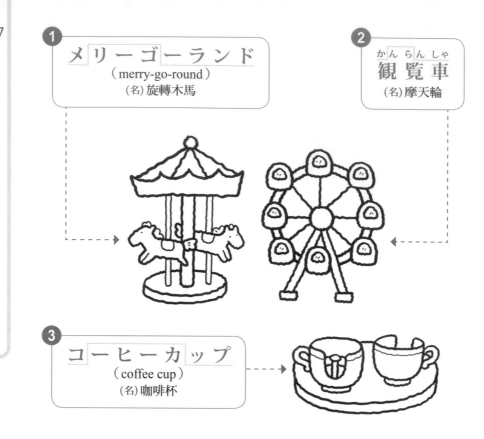

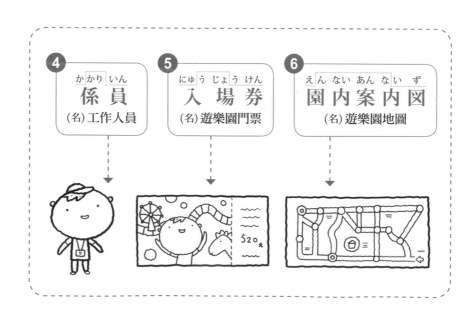

❶ メリーゴーランドは、いつも子《こ》供《ども》に人人《だいにん》気《き》です。

❷ 夜《よる》は観覧車からの夜景《やけい》も楽《たの》しめます。

❸ コーヒーカップに乗《の》ったら、目《め》が回《まわ》ってしまいました。

❹ 非《ひ》常《じょう》時《じ》は係員の指示《しじ》に従《したが》いましょう。

❺ 入場券にはパスポート等《など》の色々《いろいろ》な種類《しゅるい》があります。

❻ 園内《えんない》は広《ひろ》いので園内案内図をもらうのを忘《わす》れずに。

學更多

	例句出現的		原形／接續原則	意義	詞性
❶	いつも	→	**いつも**	一直	副詞
	大人気	→	**大人気**	很受歡迎	名詞
❷	楽しめます	→	**楽しめる**	可以欣賞	楽しむ的可能形
❸	乗った	→	**乗る**	搭乘	動 I
	乗ったら	→	**動詞た形＋ら**	做～，結果～	文型
	目が回って	→	**目が回る**	頭暈	動 I
	目が回ってしまいました	→	**動詞て形＋しまいました**	無法抵抗、無法控制	文型
❹	非常時	→	**非常時**	緊急時刻	名詞
	従いましょう	→	**従う**	遵從	動 I
❺	色々な種類	→	**色々＋な＋名詞**	各式各樣的～	文型
	あります	→	**ある**	有（事或物）	動 I
❻	広いので	→	**い形容詞＋ので**	因為～	文型
	もらう	→	**もらう**	領取	動 I
	忘れ	→	**忘れる**	忘記	動 II
	忘れずに	→	**動詞ない形＋ずに**	不要～	文型

中譯

❶ 旋轉木馬一直很受小孩歡迎。
❷ 夜晚時，也可以欣賞從摩天輪看出去的夜景。
❸ 坐咖啡杯讓人覺得頭暈目眩。
❹ 緊急時刻要聽從工作人員的指示。
❺ 遊樂園門票有遊園護照等各式各樣的種類。
❻ 園區很寬廣，所以別忘了索取遊樂園地圖。

058 遊樂園設施(2)

MP3 058

1 ジェットコースター
（jet coaster）
(名)雲霄飛車

2 フリーフォール
（free fall）
(名)自由落體

3 バイキング
（Viking）
(名)海盜船

4 ゴーカート
（go-cart）
(名)碰碰車

5 ウォータースライダー
（water slider）
(名)滑水道

6 お化け屋敷《おばけやしき》
(名)鬼屋

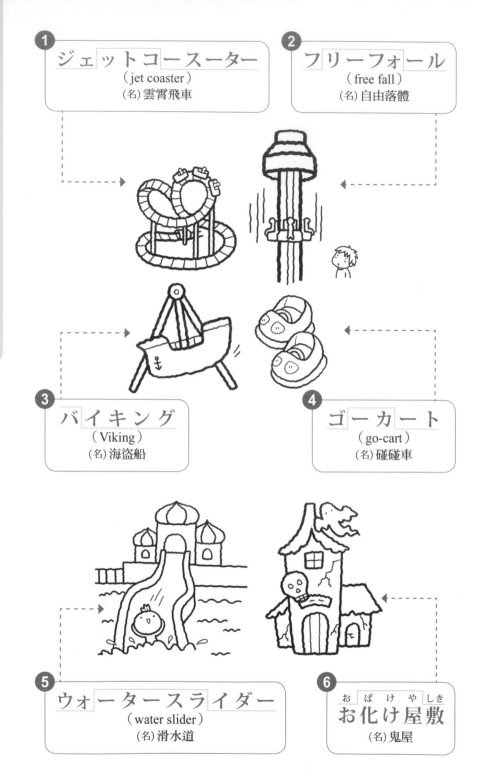

❶ ジェットコースターは、若者《わかもの》に根強《ねづよ》い人気《にんき》です。

❷ この遊園地《ゆうえんち》のフリーフォールは、絶叫《ぜっきょう》ものです。

❸ バイキングは結構《けっこう》揺《ゆ》れるので、気分《きぶん》が悪《わる》くなる人《ひと》もいます。

❹ ゴーカートなら子供《こども》でも運転《うんてん》できます。

❺ ウォータースライダーでは濡《ぬ》れるのを覚悟《かくご》してください。

❻ 彼氏《かれし》とお化け屋敷に行《い》くのも忘《わす》れずに！

學更多

	例句出現的		原形／接續原則	意義	詞性
❶	根強い	→	根強い	不可動搖的	い形
❷	絶叫	→	絶叫	尖叫	名詞
❸	揺れる	→	揺れる	搖晃	動Ⅱ
	揺れるので	→	動詞辭書形＋ので	因為～	文型
	気分が悪くなる	→	気分が悪~~い~~＋くなる	覺得不舒服	文型
	います	→	いる	有（人或動物）	動Ⅱ
❹	ゴーカートなら	→	名詞＋なら	如果～的話	文型
	子供でも	→	名詞＋でも	即使～，也～	文型
	運転できます	→	運転できる	可以駕駛	運転する的可能形
❺	濡れる	→	濡れる	淋濕	動Ⅱ
	覚悟して	→	覚悟する	有～心理準備	動Ⅲ
	覚悟してください	→	動詞て形＋ください	請做～	文型
❻	行く	→	行く	去	動Ⅰ
	忘れ	→	忘れる	忘記	動Ⅱ
	忘れずに	→	動詞~~ない~~形＋ずに	不要～	文型

中譯

❶ 雲霄飛車在年輕人之間有不可動搖的人氣。
❷ 這間遊樂園的自由落體會讓人大聲尖叫。
❸ 海盜船相當搖晃，所以也有人會覺得不舒服。
❹ 如果是碰碰車的話，小孩也可以駕駛。
❺ 在滑水道遊玩時，請做好會弄濕全身的心理準備。
❻ 也別忘了和男朋友去參觀鬼屋！

059 逛超市賣場

MP3 059

1 スーパー
(supermarket)
(名)超市

2 買《かい》物《もの》客《きゃく》
(名)顧客

3 ショッピングカート
(shopping cart)
(名)賣場推車

4 試《し》食《しょく》コーナー《コーナー》
(名)試吃攤位

5 試《し》食《しょく》品《ひん》
(名)試吃品

❶ スーパーで食品《しょくひん》を買《か》います。

❷ ここにはいつも買物客で賑《にぎ》わうスーパーがあります。

❸ 買《か》いたい商品《しょうひん》はどんどんショッピングカートに入《い》れましょう。

❹ 試食コーナーでは新製品《しんせいひん》を試《ため》すことができます。

❺ 試食品は、一人《ひとり》一皿《ひとさら》だけとなっています。

學更多

	例句出現的		原形／接續原則	意義	詞性
❶	スーパーで	→	地點＋で	在～地點	文型
	買います	→	買う	買	動 I
❷	いつも	→	いつも	總是	副詞
	買い物客で	→	名詞＋で	充滿～、填滿～	文型
	賑わう	→	賑わう	熱鬧、擁擠	動 I
	あります	→	ある	有（事或物）	動 I
❸	買い	→	買う	買	動 I
	買いたい	→	動詞ます形＋たい	想要做～	文型
	どんどん	→	どんどん	一個接一個	副詞
	入れましょう	→	入れる	放入	動 II
❹	試す	→	試す	嘗試	動 I
	試すことができます	→	動詞辭書形＋ことができる	可以做～	文型
❺	一人	→	一人	一個人	名詞
	一皿	→	一皿	一盤	名詞
	一皿だけとなっています	→	名詞＋だけとなっている	規定成只有～	文型

中譯

❶ 在超市購買食品。
❷ 這裡有一間總是充滿顧客而熱鬧擁擠的超市。
❸ 把想買的商品一個個放進賣場推車吧。
❹ 可以在試吃攤位試吃新產品。
❺ 試吃品一人只能拿一盤。

060

超市賣場陳列區

MP3 060

1
生活用品《せいかつようひん》コーナー《コーナー》
(名)家庭清潔用品區

2
飲料《いんりょう》コーナー《コーナー》
(名)飲料區

3
乳製品《にゅうせいひん》コーナー《コーナー》
(名)乳製品區

4
青果《せいか》コーナー《コーナー》
(名)蔬果區

5
冷凍食品《れいとうしょくひん》コーナー《コーナー》
(名)冷凍食品區

❶ 生活用品コーナーでトイレットペーパーを買《か》います。

❷ 飲料コーナーでは各種《かくしゅ》の飲料水《いんりょうすい》が買《か》えます。

❸ チーズは乳製品コーナーにあります。

❹ 青果コーナーで新鮮《しんせん》な野菜《やさい》や果物《くだもの》を買《か》うことができます。

❺ 冷凍食品コーナーの一番《いちばん》の人気《にんき》はアイスクリームです。

學更多

	例句出現的		原形／接續原則	意義	詞性
❶	生活用品コーナーで	→	**地點＋で**	在～地點	文型
	トイレットペーパー	→	**トイレットペーパー**	衛生紙	名詞
	買います	→	**買う**	買	動 I
❷	飲料水	→	**飲料水**	飲用水	名詞
	買えます	→	**買える**	可以買	買う的可能形
❸	チーズ	→	**チーズ**	起司	名詞
	乳製品コーナーにあります	→	**地點＋にある**	位於～	文型
❹	新鮮な野菜	→	**新鮮＋な＋名詞**	新鮮的～	文型
	野菜や果物	→	**名詞Ａ＋や＋名詞Ｂ**	名詞Ａ和名詞Ｂ	文型
	買う	→	**買う**	買	動 I
	買うことができます	→	**動詞辭書形＋ことができる**	可以做～	文型
❺	人気	→	**人気**	受歡迎	名詞
	アイスクリーム	→	**アイスクリーム**	冰淇淋	名詞

中譯

❶ 在家庭清潔用品區買衛生紙。
❷ 可以在飲料區買到各種飲用水。
❸ 起司在乳製品區。
❹ 可以在蔬果區買到新鮮的蔬菜和水果。
❺ 冷凍食品區裡，最受歡迎的東西是冰淇淋。

061 結帳櫃檯

MP3 061

① レシート
(receipt)
(名) 發票

② 買《かい》物《もの》袋《ぶくろ》
(名) 購物袋

③ レジ
(register)
(名) 收銀機

也可以指「收銀員」。

④ ビニール《ビニール》袋《ぶくろ》
(名) 包裝塑膠袋

也可以指「收銀機」。

⑤ レジ
(register)
(名) 收銀員

⑥ バーコードスキャナー
(bar code scanner)
(名) 條碼掃描器

❶ お釣《つ》りと一緒《いっしょ》にレシートがもらえます。

❷ 買物袋を持参《じさん》する人《ひと》が増《ふ》えています。

❸ 買《か》い物《もの》が終《お》わったら、レジでお金《かね》を払《はら》います。

❹ 最近《さいきん》は、ビニール袋が有料《ゆうりょう》のスーパーも多《おお》いです。

❺ スーパーのレジは女性《じょせい》が多《おお》いです。

❻ バーコードスキャナーでバーコードを読《よ》み取《と》ります。

學更多

	例句出現的		原形／接續原則	意義	詞性
❶	お釣り	→	お釣り	零錢	名詞
	お釣りと一緒に	→	名詞＋と一緒に	和～一起	文型
	もらえます	→	もらえる	領取	もらう的可能形
❷	持参する	→	持参する	自備	動Ⅲ
	増えて	→	増える	增加	動Ⅱ
	増えています	→	動詞て形＋いる	目前狀態	文型
❸	買い物	→	買い物	買東西	名詞
	終わった	→	終わる	結束	動Ⅰ
	終わったら	→	動詞た形＋ら	～之後	文型
	レジで	→	地點＋で	在～地點	文型
	払います	→	払う	支付	動Ⅰ
❹	有料	→	有料	收費	名詞
	スーパーも	→	名詞＋も	～也	名詞
❺	多い	→	多い	多的	い形
❻	バーコードスキャナーで	→	名詞＋で	利用～	文型
	バーコード	→	バーコード	條碼	名詞
	読み取ります	→	読み取る	讀取	動Ⅰ

中譯

❶ 發票可以和零錢一起拿到。
❷ 自備購物袋的人越來越多。
❸ 買完東西後，就到收銀機付錢。
❹ 最近也有很多超市的包裝塑膠袋需要收費。
❺ 超市的收銀員以女性居多。
❻ 用條碼掃瞄器讀取條碼。

062 結帳工具

MP3 062

1 カードリーダー
（card reader）
(名)刷卡機

2 クレジットカード
（credit card）
(名)信用卡

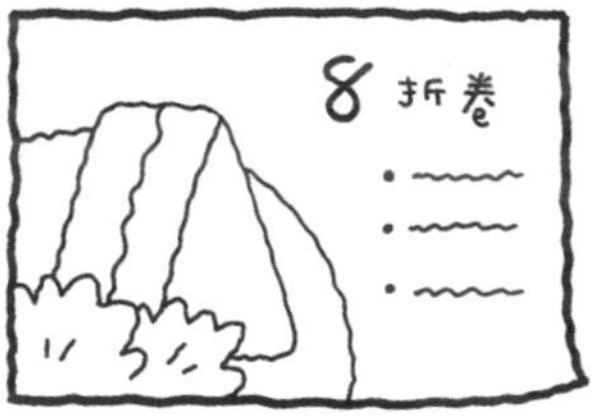

3 割《わり》引《びき》券《けん》
(名)折價券

4 メンバーカード
（member card）
(名)會員卡

5 硬貨《こうか》
(名)零錢

6 紙幣《しへい》
(名)紙鈔

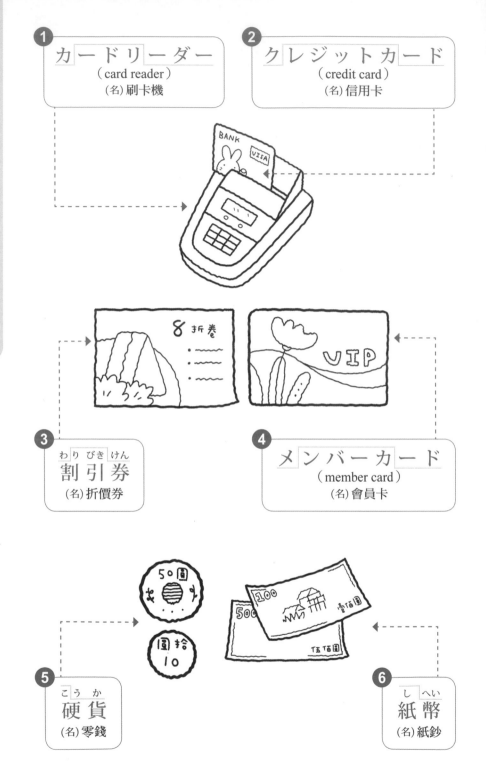

❶ クレジットカードをカードリーダーに入《い》れてください。

❷ スーパーでクレジットカードを使《つか》う人《ひと》は少《すく》ないです。

❸ 買《か》い物《もの》では割引券があれば更《さら》にお得《とく》です。

❹ 会員制《かいいんせい》のスーパーでは、メンバーカードが必要《ひつよう》です。

❺ 自動販売機《じどうはんばいき》では硬貨しか使《つか》えない場合《ばあい》もあります。

❻ 自動販売機《じどうはんばいき》では紙幣も使《つか》える場合《ばあい》があります。

學更多

	例句出現的		原形／接續原則	意義	詞性
❶	入れて	→	**入れる**	放入	動II
	入れてください	→	**動詞て形＋ください**	請做～	文型
❷	スーパーで	→	**地點＋で**	在～地點	文型
	使う	→	**使う**	使用	動I
	少ない	→	**少ない**	少的	い形
❸	買い物では	→	**場合＋では**	在～場合	文型
	あれば	→	**あれば**	如果有的話，～	ある的條件形
	更に	→	**更に**	更加	副詞
	お得	→	**お得**	划算、便宜	名詞
❹	必要	→	**必要**	必要的	な形
❺	硬貨しか使えない	→	**名詞＋しか使えない**	只能使用～	文型
	使えない	→	**使える**	可以使用	使う的可能形
	場合も	→	**名詞＋も**	～也	文型
	あります	→	**ある**	有（事或物）	動I
❻	使える	→	**使える**	可以使用	使う的可能形

中譯

❶ 請將信用卡插入刷卡機。
❷ 在超市使用信用卡購物的人很少。
❸ 如果有折價券，在購物時就會更加划算。
❹ 在會員制的超市，需要有會員卡。
❺ 有些自動販賣機只能使用零錢。
❻ 有些自動販賣機也可以使用紙鈔。

063 海灘(1)

MP3 063

1. 観《かん》光《こう》客《きゃく》
(名)遊客

2. ビキニ姿《すがた》のお姉《ねえ》さん
(名)比基尼辣妹

3. ビーチバレー
（beach volleyball）
(名)沙灘排球

4. 蟹《かに》
(名)螃蟹

5. 砂《すな》彫《ちょう》刻《こく》
(名)沙雕

6. 砂《すな》
(名)沙子

7. 貝《かい》殻《がら》
(名)貝殼

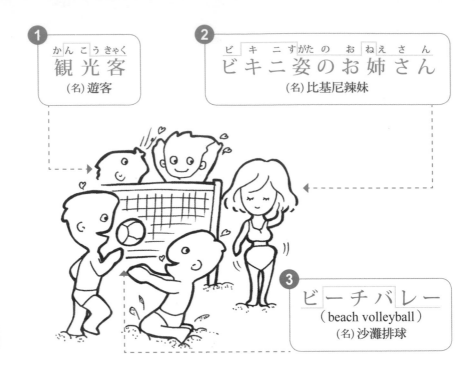

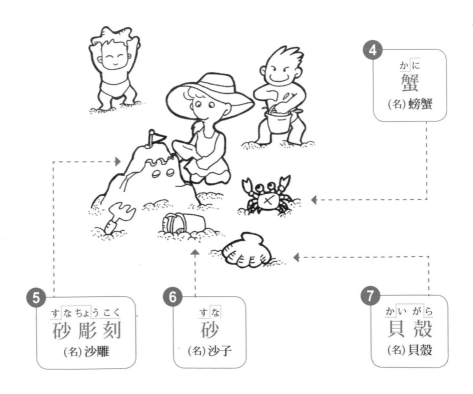

❶ ここは観光客の多《おお》いビーチです。

❷ 海岸《かいがん》にはビキニ姿のお姉さんがいっぱいいました。

❸ この選手《せんしゅ》は、バレーボールからビーチバレーに転向《てんこう》しました。

❹ 砂浜《すなはま》には小《ちい》さな蟹がたくさんいます。

❺ マイアミビーチの砂彫刻のイベントは素晴《すば》らしいです。

❻ 竹富島《たけとみじま》の星《ほし》の砂は有名《ゆうめい》です。

❼ 泳《およ》げない人《ひと》は、貝殻を拾《ひろ》って遊《あそ》ぶこともできます。

學更多

	例句出現的		原形／接續原則	意義	詞性
❶	多い	→	多い	多的	い形
❷	いっぱい	→	いっぱい	充滿	副詞
	いました	→	いる	有（人或動物）	動II
❸	バレーボールから	→	名詞＋から	從～	文型
	転向しました	→	転向する	轉變方向	動III
❹	小さな	→	小さな	小的	連體詞
	たくさん	→	たくさん	很多	副詞
	います	→	いる	有（人或動物）	動II
❺	素晴らしい	→	素晴らしい	出色的、優秀的	い形
❻	有名	→	有名	有名	な形
❼	泳げない	→	泳げる	能夠游泳	泳ぐ的可能形
	拾って	→	拾う	撿拾	動I
	遊ぶ	→	遊ぶ	玩樂	動I
	遊ぶこともできます	→	動詞辭書形＋こともできる	也可以做～	文型

中譯

❶ 這裡是遊客很多的海灘。
❷ 海邊有很多比基尼辣妹。
❸ 這個選手從排球改打沙灘排球。
❹ 沙灘上有很多小螃蟹。
❺ 邁阿密海灘的沙雕活動很棒。
❻ 竹富島的星沙很有名。
❼ 不會游泳的人，也可以撿貝殼玩。

064 海灘(2)

MP3 064

1 パラソル
(parasol)
(名)大型遮陽傘

2 日《ひ》焼《や》け止《ど》めクリーム
(名)防曬乳

3 ビーチサンダル
(beach sandal)
(名)夾腳拖鞋

4 ライフセーバー
(life saver)
(名)救生員

5 救《きゅう》命《めい》ブイ
(名)救生圈

❶ 日差《ひざ》しが強《つよ》いので、パラソルを持参《じさん》した方《ほう》がいいです。

❷ 日差《ひざ》しが強《つよ》すぎて日焼け止めクリームも効《き》きません。

❸ 海《うみ》にビーチサンダルが流《なが》れてしまいました。

❹ 海水浴場《かいすいよくじょう》にはライフセーバーがいます。

❺ ボートには、救命ブイを備《そな》え付《つ》けておくべきです。

學更多

	例句出現的		原形／接續原則	意義	詞性
❶	日差し	→	**日差し**	陽光	名詞
	強い	→	**強い**	強的	い形
	強いので	→	**い形容詞＋ので**	因為～	文型
	持参した	→	**持参する**	自備	動Ⅲ
	持参した方がいい	→	**動詞た形＋方がいい**	做～比較好	文型
❷	強すぎて	→	**強すぎる**	太強	動II
	日焼け止めクリームも	→	**名詞＋も**	～也	文型
	効きません	→	**効く**	有效・起作用	動I
❸	流れて	→	**流れる**	流動	動II
	流れてしまいました	→	**動詞て形＋しまいました**	無法挽回的遺憾	文型
❹	います	→	**いる**	有（人或動物）	動II
❺	ボート	→	**ボート**	小船	名詞
	備え付けて	→	**備え付ける**	備置	動II
	備え付けておく	→	**動詞て形＋おく**	事前準備	文型
	備え付けておくべき	→	**動詞辭書形＋べき**	應該做～	文型

中譯

❶ 陽光很強，所以帶大型遮陽傘比較好

❷ 因為陽光太強，防曬乳也起不了作用。

❸ 夾腳拖鞋被海水沖走了。

❹ 海水浴場裡有救生員。

❺ 小船上應該要配備救生圈。

065

露營區

MP3 065

1
薪《たきぎ》
(名)木柴

2
テント
(tent)
(名)帳棚

3
キャンパー
(camper)
(名)露營者

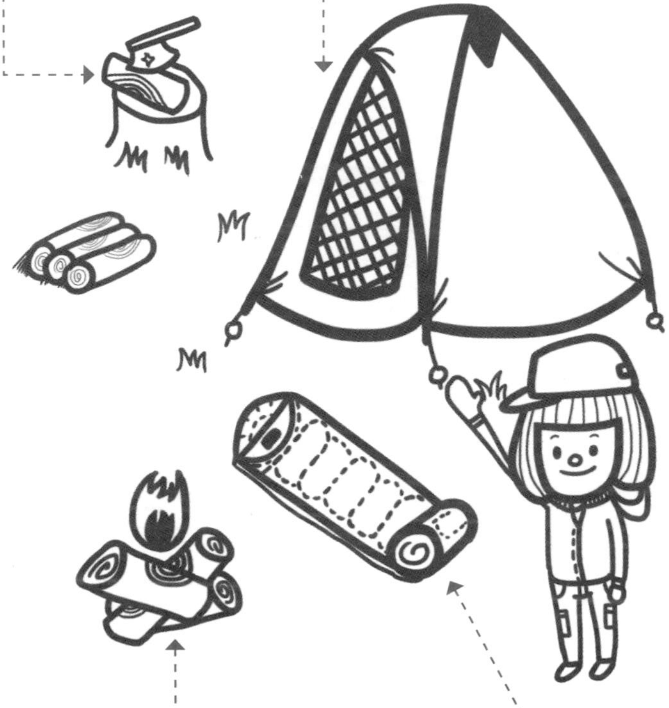

4
キャンプファイアー
(campfire)
(名)營火

5
寝《ね》袋《ぶくろ》
(名)睡袋

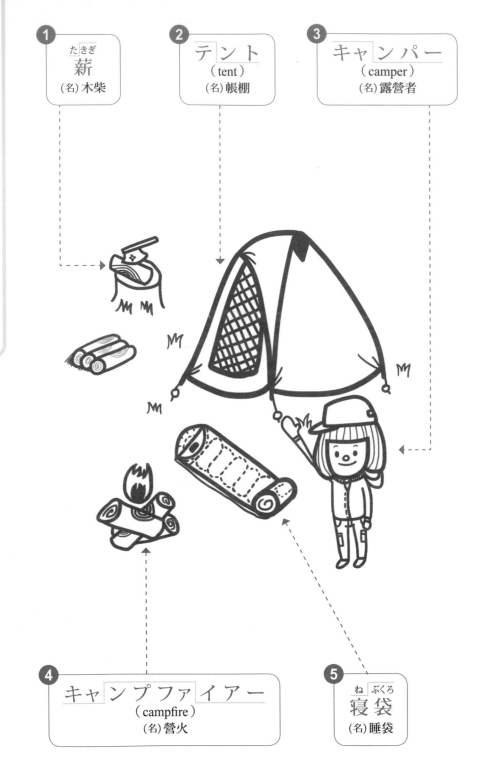

❶ 薪を集《あつ》めるのは大変《たいへん》です。

❷ 安《やす》いテントも売《う》っていますが、すぐ壊《こわ》れます。

❸ 今日《きょう》はたくさんのキャンパーで賑《にぎ》わっていました。

❹ キャンプファイアーで芋《いも》を焼《や》いて食《た》べると美味《おい》しいです。

❺ 寒《さむ》かったので寝袋を持《も》ってきてよかったです。

學更多

	例句出現的		原形／接續原則	意義	詞性
❶	集める	→	**集める**	收集	動II
	集めるのは	→	**動詞辭書形＋のは**	～這件事	文型
❷	テントも	→	**名詞＋も**	～也	文型
	売って	→	**売る**	販賣	動I
	売っています	→	**動詞て形＋いる**	目前狀態	文型
	売っていますが	→	**動詞ています形＋が**	～，但是～	文型
	壊れます	→	**壊れる**	壞掉	動II
❸	キャンパーで	→	**名詞＋で**	充滿～、填滿～	文型
	賑わって	→	**賑わう**	熱鬧、擁擠	動I
	賑わっていました	→	**動詞て形＋いました**	過去維持的狀態	文型
❹	焼いて	→	**焼く**	烤	動I
	食べる	→	**食べる**	吃	動II
	食べると	→	**動詞辭書形＋と**	如果～的話，就～	文型
	美味しい	→	**美味しい**	好吃的	い形
❺	寒かった	→	**寒い**	寒冷的	い形
	寒かったので	→	**い形容詞た形＋ので**	因為～	文型
	持ってきて	→	**持ってくる**	帶來	動III
	持ってきてよかった	→	**動詞て形＋よかった**	幸好～	文型

中譯

❶ 收集木柴是很辛苦的。
❷ 雖然也有販售便宜的帳棚，但是很快就會壞掉。
❸ 今天有很多露營者，非常熱鬧。
❹ 用營火烤芋頭來吃的話，會格外美味。
❺ 天氣很冷，幸好帶了睡袋來。

066 露營工具

MP3 066

1 懐《かい》中《ちゅう》電《でん》灯《とう》
(名)手電筒

2 方《ほう》位《い》磁《じ》針《しん》
(名)指南針

3 ライター
(lighter)
(名)打火機

4 虫《むし》除《よ》けスプレー
(名)防蟲液

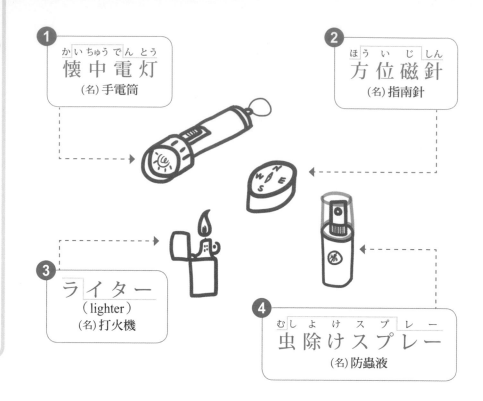

5 木《もく》炭《たん》
(名)木炭

6 バーベキューグリル
(barbecue grill)
(名)烤肉架

7 折《おり》畳《たた》み椅《い》子《す》
(名)折疊椅

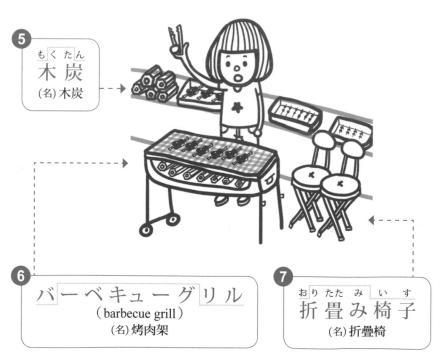

1 キャンプでは懐中電灯が便利《べんり》です。

2 方位磁針を持《も》っていると便利《べんり》です。

3 キャンプファイアーの火《ひ》は、ライターで付《つ》ければいいです。

4 蚊《か》が多《おお》く、虫除けスプレーだけでは不十分《ふじゅうぶん》です。

5 バーベキュー用《よう》に木炭をたくさん持《も》ってきました。

6 キャンプ場《じょう》にはバーベキューグリルもあります。

7 釣《つ》りをする時《とき》、折畳み椅子があると便利《べんり》です。

學更多

	例句出現的		原形／接續原則	意義	詞性
1	キャンプ	→	キャンプ	露營	名詞
2	持って	→	持つ	攜帶	動 I
	持っいる	→	動詞て形＋いる	目前狀態	文型
	持っていると	→	動詞ている形＋と	如果～的話，就～	文型
3	付ければ	→	付ければ	如果點燃的話，～	付く的條件形
	付ければいい	→	動詞條件形＋いい	做～的話，就可以	文型
4	多く	→	多い	多的	い形
	虫除けスプレーだけでは	→	名詞＋だけでは	只有～的話	文型
	不十分	→	不十分	不夠	な形
5	たくさん	→	たくさん	很多	副詞
	持ってきました	→	持ってくる	帶來	動Ⅲ
6	あります	→	ある	有（事或物）	動 I
7	釣りをする	→	釣りをする	釣魚	動Ⅲ

中譯

1 露營時有手電筒是很方便的。
2 隨身攜帶指南針的話，會很方便。
3 營火用打火機點燃就可以了。
4 蚊子很多，只噴防蟲液是不夠的。
5 帶了很多烤肉用的木炭來。
6 露營區也有烤肉架。
7 釣魚時，如果有折疊椅的話會很方便。

067

馬戲團表演(1)

MP3 067

1 ゴリラ

(gorilla)

(名)猩猩

2 テント

(tent)

(名)帳棚

3 象《ぞう》

(名)大象

4 火《ひ》の《の》輪《わ》

(名)火圈

5 調《ちょう》教《きょう》師《し》

(名)馴獸師

6 ライオン

(lion)

(名)獅子

❶ ゴリラの演技《えんぎ》は可愛《かわい》かったです。

❷ 野外《やがい》サーカスでは、テントの下《した》でも暑《あつ》いです。

❸ 象の曲芸《きょくげい》は初《はじ》めて見《み》ました。

❹ トラが順番《じゅんばん》に火の輪をくぐりました。

❺ 調教師の仕事《しごと》は大変《たいへん》危険《きけん》です。

❻ ライオンを調教《ちょうきょう》するのは危険《きけん》です。

學更多

	例句出現的		原形／接續原則	意義	詞性
❶	可愛かった	→	**可愛い**	可愛的	い形
❷	野外サーカス	→	**野外サーカス**	戶外馬戲團	名詞
	テントの下でも	→	**名詞＋でも**	即使～，也～	文型
	暑い	→	**暑い**	炎熱的	い形
❸	曲芸	→	**曲芸**	雜技表演	名詞
	初めて	→	**初めて**	第一次	副詞
	見ました	→	**見る**	看	動II
❹	トラ	→	**トラ**	老虎	名詞
	順番に	→	**順番に**	輪流	副詞
	くぐりました	→	**くぐる**	鑽過	動I
❺	仕事	→	**仕事**	工作	名詞
	大変	→	**大変**	非常	副詞
	危険	→	**危険**	危險	な形
❻	調教する	→	**調教する**	訓練	動III
	調教するのは	→	**動詞辭書形＋のは**	～這件事	文型

中譯

❶ 猩猩的表演很可愛。
❷ 戶外馬戲團即使在帳棚裡表演也會很熱。
❸ 第一次看大象的雜技表演。
❹ 老虎輪流穿過火圈。
❺ 馴獸師的工作非常危險。
❻ 訓練獅子是危險的。

068

馬戲團表演(2)

MP3 068

1 綱《つな》渡《わた》り
(名)走鋼索

2 空《くう》中《ちゅう》ブランコ
(名)空中飛人

3 一《いち》輪《りん》車《しゃ》
(名)單輪車

4 ピエロ
（pierrot）
(名)小丑

5 曲《きょく》芸《げい》師《し》
(名)雜耍者

6 怪《かい》力《りき》男《おとこ》
(名)大力士

7 魔《ま》術《じゅつ》師《し》
(名)魔術師

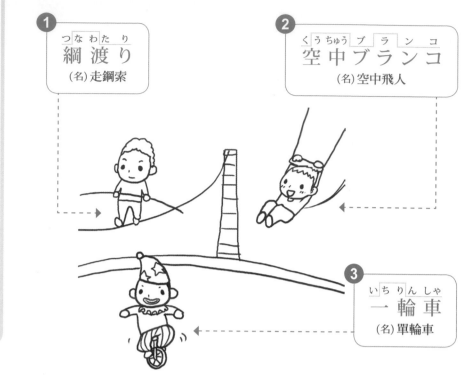

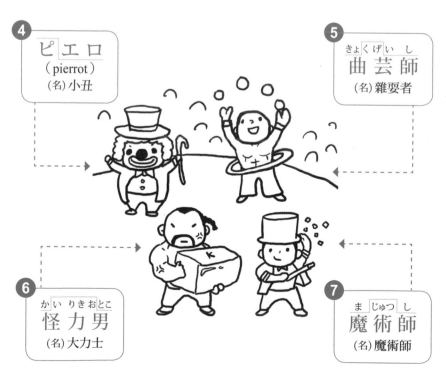

❶ 素人《しろうと》にとって、綱渡りは非常《ひじょう》に危険《きけん》です。

❷ ロシアのサーカス団《だん》の空中ブランコは素晴《すば》らしいです。

❸ サーカスでは、熊《くま》が一輪車に乗《の》っていました。

❹ 滑稽《こっけい》なピエロの姿《すがた》に笑《わら》いました。

❺ 今日《きょう》の曲芸師の演技《えんぎ》は素晴《すば》らしかったです。

❻ 怪力男の力《ちから》は本当《ほんとう》に凄《すご》いです。

❼ 魔術師はマジシャンとも呼《よ》ばれます。

學更多

	例句出現的		原形／接續原則	意義	詞性
❶	素人	→	素人	外行人	名詞
	素人にとって	→	名詞＋にとって	對～而言	文型
❷	サーカス団	→	サーカス団	馬戲團	名詞
	素晴らしい	→	素晴らしい	厲害的、出色的	い形
❸	乗って	→	乗る	騎	動 I
	乗っていました	→	動詞て形＋いました	過去維持的狀態	文型
❹	滑稽なピエロ	→	滑稽＋な＋名詞	滑稽的～	文型
	笑いました	→	笑う	笑	動 I
❺	素晴らしかった	→	素晴らしい	厲害的、出色的	い形
❻	本当に	→	本当に	真的	副詞
	凄い	→	凄い	驚人的	い形
❼	マジシャン	→	マジシャン	魔術師	名詞
	マジシャンとも呼ばれます	→	名詞＋とも呼ばれる	也被稱為～	文型

中譯

❶ 對外行人而言，走鋼索是非常危險的。
❷ 俄羅斯馬戲團的空中飛人很厲害。
❸ 在馬戲團裡，熊負責表演騎單輪車。
❹ 滑稽的小丑模樣讓人發笑。
❺ 今天的雜耍者的表演很出色。
❻ 大力士的力氣真的很驚人。
❼ 魔術師也被稱為「マジシャン（magician）」。

069 演場會(1)

MP3 069

1 ダンサー
(dancer)
(名)舞者

2 歌《か》手《しゅ》
(名)歌手

3 特《とく》別《べつ》ゲスト《ゲスト》
(名)特別嘉賓

4 ファン
(fan)
(名)歌迷

5 舞《ぶ》台《たい》
(名)舞台

6 サイリウム
(cyalume)
(名)螢光棒

7 マイク
(microphone)
(名)麥克風

❶ 後《うし》ろのダンサーの男性《だんせい》はとてもかっこいいです。

❷ 好《す》きな歌手は誰《だれ》ですか？

❸ 今日《きょう》は特別ゲストが来《く》るらしいです。

❹ ファンの声援《せいえん》に応《こた》えて頑張《がんば》ります。

❺ 今夜《こんや》のコンサートは、非常《ひじょう》に豪華《ごうか》な舞台演出《えんしゅつ》です。

❻ みんなの持《も》つサイリウムが会場《かいじょう》でキラキラと輝《かがや》きます。

❼ マイクのセッティングに時間《じかん》がかかりました。

學更多

	例句出現的		原形／接續原則	意義	詞性
❶	とても	→	とても	非常	副詞
	かっこいい	→	かっこいい	帥氣的	い形
❷	好きな歌手	→	好き＋な＋名詞	喜歡的～	文型
❸	来る	→	来る	來	動Ⅲ
	来るらしい	→	動詞辭書形＋らしい	好像～	文型
❹	声援	→	声援	支持	名詞
	応えて	→	応える	回應	動Ⅱ
	頑張ります	→	頑張る	加油	動Ⅰ
❺	コンサート	→	コンサート	演唱會	名詞
❻	持つ	→	持つ	拿	動Ⅰ
	会場で	→	地點＋で	在～地點	文型
	キラキラと	→	キラキラと	閃爍	副詞
	輝きます	→	輝く	閃耀、發光	動Ⅰ
❼	かかりました	→	かかる	花費	動Ⅰ

中譯

❶ 後面的男舞者非常帥氣。
❷ 你喜歡的歌手是誰？
❸ 今天好像會有特別嘉賓到場。
❹ 為了回應歌迷的支持而努力。
❺ 今晚的演唱會是非常豪華的舞台表演。
❻ 大家所拿的螢光棒，在會場閃閃發光。
❼ 在麥克風的設定上花了時間。

070

演場會(2)

MP3 070

1 バンド

（band）

(名)樂隊

2 コーラス《コーラス》隊《たい》

(名)合音天使

3 ボディーガード

（body guard）

(名)貼身保鏢

4 コンサート《コンサート》係《かかり》員《いん》

(名)工作人員

5 舞《ぶ》台《たい》裏《うら》

(名)後台

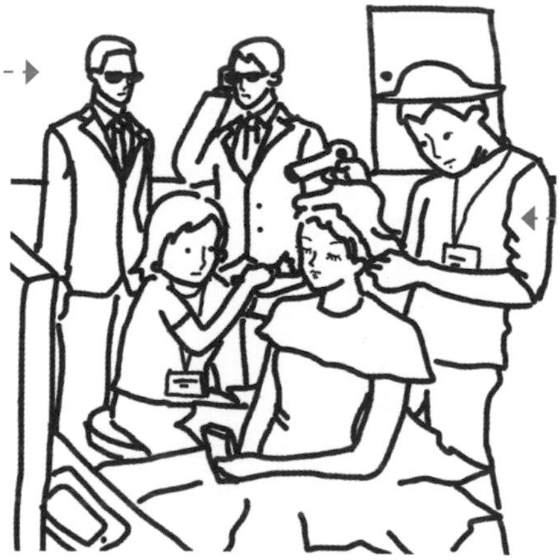

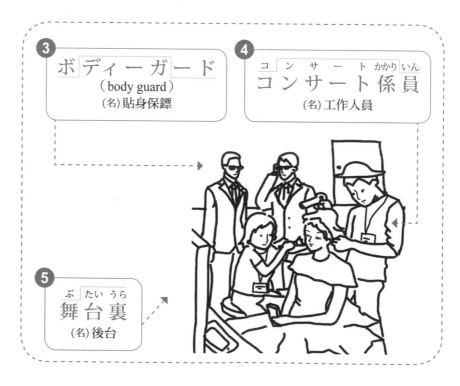

❶ 高校生《こうこうせい》になってからバンド活動《かつどう》を始《はじ》めました。

❷ コーラス隊のおばさんは楽《たの》しそうです。

❸ アメリカの有名歌手《ゆうめいかしゅ》にはボディーガードが付《つ》いています。

❹ コンサートでは、コンサート係員の指示《しじ》を聞《き》くようにしましょう。

❺ 舞台裏はとても混雑《こんざつ》していました。

學更多

	例句出現的		原形／接續原則	意義	詞性
❶	名詞＋になって	→	名詞＋になる	成為～	文型
	なって	→	なる	變成	動Ⅰ
	なってから	→	動詞て形＋から	做～之後，再～	文型
	始めました	→	始める	開始	動Ⅱ
❷	おばさん	→	おばさん	阿姨	名詞
	楽し	→	楽しい	開心的	い形
	楽しそう	→	楽しい＋そう	看起來好像很開心	文型
❸	付いて	→	付く	跟隨、陪同	動Ⅰ
	付いています	→	動詞て形＋いる	目前狀態	文型
❹	コンサートでは	→	地點＋では	在～地點	文型
	聞く	→	聞く	聽	動Ⅰ
	聞くようにしましょう	→	動詞辭書形＋ようにしましょう	盡量做～	文型
❺	とても	→	とても	非常	副詞
	混雑して	→	混雑する	混亂	動Ⅲ
	混雑していました	→	動詞て形＋いました	過去維持的狀態	文型

中譯

❶ 成為高中生之後，開始進行樂隊活動。
❷ 合音天使中的阿姨，看起來好像很開心的樣子。
❸ 美國的知名歌手都有貼身保鑣跟隨著。
❹ 在演唱會現場，要聽從工作人員的指示。
❺ 後台非常混亂。

071

舞台劇(1)

MP3 071

1 スポットライト
(spotlight)
(名)聚光燈

2 舞台《ぶたい》セッティング
(名)舞台布景

3 幕《まく》
(名)布幕

4 舞台《ぶたい》
(名)舞台

5 女優《じょゆう》
(名)女演員

6 男優《だんゆう》
(名)男演員

❶ スポットライトを浴《あ》びて歌《うた》を熱唱《ねっしょう》しました。

❷ 舞台セッティングは全《すべ》て学生《がくせい》によるものです。

❸ 幕が閉《し》まった後《あと》も拍手《はくしゅ》は止《や》みませんでした。

❹ 衣装《いしょう》は舞台上《じょう》で一層《いっそう》輝《かがや》きます。

❺ 好《す》きな女優は誰《だれ》ですか？

❻ 好《す》きな男優は誰《だれ》ですか？

學更多

	例句出現的		原形／接續原則	意義	詞性
❶	浴びて	→	浴びる	沐浴、籠罩	動II
	熱唱しました	→	熱唱する	熱情歡唱	動III
❷	全て	→	全て	全部	副詞
	学生による	→	名詞＋による	由～	文型
❸	閉まった	→	閉まる	關閉	動I
	閉まった後	→	動詞た形＋後	做～之後	文型
	閉まった後も	→	閉まった後＋も	關上之後也	文型
	拍手	→	拍手	鼓掌	名詞
	止みませんでした	→	止む	停止	動I
❹	衣装	→	衣装	服裝	名詞
	舞台上で	→	地點＋で	在～地點	文型
	一層	→	一層	更加	副詞
	輝きます	→	輝く	閃耀	動I
❺	好きな女優	→	好き＋な＋名詞	喜歡的～	文型
❻	好きな男優	→	好き＋な＋名詞	喜歡的～	文型

中譯

❶ 置身於聚光燈下熱情歡唱。
❷ 舞台布景全部出自學生之手。
❸ 布幕闔上之後，鼓掌聲也沒有停歇。
❹ 服裝在舞台上顯得更加耀眼。
❺ 你喜歡的女演員是誰？
❻ 你喜歡的男演員是誰？

072 舞台劇(2)

MP3 072

1 観客席《かんきゃくせき》
(名)觀眾席

2 ボックス席《ボックスせき》
(名)包廂

3 望遠鏡《ぼうえんきょう》
(名)望遠鏡

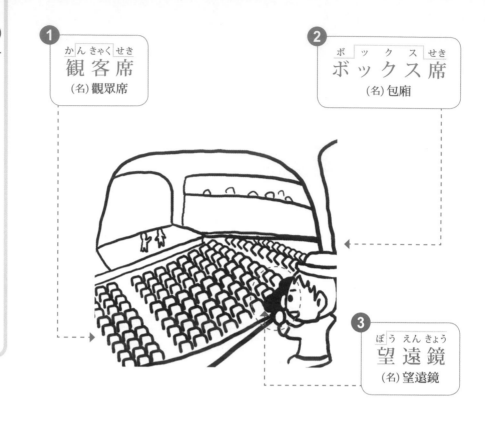

4 舞台裏《ぶたいうら》
(名)後台

5 コスチューム
(costume)
(名)戲服

❶ 観客席から歓声《かんせい》が上《あ》がりました。

❷ 演劇《えんげき》をボックス席で見《み》ます。

❸ 望遠鏡で見《み》ると役者《やくしゃ》の表情《ひょうじょう》までしっかり見《み》られます。

❹ 舞台裏の事情《じじょう》はなかなか分《わ》からないものです。

❺ コスチュームのデザインが素晴《すば》らしかったです。

學更多

	例句出現的		原形／接續原則	意義	詞性
❶	観客席から	→	地點＋から	從～地點	文型
	歓声が上がりました	→	歓声が上がる	發出歡呼聲	動 I
❷	演劇	→	演劇	戲劇表演	名詞
	ボックス席で	→	地點＋で	在～地點	文型
	見ます	→	見る	看	動 II
❸	望遠鏡で	→	名詞＋で	利用～	文型
	見る	→	見る	看	動 II
	見ると	→	動詞辭書形＋と	如果～的話，就～	文型
	役者	→	役者	演員	名詞
	表情まで	→	名詞＋まで	連～都	文型
	しっかり	→	しっかり	確實地	副詞
	見られます	→	見られる	可以看見	見る的可能形
❹	なかなか分からない	→	なかなか＋動詞否定形	不容易做～	文型
	分らない	→	分る	了解	動 I
	分からないものです	→	動詞ない形＋ものです	本來就是不～	文型
❺	デザイン	→	デザイン	設計	名詞
	素晴らしかった	→	素晴らしい	漂亮的、出色的	い形

中譯

❶ 從觀眾席發出歡呼聲。
❷ 在包廂看戲劇表演。
❸ 用望遠鏡觀看的話，連演員的表情都可以看得很清楚。
❹ 後台的情況本來就很難理解。
❺ 戲服的設計很漂亮。

073 SPA中心

MP3 073

1 マッサージセラピスト
(massage therapist)
(名)按摩師

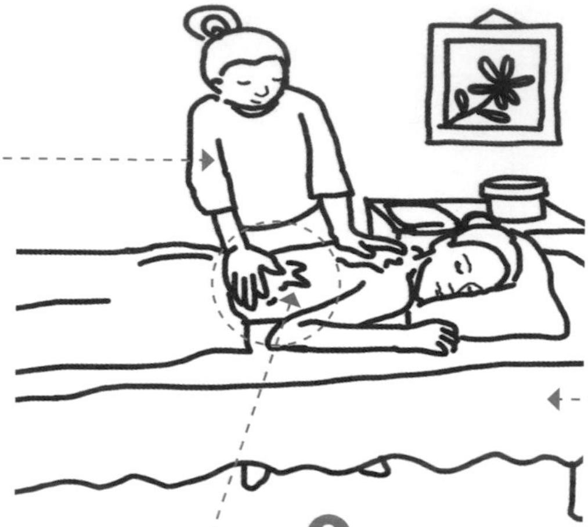

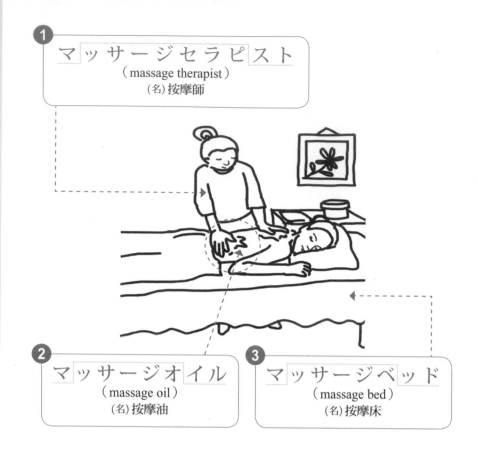

2 マッサージオイル
(massage oil)
(名)按摩油

3 マッサージベッド
(massage bed)
(名)按摩床

4 マスク
(mask)
(名)面膜

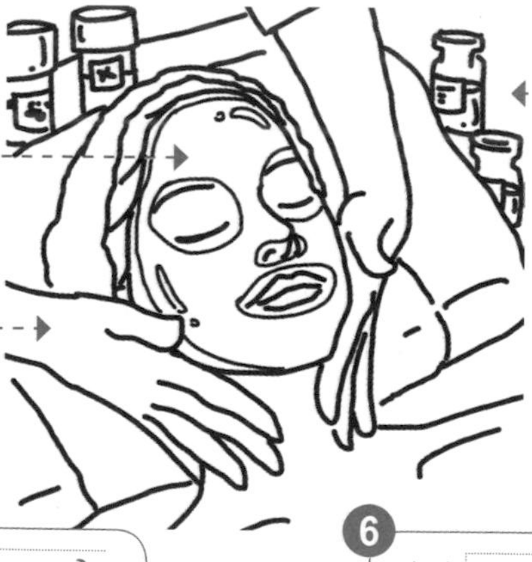

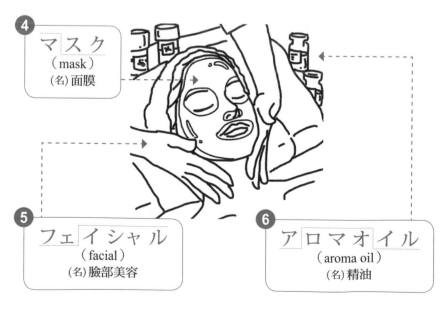

5 フェイシャル
(facial)
(名)臉部美容

6 アロマオイル
(aroma oil)
(名)精油

❶ お気《き》に入《い》りのマッサージセラピストを指名《しめい》します。

❷ マッサージオイルは、グレープシードに決《き》めています。

❸ マッサージベッドは電動《でんどう》のものがいいです。

❹ フェイシャルはまずマスクから始《はじ》めました。

❺ フェイシャルは３０分《さんじゅっぷん》コースにしました。

❻ アロマオイルを使《つか》う前《まえ》にアレルギーテストを忘《わす》れずに。

學更多

	例句出現的		原形／接續原則	意義	詞性
❶	お気に入り	→	お気に入り	喜歡	名詞
	指名します	→	指名する	指名	動Ⅲ
❷	グレープシード	→	グレープシード	葡萄籽	名詞
	決めて	→	決める	決定	動Ⅱ
	決めています	→	動詞て形＋いる	目前狀態	文型
❸	いい	→	いい	好的	い形
❹	まず	→	まず	首先	副詞
	マスクから	→	名詞＋から	從～	文型
	始めました	→	始める	開始	動Ⅱ
❺	コース	→	コース	課程	名詞
	コースにしました	→	名詞＋にしました	決定成～了	文型
❻	使う	→	使う	使用	動Ⅰ
	使う前に	→	動詞辭書形＋前に	做～之前	文型
	アレルギーテスト	→	アレルギーテスト	過敏測試	名詞
	忘れ	→	忘れる	忘記	動Ⅱ
	忘れずに	→	動詞ない形＋ずに	不要～	文型

中譯

❶ 指名喜歡的按摩師。
❷ 按摩油決定使用葡萄籽油。
❸ 按摩床用電動的比較好。
❹ 臉部美容先從敷面膜開始。
❺ 選擇了３０分鐘的臉部美容課程。
❻ 使用精油之前，別忘了做過敏測試。

074

三溫暖蒸氣室

MP3 074

1. 温《おん》度《ど》計《けい》 (名)溫度計
2. バスローブ (bathrobe) (名)浴袍
3. タオル (towel) (名)浴巾
4. スチーム (steam) (名)蒸氣
5. サウナ (sauna (芬)) (名)三溫暖
6. リクライニングチェア (reclining chair) (名)躺椅

❶ その温度計《おんどけい》は、壊《こわ》れています。

❷ バスローブを着《き》てリラックスします。

❸ タオルでクライアントの体《からだ》を覆《おお》います。

❹ スチームサウナは、肌《はだ》にいいです。

❺ サウナの温度《おんど》が高《たか》すぎます。

❻ リクライニングチェアに座《すわ》ってくつろぎます。

學更多

	例句出現的		原形／接續原則	意義	詞性
❶	壊れて	→	壊れる	壞掉	動Ⅱ
	壊れています	→	動詞て形＋いる	目前狀態	文型
❷	着て	→	着る	穿	動Ⅱ
	リラックスします	→	リラックスする	放鬆	動Ⅲ
❸	タオルで	→	名詞＋で	利用～	文型
	クライアント	→	クライアント	顧客	名詞
	体	→	体	身體	名詞
	覆います	→	覆う	覆蓋	動Ⅰ
❹	肌に	→	名詞＋に	在～方面	文型
	いい	→	いい	好的	い形
❺	高すぎます	→	高すぎる	太高	動Ⅱ
❻	座って	→	座る	坐	動Ⅰ
	くつろざます	→	くつろぐ	放鬆	動Ⅰ

中譯

❶ 那個溫度計壞掉了。
❷ 穿上浴袍，放鬆全身。
❸ 用浴巾蓋住客人的身體。
❹ 蒸氣三溫暖對皮膚很好。
❺ 三溫暖的溫度太高了。
❻ 坐在躺椅上放鬆一下。

075 水療池

MP3 075

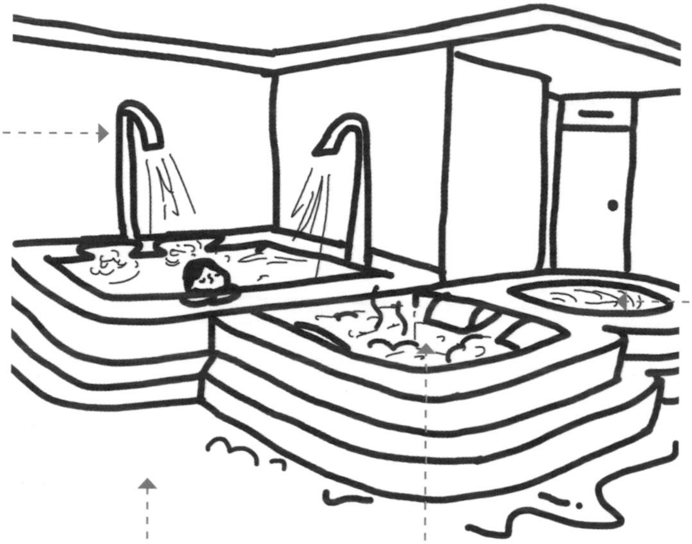

① ジェットマッサージ
(jet massage)
(名)按摩水柱

② 冷《れい》水《すい》プール《プール》
(名)冷水池

③ 温《おん》水《すい》プール《プール》
(名)熱水池

④ 水《みず》治《ち》療《りょう》法《ほう》
(名)水療

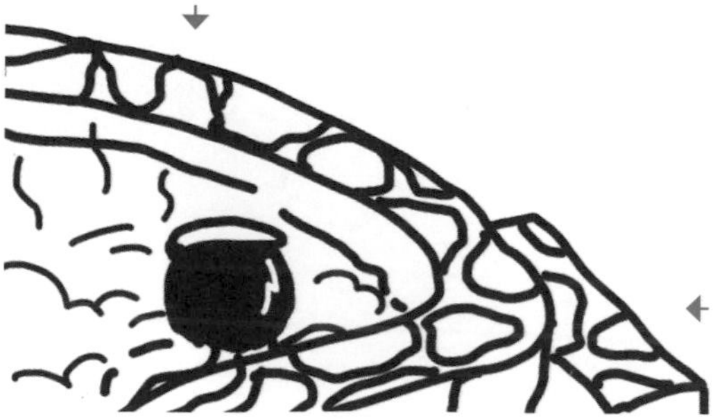

⑤ 温《おん》泉《せん》
(名)溫泉

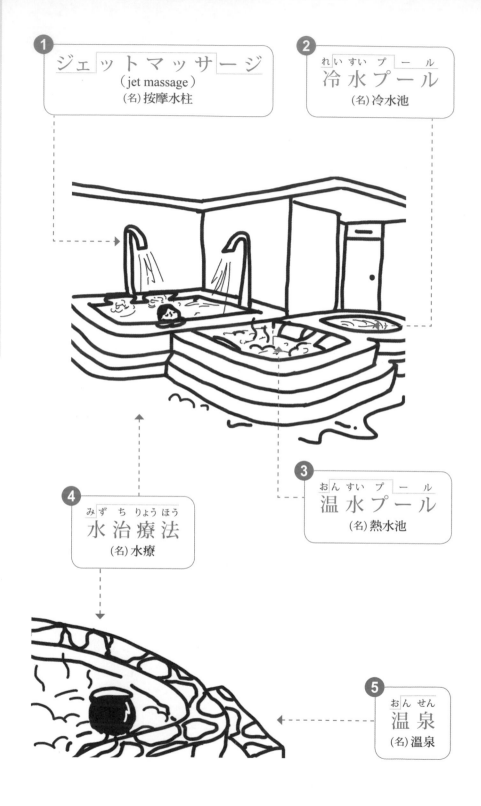

❶ ジェットマッサージは腰痛《ようつう》に効果《こうか》てきめんです。

❷ 夏《なつ》は冷水プールの方《ほう》が気持《きも》ちいいです。

❸ 温水プールで思《おも》い切《き》り泳《およ》ぎました。

❹ 水治療法は、英語《えいご》でハイドロセラピーと言《い》います。

❺ 温泉は日本《にほん》の至《いた》る 所《ところ》 に点在《てんざい》します。

學更多

	例句出現的		原形／接續原則	意義	詞性
❶	腰痛に	→	名詞＋に	在～方面	文型
	てきめん	→	てきめん	立即顯現效果	な形
❷	冷水プールの方か	→	名詞＋の方が	～比較	文型
	気持ちいい	→	気持ちいい	舒服的	名詞
❸	温水プールで	→	地點＋で	在～地點	文型
	思い切り	→	思い切り	盡情地	副詞
	泳ぎました	→	泳ぐ	游泳	動Ⅰ
❹	英語で	→	名詞＋で	利用～	文型
	ハイドロセラピーと言います	→	名詞＋と言う	說～、稱為～	文型
❺	至る所	→	至る所	到處	名詞
	点在します	→	点在する	散佈	動Ⅲ

中譯

❶ 按摩水柱對腰痛能夠立即見效。
❷ 夏天時，泡冷水池比較舒服。
❸ 在熱水池裡盡情地游泳。
❹ 水療的英文說法是「ハイドロセラピー（hydrotherapy）」。
❺ 溫泉散佈在日本各處。

076 旅館大廳(1)

MP3 076

❶ 吹《ふき》抜《ぬ》け
(名)挑高式的空間

❷ シャンデリア
(chandelier)
(名)水晶吊燈

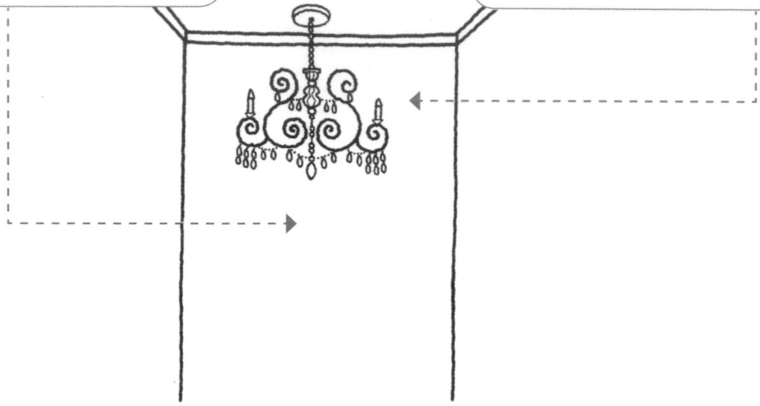

❸ 宿《しゅく》泊《はく》客《きゃく》
(名)旅客

❹ フラワーアレンジメント
(flower arrangement)
(名)插花擺設

❺ 宿《しゅく》泊《はく》カード
(名)住宿登記表

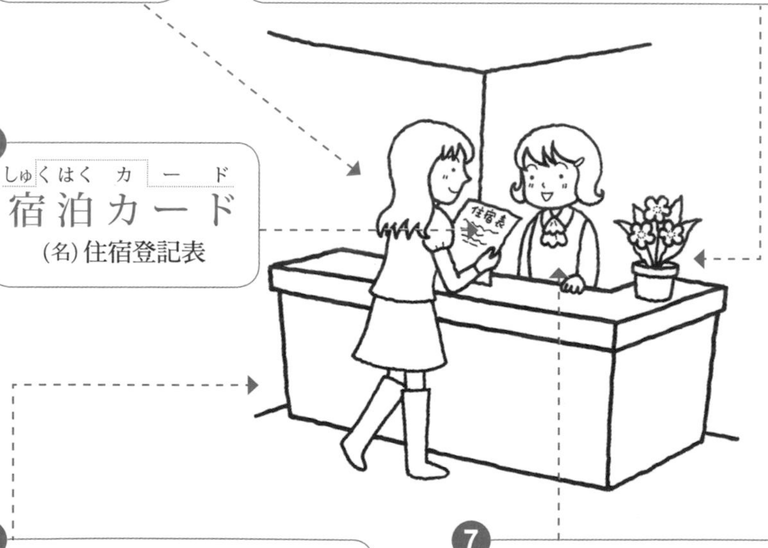

❻ フロントデスク
(front desk)
(名)接待櫃檯

❼ フロント係《かかり》員《いん》
(名)服務台接待員

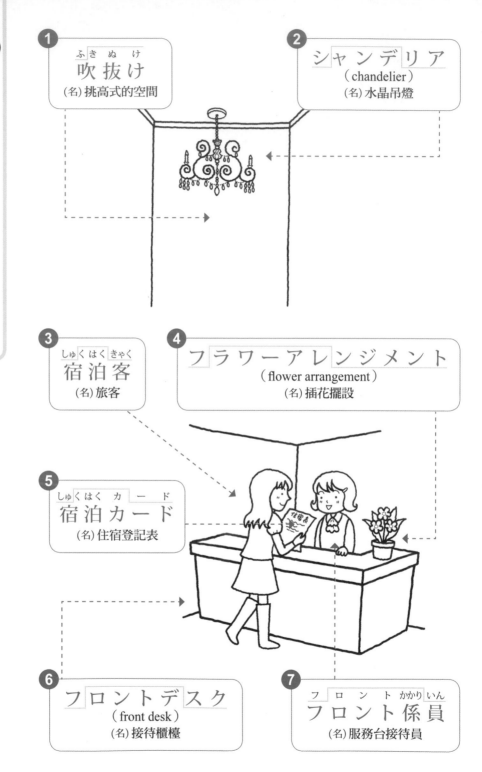

❶ このホテルの吹抜けのデザインが気《き》に入《い》りました。

❷ このホテルには豪華《ごうか》なシャンデリアの付《つ》いたロビーがあります。

❸ 宿泊客の大半《たいはん》は中国系《ちゅうごくけい》です。

❹ 有名《ゆうめい》なアーティストのフラワーアレンジメントの作品《さくひん》が飾《かざ》られています。

❺ 宿泊カードにご記入《きにゅう》ください。

❻ フロントデスクは２４時間接客《にじゅうよじかんせっきゃく》してくれます。

❼ このホテルのフロント係員の接客態度《せっきゃくたいど》は、とてもいいです。

學更多

	例句出現的		原形／接續原則	意義	詞性
❶	気に入りました	→	気に入る	喜歡	動Ⅰ
	デザイン	→	デザイン	設計	名詞
❷	付いた	→	付く	附有	動Ⅰ
	ロビー	→	ロビー	大廳	名詞
	あります	→	ある	有（事或物）	動Ⅰ
❸	大半	→	大半	多半、大部分	名詞
❹	アーティスト	→	アーティスト	藝術家	名詞
	飾られて	→	飾られる	被裝飾	飾る的被動形
	飾られています	→	動詞て形＋いる	目前狀態	文型
❺	ご記入	→	記入する	填寫	動Ⅲ
	ご記入ください	→	ご＋動詞ます形＋ください	請您做～	文型
❻	接客して	→	接客する	接待客人	動Ⅲ
	接客してくれます	→	動詞て形＋くれます	別人為我做～	文型
❼	とても	→	とても	非常	副詞
	いい	→	いい	好的	い形

中譯

❶ 我喜歡這家飯店的挑高式的空間設計。
❷ 這家飯店有懸掛著豪華水晶吊燈的大廳。
❸ 旅客多半是華人。
❹ 裝飾著知名藝術家的插花擺設作品。
❺ 請您填寫住宿登記表。
❻ 接待櫃檯提供２４小時的接待服務。
❼ 這家飯店的服務台接待員的接待態度非常好。

077 旅館大廳(2)

MP3 077

1 回《かい》転《てん》式《しき》ド《ド》ア《ア》
(名)旋轉門

2 ドアマン
（doorman）
(名)門房

3 ベルボーイ
（bellboy）
(名)行李服務生

4 カート
（cart）
(名)行李推車

5 荷《に》物《もつ》
(名)行李

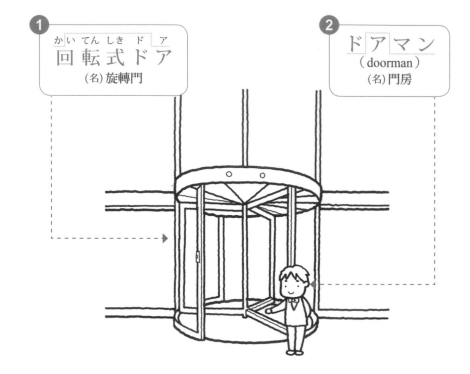

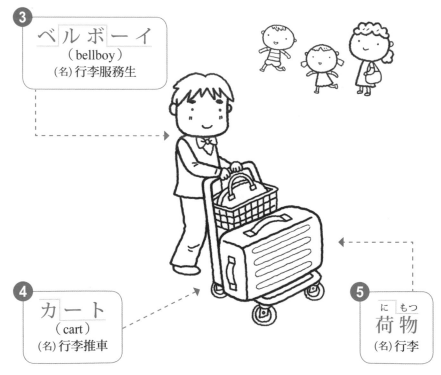

❶ 子供《こども》は最初《さいしょ》回転式ドアを怖《こわ》がりましたがすぐ慣《な》れました。

❷ ドアマンにチップを渡《わた》しました。

❸ 宿泊客《しゅくはくきゃく》の多《おお》い日《ひ》、ベルボーイは忙《いそが》しいです。

❹ カートを借《か》りてもいいですか？

❺ 荷物を預《あず》けることはできませんか？

學更多

	例句出現的		原形／接續原則	意義	詞性
❶	怖がりました	→	**怖がる**	害怕	動 I
	怖がりましたが	→	**動詞ました形＋が**	～，但是～	文型
	すぐ	→	**すぐ**	馬上	副詞
	慣れました	→	**慣れる**	習慣	動 II
❷	チップ	→	**チップ**	小費	名詞
	渡しました	→	**渡す**	交付	動 I
❸	宿泊客	→	**宿泊客**	旅客	名詞
	多い	→	**多い**	多的	い形
	忙しい	→	**忙しい**	忙碌的	い形
❹	借りて	→	**借りる**	借入	動 II
	借りてもいいですか	→	**動詞て形＋もいいですか**	可以做～嗎？	文型
❺	預ける	→	**預ける**	寄放	動 II
	できません	→	**できる**	可以	動 II
	預けることはできませんか	→	**動詞辭書形＋ことはできませんか**	可以做～嗎？	文型

中譯

❶ 孩子一開始會怕旋轉門，但是馬上就習慣了。
❷ 給門房小費。
❸ 旅客很多的時期，行李服務生很忙碌。
❹ 可以借用行李推車嗎？
❺ 可以寄放行李嗎？

078

網咖設備

MP3 078

1 禁《きん》煙《えん》エリア

(名) 禁煙區

2 喫《きつ》煙《えん》エリア

(名) 吸煙區

3 コンピューター

(computer)

(名) 電腦

4 オンラインゲーム

(online game)

(名) 線上遊戲

5 マウス

(mouse)

(名) 滑鼠

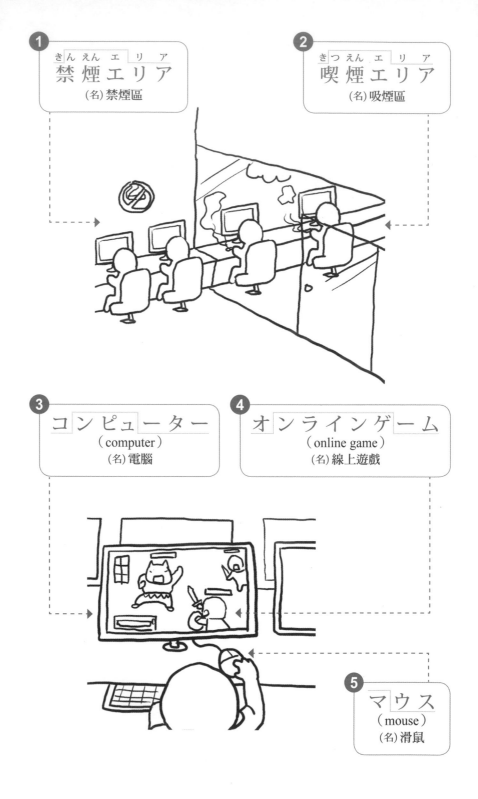

❶ 禁煙エリアでの喫煙《きつえん》はご遠慮《えんりょ》ください。

❷ タバコは喫煙エリアでお願《ねが》いいたします。

❸ ここでは、最新《さいしん》のコンピューターゲームが楽《たの》しめます。

❹ オンラインゲームには、有料《ゆうりょう》と無料《むりょう》のものがあります。

❺ ワイヤレスのマウスにも、使《つか》いやすいものと使《つか》いにくいものがあります。

學更多

	例句出現的		原形／接續原則	意義	詞性
❶	禁煙エリアで	→	**地點＋で**	在～地點	文型
	ご遠慮	→	**遠慮する**	回避、謝絕	動Ⅲ
	ご遠慮ください	→	**ご＋動詞~~ます~~形＋ください**	請您做～	文型
❷	タバコ	→	**タバコ**	香菸	名詞
	お願い	→	**願いする**	請求	動Ⅲ
	お願いいたします	→	**お＋動詞~~ます~~形＋いたします**	（動作涉及對方的）做～	文型
❸	ここでは	→	**地點＋では**	在～地點	文型
	ゲーム	→	**ゲーム**	遊戲	名詞
	楽しめます	→	**楽しめる**	可以享受	楽しむ的可能形
❹	有料と無料	→	**名詞A＋と＋名詞B**	名詞A和名詞B	文型
	あります	→	**ある**	有（事或物）	動Ⅰ
❺	ワイヤレス	→	**ワイヤレス**	無線	名詞
	マウスにも	→	**名詞＋にも**	在～方面也	文型
	使い	→	**使う**	使用	動Ⅰ
	使いやすい	→	**動詞ます形＋やすい**	容易做～	文型
	使いにくい	→	**動詞ます形＋にくい**	不容易做～	文型
	あります	→	**ある**	有（事或物）	動Ⅰ

中譯

❶ 請您不要在禁煙區抽煙。
❷ 抽煙請您到吸煙區。
❸ 在這裡可以玩到最新的電腦遊戲。
❹ 線上遊戲有收費和免費兩種類型。
❺ 在無線滑鼠方面，也有好用的和不好用的。

079

網咖臨檢

MP3 079

1 店《てん》員《いん》
(名)店員

2 カウンター
(counter)
(名)櫃檯

3 ガサ入れ《ガサいれ》
(名)警察搜索

4 未《み》成《せい》年《ねん》者《しゃ》
(名)未成年者

5 成《せい》人《じん》
(名)成年人/成年

❶ 詳細《しょうさい》は店員にお尋《たず》ねください。

❷ 料金《りょうきん》はカウンターで先払《さきばら》いしてください。

❸ 昨晩新宿《さくばんしんじゅく》のクラブで、ガサ入れがありました。

❹ 未成年者にはできないゲームもあります。

❺ 成人前《まえ》の飲酒《いんしゅ》や喫煙《きつえん》は、法律《ほうりつ》で禁止《きんし》されています。

學更多

	例句出現的		原形／接續原則	意義	詞性
❶	詳細	→	詳細	詳情	名詞
	お尋ね	→	尋ねる	詢問	動 II
	お尋ねください	→	お＋動詞ます形＋ください	請您做～	文型
❷	料金	→	料金	費用	名詞
	カウンターで	→	地點＋で	在～地點	文型
	先払いして	→	先払いする	先支付	動 III
	先払いしてください	→	動詞て形＋ください	請做～	文型
❸	クラブ	→	クラブ	俱樂部	名詞
	ありました	→	ある	有（事或物）	動 I
❹	できない	→	できる	可以	動 II
	ゲームも	→	名詞＋も	～也	文型
	あります	→	ある	有（事或物）	動 I
❺	法律で	→	範圍＋で	在～範圍	文型
	飲酒や喫煙	→	名詞Ａ＋や＋名詞Ｂ	名詞Ａ和名詞Ｂ	文型
	禁止されて	→	禁止される	被禁止	禁止する的被動形
	禁止されています	→	動詞て形＋いる	目前狀態	文型

中譯

❶ 詳情請您向店員詢問。
❷ 費用請先到櫃檯付款。
❸ 昨晚在新宿的俱樂部有警察搜索。
❹ 也有一些遊戲是未成年者不能玩的。
❺ 成年之前（未成年人），在法律上禁止喝酒和抽菸。

080 網咖飲食

MP3 080

1 ドリンクサーバー
（drink server）
(名)飲料供應機

2 価《か》格《かく》表《ひょう》
(名)價目表

3 スナック
（snack）
(名)零食

此字也可以唸成のみもの。

4 インスタントラーメン《インスタントラーメン》
(名)泡麵

5 飲《のみ》物《もの》
(名)飲料

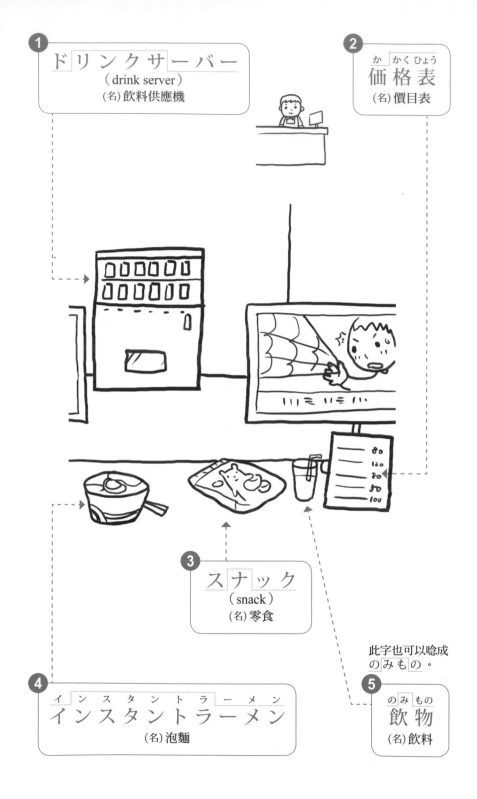

❶ ソフトドリンクはドリンクサーバーにて自由《じゆう》にご利用《りよう》ください。

❷ ゲームの料金《りょうきん》については、価格表をご覧《らん》ください。

❸ スナック菓子《がし》の持込《もちこみ》は禁止《きんし》されています。

❹ インスタントラーメンは、自動販売機《じどうはんばいき》で売《う》っていますよ。

❺ 飲物はアルコールもございます。

學更多

	例句出現的		原形／接續原則	意義	詞性
❶	ソフトドリンク	→	ソフトドリンク	軟性飲料	名詞
	ドリンクサーバーにて	→	地點＋にて	在～地點	文型
	自由に	→	自由	隨意	な形
	ご利用	→	利用する	利用	動Ⅲ
	ご利用ください	→	ご＋動詞ます形＋ください	請您做～	文型
❷	ゲーム	→	ゲーム	遊戲	名詞
	料金について	→	名詞＋について	關於～	文型
	ご覧ください	→	ご覧ください	請您看	尊敬語
❸	スナック菓子	→	スナック菓子	零食	名詞
	持込	→	持込	帶進去	名詞
	禁止されて	→	禁止される	被禁止	禁止する的被動形
	禁止されています	→	動詞て形＋いる	目前狀態	文型
❹	自動販売機で	→	地點＋で	在～地點	文型
	売って	→	売る	販賣	動Ⅰ
	売っています	→	動詞て形＋いる	目前狀態	文型
❺	アルコール	→	アルコール	酒類	名詞
	アルコールもございます	→	名詞＋もございます	也有～	文型

中譯

❶ 軟性飲料請您在飲料供應機隨意取用。

❷ 關於遊戲的費用，請您參照價目表。

❸ 禁止攜帶零食進入。

❹ 自動販賣機有賣泡麵喔。

❺ 飲料部分也有提供酒類。

081 賭桌上

MP3 081

1 サイコロ《サイコロ》
(名)骰子

2 ポーカー／バカラ
（poker）/（baccara）
(名)撲克牌遊戲

兩個單字都是「撲克牌遊戲」。

3 カジノディーラー
（casino dealer）
(名)發牌員

4 トークン
（token）
(名)籌碼

5 カジノテーブル
（casino table）
(名)賭桌

6 カジノ《カジノ》客《きゃく》
(名)賭客

❶ サイコロを投《な》げてゲームが始《はじ》まりました。

❷ ポーカー（バカラ）はカジノゲームの一種《いっしゅ》です。

❸ ベテランのカジノディーラーが、常連客《じょうれんきゃく》を受《う》け持《も》ちます。

❹ まだ少《すこ》しトークンが残《のこ》っているので、スロットマシーンができます。

❺ ギャンブラー達《たち》がカジノテーブルを囲《かこ》みました。

❻ カジノ客のお目《め》当《あ》ては、何《なん》と言《い》ってもスロットマシーンです。

學更多

	例句出現的		原形／接續原則	意義	詞性
❶	投げて	→	投げる	投擲	動II
	始まりました	→	始まる	開始	動I
❷	カジノゲーム	→	カジノゲーム	賭博遊戲	名詞
❸	ベテラン	→	ベテラン	老手、資深	名詞
	常連客	→	常連客	常客	名詞
	受け持ちます	→	受け持つ	負責	動I
❹	まだ	→	まだ	還	副詞
	少し	→	少し	一點點	副詞
	残って	→	残る	剩下	動I
	残っている	→	動詞て形＋いる	目前狀態	文型
	残っているので	→	動詞ている形＋ので	因為～	文型
	スロットマシーンができます	→	名詞＋が＋できる	可以～	文型
❺	ギャンブラー達	→	ギャンブラー達	賭徒們	名詞
	囲みました	→	囲む	圍繞	動I
❻	お目当て	→	お目当て	目標	名詞
	何と言っても	→	何と言っても	不管怎麼說	副詞

中譯

❶ 投擲骰子，遊戲開始了。
❷ 撲克牌是賭博遊戲的一種。
❸ 資深的發牌員會負責自己的常客。
❹ 還剩一點點籌碼，所以可以去玩吃角子老虎。
❺ 賭徒們圍坐在賭桌旁。
❻ 賭客的目標，不管怎麼說都是以吃角子老虎為主。

082 宴會舞池

MP3 082

1 バンド
（band）
(名) 樂隊

2 風《ふう》船《せん》
(名) 氣球

3 ドレス
（dress）
(名) 禮服

4 タキシード
（tuxedo）
(名) 燕尾服

5 ダンスフロア
（dance floor）
(名) 舞池

❶ バンド演奏《えんそう》で、パーティーの幕《まく》が開《あ》きました。

❷ 会場《かいじょう》は、色《いろ》とりどりの風船で飾《かざ》られていました。

❸ 謝恩会《しゃおんかい》にはドレスや振《ふ》り袖《そで》など、正装《せいそう》してご参加《さんか》ください。

❹ ほとんどの男性《だんせい》がタキシードを着《き》ていました。

❺ ダンスフロアも一般《いっぱん》に開放《かいほう》され、自由《じゆう》に踊《おど》ることができます。

學更多

	例句出現的		原形／接續原則	意義	詞性
❶	バンド演奏で	→	名詞＋で	利用～	文型
	パーティー	→	パーティー	派對	名詞
	開きました	→	開く	開始	動Ⅰ
❷	色とりどり	→	色とりどり	色彩繽紛	名詞
	飾られて	→	飾られる	被裝飾	飾る的被動形
	飾られていました	→	動詞て形＋いました	過去維持的狀態	文型
❸	謝恩会	→	謝恩会	謝師會	名詞
	振り袖	→	振り袖	未婚女性的禮服	名詞
	正装して	→	正装する	盛裝、正式打扮	動Ⅲ
	ご参加	→	参加する	參加	動Ⅲ
	ご参加ください	→	ご＋動詞~~ます~~形＋ください	請您做～	文型
❹	ほとんど	→	ほとんど	大部分	名詞
	着て	→	着る	穿	動Ⅱ
	着ていました	→	動詞て形＋いました	過去維持的狀態	文型
❺	開放され	→	開放される	被開放	開放する的被動形
	自由に	→	自由	自由	な形
	踊る	→	踊る	跳舞	動Ⅰ
	踊ることができます	→	動詞辭書形＋ことができる	可以做～	文型

中譯

❶ 透過樂隊演奏，派對開始了。
❷ 會場裡裝飾了色彩繽紛的氣球。
❸ 參加謝師會時，請您以禮服或振袖（未婚女性的禮服）之類的正式打扮出席。
❹ 大部分的男性都穿著燕尾服。
❺ 舞池一般都是開放的，可以自由跳舞。

083 賓主同歡

MP3 083

1 ワイングラス
（wineglass）
(名)高腳杯

2 ウェイター
（waiter）
(名)男服務生

「女服務生」為「ウェイトレス」。

3 女《じょ》性《せい》主《しゅ》催《さい》者《しゃ》
(名)女主人

4 男《だん》性《せい》主《しゅ》催《さい》者《しゃ》
(名)男主人

5 ゲスト
（guest）
(名)賓客

❶ ワイングラスを片手《かたて》に食事《しょくじ》を楽《たの》しみます。

❷ ウェイターが会場内《かいじょうない》を忙《いそが》しく行《ゆ》き来《き》していました。

❸ 今回《こんかい》は女性主催者の思《おも》い入《い》れの強《つよ》いパーティーとなりました。

❹ 男性主催者の企画《きかく》でゲームが行《おこな》われました。

❺ 今晩《こんばん》の特別《とくべつ》ゲストとして、有名《ゆうめい》オペラ歌手《かしゅ》が登場《とうじょう》しました。

學更多

	例句出現的		原形／接續原則	意義	詞性
❶	片手	→	片手	單手	名詞
	楽しみます	→	楽しむ	享用	動 I
❷	忙しく	→	忙しい	忙碌的	い形
	行き来して	→	行き来する	來來回回、往返	動Ⅲ
	行き来していました	→	動詞て形＋いました	過去維持的狀態	文型
❸	思い入れ	→	思い入れ	心思	名詞
	強い	→	強い	強烈的	い形
	パーティーとなりました	→	名詞＋となりました	變成了～	文型
❹	企画で	→	名詞＋で	利用～	文型
	ゲーム	→	ゲーム	遊戲	名詞
	行われました	→	行われる	進行	動Ⅱ
❺	特別ゲストとして	→	名詞＋として	作為～	文型
	オペラ	→	オペラ	歌劇	名詞
	登場しました	→	登場する	登場	動Ⅲ

中譯

❶ 一手拿著高腳杯，享用餐點。
❷ 男服務生在會場中忙碌地穿梭。
❸ 這次派對是女主人費盡心思安排的派對。
❹ 透過男主人的計劃進行遊戲。
❺ 知名的歌劇歌手以今晚的特別賓客身分登場了。

084 宴會餐飲

MP3 084

1 炭《たん》酸《さん》飲《いん》料《りょう》
(名)氣泡飲料

2 カクテル
(cocktail)
(名)雞尾酒

3 シャンパン
(champagne(法))
(名)香檳

4 食《しょく》事《じ》
(名)餐食

5 シェーカー
(shaker)
(名)調酒壺

❶ 子供《こども》の好《す》きな炭酸飲料も各種《かくしゅ》揃《そろ》えています。

❷ カクテル飲料《いんりょう》については有料《ゆうりょう》です。

❸ おつまみとシャンパンが配《くば》られました。

❹ 食事やデザートはどれも美味《おい》しかったです。

❺ バーテンダーがシェーカーでカクテルを作《つく》ってくれました。

學更多

	例句出現的		原形／接續原則	意義	詞性
❶	好きな炭酸飲料	→	好き＋な＋名詞	喜歡的～	文型
	炭酸飲料も	→	名詞＋も	～也	文型
	揃えて	→	揃える	備齊	動II
	揃えています	→	動詞て形＋いる	目前狀態	文型
❷	カクテル飲料について	→	名詞＋について	關於～	文型
	有料	→	有料	收費	名詞
❸	おつまみ	→	おつまみ	下酒菜	名詞
	おつまみとシャンパン	→	名詞A＋と＋名詞B	名詞A和名詞B	文型
	配られました	→	配られる	被分發	配る的被動形
❹	食事やデザート	→	名詞A＋や＋名詞B	名詞A或名詞B	文型
	どれも	→	どれ＋も	無論哪一個都	文型
	美味しかった	→	美味しい	好吃的	い形
❺	バーテンダー	→	バーテンダー	酒保	名詞
	シェーカーで	→	名詞＋で	利用～	文型
	作って	→	作る	製作	動I
	作ってくれました	→	動詞て形＋くれました	別人為我做了～	文型

中譯

❶ 也備妥了孩子喜歡的各種氣泡飲料。
❷ 雞尾酒飲料是要收費的。
❸ 分發下酒菜和香檳。
❹ 餐食或甜點，無論哪一個都很美味。
❺ 酒保用調酒壺為我調製雞尾酒。

085

服飾賣場

MP3 085

1
婦《ふ》人《じん》服《ふく》売《うり》場《ば》
(名)女裝部

2
紳《しん》士《し》服《ふく》売《うり》場《ば》
(名)男裝部

3
マネキン
（mannequin）
(名)服裝人體模特兒

4
子《こ》供《ども》服《ふく》売《うり》場《ば》
(名)童裝部

5
割《わり》引《びき》
(名)折扣

❶ 婦人服売場は３階《さんがい》と４階《よんかい》です。

❷ このスーツはデパートの紳士服売場で買《か》いました。

❸ さっき店員《てんいん》さんと間違《まちが》えてマネキンに話《はな》しかけてしまいました。

❹ 子供服売場では、夏祭《なつまつ》り用《よう》に浴衣《ゆかた》を販売《はんばい》しています。

❺ いつもスーパーの割引を狙《ねら》って夕方《ゆうがた》ごろに買《か》い物《もの》に行《い》きます。

學更多

	例句出現的		原形／接續原則	意義	詞性
❶	３階と４階	→	名詞Ａ＋と＋名詞Ｂ	名詞Ａ和名詞Ｂ	文型
❷	スーツ	→	スーツ	西裝	名詞
	デパート	→	デパート	百貨公司	名詞
	紳士服売場で	→	地點＋で	在～地點	文型
	買いました	→	買う	買	動Ⅰ
❸	さっき	→	さっき	剛才	副詞
	間違えて	→	間違える	認錯	動Ⅱ
	話しかけて	→	話しかける	搭話、攀談	動Ⅱ
	話しかけてしまいました	→	動詞て形＋しまいました	無法挽回的遺憾	文型
❹	子供服売場では	→	地點＋では	在～地點	文型
	夏祭り	→	夏祭り	夏日祭典	名詞
	販売して	→	販売する	販賣	動Ⅲ
	販売しています	→	動詞て形＋いる	目前狀態	文型
❺	いつも	→	いつも	總是	副詞
	狙って	→	狙う	以～為目標	動Ⅰ
	夕方ごろ	→	夕方ごろ	傍晚的時候	名詞
	買い物に行きます	→	買い物に行く	去購物	動Ⅰ

中譯

❶ 女裝部在３樓和４樓。
❷ 這件西裝是在百貨公司的男裝部購買的。
❸ 剛剛把服裝人體模特兒誤認為店員，和對方攀談。
❹ 在童裝部，有販賣夏日祭典穿著的浴衣。
❺ 總是以超市的折扣為目標，在傍晚時去購物。

086 百貨陳列

MP3 086

1. おもちゃ《おもちゃ》売場《うりば》
(名)玩具部

2. 家具《かぐ》売場《うりば》
(名)家具區

3. 化粧品《けしょうひん》売場《うりば》
(名)化妝品專櫃

4. 婦人靴《ふじんくつ》売場《うりば》
(名)女鞋區

5. 非常口《ひじょうぐち》
(名)逃生門

6. フードコート
（food court）
(名)美食廣場

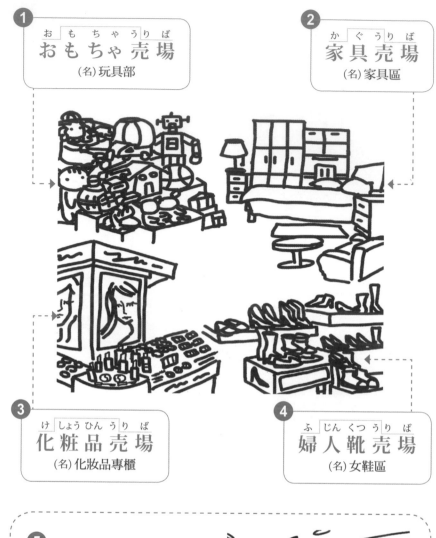

❶ 近頃《ちかごろ》のおもちゃ売場は大人《おとな》も一緒《いっしょ》に楽《たの》しめるおもちゃが売《う》られています。

❷ 新婚夫婦《しんこんふうふ》が家具売場でソファを選《えら》んでいます。

❸ 化粧品売場の催《もよお》し物《もの》は、いつも若《わか》い女性《じょせい》で賑《にぎ》わっています。

❹ 百貨店《ひゃっかてん》の婦人靴売場は、国産《こくさん》のみならず海外《かいがい》ブランド品《ひん》など高級《こうきゅう》な靴《くつ》が揃《そろ》っています。

❺ 各階《かくかい》に非常口があります。

❻ みんな好《す》きなものを食《た》べられるように、今日《きょう》のランチはフードコートにしましょう。

學更多

	例句出現的		原形／接續原則	意義	詞性
❶	大人も	→	名詞＋も	～也	文型
	一緒に	→	一緒に	一起	副詞
	楽しめる	→	楽しめる	可以享受	楽しむ的可能形
	売られて	→	売られる	被販賣	売る的被動形
	売られています	→	動詞て形＋いる	目前狀態	文型
❷	選んで	→	選ぶ	選擇	動Ⅰ
❸	催し物	→	催し物	活動	名詞
	女性で	→	名詞＋で	充滿～、填滿～	文型
	賑わって	→	賑わう	熱鬧、擁擠	動Ⅰ
❹	国産のみならず	→	名詞＋のみならず	不僅～	文型
	ブランド品	→	ブランド品	名牌	名詞
	揃って	→	揃う	備齊、齊全	動Ⅰ
❺	あります	→	ある	有（事或物）	動Ⅰ
❻	食べられる	→	食べられる	可以吃	食べる的可能形
	食べられるように	→	食べられる＋ように	為了可以吃	文型
	フードコートにしましょう	→	名詞＋にする	決定成～	文型

中譯

❶ 最近的玩具部有販賣大人也可以一起玩的玩具。
❷ 新婚夫妻在家具區選購沙發。
❸ 化妝品專櫃的活動總是充滿年輕女性而熱鬧擁擠。
❹ 百貨公司的女鞋區不但有國產品牌，國外名牌之類的高級鞋子也很齊全。
❺ 各個樓層都有逃生門。
❻ 為了讓大家可以吃喜歡的東西，今天的午餐就在美食廣場吃吧。

087

協尋服務&停車

MP3 087

1. 手《て》荷《に》物《もつ》一《いち》時《じ》預《あず》かり
(名)寄物/寄物處

2. サービスカウンター
(service counter)
(名)服務台

3. 呼《よび》出《だ》し
(名)尋人廣播

4. 遺《い》失《しつ》物《ぶつ》取《とり》扱《あつかい》所《じょ》
(名)失物招領處

5. ショッピングカート
(shopping cart)
(名)購物推車

6. 駐《ちゅう》車《しゃ》場《じょう》
(名)停車場

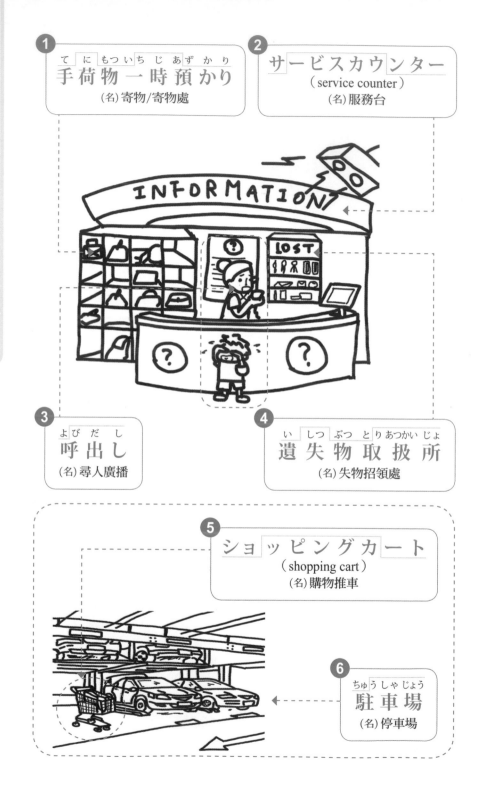

❶ 荷物《にもつ》が重《おも》い時《とき》は、手荷物一時預かりのサービスを利用《りよう》すると、身軽《みがる》にショッピングが楽《たの》しめます。

❷ サービスカウンターは1階《いっかい》にあります。

❸ 迷子《まいご》の呼出しの放送《ほうそう》が流《なが》れました。

❹ 駅《えき》の遺失物取扱所には毎日色々《まいにちいろいろ》な物《もの》が届《とど》けられます。

❺ 車《くるま》の形《かたち》をしたショッピングカートは、子供《こども》に大人気《だいにんき》です。

❻ レシートを見《み》せると、駐車場料金《りょうきん》が無料《むりょう》になります。

學更多

	例句出現的		原形／接續原則	意義	詞性
❶	利用する	→	**利用する**	利用	動Ⅲ
	利用すると	→	**動詞辭書形＋と**	如果～的話，就～	文型
	身軽に	→	**身軽**	輕鬆	な形
	楽しめます	→	**楽しめる**	可以享受	楽しむ的可能形
❷	1階にあります	→	**地點＋にある**	位於～	文型
❸	迷子	→	**迷子**	走失的小孩	名詞
	流れました	→	**流れる**	播放	動Ⅱ
❹	毎日	→	**毎日**	每天	名詞
	色々なもの	→	**色々＋な＋名詞**	各式各樣的～	文型
	届けられます	→	**届けられる**	被送到	届ける的被動形
❺	車の形をした	→	**車の形をする**	做成汽車造型	動Ⅲ
	大人気	→	**大人気**	很受歡迎	名詞
❻	レシート	→	**レシート**	收據	名詞
	見せる	→	**見せる**	出示	動Ⅱ
	見せると	→	**動詞辭書形＋と**	如果～的話，就～	文型
	無料	→	**無料**	免費	名詞
	なります	→	**なる**	變成	動Ⅰ

中譯

❶ 行李很重時，如果利用寄物服務，就可以輕鬆享受購物樂趣。
❷ 服務台在1樓。
❸ 播放了走失小孩的尋人廣播。
❹ 在車站的失物招領處，每天都會收到各式各樣的遺失物品。
❺ 做成汽車造型的購物推車，很受孩子歡迎。
❻ 如果出示收據，就不用付停車場的停車費。

088 酒吧內(1)

MP3 088

1 バーテンダー
（bartender）
(名) 調酒師

2 バーカウンター
（bar counter）
(名) 吧台

3 ビール
（bier（荷））
(名) 啤酒

4 アルコール《アルコール》飲料《いんりょう》
(名) 酒精飲料

5 ハイチェア
（high chair）
(名) 高腳椅

6 酔《よ》っ払《ぱら》い
(名) 醉漢/酒鬼

❶ バーテンダーにリクエストすればお好《この》みのカクテルを作《つく》ってもらえます。

❷ 大体《だいたい》常連客《じょうれんきゃく》はバーカウンターに座《すわ》ります。

❸ ベルギーには８００種類《はっぴゃくしゅるい》ものビールがあるそうです。

❹ アルコール飲料は高《たか》めですが、ゲームが充実《じゅうじつ》しています。

❺ ハイチェアが苦手《にがて》な人《ひと》にはテーブル席《せき》もあります。

❻ このバーに駐車場《ちゅうしゃじょう》はなく、酔っ払い客《きゃく》の飲酒運転防止《いんしゅうんてんぼうし》に役《やく》立《だ》っています。

學更多

	例句出現的		原形／接續原則	意義	詞性
❶	リクエストすれば	→	リクエストすれば	如果要求的話，～	リクエストする的條件形
	お好み	→	お好み	喜歡	名詞
	作って	→	作る	製作	動Ⅰ
	作ってもらえます	→	動詞て形＋もらえる	可以請別人為我做～	文型
❷	常連客	→	常連客	常客	名詞
	座ります	→	座る	坐	動Ⅰ
❸	８００種類もの	→	數量詞＋もの	多達～數量	文型
	ある	→	ある	有（事或物）	動Ⅰ
	あるそう	→	動詞辭書形＋そう	聽說～	文型
❹	高め	→	高め	價格較高	名詞
	充実して	→	充実する	豐富	動Ⅲ
	充実しています	→	動詞て形＋いる	目前狀態	文型
❺	苦手な人	→	苦手＋な＋名詞	不擅長的～	文型
❻	なく	→	ない	沒有	い形
	役立って	→	役立つ	有幫助	動Ⅰ

中譯

❶ 如果跟調酒師提出要求，就可以請他為你調製自己喜歡的雞尾酒。
❷ 常客通常都坐在吧台。
❸ 聽說比利時有多達８００種的啤酒。
❹ 雖然酒精飲料很貴，但是遊戲很豐富。
❺ 不習慣坐高腳椅的人，也有一般桌子的座位。
❻ 這家酒吧沒有停車場，有助於預防醉漢酒駕。

089

酒吧內(2)

MP3 089

1 スロットマシーン
(slot machine)
(名)吃角子老虎

2 ダーツボード
(darts board)
(名)飛鏢靶

3 ゲーム《ゲーム》機《き》
(名)遊戲機

4 ダーツ
(darts)
(名)飛鏢

5 ビリヤード《ビリヤード》台《だい》
(名)撞球台

6 DJ《ディージェー》
(名)DJ

❶ スロットマシーンもあり、客同士《きゃくどうし》で賭《か》け事《ごと》を楽《たの》しんでいます。

❷ ダーツボードは、ビリヤード台《だい》に比《くら》べて安《やす》く買《か》えます。

❸ 懐《なつ》かしのゲーム機も置《お》いてあります。

❹ ビリヤードよりダーツの方《ほう》が得意《とくい》です。

❺ ビリヤード台を置《お》く場所《ばしょ》が欲《ほ》しいです。

❻ 水曜日《すいようび》はクイズナイトで、DJが場《ば》を盛《も》り上《あ》げます。

學更多

	例句出現的		原形／接續原則	意義	詞性
❶	あり	→	ある	有（事或物）	動 I
	客同士で	→	行動單位＋で	以～行動單位	文型
	賭け事	→	賭け事	賭博	名詞
	楽しんで	→	楽しむ	享受	動 I
❷	比べて	→	比べる	比較	動 II
	安く	→	安い	便宜的	い形
	買えます	→	買える	可以買	買う的可能形
❸	懐かし	→	懐かし	懷舊	名詞
	置いて	→	置く	放置	動 I
	置いてあります	→	動詞て形＋ある	有目的的存在狀態	文型
❹	ビリヤードより	→	名詞＋より	和～相比	文型
	ダーツの方が	→	名詞＋の方が	～比較	文型
	得意	→	得意	擅長	な形
❺	置く	→	置く	放置	動 I
	欲しい	→	欲しい	想要	い形
❻	クイズナイト	→	クイズナイト	猜謎之夜	名詞
	場を盛り上げます	→	場を盛り上げる	炒熱氣氛	動 II

中譯

❶ 也有吃角子老虎，客人會一起享受賭博的樂趣。
❷ 和撞球台比起來，飛鏢靶可以比較便宜地買到。
❸ 也有放置懷舊的遊戲機。
❹ 和撞球相比，我比較擅長飛鏢。
❺ 想要一個擺放撞球台的地方。
❻ 星期三是猜謎之夜，ＤＪ會炒熱氣氛。

090 博物館入口處

MP3 090

1 イ ン フ ォ メ ー シ ョ ン セ ン タ ー

(information center)

(名) 詢問處

2 入《にゅう》場《じょう》券《けん》売《うり》場《ば》

(名) 購票處

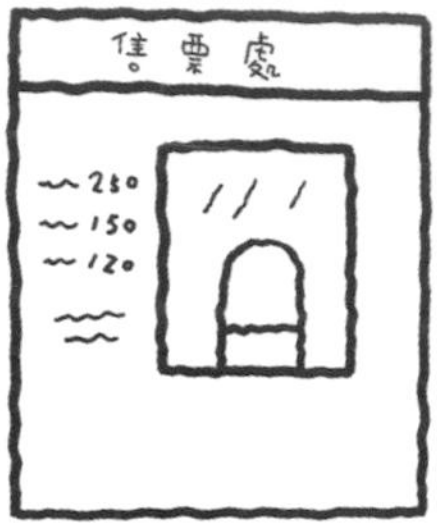

3 フ《フ》ロ《ロ》ア《ア》案《あん》内《ない》

(名) 樓層簡介

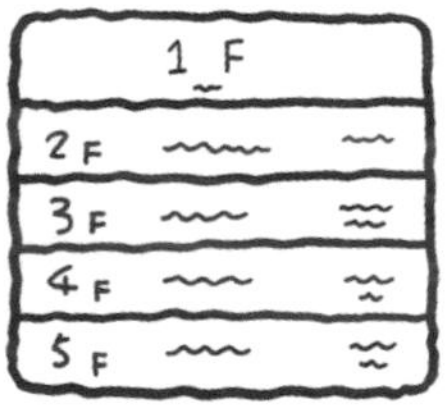

4 手《て》荷《に》物《もつ》預《あず》か《か》り《り》所《じょ》

(名) 物品寄放處

5 ロ ッ カ ー

(locker)

(名) 置物櫃

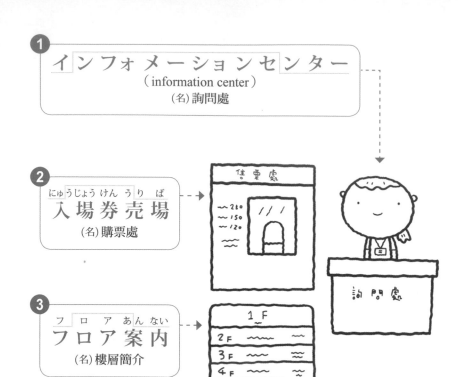

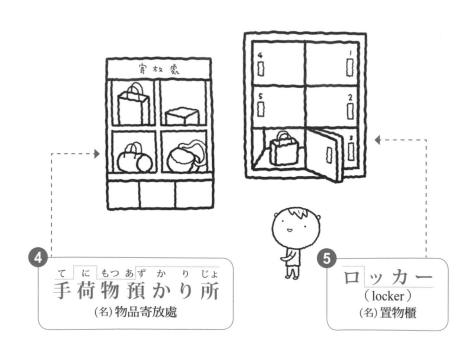

❶ ご質問《しつもん》は、お気軽《きがる》にインフォメーションセンターでお尋《たず》ねください。

❷ 入場券売場は建物《たてもの》の外《そと》にあります。

❸ フロア案内図《ず》はエレベーターの前《まえ》にあります。

❹ 手荷物預かり所のご利用《りよう》は、有料《ゆうりょう》となります。

❺ カメラはロッカーに預《あず》けます。

學更多

	例句出現的		原形／接續原則	意義	詞性
❶	ご	→	ご	表示美化、鄭重	接頭辭
	お	→	お	表示美化、鄭重	接頭辭
	気軽に	→	気軽	隨意	な形
	インフォメーションセンターで	→	地點＋で	在～地點	文型
	お尋ね	→	尋ねる	詢問	動II
	お尋ねください	→	お＋動詞ます形＋ください	請您做～	文型
❷	建物	→	建物	建築物	名詞
	外にあります	→	地點＋にある	位於～	文型
❸	フロア案内図	→	フロア案内図	樓層簡介圖	名詞
	エレベーター	→	エレベーター	電梯	名詞
	前にあります	→	地點＋にある	位於～	文型
❹	ご	→	ご	表示美化、鄭重	接頭辭
	有料	→	有料	收費	名詞
	有料となります	→	名詞＋となる	別人規定成～	文型
❺	カメラ	→	カメラ	相機	名詞
	預けます	→	預ける	寄放	動II

中譯

❶ 有疑問時，請您隨意至詢問處洽詢。
❷ 購票處在建築物外面。
❸ 樓層簡介圖在電梯前面。
❹ 使用物品寄放處是要收費的。
❺ 相機要寄放在置物櫃。

091

博物館展覧區

MP3 091

1 監《かん》視《し》カメラ
(名)錄影監視器

2 絵《かい》画《が》作《さく》品《ひん》
(名)繪畫作品

3 展《てん》覧《らん》エリア
(名)展覽區

4 彫《ちょう》刻《こく》作《さく》品《ひん》
(名)雕塑作品

5 ガイド
(guide)
(名)導覽員

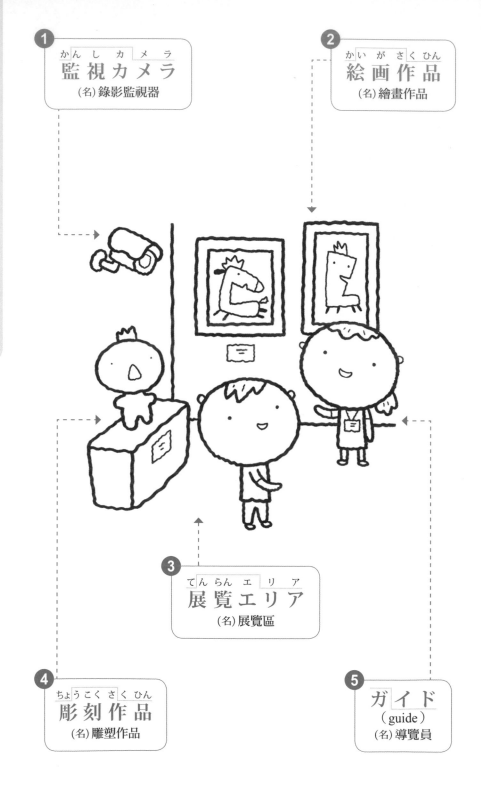

❶ 館内《かんない》の様子《ようす》は、監視カメラによって全《すべ》て記録《きろく》されています。

❷ 見事《みごと》な絵画作品だが、保存状態《ほぞんじょうたい》が悪《わる》いです。

❸ 展覧エリアは、頻繁《ひんぱん》に模様替《もようが》えされます。

❹ 中国《ちゅうごく》の翡翠《ひすい》の彫刻作品は、本当《ほんとう》に見事《みごと》です。

❺ ボランティアのガイドさんが案内《あんない》してくれました。

學更多

	例句出現的		原形／接續原則	意義	詞性
❶	監視カメラによって	→	名詞＋によって	透過～	文型
	全て	→	全て	全部	副詞
	記録されて	→	記録される	被記錄	記録する的被動形
	記録されています	→	動詞て形＋いる	目前狀態	文型
❷	見事な絵画作品	→	見事＋な＋名詞	出色的～	文型
	絵画作品だが	→	名詞＋だ＋が	～，但是～	文型
	悪い	→	悪い	不好的	い形
❸	頻繁に	→	頻繁に	頻繁	副詞
	模様替えされます	→	模様替えされる	被改變外觀、佈置	模様替えする的被動形
❹	本当に	→	本当に	真的	副詞
	見事	→	見事	出色、漂亮	な形
❺	ボランティア	→	ボランティア	義工	名詞
	案内して	→	案内する	導覽	動Ⅲ
	案内してくれました	→	動詞て形＋くれました	別人為我做了～	文型

中譯

❶ 館內的狀況全都被錄影監視器記錄下來。
❷ 雖然是出色的繪畫作品，但是保存狀況很差。
❸ 展覽區經常更換佈置。
❹ 中國的翡翠雕塑作品，真的很漂亮。
❺ 義工導覽員為我們導覽。

092

教室内

MP3 092

1 学《がく》生《せい》
(名)學生

2 教《きょう》科《か》書《しょ》
(名)教科書

3 椅《い》子《す》
(名)椅子

4 机《つくえ》
(名)桌子

5 ゴ《ゴ》ミ《ミ》箱《ばこ》
(名)垃圾桶

6 箒《ほうき》
(名)掃把

7 塵《ち》取《と》り《り》
(名)畚箕

❶ 学生に一番《いちばん》人気《にんき》のある先生《せんせい》は誰《だれ》でしょう？

❷ 教科書は学生《がくせい》に無《む》料《りょう》で支《し》給《きゅう》されます。

❸ 授業中《じゅぎょうちゅう》は姿《し》勢《せい》を正《ただ》して椅子に座《すわ》りましょう。

❹ 授業《じゅぎょう》が始《はじ》まる前《まえ》に机を整頓《せいとん》します。

❺ ゴミ箱にゴミが溜《た》まっています。

❻ 箒で掃《は》き掃《そう》除《じ》をします。

❼ 塵取りでゴミを集《あつ》めて取《と》ります。

學更多

	例句出現的		原形／接續原則	意義	詞性
❶	一番	→	一番	最～	副詞
	人気のある	→	人気のある	有人氣、受歡迎	動 I
❷	無料で	→	名詞＋で	利用～	名詞
	支給されます	→	支給される	被分發	支給する的被動形
❸	正して	→	正す	端正	動 I
	座りましょう	→	座る	坐	動 I
❹	始まる	→	始まる	開始	動 I
	整頓します	→	整頓する	整理	動Ⅲ
❺	溜まって	→	溜まる	堆積	動 I
	溜まっています	→	動詞て形＋いる	目前狀態	文型
❻	掃き掃除をします	→	掃き掃除をする	掃地	動Ⅲ
❼	集めて	→	集める	收集	動 II
	取ります	→	取る	拿	動 I

中譯

❶ 最受學生歡迎的老師是哪一位？
❷ 教科書免費分發給學生。
❸ 上課時，要端正姿勢坐在椅子上。
❹ 開始上課之前，要先整理桌子。
❺ 垃圾桶堆放著垃圾。
❻ 用掃把掃地。
❼ 用畚箕收集垃圾。

093

課堂上

MP3 093

1 黒板《こくばん》
(名)黒板

2 先生《せんせい》
(名)老師

3 黒板消《こくばんけ》し
(名)板擦

4 チョーク
（chalk）
(名)粉筆

5 教壇《きょうだん》
(名)講台

❶ 黒板は、教室《きょうしつ》の前《まえ》と後《うしろ》に一《ひと》つずつあります。

❷ どの学生《がくせい》からも慕《した》われるような先生になりたいです。

❸ 黒板消しを叩《はた》きます。

❹ チョークで落書《らくが》きをします。

❺ 教壇に講師《こうし》が立《た》つと、学生《がくせい》は一気《いっき》に静《しず》かになりました。

學更多

	例句出現的		原形／接續原則	意義	詞性
❶	一つずつ	→	數量詞＋ずつ	各～數量	文型
	あります	→	ある	有（事或物）	動Ⅰ
❷	どの学生からも	→	どの＋名詞＋からも	從每個～	文型
	慕われる	→	慕われる	被仰慕	慕う的被動形
	慕われるような先生	→	慕われる＋ような＋名詞	像會被仰慕那樣的～	文型
	なり	→	なる	成為	動Ⅰ
	なりたい	→	動詞ます形＋たい	想要做～	文型
❸	叩きます	→	叩く	拍打	動Ⅰ
❹	チョークで	→	名詞＋で	利用～	文型
	落書きをします	→	落書きをする	塗鴉	動Ⅲ
❺	講師	→	講師	老師	名詞
	立つ	→	立つ	站立	動Ⅰ
	立つと	→	動詞辭書形＋と	一～，就～	文型
	一気に	→	一気に	一下子	副詞
	静かになりました	→	静か＋に＋なりました	變安靜了	文型

中譯

❶ 教室的前面和後面，各有一塊黑板。
❷ 我想成為一個受到每個學生仰慕的老師。
❸ 拍打板擦。
❹ 用粉筆塗鴉。
❺ 老師一站上講台，學生一下子就變安靜了。

094

學校操場

MP3 094

1
国《こっ》旗《き》掲《けい》揚《よう》式《しき》
(名)升旗典禮

2
朝《ちょう》礼《れい》台《だい》
(名)司令台

3
旗《はた》竿《ざお》
(名)旗杆

4
学《がく》生《せい》
(名)學生

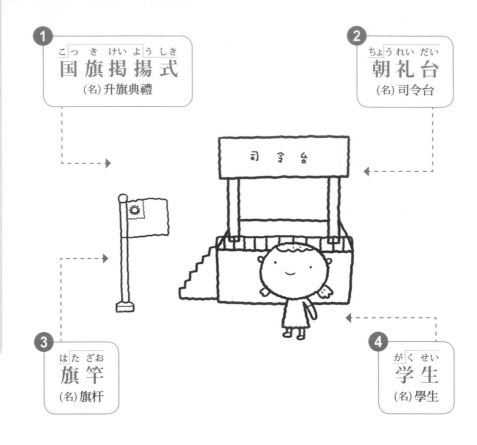

5
運《うん》動《どう》場《じょう》
(名)操場

6
トラック
(track)
(名)跑道

❶ 体育祭《たいいくさい》の冒頭《ぼうとう》に、国旗掲揚式が行《おこな》われました。

❷ 体育《たいいく》の授業《じゅぎょう》は、朝礼台の前《まえ》で行《おこな》われます。

❸ 旗竿に国旗《こっき》を上《あ》げます。

❹ 新《あたら》しい体育《たいいく》の先生《せんせい》は、早《はや》くも学生に人気《にんき》です。

❺ 都会《とかい》の学校《がっこう》の運動場は狭《せま》いです。

❻ トラック競技《きょうぎ》の指導《しどう》に力《ちから》を入《い》れます。

學更多

	例句出現的		原形／接續原則	意義	詞性
❶	体育祭	→	**体育祭**	運動會	名詞
	冒頭	→	**冒頭**	開場	名詞
	行われました	→	**行われる**	舉行	動II
❷	授業	→	**授業**	上課	名詞
	朝礼台の前で	→	**地點＋で**	在～地點	文型
	行われます	→	**行われる**	舉行	動II
❸	上げます	→	**上げる**	升起・懸掛	動II
❹	新しい	→	**新しい**	新的	い形
	早くも	→	**早くも**	很快	副詞
	人気	→	**人気**	受歡迎	名詞
❺	狭い	→	**狭い**	狹窄的	い形
❻	競技	→	**競技**	比賽	名詞
	力を入れます	→	**力を入れる**	致力	動II

中譯

❶ 在運動會的開場，舉行了升旗典禮。
❷ 體育課在司令台前進行。
❸ 把國旗升到旗杆上。
❹ 新來的體育老師，很快就受到學生的歡迎。
❺ 都市學校的操場很狹窄。
❻ 致力於在跑道上進行的競賽項目（徑賽）的指導。

095 操場上的遊樂設施

MP3 095

1 サッカー《サッカー》場《じょう》
(名) 足球場

2 バスケット《バスケット》場《じょう》
(名) 籃球場

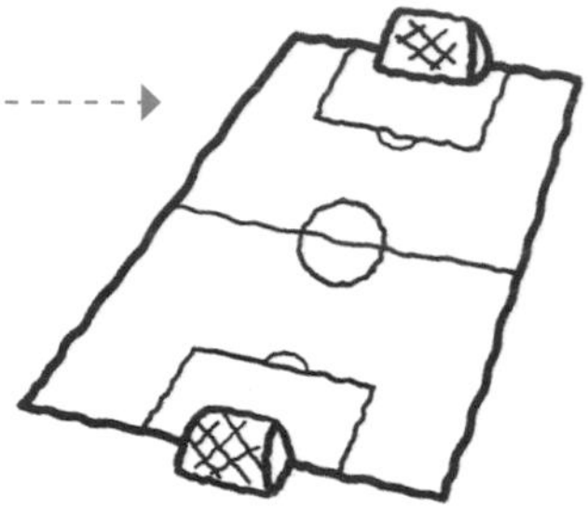

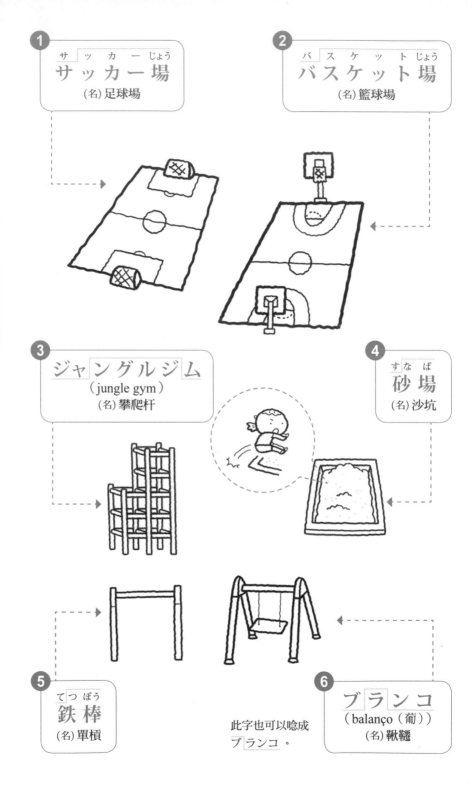

3 ジャングルジム
（jungle gym）
(名) 攀爬杆

4 砂《すな》場《ば》
(名) 沙坑

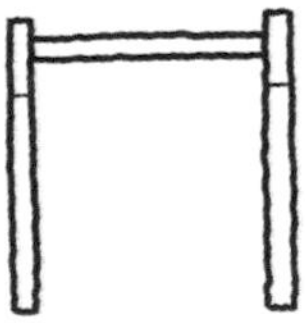

5 鉄《てつ》棒《ぼう》
(名) 單槓

此字也可以唸成
ブランコ。

6 ブランコ
（balanço（葡））
(名) 鞦韆

❶ サッカー場は校庭《こうてい》の西側《にしがわ》にあります。

❷ バスケット場は室内体育館《しつないたいいくかん》にあります。

❸ 子供達《こどもたち》が公園《こうえん》のジャングルジムで遊《あそ》んでいます。

❹ 砂場で遊《あそ》んだ後《あと》は、必《かなら》ず手《て》を洗《あら》いましょう。

❺ 鉄棒は女《おんな》の子《こ》に人気《にんき》です。

❻ 子供達《こどもたち》はブランコが大好《だいす》きです。

學更多

	例句出現的		原形／接續原則	意義	詞性
❶	校庭	→	**校庭**	校園	名詞
	西側	→	**西側**	西側	名詞
	西側にあります	→	**地點＋にある**	位於～	文型
❷	室内体育館にあります	→	**地點＋にある**	位於～	文型
❸	ジャングルジムで	→	**地點＋で**	在～地點	文型
	遊んで	→	**遊ぶ**	玩	動 I
	遊んでいます	→	**動詞て形＋いる**	目前狀態	文型
❹	砂場で	→	**地點＋で**	在～地點	文型
	遊んだ	→	**遊ぶ**	玩	動 I
	遊んだ後	→	**動詞た形＋後**	做～之後	文型
	必ず	→	**必ず**	一定	副詞
	洗いましょう	→	**洗う**	清洗	動 I
❺	女の子	→	**女の子**	女孩子	名詞
	人気	→	**人気**	受歡迎	名詞
❻	子供達	→	**子供達**	孩子們	名詞
	大好き	→	**大好き**	最喜歡	な形

中譯

❶ 足球場在校園西側。
❷ 籃球場在室內體育館內。
❸ 孩子們在公園的攀爬杆遊玩。
❹ 在沙坑玩要後，一定要洗手。
❺ 單槓很受女孩子歡迎。
❻ 孩子們非常喜歡鞦韆。

096

書店

MP3 096

1 売《う》れ筋《すじ》コーナー
(名)暢銷書區

2 売《う》れ筋《すじ》ランキング
(名)暢銷排行榜

3 新書《しんしょ》コーナー
(名)新書區

4 書籍《しょせき》
(名)書籍

此字也可以唸成
しょせき。

5 本棚《ほんだな》
(名)書架

6 店員《てんいん》
(名)店員

7 消費者《しょうひしゃ》
(名)消費者

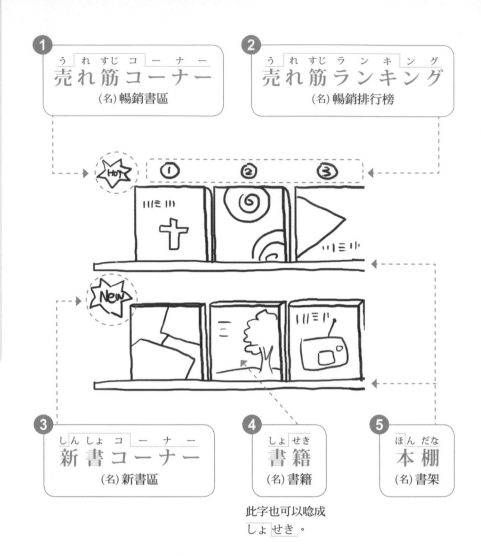

❶ 売れ筋コーナーに行《い》けば、最近《さいきん》のトレンドがすぐ分《わ》かります。

❷ 今週《こんしゅう》の書籍《しょせき》の売れ筋ランキングはこちらです。

❸ 新書コーナーに行《い》けば、話題《わだい》の新作《しんさく》が一目《ひとめ》で分《わ》かります。

❹ 日本語《にほんご》書籍の蔵書数量《ぞうしょすうりょう》は、恐《おそ》らく世界一《せかいいち》です。

❺ どの本棚にも本《ほん》が所狭《ところせま》しと並《なら》んでいます。

❻ 本《ほん》に精通《せいつう》した店員さんがたくさんいるので、助《たす》かります。

❼ 消費者の買《か》いやすいレイアウトとなっています。

學更多

	例句出現的		原形／接續原則	意義	詞性
❶	行けば	→	**行けば**	如果去的話，～	行く的條件形
	分ります	→	**分る**	知道	動Ⅰ
❷	こちら	→	**こちら**	這邊	指示代名詞
❸	一目	→	**一目**	一看、看一眼	名詞
❹	恐らく	→	**恐らく**	可能	副詞
❺	どの本棚にも	→	**どの＋名詞＋にも**	在每個～都	文型
	所狭しと	→	**所狭しと**	地方狹窄擠得滿滿的	連語
	並んで	→	**並ぶ**	排列	動Ⅰ
	並んでいます	→	**動詞て形＋いる**	目前狀態	文型
❻	精通した	→	**精通する**	精通、熟悉	動Ⅲ
	いる	→	**いる**	有（人或動物）	動Ⅱ
	いるので	→	**動詞辭書形＋ので**	因為～	文型
	助かります	→	**助かる**	得到幫助	動Ⅰ
❼	買い	→	**買う**	買	動Ⅰ
	買いやすい	→	**動詞ます形＋やすい**	容易做～	文型
	レイアウトとなっています	→	**名詞＋となっている**	規定成～	文型

中譯

❶ 去暢銷書區的話，就能立刻知道最近的流行趨勢。
❷ 本週的書籍暢銷排行榜在這邊。
❸ 去新書區的話，看一眼就能知道話題新作是什麼。
❹ 日文書籍的藏書量，可能是世界第一。
❺ 每個書架上都擺滿了書本。
❻ 因為有很多熟知書籍的店員，真是幫了大忙。
❼ 採取消費者方便購物的配置。

097

書店陳列區

MP3 097

1 文《ぶん》房《ぼう》具《ぐ》コーナー

(名)文具區

2 児《じ》童《どう》書《しょ》コーナー

(名)童書區

3 本《ほん》が好《す》きな人《ひと》

(名)喜歡看書的人

4 雑《ざっ》誌《し》コーナー

(名)雜誌區

5 漫《まん》画《が》コーナー

(名)漫畫書區

❶ 規模《きぼ》は小《ちい》さいですが、一応《いちおう》文房具コーナーもあります。

❷ 絵本《えほん》なら児童書コーナーにあります。

❸ 本が好きな人は、必《かなら》ずと言《い》っていいほどこの本《ほん》を読《よ》んでいます。

❹ 雑誌コーナーでは、みんなが立《た》ち読《よ》みしています。

❺ 漫画好《まんがず》きの彼《かれ》は、本屋《ほんや》に行《い》ったら必《かなら》ず漫画コーナーに立《た》ち寄《よ》ります。

學更多

	例句出現的		原形／接續原則	意義	詞性
❶	小さい	→	小さい	小的	い形
	小さいですが	→	小さい＋です＋が	～，但是～	文型
	一応	→	一応	大致上	副詞
	あります	→	ある	有（事或物）	動Ⅰ
❷	絵本なら	→	名詞＋なら	如果～的話	文型
	児童書コーナーにあります	→	地點＋にある	位於～	文型
❸	必ず	→	必ず	一定	副詞
	必ずと言っていいほど	→	必ず＋と言っていいほど	可以說一定	文型
	読んで	→	読む	閱讀	動Ⅰ
	読んでいます	→	動詞て形＋いる	目前狀態	文型
❹	みんな	→	みんな	大家	名詞
	立ち読みして	→	立つ読みする	站著翻閱	動Ⅲ
	立ち読みしています	→	動詞て形＋いる	目前狀態	文型
❺	漫画好き	→	漫画好き	喜歡漫畫	名詞
	本屋	→	本屋	書店	名詞
	行った	→	行く	去	動Ⅰ
	行ったら	→	動詞た形＋ら	如果～的話	文型
	立ち寄ります	→	立ち寄る	順便去	動Ⅰ

中譯

❶ 規模雖然很小，但大致上還是有文具區。
❷ 如果要找繪本的話，就在童書區。
❸ 喜歡看書的人，可以說一定有在看這本書。
❹ 大家在雜誌區站著翻閱雜誌。
❺ 喜歡看漫畫的他，到了書店就一定會順便去一下漫畫書區。

098 書籍櫃位

MP3 098

1. 文《ぶん》学《がく》書《しょ》コーナー《コーナー》
(名) 文學書區

2. ノンフィクションコーナー
（nonfiction corner）
(名) 非虛構文學書區

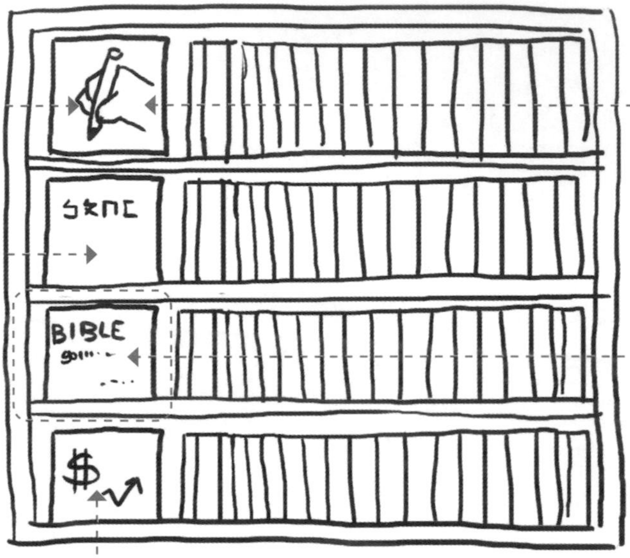

3. 経《けい》済《ざい》書《しょ》コーナー《コーナー》
(名) 財經書區

4. 言《げん》語《ご》学《がく》習《しゅう》書《しょ》コーナー《コーナー》
(名) 語言學習書區

5. 外《がい》国《こく》語《ご》書《しょ》籍《せき》コーナー《コーナー》
(名) 外文書區

❶ 夏目漱石《なつめそうせき》の本《ほん》なら、文学書コーナーにあります。

❷ 新人賞《しんじんしょう》を受賞《じゅしょう》した作家《さっか》の作品《さくひん》が、ノンフィクションコーナーに並《なら》び始《はじ》めました。

❸ 経済書コーナーは、ビジネスマンに人気《にんき》です。

❹ 外国語《がいこくご》の辞書《じしょ》は、言語学習書コーナーにあります。

❺ 外国語書籍コーナーの書籍《しょせき》は、輸入《ゆにゅう》価格《かかく》なのでどれも高価《こうか》です。

學更多

	例句出現的		原形／接續原則	意義	詞性
❶	夏目漱石の本なら	→	**名詞＋なら**	如果～的話	文型
	文学書コーナーにあります	→	**地點＋にある**	位於～	文型
❷	新人賞	→	**新人賞**	新人獎	名詞
	受賞した	→	**受賞する**	獲獎、得獎	動Ⅲ
	並び始めました	→	**並び始める**	開始陳列	動Ⅱ
❸	ビジネスマン	→	**ビジネスマン**	上班族	名詞
	人気	→	**人気**	受歡迎	名詞
❹	外国語	→	**外国語**	外語	名詞
	辞書	→	**辞書**	字典	名詞
❺	輸入	→	**輸入**	進口	名詞
	輸入価格なので	→	**名詞＋な＋ので**	因為～	文型
	どれも	→	**どれ＋も**	每一個都～	文型
	高価	→	**高価**	價格昂貴	名詞

中譯

❶ 如果要找夏目漱石的書，就在文學書區。
❷ 得到新人獎的作家的作品，在非虛構文學書區開始陳列了。
❸ 財經書區很受上班族歡迎。
❹ 外語辭典在語言學習書區。
❺ 外文書區的書籍都是進口價格，所以每一本都很貴。

099 醫療中心(1)

MP3 099

1. 医《い》師《し》
(名)醫生

2. 看《かん》護《ご》師《し》
(名)護士

3. 患《かん》者《じゃ》
(名)病人

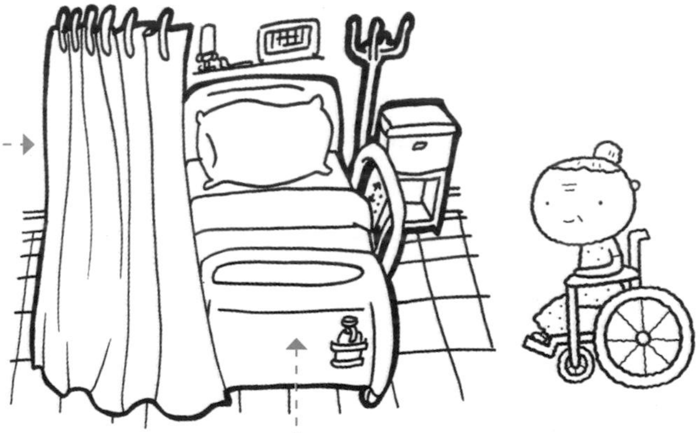

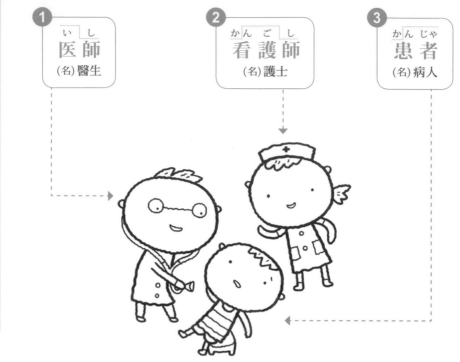

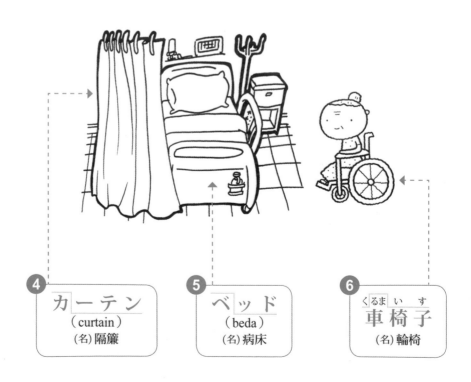

4. カーテン
(curtain)
(名)隔簾

5. ベッド
(beda)
(名)病床

6. 車《くるま》椅《い》子《す》
(名)輪椅

❶ 優秀《ゆうしゅう》な医師の揃《そろ》った大学病院《だいがくびょういん》に、入院《にゅういん》します。

❷ ナースステーションには、２４時間体制《にじゅうよじかんたいせい》で看護師が待機《たいき》しています。

❸ 患者の容態《ようだい》が急変《きゅうへん》しました。

❹ 相部屋《あいべや》の病室《びょうしつ》には、カーテンで仕切《しき》りがしてあります。

❺ 疲《つか》れてベッドに横《よこ》になります。

❻ 車椅子で患者《かんじゃ》を移動《いどう》します。

學更多

	例句出現的		原形／接續原則	意義	詞性
❶	優秀な医師	→	優秀＋な＋医師	優秀的～	文型
	揃った	→	揃う	聚集	動Ⅰ
	入院します	→	入院する	住院	動Ⅲ
❷	ナースステーション	→	ナースステーション	護理站	名詞
	２４時間体制で	→	名詞＋で	利用～	文型
	待機して	→	待機する	待命	動Ⅲ
	待機しています	→	動詞て形＋いる	目前狀態	文型
❸	急変しました	→	急変する	驟變	動Ⅲ
❹	相部屋	→	相部屋	共用房間	名詞
	仕切りがして	→	仕切りがする	隔開	動Ⅲ
	仕切りがしてあります	→	動詞て形＋ある	有目的的存在狀態	文型
❺	疲れて	→	疲れる	疲勞	動Ⅱ
	横になります	→	横になる	躺下	動Ⅰ
❻	車椅子で	→	名詞＋で	利用～	文型
	移動します	→	移動する	移動	動Ⅲ

中譯

❶ 在優秀醫生聚集的大學醫院裡住院。
❷ 在護理站，護士採取２４小時制的方式待命。
❸ 病人的病情驟變了。
❹ 在共用病房裡，用隔簾區隔病床。
❺ 覺得疲累，躺在病床上。
❻ 用輪椅移動病患。

100

醫療中心(2)

MP3 100

1 包《ほう》帯《たい》
(名)繃帶

2 患《かん》者《じゃ》
(名)病人

3 杖《つえ》
(名)枴杖

4 救《きゅう》急《きゅう》箱《ばこ》
(名)急救箱

5 ヨードチンキ
(jodtinktur(德))
(名)碘酒

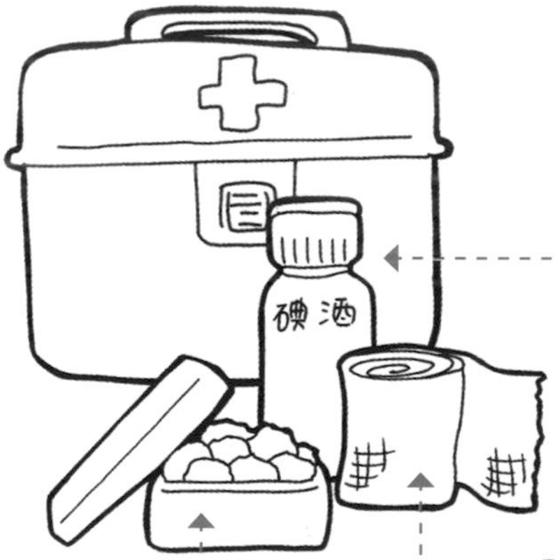

6 コットン
(cotton)
(名)棉球

7 ガーゼ
(gaze(德))
(名)紗布

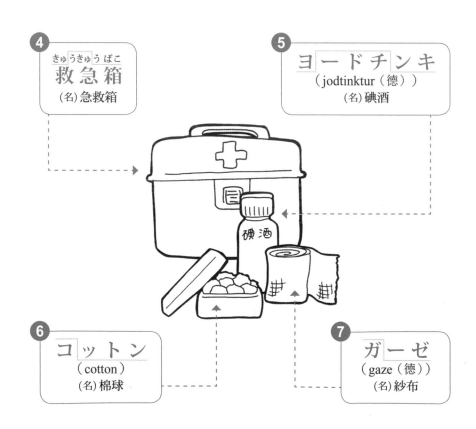

❶ 足《あし》に包帯を巻《ま》きます。

❷ この病院《びょういん》は、患者からの評判《ひょうばん》がとてもいいことで有名《ゆうめい》です。

❸ 足《あし》を骨折《こっせつ》し、当分《とうぶん》の間《あいだ》杖がないと歩《ある》けません。

❹ 非常時《ひじょうじ》に備《そな》えて、救急箱を用意《ようい》しておくべきです。

❺ 化膿予防《かのうよぼう》にヨードチンキをつけます。

❻ コットンに消毒液《しょうどくえき》をつけて消毒《しょうどく》します。

❼ ガーゼで血《ち》を拭《ふ》きます。

學更多

	例句出現的		原形／接續原則	意義	詞性
❶	巻きます	→	巻く	纏繞	動Ⅰ
❷	評判	→	評判	評價	名詞
	いいことで	→	名詞＋で	因為～	文型
❸	骨折し	→	骨折する	骨折	動Ⅲ
	当分の間	→	当分の間	目前	名詞
	ない	→	ない	沒有	い形
	ないと	→	い形容詞＋と	如果～的話，就～	文型
	歩けません	→	歩ける	可以走路	歩く的可能形
❹	備えて	→	備える	防備	動Ⅱ
	用意して	→	用意する	準備	動Ⅲ
	用意しておく	→	動詞て形＋おく	事前準備	文型
	用意しておくべき	→	動詞辭書形＋べき	應該做～	文型
❺	つけます	→	つける	塗抹	動Ⅱ
❻	消毒します	→	消毒する	消毒	動Ⅲ
❼	拭きます	→	拭く	擦拭	動Ⅰ

中譯

❶ 把繃帶纏在腳上。
❷ 這家醫院因為病人的評價非常好而聞名。
❸ 腳部骨折，目前沒有枴杖就無法行走。
❹ 為了防範緊急時刻，應該事先準備急救箱。
❺ 為了預防化膿，塗上碘酒。
❻ 用棉球沾取消毒藥水，進行消毒。
❼ 用紗布擦掉血水。

101 學校宿舍(1)

MP3 101

1 寮《りょう》の管《かん》理《り》人《にん》
(名)舍監

2 門《もん》限《げん》時《じ》間《かん》
(名)宵禁時間

3 女《じょ》子《し》寮《りょう》
(名)女生宿舍

4 男《だん》子《し》寮《りょう》
(名)男生宿舍

5 二《に》段《だん》ベッド《べッド》
(名)雙層床

6 ルームメイト
(roommate)
(名)室友

7 寝《しん》室《しつ》
(名)寢室

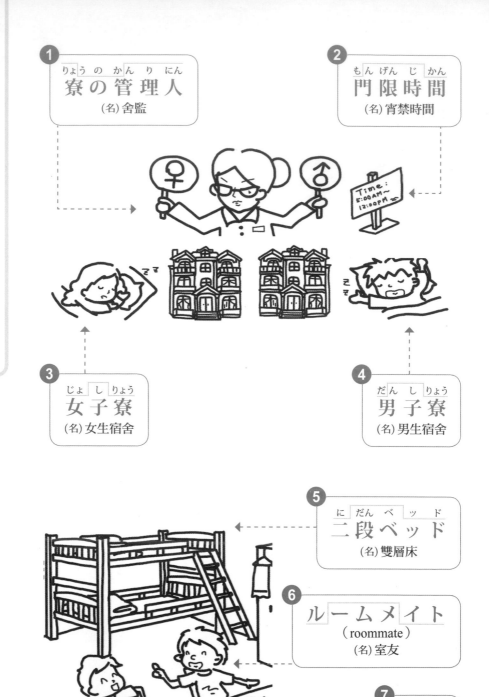

❶ 寮の管理人は厳《きび》しいです。

❷ 寮《りょう》の門限時間は１２時《じゅうにじ》です。

❸ 女子寮は８階建《はっかいだ》てです。

❹ 男子寮は山《やま》の上《うえ》にあります。

❺ 部屋《へや》には二段ベッドがあります。

❻ 原則的《げんそくてき》に、一人《ひとり》のルームメイトと部屋《へや》を共有《きょうゆう》します。

❼ 寝室には机《つくえ》とベッド、ロッカーがあります。

學更多

	例句出現的		原形／接續原則	意義	詞性
❶	厳しい	→	厳しい	嚴格的	い形
❷	寮	→	寮	宿舍	名詞
❸	８階建て	→	８階建て	８層樓建築	名詞
❹	山の上	→	山の上	山上	名詞
	山の上にあります	→	地點＋にある	位於～	文型
❺	部屋には	→	地點＋には	在～地點	文型
	あります	→	ある	有（事或物）	動Ⅰ
❻	原則的に	→	原則的に	原則上	副詞
	ルームメイトと	→	對象＋と	和～對象	文型
	共有します	→	共有する	共同擁有	動Ⅲ
❼	ベッド	→	ベッド	床	名詞
	机とベッド	→	名詞Ａ＋と＋名詞Ｂ	名詞Ａ和名詞Ｂ	文型
	ロッカー	→	ロッカー	置物櫃	名詞

中譯

❶ 舍監很嚴格。
❷ 宿舍的宵禁時間是１２點。
❸ 女生宿舍是８層樓建築。
❹ 男生宿舍在山上。
❺ 房間裡有雙層床。
❻ 原則上，會和一名室友共用房間。
❼ 寢室裡有桌子和床，以及置物櫃。

102 學校宿舍(2)

MP3 102

1. ランドリールーム
（laundry room）
(名) 洗衣間

2. シャワールーム
（shower room）
(名) 淋浴間

3. トイレ
（toilet）
(名) 廁所

4. 公《こう》衆《しゅう》電《でん》話《わ》
(名) 公共電話

5. 寮《りょう》規《き》則《そく》
(名) 宿舍公約

6. テレビ
（television）
(名) 電視

7. 談《だん》話《わ》室《しつ》
(名) 交誼廳

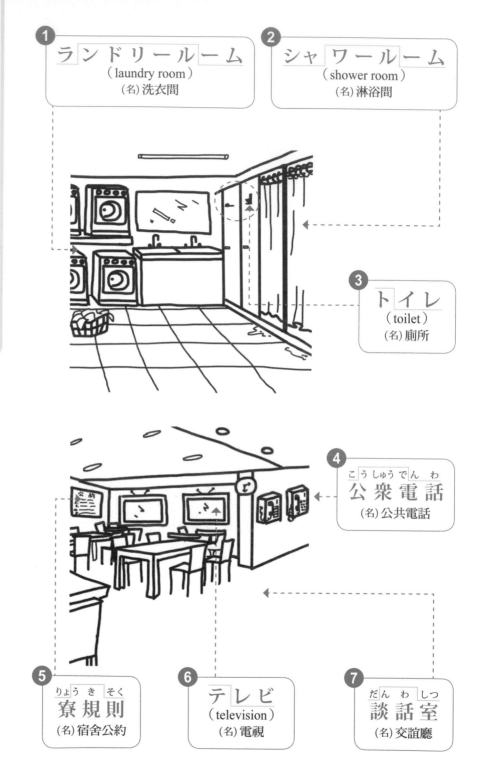

❶ ランドリールームは各階《かくかい》にあります。

❷ シャワールームの使用《しよう》は手短《てみじか》にしましょう。

❸ トイレは共同《きょうどう》です。

❹ 公衆電話は一階《いっかい》の入口《いりぐち》付近《ふきん》にあります。

❺ 寮規則を破《やぶ》ると、寮《りょう》に住《す》めなくなります。

❻ テレビは各部屋《かくへや》にありません。

❼ 談話室は各階《かくかい》に一室《いっしつ》ずつあります。

學更多

	例句出現的		原形／接續原則	意義	詞性
❶	各階	→	各階	每個樓層	名詞
	各階にあります	→	地點＋にある	位於～	文型
❷	手短に	→	手短	簡短	な形
	しましょう	→	する	做	動Ⅲ
❸	共同	→	共同	共用	名詞
❹	付近にあります	→	地點＋にある	位於～	文型
❺	破る	→	破る	破壞	動Ⅰ
	破ると	→	動詞辭書形＋と	如果～的話，就～	文型
	住めなく	→	住める	可以住	住む的可能形
	住めなくなります	→	住めない＋くなります	變成不能住	文型
❻	各部屋	→	各部屋	每個房間	名詞
	ありません	→	ある	有（事或物）	動Ⅰ
❼	一室ずつ	→	數量詞＋ずつ	各～數量	文型

中譯

❶ 每個樓層都有洗衣間。

❷ 使用淋浴間的時間要簡短。

❸ 廁所是共用的。

❹ 公共電話在一樓的入口附近。

❺ 違反宿舍公約的話，就不能再住在宿舍。

❻ 每個房間都沒有電視。

❼ 每個樓層都各有一間交誼廳。

103 考場内

MP3 103

1 テスト《テスト》用紙《ようし》
(名)考卷

2 答案用紙《とうあんようし》
(名)答案卡

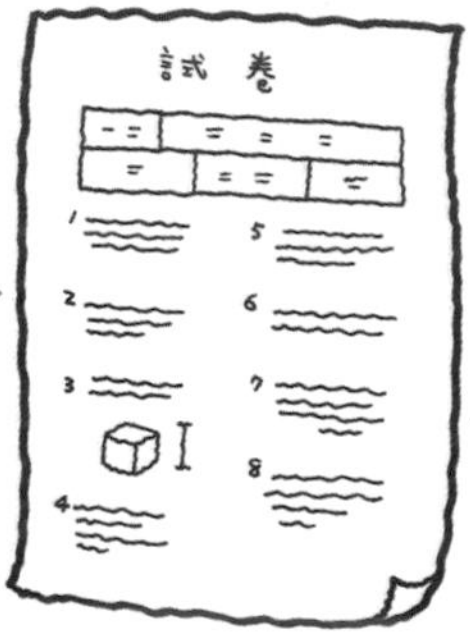

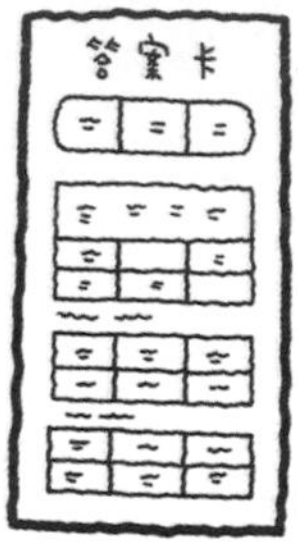

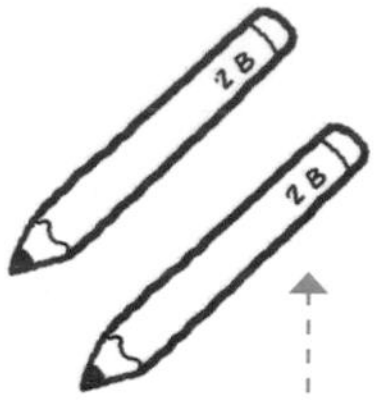

3 2《に》B《ビー》の《の》鉛筆《えんぴつ》
(名)2B鉛筆

4 試験官《しけんかん》
(名)監考人員

5 受験生《じゅけんせい》
(名)考生

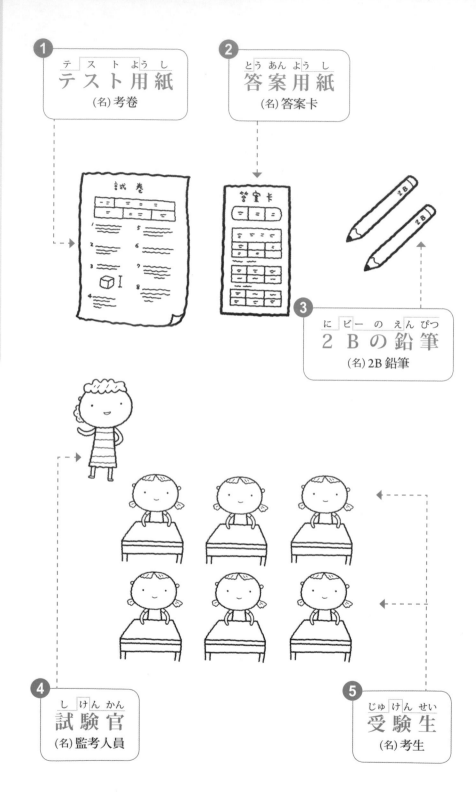

❶ テスト用紙は持《も》ち帰《かえ》ることができます。

❷ マークシート形式《けいしき》の答案用紙が配布《はいふ》されました。

❸ ２Ｂの鉛筆を使《つか》ってマークシートにマークしてください。

❹ 試験官は、地元《じもと》の公立学校《こうりつがっこう》の教師《きょうし》だそうです。

❺ 受験生は、緊張《きんちょう》して試験会場《しけんかいじょう》へと向《む》かいました。

學更多

	例句出現的		原形／接續原則	意義	詞性
❶	持ち帰る	→	持ち帰る	帶回去	動Ⅰ
	持ち帰ることができます	→	動詞辭書形＋ことができる	可以做～	文型
❷	マークシート形式	→	マークシート形式	劃記方式	名詞
	配布されました	→	配布される	被分發	配布する的被動形
❸	使って	→	使う	使用	動Ⅰ
	マークシート	→	マークシート	劃記卡	名詞
	マークして	→	マークする	劃記	動Ⅲ
	マークしてください	→	動詞て形＋ください	請做～	文型
❹	地元	→	地元	當地	名詞
	教師だそう	→	名詞＋だ＋そう	聽說～	文型
❺	緊張して	→	緊張する	緊張	動Ⅲ
	試験会場	→	試験会場	考場	名詞
	試験会場へと	→	地點＋へと	往～地點	文型
	向かいました	→	向かう	前往	動Ⅰ

中譯

❶ 考卷可以帶回去。
❷ 發下劃記式的答案卡。
❸ 請用２Ｂ鉛筆在劃記卡上劃記。
❹ 聽說監考人員是當地公立學校的老師。
❺ 考生緊張地前往考場。

104 考試用具

MP3 104

❶ 受《じゅ》験《けん》票《ひょう》
(名)准考證

❷ 身《み》分《ぶん》証《しょう》明《めい》書《しょ》
(名)身份證

❸ 消《け》しゴム
(名)橡皮擦

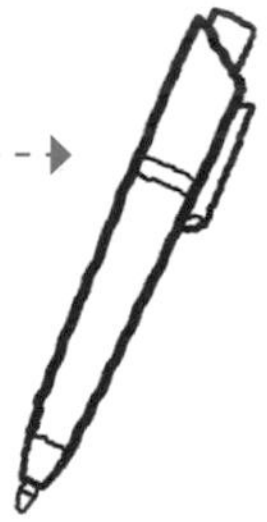

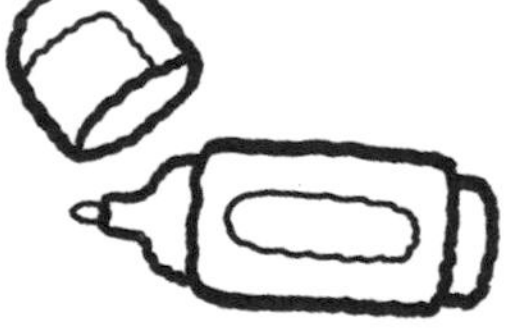

❹ ボールペン
(ball-point pen)
(名)原子筆

❺ 修《しゅう》正《せい》液《えき》
(名)立可白

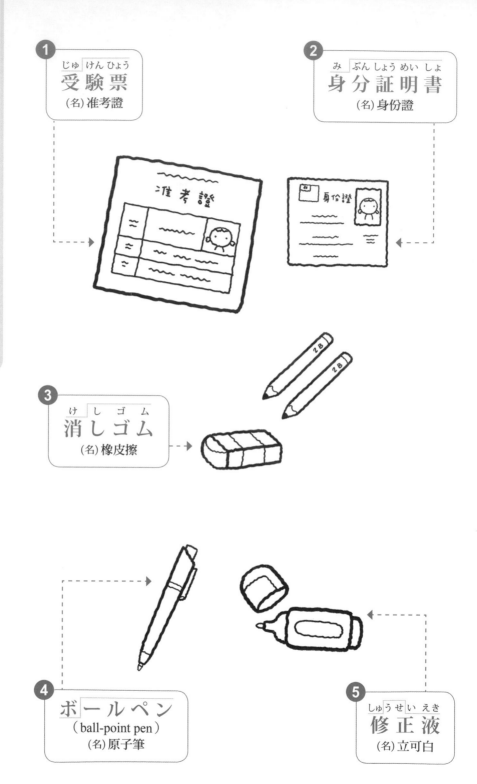

❶ 受験票を机《つくえ》の右上《みぎうえ》に置《お》いてください。

❷ 身分証明書を持参《じさん》してください。

❸ 消しゴムで消《け》す時《とき》は、消《け》し残《のこ》しがないようにしましょう。

❹ ボールペンは使用《しよう》できません。

❺ 修正液も使用《しよう》できません。

學更多

	例句出現的		原形／接續原則	意義	詞性
❶	机	→	**机**	桌子	名詞
	右上	→	**右上**	右上方	名詞
	置いて	→	**置く**	放置	動Ⅰ
	置いてください	→	**動詞て形＋ください**	請做～	文型
❷	持参して	→	**持参する**	攜帶	動Ⅲ
	持参してください	→	**動詞て形＋ください**	請做～	文型
❸	消しゴムで	→	**名詞＋で**	利用～	文型
	消す	→	**消す**	擦掉	動Ⅰ
	消す時	→	**動詞辭書形＋時**	做～的時候	文型
	消し残し	→	**消し残し**	沒擦乾淨的痕跡	名詞
	ない	→	**ない**	沒有	い形
	ないようにしましょう	→	**い形容詞＋ようにしましょう**	盡量～	文型
❹	使用できません	→	**使用できる**	可以使用	使用する的可能形
❺	修正液も	→	**名詞＋も**	～也	文型
	使用できません	→	**使用できる**	可以使用	使用する的可能形

中譯

❶ 准考證請放在桌子的右上方。
❷ 請攜帶身份證。
❸ 用橡皮擦擦拭時，不要留下沒擦乾淨的痕跡。
❹ 不能使用原子筆。
❺ 立可白也不能使用。

105

幼稚園(1)

MP3 105

1 幼《よう》稚《ち》園《えん》バス《バス》
(名)娃娃車

2 校《こう》門《もん》
(名)校門

3 先《せん》生《せい》
(名)老師

4 園《えん》長《ちょう》
(名)園長

5 子《こ》供《ども》
(名)小朋友

6 保《ほ》護《ご》者《しゃ》
(名)家長

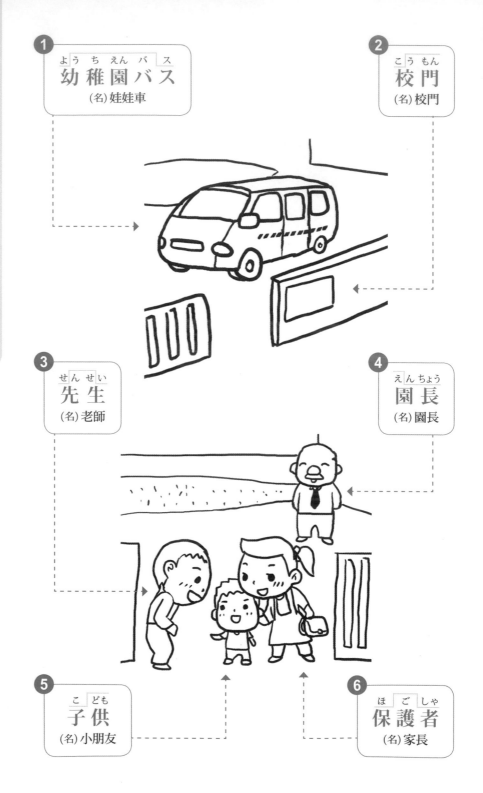

❶ 子供達《こどもたち》は、幼稚園バスに乗《の》って幼稚園《ようちえん》に通《かよ》っています。

❷ 卒園式《そつえんしき》の日《ひ》、校門で子供《こども》と記念撮影《きねんさつえい》をしました。

❸ 先生の大半《たいはん》は若《わか》い女性《じょせい》です。

❹ 園長先生《せんせい》の方針《ほうしん》で、早《はや》くも英語教育《えいごきょういく》が実施《じっし》されています。

❺ 子供は、幼稚園《ようちえん》で楽《たの》しい時間《じかん》を過《す》ごしているようです。

❻ 幼稚園《ようちえん》は、保護者同士《どうし》の繋《つな》がりを大切《たいせつ》にしています。

學更多

	例句出現的		原形／接續原則	意義	詞性
❶	乗って	→	乗る	搭乘	動 I
	通って	→	通う	上學	動 I
	通っています	→	動詞て形＋いる	目前狀態	文型
❷	卒園式	→	卒園式	畢業典禮	名詞
	記念撮影をしました	→	記念撮影をする	拍紀念照	動 III
❸	大半	→	大半	大部分	名詞
❹	早くも	→	早くも	很早	副詞
	実施されて	→	実施される	被實施	実施する的被動形
	実施されています	→	動詞て形＋いる	目前狀態	文型
❺	楽しい	→	楽しい	快樂的	い形
	過ごして	→	過ごす	度過	動 I
	過ごしている	→	動詞て形＋いる	目前狀態	文型
	過ごしているよう	→	動詞ている形＋よう	好像～	文型
❻	保護者同士	→	對象＋同士	～之間、～同伴	名詞
	繋がり	→	繋がり	聯繫	名詞
	大切にして	→	大切にする	重視	動 III

中譯

❶ 小朋友們搭娃娃車到幼稚園上學。
❷ 畢業典禮當天，在校門和小朋友拍紀念照。
❸ 老師有大部分是年輕的女性。
❹ 遵循園長的方針，很早就實施英語教育。
❺ 小朋友在幼稚園裡好像過著很愉快的時光。
❻ 幼稚園非常重視家長之間的聯繫。

106

幼稚園(2)

MP3 106

1 掲示板《けいじばん》
(名)布告欄

2 美術作品《びじゅつさくひん》
(名)美勞作品

3 教室《きょうしつ》
(名)教室

4 保健室《ほけんしつ》
(名)保健室

5 職員室《しょくいんしつ》
(名)辦公室

6 遊《あそ》び場《ば》
(名)遊戲場

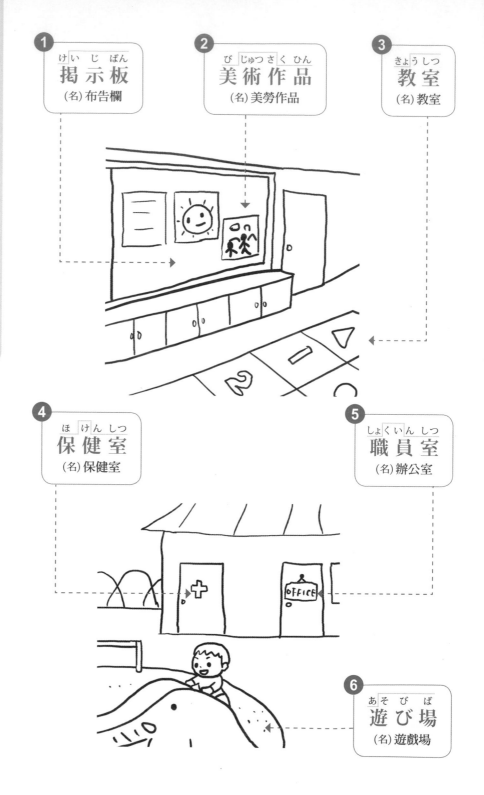

❶ 幼稚園《ようちえん》に通《かよ》う子供《こども》の保護者《ほごしゃ》のインターネットの掲示板があります。

❷ 幼稚園《ようちえん》の子供達《こどもたち》の描《か》いた作品《さくひん》は、立派《りっぱ》な美術作品です。

❸ 幼稚園《ようちえん》の教室は、どれも遊《あそ》び心《ごころ》がいっぱいです。

❹ 保健室は職員室《しょくいんしつ》の隣《となり》にあります。

❺ 職員室は別棟《べつむね》の建物《たてもの》にあります。

❻ 子供《こども》にとって一番《いちばん》の遊び場は、この森《もり》です。

學更多

	例句出現的		原形／接續原則	意義	詞性
❶	通う	→	通う	上學	動 I
	保護者	→	保護者	家長	名詞
	インターネット	→	インターネット	網路	名詞
	あります	→	ある	有（事或物）	動 I
❷	描いた	→	描く	畫	動 I
	立派な美術作品	→	立派＋な＋名詞	優秀的～	文型
❸	どれも	→	どれ＋も	每一個都～	文型
	遊び心	→	遊び心	童心	名詞
	いっぱい	→	いっぱい	充滿	名詞
❹	隣	→	隣	旁邊	名詞
	隣＋にあります	→	地點＋にある	位於～	文型
❺	別棟	→	別棟	另一棟	名詞
	建物	→	建物	建築物	名詞
❻	子供にとって	→	名詞＋にとって	對～而言	文型
	一番	→	一番	最好	名詞

中譯

❶ 有一個為上幼稚園的小朋友的家長所設置的網路布告欄。
❷ 幼稚園小朋友畫的作品，都是很優秀的美勞作品。
❸ 幼稚園的教室，每　間都充滿了童心。
❹ 保健室在辦公室旁邊。
❺ 辦公室在另一棟建築物。
❻ 對小朋友而言，最好的遊戲場就是這座森林。

107

野生動物保護區

MP3 107

1 野《や》生《せい》動《どう》物《ぶつ》

(名)野生動物

2 植《しょく》物《ぶつ》

(名)植物

3 保《ほ》護《ご》区《く》

(名)保護區

進入「野生動物保護區」需事先辦理申請，並禁止任何騷擾、虐待、獵捕、宰殺野生動物，或破壞野生動植物棲地之行為。

梅花鹿：因背上白色的梅花斑而得名。因早期遭到任意獵捕，幾乎瀕臨絕種，目前所見皆為透過復育計畫由人工飼養的鹿隻。

4 絶《ぜつ》滅《めつ》に瀕《ひん》した動《どう》物《ぶつ》

(名)瀕臨絕種的動物

5 国《こく》立《りつ》公《こう》園《えん》管《かん》理《り》人《にん》

(名)國家公園管理員

❶ ここには、珍《めずら》しい野生動物が多《おお》く生息《せいそく》しています。

❷ 珍《めずら》しい高山《こうざん》植物が多《おお》く見《み》られます。

❸ この島《しま》は、世界遺産《せかいいさん》に登録《とうろく》された保護区です。

❹ 西表島《いりおもてじま》には、絶滅に瀕した動物が何種類《なんしゅるい》もいます。

❺ 国立公園管理人に話《はなし》を聞《き》くことができました。

學更多

	例句出現的		原形／接續原則	意義	詞性
❶	ここ	→	ここ	這裡	指示代名詞
	ここには	→	地點＋には	在～地點	文型
	珍しい	→	珍しい	珍貴的	い形
	多く	→	多く	許多	副詞
	生息して	→	生息する	棲息	動Ⅲ
	生息しています	→	動詞て形＋いる	目前狀態	文型
❷	珍しい	→	珍しい	珍貴的	い形
	多く	→	多く	許多	副詞
	見られます	→	見られる	可以看見	見る的可能形
❸	登録された	→	登録される	被登錄	登録する的被動形
❹	何種類も	→	何種類＋も	好幾種	文型
	います	→	いる	有（人或動物）	動Ⅱ
❺	聞く	→	聞く	詢問	動Ⅰ
	聞くことができました	→	動詞辭書形＋ことができました	可以做～了	文型

中譯

❶ 在這裡，棲息著很多珍貴的野生動物。
❷ 可以看到許多珍貴的高山植物。
❸ 這座島嶼，是被登錄為世界遺產的保護區。
❹ 西表島上，有好幾種瀕臨絕種的動物。
❺ 可以找國家公園管理員詢問事情。

108 大自然生態

MP3 108

1 渓《けい》谷《こく》
(名)峽谷

2 山《やま》
(名)山

3 崖《がけ》
(名)懸崖

4 森《しん》林《りん》
(名)森林

5 渓《けい》流《りゅう》
(名)溪流

❶ いつか、オーストラリアの渓谷に行《い》ってみたいです。

❷ 夏《なつ》は、涼《すず》しい山に行《い》くのがお勧《すす》めです。

❸ この崖から飛《と》び降《お》り自殺《じさつ》をする人《ひと》が、けっこういるようです。

❹ 早朝《そうちょう》に、森林を訪《おとず》れてみてはいかがですか？

❺ 渓流にかかる吊橋《つりばし》は、絶好《ぜっこう》の撮影《さつえい》スポットです。

學更多

	例句出現的		原形／接續原則	意義	詞性
❶	いつか	→	いつか	總有一天	副詞
	行って	→	行く	去	動 I
	行ってみたい	→	動詞て形＋みたい	想要做～看看	文型
❷	涼しい	→	涼しい	涼爽的	い形
	行く	→	行く	去	動 I
	お勧め	→	勧める	推薦、建議	名詞
❸	崖から	→	地點＋から	從～地點	文型
	飛び降り	→	飛び降り	跳下	名詞
	自殺をする	→	自殺をする	自殺	動 III
	けっこう	→	けっこう	比想像還多	副詞
	いる	→	いる	有（人或動物）	動 II
	いるよう	→	動詞辭書形＋よう	好像～	文型
❹	訪れて	→	訪れる	探訪	動 II
	訪れてみて	→	動詞て形＋みる	做～看看	文型
	いかが	→	いかが	如何、怎麼樣	疑問詞
❺	かかる	→	かかる	架、掛	動 I
	スポット	→	スポット	地點	名詞

中譯

❶ 總有一天，想去看看澳洲的峽谷。
❷ 夏天時，建議去涼爽的山裡。
❸ 從這個懸崖跳崖自殺的人好像比想像中的多。
❹ 早上去探訪森林看看，你覺得如何？
❺ 架在溪流上的吊橋，是絕佳的攝影地點。

109 夏令營

MP3 109

1 キャンプ
(camp)
(名)露營

2 サマーキャンプ
(summer camp)
(名)夏令營

3 ガイドブック
(guide book)
(名)導覽手冊

4 コテージ
(cottage)
(名)小木屋

5 ボランティア
(volunteer)
(名)義工

6 解説員《かいせついん》
(名)解說員

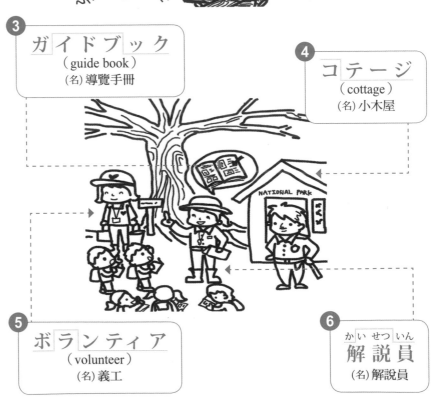

❶ この夏《なつ》はみんなでキャンプに行《い》きましょう。

❷ ここは、サマーキャンプをするには最高《さいこう》の場所《ばしょ》です。

❸ 観光案内所《かんこうあんないじょ》でガイドブックをもらいます。

❹ コテージで過《す》ごす休暇《きゅうか》は、日常《にちじょう》の煩《わずら》わしさを忘《わす》れさせてくれます。

❺ 国立公園《こくりつこうえん》では、随時《ずいじ》ボランティアを募集《ぼしゅう》しています。

❻ 解説員によれば、ここは将来的《しょうらいてき》に世界遺産《せかいいさん》の登録《とうろく》を目指《めざ》しているらしいです。

學更多

	例句出現的		原形／接續原則	意義	詞性
❶	みんなで	→	行動單位＋で	以～行動單位	文型
	キャンプに行きましょう	→	キャンプに行く	去露營	動Ⅰ
❷	ここ	→	ここ	這裡	指示代名詞
	サマーキャンプをする	→	サマーキャンプをする	舉辦夏令營	動Ⅲ
	最高	→	最高	最棒	名詞
❸	観光案内所で	→	地點＋で	在～地點	文型
	もらいます	→	もらう	領取	動Ⅰ
❹	過ごす	→	過ごす	度過	動Ⅰ
	煩わしさ	→	煩わしさ	繁瑣雜事	名詞
	忘れさせて	→	忘れさせる	讓人忘記	忘れる的使役形
	忘れさせてくれます	→	動詞て形＋くれる	別人為我做～	文型
❺	募集して	→	募集する	招募	動Ⅲ
	募集しています	→	動詞て形＋いる	目前狀態	文型
❻	解説員によれば	→	名詞＋によれば	根據～	文型
	目指して	→	目指す	以～為目標	動Ⅰ
	目指している	→	動詞て形＋いる	目前狀態	文型
	目指しているらしい	→	動詞ている形＋らしい	好像～	文型

中譯

❶ 這個夏天大家一起去露營吧！
❷ 這裡是最適合舉辦夏令營的場所。
❸ 在觀光服務中心索取導覽手冊。
❹ 在小木屋度過的假期，會讓人忘記日常的瑣事。
❺ 國立公園隨時都在召募義工。
❻ 根據解說員的說法，這裡好像正以將來能登錄世界遺產為目標。

110

畫室裡(1)

MP3 110

❶ 水《すい》彩《さい》絵《え》具《のぐ》
(名)水彩顏料

❷ 画《が》家《か》
(名)畫家

❸ パレット
(palette)
(名)調色盤

❹ 絵《え》筆《ふで》
(名)畫筆

❺ デッサン
(dessin(法))
(名)草稿

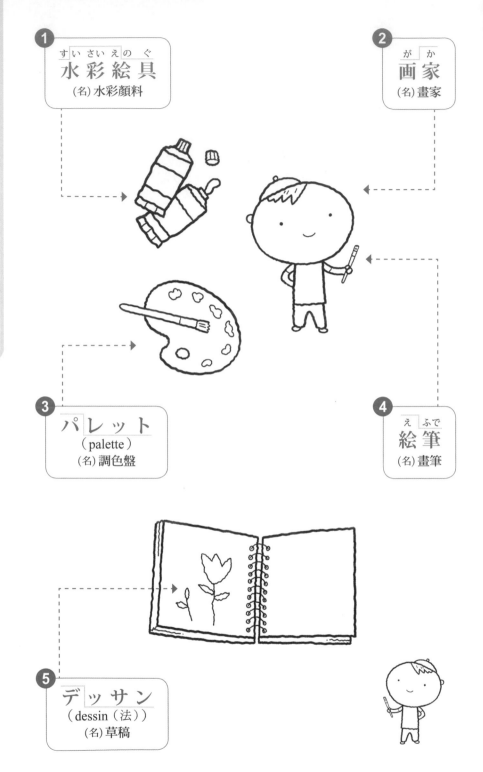

❶ 水彩絵具は、水《みず》に溶《と》かして使《つか》います。

❷ ピカソをはじめ多《おお》くの画家は大変《たいへん》貧《まず》しかったです。

❸ パレットはプラスチック製《せい》のものが便利《べんり》ですよ。

❹ 絵筆は色々《いろいろ》な太《ふと》さを用意《ようい》しましょう。

❺ デッサンが作品《さくひん》の良《よ》し悪《あ》しを決《き》めます。

學更多

	例句出現的		原形／接續原則	意義	詞性
❶	溶かして	→	溶かす	溶解	動 I
	使います	→	使う	使用	動 I
❷	ピカソをはじめ	→	名詞＋をはじめ	以～為首	文型
	多く	→	多く	多數	名詞
	大変	→	大変	非常	副詞
	貧しかった	→	貧しい	貧窮的	い形
❸	プラスチック製	→	プラスチック製	塑膠製	名詞
	便利	→	便利	方便	な形
❹	色々な太さ	→	色々＋な＋名詞	各式各樣的~	文型
	太さ	→	太さ	粗細	名詞
	用意しましょう	→	用意する	準備	動Ⅲ
❺	良し悪し	→	良し悪し	好壞	名詞
	決めます	→	決める	決定	動 II

中譯

❶ 水彩顏料要溶到水裡後再使用。
❷ 以畢卡索為首，許多畫家都非常貧困。
❸ 調色盤用塑膠製的比較方便喔。
❹ 準備各種粗細不同的畫筆吧。
❺ 草稿會決定作品的好壞。

111 畫室裡(2)

MP3 111

1 キャンバス
(canvas)
(名)畫布

2 画《が》板《ばん》
(名)畫板

3 イーゼル
(easel)
(名)畫架

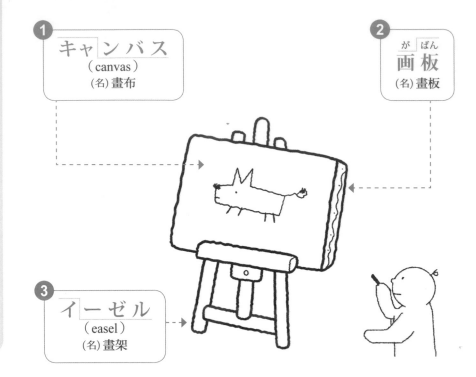

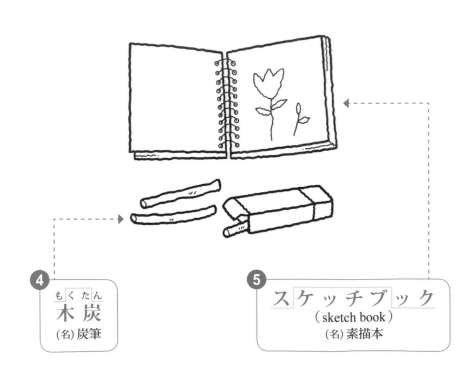

4 木《もく》炭《たん》
(名)炭筆

5 スケッチブック
(sketch book)
(名)素描本

❶ キャンバスは、大《おお》きさによって値段《ねだん》が違《らが》います。

❷ 小学生《しょうがくせい》のころ、画板を持《も》って写生大会《しゃせいたいかい》に行《い》ったものです。

❸ 画家《がか》は、イーゼルにキャンバスを載《の》せて作品《さくひん》にとりかかりました。

❹ このソフトウェアで、写真《しゃしん》を木炭画《が》にすることができます。

❺ 先生《せんせい》にスケッチブックを提出《ていしゅつ》しました。

學更多

	例句出現的		原形／接續原則	意義	詞性
❶	大きさ	→	大きさ	大小	名詞
	大きさによって	→	名詞＋によって	根據～	文型
	値段	→	値段	價格	名詞
	違います	→	違う	不同	動Ⅰ
❷	小学生のころ	→	名詞＋のころ	～的時候	文型
	持って	→	持つ	攜帶	動Ⅰ
	写生大会	→	写生大会	寫生大賽	名詞
	行った	→	行く	去	動Ⅰ
	行ったもの	→	動詞た形＋もの	回憶過去常做～	文型
❸	載せて	→	載せる	放在～上面	動Ⅱ
	とりかかりました	→	とりかかる	開始、著手	動Ⅰ
❹	ソフトウェア	→	ソフトウェア	軟體	名詞
	ソフトウェアで	→	名詞＋で	利用～	名詞
	木炭画	→	木炭画	炭筆畫	名詞
	木炭画にする	→	名詞＋にする	做成～	文型
	することができます	→	動詞辭書形＋ことができる	可以做	文型
❺	提出しました	→	提出する	提交	動Ⅲ

中譯

❶ 畫布根據大小的差異，在價格上會有所不同。
❷ 小學時，經常帶著畫板參加寫生大賽。
❸ 畫家將畫布放到畫架上，開始進行畫作。
❹ 利用這種軟體，可以把相片弄成炭筆畫的風格。
❺ 把素描本交給老師。

112 健身設備&課程

MP3 112

1 エアロバイク
（aero bike）
(名) 健身腳踏車

2 トレッドミル
（treadmill）
(名) 跑步機

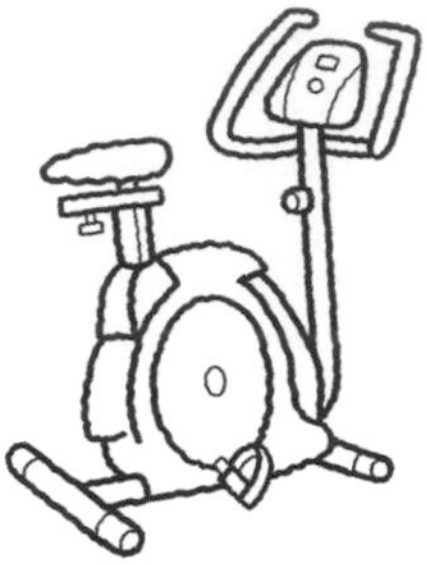

3 ダンベル
（dumbbell）
(名) 啞鈴

此字也可以唸成
ダンベル 。

4 バーベルラック
（barbell rack）
(名) 舉重架

5 ヨガ
（yoga（梵））
(名) 瑜珈

6 コーチ
（coach）
(名) 教練

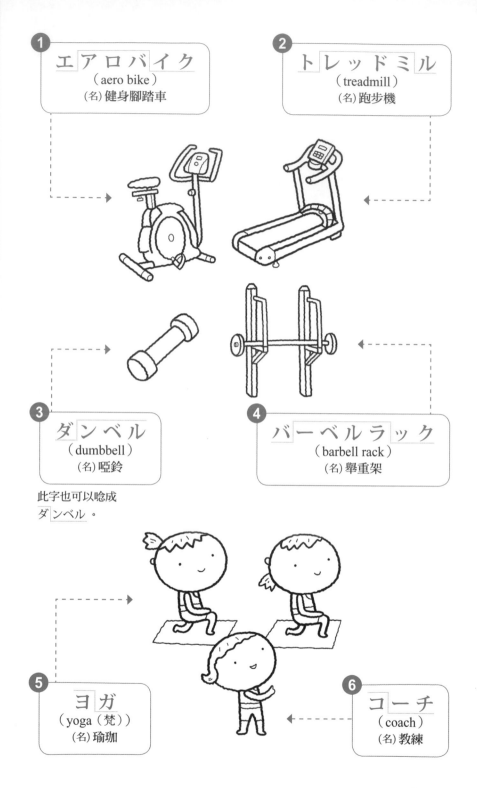

❶ エアロバイクは、大腿筋《だいたいきん》のトレーニングに最適《さいてき》です。

❷ トレッドミルで1時間《いちじかん》速歩《はやある》きします。

❸ ダンベル運動《うんどう》で、二《に》の腕《うで》を引《ひ》き締《し》めます。

❹ バーベルラックに、色々《いろいろ》な重《おも》さのバーベルが置《お》いてあります。

❺ ヨガは、女性《じょせい》にとても人気《にんき》があります。

❻ スポーツ選手《せんしゅ》は、日頃《ひごろ》からコーチとのトレーニングを欠《か》かしません。

學更多

	例句出現的		原形／接續原則	意義	詞性
❶	大腿筋	→	大腿筋	大腿肌肉	名詞
	トレーニング	→	トレーニング	訓練	名詞
	最適	→	最適	最適合	な形
❷	トレッドミルで	→	地點＋で	在～地點	文型
	速歩きします	→	速歩きする	快走	動Ⅲ
❸	ダンベル運動で	→	名詞＋で	利用～	文型
	二の腕	→	二の腕	上臂	名詞
	引き締めます	→	引き締める	結實	動Ⅱ
❹	色々な重さ	→	色々＋な＋名詞	各式各樣的～	文型
	バーベル	→	バーベル	槓鈴	名詞
	置いて	→	置く	放置	動Ⅰ
	置いてあります	→	動詞て形＋ある	有目的的存在狀態	文型
❺	とても	→	とても	非常	副詞
	人気	→	人気	人氣	名詞
	あります	→	ある	有（事或物）	動Ⅰ
❻	日頃	→	日頃	平常	名詞
	欠かしません	→	欠かす	缺少	動Ⅰ

中譯

❶ 健身腳踏車最適合用來訓練大腿肌肉。
❷ 在跑步機上快走1個小時。
❸ 透過啞鈴運動，讓上臂變結實。
❹ 舉重架上放著各種不同重量的槓鈴。
❺ 瑜珈很受女性歡迎。
❻ 運動選手平日就不間斷地和教練一起訓練。

113 健身中心設施

MP3 113

① ロッカー
（locker）
(名) 置物櫃

② タオル
（towel）
(名) 毛巾

③ シャワールーム
（shower room）
(名) 淋浴室

④ スチームルーム
（steam room）
(名) 蒸氣室

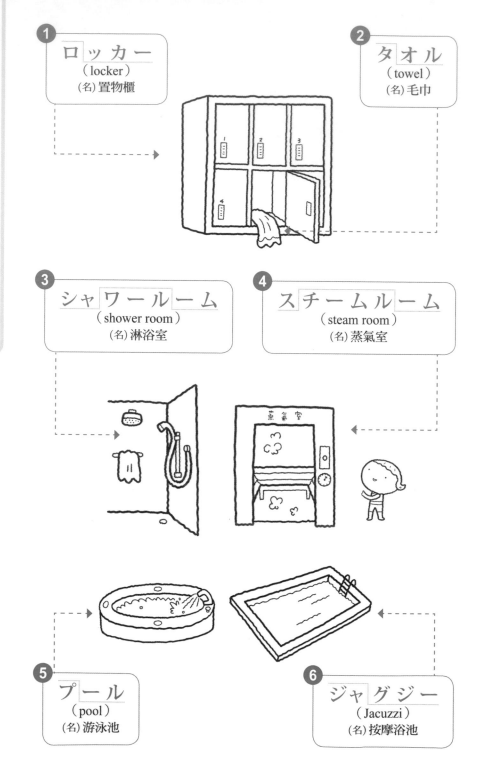

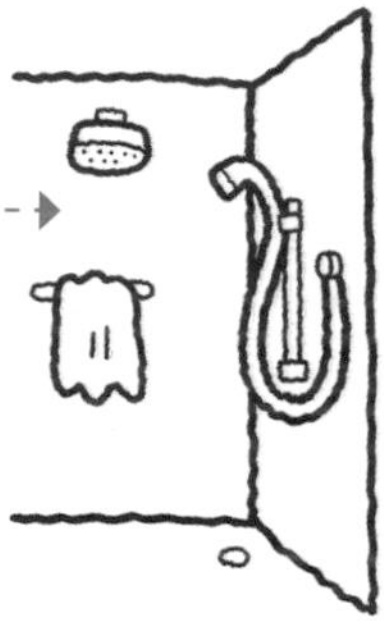

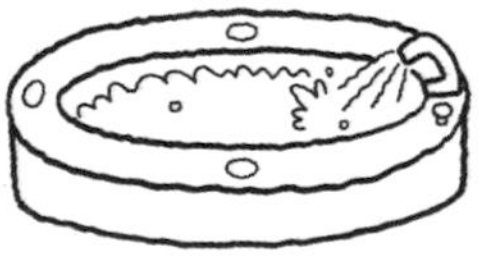

⑤ プール
（pool）
(名) 游泳池

⑥ ジャグジー
（Jacuzzi）
(名) 按摩浴池

❶ ロッカールームは男女別々《だんじょべつべつ》です。

❷ タオルで汗《あせ》を拭《ふ》きます。

❸ 運動《うんどう》の後《あと》は、シャワールームで体《からだ》を洗《あら》います。

❹ スチームルームで体《からだ》の疲《つか》れを癒《いや》します。

❺ 温水《おんすい》プールなので、冬《ふゆ》でも楽《たの》しめます。

❻ ジャグジーに入《はい》って、体《からだ》を温《あたた》めてリラックスします。

學更多

	例句出現的		原形／接續原則	意義	詞性
❶	ルーム	→	ルーム	房間	名詞
	男女別々	→	男女別々	男女分開	名詞
❷	タオルで	→	名詞＋で	利用～	文型
	拭きます	→	拭く	擦拭	動Ⅰ
❸	運動の後	→	名詞＋の後	～之後	文型
	洗います	→	洗う	清洗	動Ⅰ
❹	スチームルームで	→	地點＋で	在～地點	文型
	疲れ	→	疲れ	疲勞	名詞
	癒します	→	癒す	消除、解除	動Ⅰ
❺	温水プール	→	温水プール	溫水游泳池	名詞
	温水プールなので	→	名詞＋な＋ので	因為～	文型
	冬でも	→	名詞＋でも	即使～，也～	文型
	楽しめます	→	楽しめる	可以享受	楽しむ的可能形
❻	入って	→	入る	進入	動Ⅰ
	温めて	→	温める	使暖活	動Ⅱ
	リラックスします	→	リラックスします	放鬆	動Ⅲ

中譯

❶ 置物櫃房間是男女分開的。
❷ 用毛巾擦汗。
❸ 運動後在淋浴室洗澡。
❹ 在蒸氣室消除身體的疲累。
❺ 因為是溫水游泳池，即使冬天也可以盡情享受。
❻ 泡進按摩浴池，溫熱身體放鬆全身。

114

田徑場競技

MP3 114

1 ハードル
(hurdle)
(名)跨欄

2 棒《ぼう》高《たか》跳《とび》
(名)撐竿跳

3 跳《とび》箱《ばこ》
(名)跳箱

4 走《はしり》幅《はば》跳《とび》
(名)跳遠

5 マット
(mat)
(名)安全墊

6 走《はしり》高《たか》跳《とび》
(名)跳高

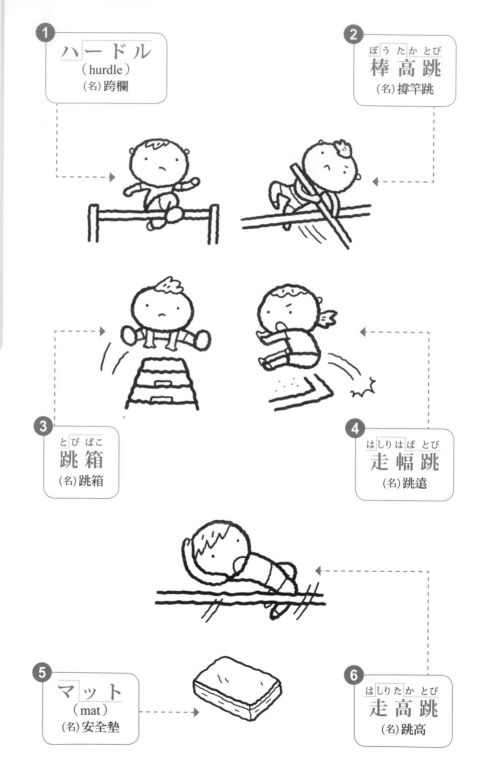

❶ ハードルは、軽《かろ》やかなリズムで跳《と》ぶことがポイントです。

❷ 棒高跳は、棒《ぼう》の反発力《はんぱつりょく》を使《つか》って高《たか》く跳《と》ぶ競技《きょうぎ》です。

❸ 跳箱は８段《はちだん》までしか跳《と》べません。

❹ 走幅跳の選手《せんしゅ》は、跳躍《ちょうやく》する時空中《ときくうちゅう》で歩《ある》いています。

❺ マットの上《うえ》に落《お》ちれば、まず怪我《けが》をすることはありません。

❻ 走高跳の選手《せんしゅ》は、背中《せなか》から棒《ぼう》を跳《と》び超《こ》えます。

學更多

	例句出現的		原形／接續原則	意義	詞性
❶	軽やかなリズム	→	**軽やか＋な＋名詞**	輕快的～	文型
	リズムで	→	**名詞＋で**	利用～	文型
	跳ぶ	→	**跳ぶ**	跳	動Ⅰ
	ポイント	→	**ポイント**	要點	名詞
❷	使って	→	**使う**	使用	動Ⅰ
	高く	→	**高い**	高的	い形
	跳ぶ	→	**跳ぶ**	跳	動Ⅰ
❸	８段までしか跳べません	→	**名詞＋までしか＋跳べません**	只能跳到～為止	文型
	跳べません	→	**跳べる**	可以跳	跳ぶ的可能形
❹	跳躍する	→	**跳躍する**	跳躍	動Ⅲ
	歩いて	→	**歩く**	走路	動Ⅰ
	歩いています	→	**動詞て形＋いる**	目前狀態	文型
❺	落ちれば	→	**落ちれば**	如果掉落的話，～	落ちる的條件形
	怪我をする	→	**怪我をする**	受傷	動Ⅲ
	ありません	→	**ある**	有（事或物）	動Ⅰ
❻	跳び超えます	→	**跳び超える**	跳過	動Ⅱ

中譯

❶ 跨欄的要點是以輕快的節奏跨過欄架。
❷ 撐竿跳是利用棒子的反彈力，往上跳高的比賽。
❸ 跳箱只能跳過８層。
❹ 跳遠選手跳躍時，在空中邁步。
❺ 如果落在安全墊上，就不會有受傷的情況。
❻ 跳高選手以背部越過跳竿。

115 賽跑

MP3 115

1. ピストル
(pistol)
(名)起跑槍

2. スタートライン
(start line)
(名)起跑線

3. ライバル
(rival)
(名)對手

4. ス《ス》ポ《ポ》ー《ー》ツ《ツ》選手《せんしゅ》
(名)運動選手

5. トラック
(track)
(名)跑道

6. ゴールライン
(goal line)
(名)終點線

7. ストップウオッチ
(stop watch)
(名)碼表

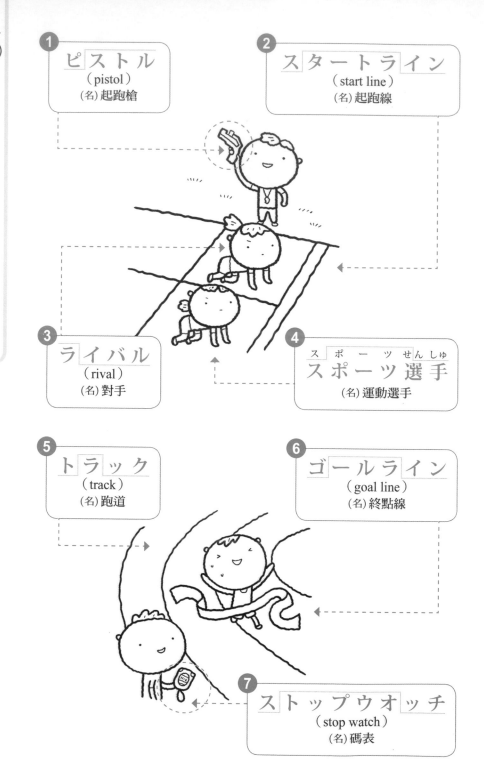

❶ スタートを合図《あいず》するピストルが鳴《な》りました。

❷ スタートラインに豪華《ごうか》な選手《せんしゅ》の顔《かお》ぶれが並《なら》びました。

❸ 長年《ながねん》のライバル同士《どうし》の最後《さいご》のレースが今日《きょう》ここで行《おこな》われます。

❹ スポーツ選手の愛用《あいよう》するスポーツブランドの製品《せいひん》は、よく売《う》れます。

❺ トラック競技《きょうぎ》については、黒人選手《こくじんせんしゅ》が強《つよ》いです。

❻ 気《き》の毒《どく》なことに、ゴールライン寸前《すんぜん》で転《ころ》んでしまいました。

❼ 大会《たいかい》で使用《しよう》するストップウオッチには、日本製《にほんせい》が使《つか》われるらしいです。

學更多

	例句出現的		原形／接續原則	意義	詞性
❶	合図する	→	合図する	發出信號	動Ⅲ
	鳴りました	→	鳴る	響起	動Ⅰ
❷	顔ぶれ	→	顔ぶれ	陣容、成員	名詞
	並びました	→	並ぶ	排列	動Ⅰ
❸	行われます	→	行われる	舉行	動Ⅱ
❹	愛用する	→	愛用する	愛用	動Ⅲ
	売れます	→	売れる	暢銷	動Ⅱ
❺	トラック競技について	→	名詞＋について	關於～	文型
❻	気の毒なことに	→	な形容詞＋な＋ことに	令人～的是	文型
	転んで	→	転ぶ	跌倒	動Ⅰ
	転んでしまいました	→	動詞て形＋しまいました	無法挽回的遺憾	文型
❼	使用する	→	使用する	使用	動Ⅲ
	使われる	→	使われる	被使用	使う的被動形
	使われるらしい	→	使われる＋らしい	好像被使用	文型

中譯

❶ 發出比賽開始信號的起跑槍聲響起了。
❷ 很厲害的選手陣容在起跑線上並排著。
❸ 多年來的競爭對手，今天將在這裡進行最後一場比賽。
❹ 運動選手愛用的運動品牌的產品非常暢銷。
❺ 在跑道上進行的競賽項目（徑賽）方面，黑人選手的實力很強。
❻ 令人感到遺憾的是，在臨近終點線時不小心跌倒了。
❼ 大會使用的碼表，好像是日本製的產品。

116

游泳池(1)

MP3 116

1 ゴーグル
（goggle）
(名) 泳鏡

此字也可以唸成
ゴーグル。

2 水《すい》泳《えい》帽《ぼう》
(名) 泳帽

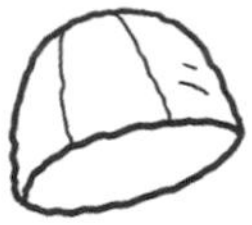

3 水《みず》着《ぎ》
(名) 泳衣

4 ビーチチェア
（beach chair）
(名) 海灘椅

5 パラソル
（parasol）
(名) 大型遮陽傘

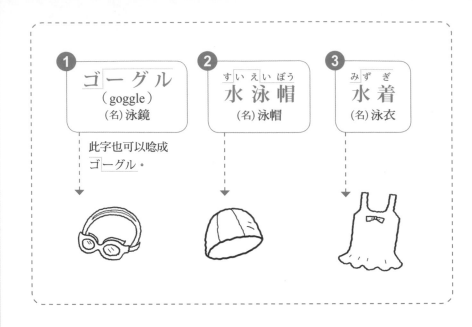

❶ プールでは、ゴーグルを付《つ》けないと塩素《えんそ》で目《め》が痛《いた》くなります。

❷ このプールでは、水泳帽をかぶることが義務付《ぎむづ》けられています。

❸ 新《あたら》しく競泳用《きょうえいよう》の水着を買《か》いました。

❹ プールサイドのビーチチェアに座《すわ》って、カクテルを楽《たの》しみます。

❺ ビーチにパラソルは必需品《ひつじゅひん》です。

學更多

	例句出現的		原形／接續原則	意義	詞性
❶	プールでは	→	**地點＋では**	在～地點	文型
	付けない	→	**付ける**	配戴	動II
	付けないと	→	**動詞ない形＋と**	如果不～的話，就～	文型
	塩素	→	**塩素**	氯氣	名詞
	塩素で	→	**名詞＋で**	因為～	文型
	痛くなります	→	**痛~~い~~＋くなります**	變疼痛	文型
❷	かぶる	→	**かぶる**	戴	動I
	義務付けられて	→	**義務付けられる**	被規定必須	義務付ける的被動形
	義務付けられています	→	**動詞て形＋いる**	目前狀態	文型
❸	新しく	→	**新しい**	新的	い形
	競泳用	→	**競泳用**	游泳比賽用	名詞
	買いました	→	**買う**	買	動I
❹	プールサイド	→	**プールサイド**	泳池邊	名詞
	座って	→	**座る**	坐	動I
	カクテル	→	**カクテル**	雞尾酒	名詞
	楽しみます	→	**楽しむ**	享用	動I
❺	ビーチ	→	**ビーチ**	海灘	名詞

中譯

❶ 在游泳池，如果沒有戴泳鏡游泳，眼睛就會因為氯氣而疼痛。
❷ 在這間游泳池，有規定必須戴泳帽。
❸ 新買了游泳比賽用的泳衣。
❹ 坐在泳池邊的海灘椅上，享用雞尾酒。
❺ 在海灘，大型遮陽傘是必備品。

117 游泳池(2)

MP3 117

1 ビート板《ビートばん》
(名)浮板

2 子供用プール《こどもようプール》
(名)孩童游泳池

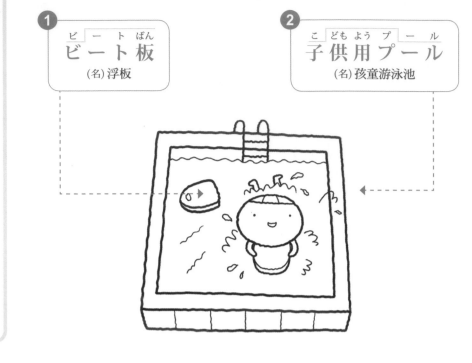

3 飛込板《とびこみばん》
(名)跳板

4 飛込台《とびこみだい》
(名)跳水台

5 コース
(course)
(名)水道

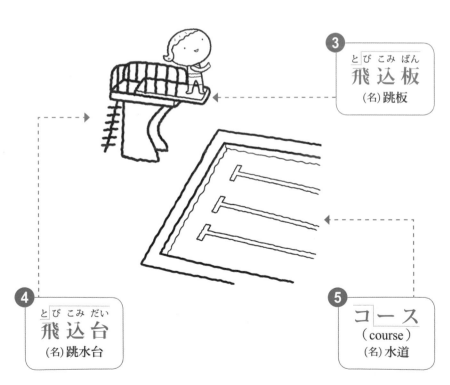

❶ 情《なさ》けないことに、ビート板がないと泳《およ》げません。

❷ 浅《あさ》い子供用プールなら、泳《およ》げない子供《こども》も安心《あんしん》して水遊《みずあそ》びできます。

❸ 飛込板は飛込《とびこみ》競《きょう》技《ぎ》で使用《しよう》されます。

❹ 飛込台に立《た》って用意《ようい》スタート！

❺ このプールには合計8《ごうけいはち》コースあります。

學更多

	例句出現的		原形／接續原則	意義	詞性
❶	情けない	→	**情けない**	丟臉的	い形
	情けないことに	→	**い形容詞＋ことに**	令人～的是	文型
	ない	→	**ない**	沒有	い形
	ないと	→	**い形容詞＋と**	如果～的話，就～	文型
	泳げません	→	**泳げる**	會游泳	泳ぐ的可能形
❷	浅い	→	**浅い**	淺的	い形
	子供プールなら	→	**名詞＋なら**	如果～的話	文型
	泳げない	→	**泳げる**	會游泳	泳ぐ的可能形
	安心して	→	**安心する**	安心	動Ⅲ
	水遊びできます	→	**水遊びできる**	可以戲水	水遊びする的可能形
❸	飛込競技で	→	**場合＋で**	在～場合	文型
	使用されます	→	**使用される**	被使用	使用する的被動形
❹	立って	→	**立つ**	站	動Ⅰ
	用意スタート	→	**用意スタート**	準備開始	名詞
❺	このプールには	→	**地點＋には**	在～地點	文型
	あります	→	**ある**	有（事或物）	動Ⅰ

中譯

❶ 令人覺得丟臉的是，如果沒有浮板的話，就不會游泳。
❷ 如果是水位淺的孩童游泳池，不會游泳的孩子也可以放心地戲水。
❸ 跳板是在跳水比賽使用的。
❹ 站在跳水台上準備跳水！
❺ 這個泳池一共有８個水道。

118

泳池更衣室(1)

MP3 118

1 脱《ぬ》いだ服《ふく》
(名)脫下來的衣服

2 ロッカー
(locker)
(名)置物櫃

3 鏡《かがみ》
(名)鏡子

4 ドライヤー
(dryer)
(名)吹風機

5 フック
(hook)
(名)掛勾

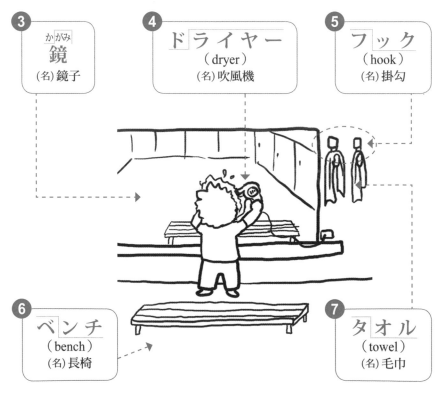

6 ベンチ
(bench)
(名)長椅

7 タオル
(towel)
(名)毛巾

❶ 脱いだ服を更衣室《こういしつ》に忘《わす》れていく人《ひと》がよくいます。

❷ ロッカーの鍵《かぎ》を無《な》くしてしまいました。

❸ 鏡を見《み》ながら、帽子《ぼうし》から髪《かみ》の毛《け》が出《で》ていないか確認《かくにん》します。

❹ ドライヤーは更衣室《こういしつ》にあります。

❺ フックにタオルを掛《か》けておきました。

❻ お母《かあ》さんは、ベンチに座《すわ》って泳《およ》いでいる子供達《こどもたち》を見《み》ています。

❼ タオルには名前《なまえ》を書《か》いておきましょう。

學更多

	例句出現的		原形／接續原則	意義	詞性
❶	忘れていく	→	忘れていく	忘記帶走	動 I
	います	→	いる	有（人或動物）	動 II
❷	無くして	→	無くす	弄丟	動 I
	無くしてしまいました	→	動詞て形＋しまいました	無法挽回的遺憾	文型
❸	見ながら	→	動詞ます形＋ながら	一邊～，一邊～	文型
	出て	→	出る	出來	動 II
	出ていない	→	動詞て形＋いる	目前狀態	文型
	出ていないか	→	動詞ない形＋か	是否～	文型
❹	更衣室にあります	→	地點＋にある	位於～	文型
❺	掛けて	→	掛ける	掛上	動 II
	掛けておきました	→	動詞て形＋おきました	妥善處理	文型
❻	座って	→	座る	坐	動 I
	泳いで	→	泳ぐ	游泳	動 I
❼	書いて	→	書く	寫	動 I
	書いておきましょう	→	動詞て形＋おきましょう	事前準備	文型

中譯

❶ 經常有人把脫下來的衣服忘在更衣室。
❷ 置物櫃的鑰匙不小心弄丟了。
❸ 一邊照鏡子，一邊確認頭髮有沒有從帽子裡跑出來。
❹ 吹風機在更衣室。
❺ 將毛巾掛在掛勾上。
❻ 母親坐在長椅上，看著正在游泳的孩子們。
❼ 在毛巾上寫上名字吧。

119 泳池更衣室(2)

MP3 119

1. 蛇《じゃ》口《ぐち》
(名)水龍頭

2. シャワーヘッド
(shower head)
(名)蓮蓬頭

3. 洗《せん》面《めん》台《だい》
(名)洗手台

4. シャワールーム
(shower room)
(名)淋浴間

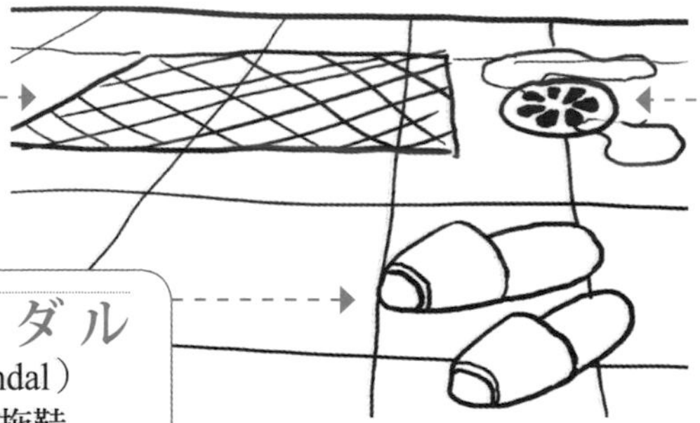

5. サンダル
(sandal)
(名)拖鞋

6. 滑《すべ》り止《ど》めマット
(名)防滑墊

7. 排《はい》水《すい》口《こう》
(名)排水孔

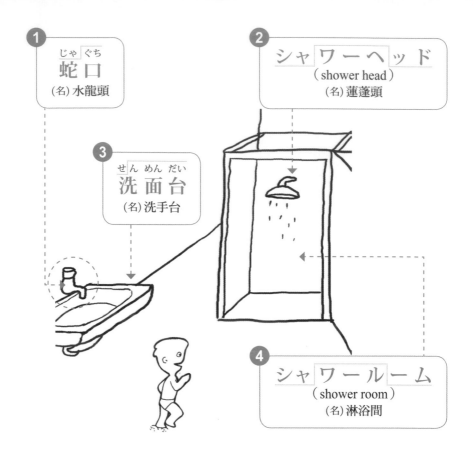

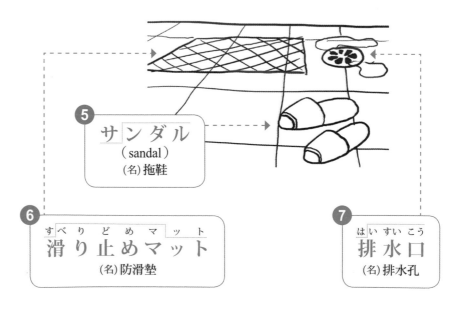

❶ 蛇口をひねっても水《みず》が出《で》てきません。

❷ シャワーヘッドから急《きゅう》に冷《つめ》たい水《みず》が出《で》てきてびっくりしました。

❸ 泳《およ》いだ後《あと》は洗面台で目《め》を洗《あら》います。

❹ シャワールームでは、石鹸《せっけん》は使《つか》わないでください。

❺ サンダルを履《は》いてプールサイドを歩《ある》くと、滑《すべ》って危険《きけん》ですよ。

❻ プールサイドには、滑り止めマットが敷《し》いてあります。

❼ 排水口が詰《つ》まっているようです。

學更多

	例句出現的		原形／接續原則	意義	詞性
❶	ひねって	→	ひねる	扭	動 I
	ひねても	→	動詞て形＋も	即使～，也～	文型
	出てきません	→	出てくる	出來	動Ⅲ
❷	びっくりしました	→	びっくりする	驚嚇	動Ⅲ
❸	泳いだ	→	泳ぐ	游泳	動 I
❹	使わない	→	使う	使用	動 I
	使わないでください	→	動詞ない形＋ないでください	請不要做～	文型
❺	履いて	→	履く	穿（鞋）	動 I
	歩くと	→	動詞辭書形＋と	如果～的話，就～	文型
	滑って	→	滑る	滑倒	動 I
❻	敷いて	→	敷く	鋪設	動 I
	敷いてあります	→	動詞て形＋ある	有目的的存在狀態	文型
❼	詰まって	→	詰まる	堵塞	動 I
	詰まっている	→	動詞て形＋いる	目前狀態	文型
	詰まっているよう	→	動詞ている形＋よう	好像～	文型

中譯

❶ 即使打開水龍頭，水也沒有流出來。
❷ 從蓮蓬頭突然流出冰冷的水，嚇了一大跳。
❸ 游泳後在洗手台沖洗眼睛。
❹ 在淋浴間，請不要使用肥皂。
❺ 穿著拖鞋在泳池畔走路的話會滑倒，非常危險喔。
❻ 泳池畔有鋪設防滑墊。
❼ 排水孔好像堵住了。

120

拳擊賽(1)

MP3 120

1 ボクシンググローブ
(boxing glove)
(名)拳擊手套

2 ヘッドガード
(head guard)
(名)頭部護具

3 ボクサー
(boxer)
(名)拳擊手

4 担架《たんか》
(名)擔架

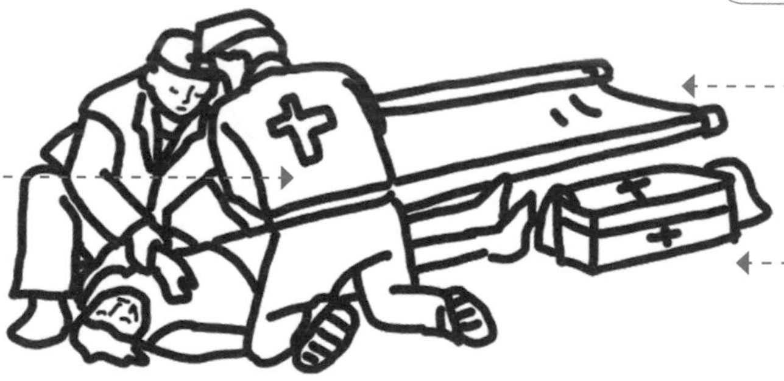

5 リングドクター
(ring doctor)
(名)場邊救護人員

6 救急箱《きゅうきゅうばこ》
(名)急救箱

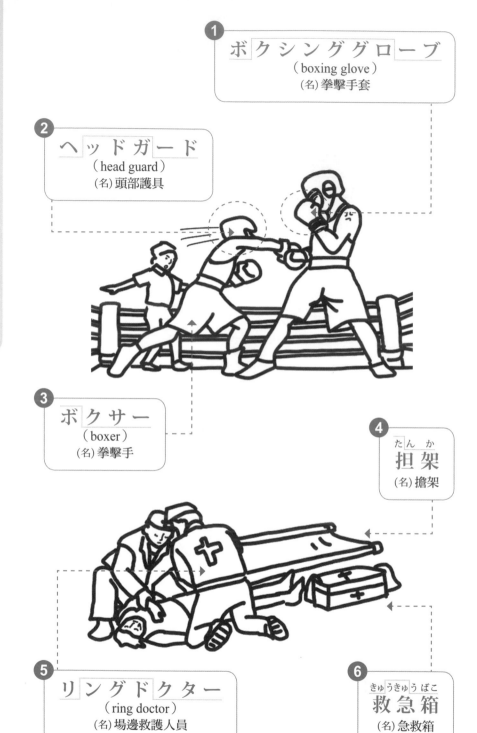

❶ ボクシンググローブは、ピンからキリまであります。

❷ 頭《あたま》を守《まも》るためにヘッドガードをします。

❸ ボクサーは危険《きけん》な仕事《しごと》です。

❹ 食中毒《しょくちゅうどく》で、救急病院《きゅうきゅうびょういん》に担架で運《はこ》びこまれました。

❺ ボクシングは危険《きけん》なスポーツなので、リングドクターが随時待《ずいじたい》機《き》しています。

❻ 薬《くすり》の期限《きげん》を調《しら》べるため、救急箱の中身《なかみ》を確認《かくにん》しました。

學更多

	例句出現的		原形／接續原則	意義	詞性
❶	ピンからキリまで	→	ピンからキリまで	從最好的到最差的	慣用語
	あります	→	ある	有（事或物）	動 I
❷	守る	→	守る	保護	動 I
	守るために	→	動詞辭書形＋ために	為了～	文型
	ヘッドガードをします	→	ヘッドガードをする	戴頭部護具	動 III
❸	危険な仕事	→	危険＋な＋名詞	危險的～	文型
❹	食中毒で	→	名詞＋で	因為～	文型
	運びこまれました	→	運びこまれる	被抬進去	運びこむ的被動形
❺	ボクシング	→	ボクシング	拳擊	名詞
	スポーツ	→	スポーツ	運動	名詞
	スポーツなので	→	名詞＋な＋ので	因為～	文型
	待機して	→	待機する	待命	動 III
	待機しています	→	動詞て形＋いる	目前狀態	文型
❻	調べる	→	調べる	調查	動 II
	調べるため	→	動詞辭書形＋ため	為了～	文型
	確認しました	→	確認する	確認	動 III

中譯

❶ 拳擊手套的品質從最好的到最差的都有。
❷ 為了保護頭部，要戴上頭部護具。
❸ 拳擊手是很危險的工作。
❹ 因為食物中毒，被人用擔架抬進急診醫院。
❺ 拳擊是很危險的運動，所以場邊救護人員會隨時待命。
❻ 為了調查藥品的使用期限，確認急救箱的內容物。

121 拳擊賽(2)

MP3 121

1 勝者《しょうしゃ》
(名)贏家

2 審判《しんぱん》
(名)裁判

3 敗者《はいしゃ》
(名)輸家/落敗者

4 リング
(ring)
(名)拳擊台

5 ロープ
(rope)
(名)圍繩

❶ 勝者にチャンピオンベルトが授与《じゅよ》されました。

❷ 審判の判定《はんてい》をドキドキして待《ま》ちます。

❸ 敗者復活戦《ふっかつせん》に臨《のぞ》みます。

❹ おっとりした性格《せいかく》の彼《かれ》も、リングの上《うえ》ではまるで別人《べつじん》です。

❺ リングの四方《しほう》にロープが張《は》られました。

學更多

	例句出現的		原形／接續原則	意義	詞性
❶	チャンピオンベルト	→	**チャンピオンベルト**	冠軍腰帶	名詞
	授与されました	→	**授与される**	被授予	授与する的被動形
❷	判定	→	**判定**	判決	名詞
	ドキドキして	→	**ドキドキする**	緊張	動Ⅲ
	待ちます	→	**待つ**	等待	動Ⅰ
❸	臨みます	→	**臨む**	面臨	動Ⅰ
❹	おっとりした	→	**おっとりする**	穩重	動Ⅲ
	彼も	→	**名詞＋も**	～也	文型
	リングの上では	→	**地點＋では**	在～地點	文型
	まるで	→	**まるで**	宛如	副詞
	別人	→	**別人**	另一個人	名詞
❺	四方	→	**四方**	四周	名詞
	張られました	→	**張られる**	被拉起來	張る的被動形

中譯

❶ 贏家獲頒冠軍腰帶。
❷ 緊張地等待裁判的判決。
❸ 輸家面臨敗部復活戰。
❹ 性格沉穩的他，站上拳擊台上時，也宛如另一個人一樣。
❺ 拳擊台的四周拉起了圍繩。

122 拳擊賽(3)

MP3 122

❶ ストレート
(straight)
(名) 直拳

❷ アッパーカット
(uppercut)
(名) 上鉤拳

也可以只說「アッパー」。

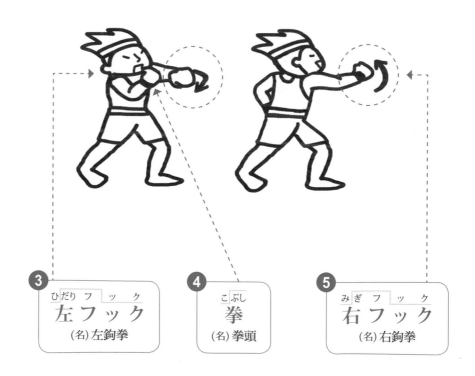

❸ 左《ひだり》フック《フック》
(名) 左鉤拳

❹ 拳《こぶし》
(名) 拳頭

❺ 右《みぎ》フック《フック》
(名) 右鉤拳

❶ 彼《かれ》は右《みぎ》ストレートが武器《ぶき》の選手《せんしゅ》です。

❷ アッパーカットを食《く》らってしまいました。

❸ もっと左フックが上手《うま》くなるよう練習《れんしゅう》しないといけません。

❹ 悔《くや》しさのあまり拳を強《つよ》く握《にぎ》りしめました。

❺ 右《みぎ》利《き》きなので右フックの方《ほう》が得意《とくい》です。

學更多

	例句出現的		原形／接續原則	意義	詞性
❶	右ストレート	→	右ストレート	右直拳	名詞
	武器	→	武器	武器	名詞
	選手	→	選手	選手	名詞
❷	食らって	→	食らう	挨打	動Ⅰ
	食らってしまいました	→	動詞て形＋しまいました	無法挽回的遺憾	文型
❸	もっと	→	もっと	更加	副詞
	上手く	→	上手い	靈活的	い形
	上手くなるよう	→	上手い＋くなるよう	為了變得更加靈活	文型
	練習しない	→	練習する	練習	動Ⅲ
	練習しないといけません	→	動詞ない形＋ないといけない	必須做～	文型
❹	悔しさのあまり	→	名詞＋の＋あまり	太過～	文型
	強く	→	強い	強烈的	い形
	握りしめました	→	握りしめる	握緊	動Ⅱ
❺	右利き	→	右利き	右撇子	名詞
	右利きなので	→	名詞＋な＋ので	因為～	文型
	右フックの方が	→	名詞＋の方が	～比較	文型
	得意	→	得意	擅長	な形

中譯

❶ 他是以右直拳為武器的選手。
❷ 挨了一記上鉤拳。
❸ 為了讓左鉤拳變得更加靈活，必須多多練習。
❹ 太過悔恨，把拳頭握得很緊。
❺ 因為是右撇子，所以比較擅長右鉤拳。

123 農牧場(1)

MP3 123

1 樹《じゅ》木《もく》
(名)樹木

2 除《じょ》草《そう》機《き》
(名)除草機

3 牧《ぼく》草《そう》地《ち》
(名)草地

4 果《か》樹《じゅ》園《えん》
(名)果園

5 畑《はたけ》
(名)農地

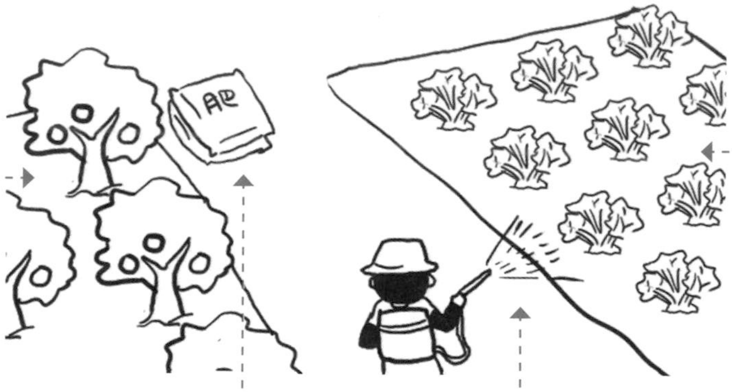

6 肥《ひ》料《りょう》
(名)肥料

7 農《のう》薬《やく》
(名)農藥

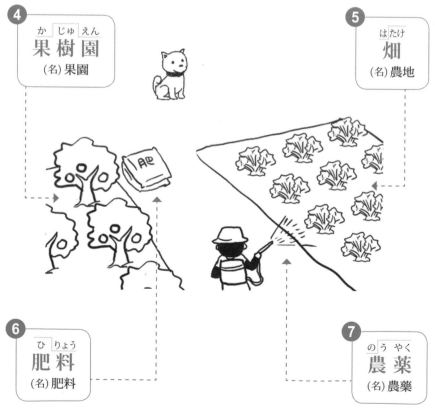

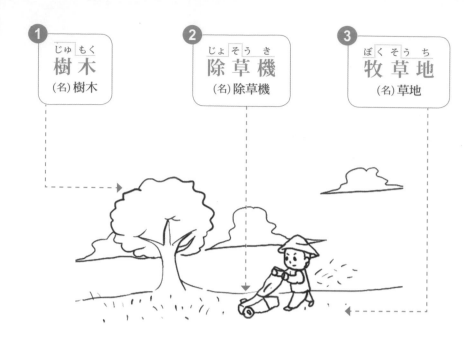

❶ この植物園《しょくぶつえん》では、気《き》に入《い》った樹木を買《か》うこともできます。

❷ 彼《かれ》は庭《にわ》が広《ひろ》いため除草機を持《も》っています。

❸ 北海道《ほっかいどう》の牧草地でのどかに暮《く》らす牛《うし》は、幸《しあわ》せそうです。

❹ 秋《あき》は、この果樹園でぶどう狩《が》りを楽《たの》しむことができます。

❺ 父《ちち》は退職後《たいしょくご》家庭菜園《かていさいえん》を始《はじ》め、毎日《まいにち》畑仕事《しごと》に明《あ》け暮《く》れています。

❻ 畑《はたけ》に肥料を撒《ま》きました。

❼ 農薬は一切《いっさい》使《つか》わない有機栽培《ゆうきさいばい》の野菜《やさい》を育《そだ》てます。

學更多

	例句出現的		原形／接續原則	意義	詞性
❶	気に入った	→	気に入る	喜歡	動 I
	買う	→	買う	買	動 I
	買うこともできます	→	動詞辭書形＋こともできる	也可以做～	文型
❷	広いため	→	い形容詞＋ため	因為～	文型
	持って	→	持つ	擁有	動 I
	持っています	→	動詞て形＋いる	目前狀態	文型
❸	暮らす	→	暮らす	生活	動 I
	幸せ	→	幸せ	幸福	な形
	幸せそう	→	な形容詞＋そう	看起來好像～	文型
❹	楽しむ	→	楽しむ	享受	動 I
❺	始め	→	始める	開始	動 II
	明け暮れて	→	明け暮れる	埋頭、致力	動 II
❻	撒きました	→	撒く	撒	動 I
❼	使わない	→	使う	使用	動 I
	育てます	→	育てる	培育	動 II

中譯

❶ 在這間植物園，遊客也可以購買自己喜歡的樹木。
❷ 他的庭院很寬廣，所以家裡有除草機。
❸ 在北海道的草地上，悠閒生活的牛隻看起來好像很幸福。
❹ 秋天時，可以在這座果園享受摘葡萄的樂趣。
❺ 父親退休後開始培植家庭菜園，每天埋頭於農地的工作。
❻ 在農地灑了肥料。
❼ 培育不使用任何農藥的有機蔬菜。

124 農牧場(2)

MP3 124

1 飼《し》料《りょう》
(名)飼料

2 家《か》畜《ちく》
(名)家畜

3 搾《さく》乳《にゅう》機《き》
(名)擠奶器

4 家《か》禽《きん》
(名)家禽

5 軽《けい》トラック《トラック》
(名)小貨車

6 フェンス
(fence)
(名)籬笆

7 農《のう》場《じょう》所《しょ》有《ゆう》者《しゃ》
(名)農場主人

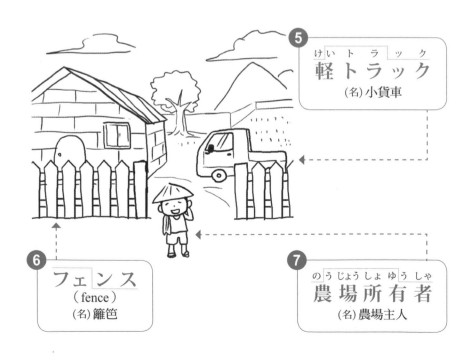

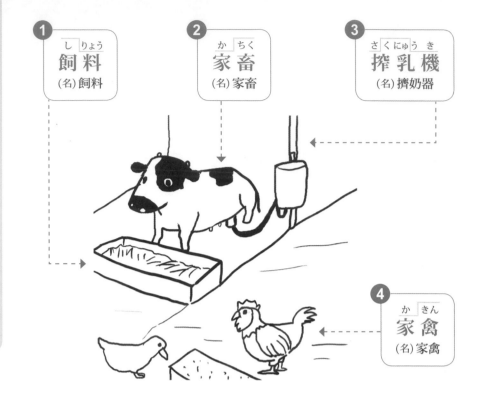

❶ 飼料の多《おお》くを外国《がいこく》から輸《ゆ》入《にゅう》します。

❷ 今回《こんかい》の病《びょう》気《き》で、牛《うし》をはじめとした家畜が大《おお》きな影響《えいきょう》を受《う》けました。

❸ 牛《うし》の乳《ちち》を搾乳機で絞《しぼ》ります。

❹ 彼《かれ》の家《うち》は多種《たしゅ》の家禽を飼育《しいく》しています。

❺ 軽トラックがあると、引越《ひっこ》しする際《さい》に便利《べんり》です。

❻ フェンスで囲《かこ》まれた土地《とち》は、全《すべ》て彼《かれ》が所有《しょゆう》しています。

❼ 農場《のうじょう》を売《う》ってもらうため、農場所有者と交渉《こうしょう》します。

學更多

	例句出現的		原形／接續原則	意義	詞性
❶	輸入します	→	輸入する	進口	動Ⅲ
❷	牛をはじめとした	→	名詞＋をはじめとした	以～為首	文型
	受けました	→	受ける	遭受	動Ⅱ
❸	絞ります	→	絞る	擠	動Ⅰ
❹	飼育して	→	飼育する	飼養	動Ⅲ
	飼育しています	→	動詞て形＋いる	目前狀態	文型
❺	ある	→	ある	有（事或物）	動Ⅰ
	あると	→	動詞辭書形＋と	如果～的話，就～	文型
	引越しする	→	引越しする	搬家	動Ⅲ
❻	囲まれた	→	囲まれる	被包圍	囲む的被動形
	所有して	→	所有する	所有	動Ⅲ
❼	売って	→	売る	販賣	動Ⅰ
	売ってもらう	→	動詞て形＋もらう	請別人為我做～	文型
	売ってもらうため	→	動詞辭書形＋ため	為了～	文型
	交渉します	→	交渉する	交涉	動Ⅲ

中譯

❶ 大部分的飼料是從外國進口的。
❷ 因為這次的病情，包含牛隻在內的家畜都受到很大的影響。
❸ 用擠奶器擠牛奶。
❹ 他家養了很多種家禽。
❺ 有小貨車的話，搬家時很方便。
❻ 用籬笆圍起來的土地，全都歸他所有。
❼ 為了購買農場，要和農場主人進行交涉。

125 宇宙中(1)

MP3 125

1 銀《ぎん》河《が》系《けい》
(名) 銀河系

2 ブラックホール
（black hole）
(名) 黑洞

恆星於核心燃料耗盡後，所產生的重力場縮現象。

包含太陽、以及以太陽為中心，受太陽引力影響環繞運行的天體。

3 太《たい》陽《よう》系《けい》
(名) 太陽系

4 衛《えい》星《せい》
(名) 衛星

環繞行星周圍運行的天體。

5 恒《こう》星《せい》
(名) 恆星

本身能散發光和熱的天體。太陽就是距離地球最近的恆星。

在宇宙中依一定軌道，環繞恆星周圍運行的天體。如金星、木星等。

6 彗《すい》星《せい》
(名) 彗星

太陽系形成之初遺留的小天體，俗稱為「掃把星」或「掃帚星」。

7 惑《わく》星《せい》
(名) 行星

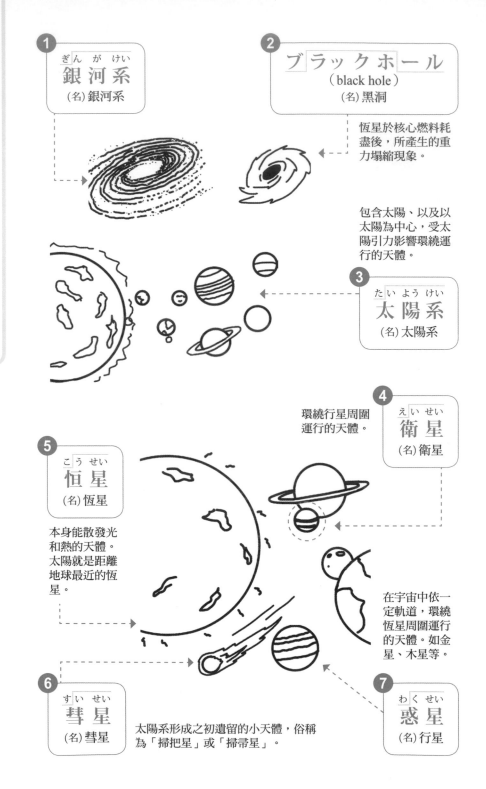

❶ 銀河系とは、地球《ちきゅう》・太陽系《たいようけい》を含《ふく》む銀河《ぎんが》の名称《めいしょう》です。

❷ 宇宙船《うちゅうせん》がブラックホールに吸《す》い込《こ》まれてしまいました。

❸ 太陽系は、太陽《たいよう》を中心《ちゅうしん》に運動《うんどう》しています。

❹ 衛星とは、惑星《わくせい》などの周囲《しゅうい》をその引力《いんりょく》のもとに運動《うんどう》する天体《てんたい》です。

❺ 恒星には、色々《いろいろ》な明《あか》るさを持《も》ったものがあります。

❻ ハレー彗星とは、約《やく》７６《ななじゅうろく》年《ねん》周期《しゅうき》で地球《ちきゅう》に接近《せっきん》する短周期彗星《たんしゅうきすいせい》です。

❼ 太陽系《たいようけい》の惑星は水星《すいせい》、金星《きんせい》、地球《ちきゅう》、火星《かせい》、木星《もくせい》、土星《どせい》、天王星《てんのうせい》、海王星《かいおうせい》です。

學更多

	例句出現的		原形／接續原則	意義	詞性
❶	銀河系とは	→	名詞＋とは	所謂的～	文型
	含む	→	含む	包含	動Ⅰ
❷	吸い込まれて	→	吸い込まれる	被吸進去	吸い込む的被動形
	吸い込まれてしまいました	→	動詞て形＋しまいました	無法挽回的遺憾	文型
❸	太陽を中心に	→	名詞＋を中心に	以～為中心	文型
	運動して	→	運動する	運行	動Ⅲ
	運動しています	→	動詞て形＋いる	目前狀態	文型
❹	引力のもとに	→	名詞＋のもとに	在～情況下	文型
	運動する	→	運動する	運行	動Ⅲ
❺	明るさ	→	明るさ	亮度	名詞
	持った	→	持つ	擁有	動Ⅰ
	あります	→	ある	有（事或物）	動Ⅰ
❻	接近する	→	接近する	接近	動Ⅲ
❼	太陽系	→	太陽系	太陽系	名詞

中譯

❶ 所謂的銀河系，是包含地球和太陽系在內的銀河的名稱。
❷ 太空船被黑洞吸進去了。
❸ 太陽系以太陽為中心運行。
❹ 所謂的衛星，是指受到行星的引力而在行星四周運行的天體。
❺ 恆星有各種不同的亮度。
❻ 哈雷慧星是以７６年為一周期接近地球的短周期慧星。
❼ 太陽系的行星有水星、金星、地球、火星、木星、土星、天王星和海王星。

126 宇宙中(2)

MP3 126

1 UFO《ユーフォー》
(名)飛碟

2 人《じん》工《こう》衛《えい》星《せい》
(名)人造衛星

3 宇《う》宙《ちゅう》人《じん》
(名)外星人

4 宇《う》宙《ちゅう》船《せん》
(名)太空船

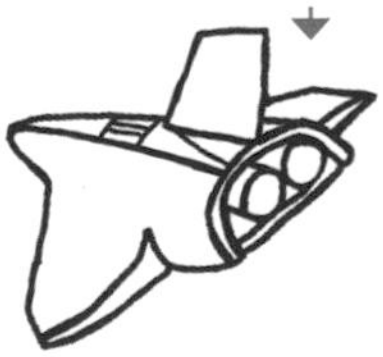

5 宇《う》宙《ちゅう》飛《ひ》行《こう》士《し》
(名)太空人

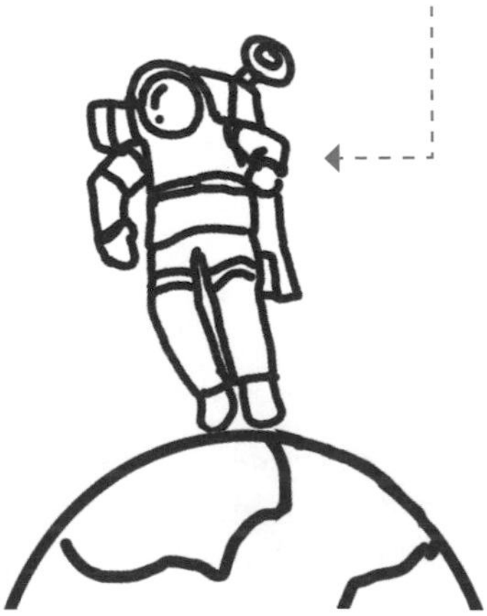

6 宇《う》宙《ちゅう》ステーション《ステーション》
(名)太空站

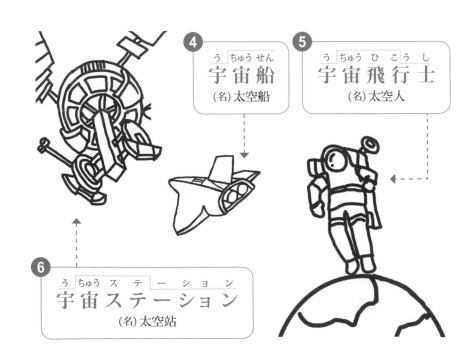

❶ UFOを見《み》たことがありますか？

❷ 中国《ちゅうごく》は近年《きんねん》、人工衛星の打《う》ち上《あ》げに成功《せいこう》したらしいです。

❸ 宇宙人はいると思《おも》いますか？

❹ 将来《しょうらい》一般人《いっぱんじん》が宇宙船に乗《の》って宇宙旅行《うちゅうりょこう》に行《い》けるようになるでしょう。

❺ 宇宙飛行士になるには、厳《きび》しい訓練《くんれん》を受《う》けなければなりません。

❻ 以前《いぜん》は、日本人《にほんじん》宇宙飛行士《うちゅうひこうし》が宇宙ステーションに駐留《ちゅうりゅう》していました。

學更多

	例句出現的		原形／接續原則	意義	詞性
❶	見た	→	**見る**	看	動II
	見たことがあります	→	**動詞た形＋ことがある**	曾經做過～	文型
❷	打ち上げに	→	**名詞＋に**	在～方面	文型
	成功した	→	**成功する**	成功	動III
	成功したらしい	→	**動詞た形＋らしい**	好像～	文型
❸	いる	→	**いる**	有（人或動物）	動II
	思います	→	**思う**	認為	動I
❹	乗って	→	**乗る**	搭乘	動I
	行ける	→	**行ける**	可以去	行く的可能形
	行けるようになる	→	**動詞可能形＋ようになる**	變成可以做～	文型
	なるでしょう	→	**動詞辭書形＋でしょう**	應該～	文型
❺	宇宙飛行士になる	→	**名詞＋になる**	成為～	文型
	受けなければ	→	**受ける**	接受	動II
	受けなければなりません	→	**動詞ない形＋なければならない**	必須做～	文型
❻	駐留して	→	**駐留する**	駐守	動III
	駐留していました	→	**動詞て形＋いました**	過去維持的狀態	文型

中譯

❶ 你看過飛碟嗎？
❷ 中國在最近幾年，在人造衛星的發射上好像成功了。
❸ 你認為有外星人嗎？
❹ 將來一般人也可以搭乘太空船到外太空旅行吧。
❺ 要成為太空人，必須接受嚴格的訓練。
❻ 以前日本的太空人曾在太空站駐守。

127 天空中(1)

MP3 127

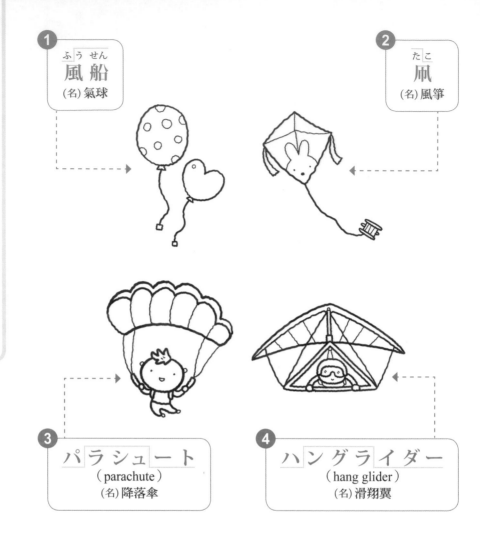

1 風《ふう》船《せん》
(名)氣球

2 凧《たこ》
(名)風箏

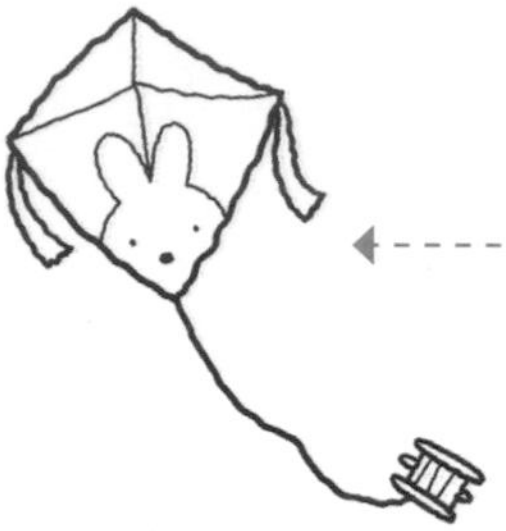

3 パラシュート
(parachute)
(名)降落傘

4 ハンググライダー
(hang glider)
(名)滑翔翼

5 星《ほし》
(名)星星

6 月《つき》
(名)月亮

❶ 子供《こども》のころ、縁日《えんにち》でキャラクター風船を買《か》ってもらうのが楽《たの》しみでした。

❷ 彼《かれ》は糸《いと》の切《き》れた凧のようです。

❸ 非常時《ひじょうじ》に備《そな》えてパラシュートを背中《せなか》につけます。

❹ 彼《かれ》は、ハングライダーを趣味《しゅみ》とします。

❺ 空気《くうき》の綺麗《きれい》な田舎《いなか》では、星が綺麗《きれい》に見《み》えます。

❻ 昔《むかし》の人《ひと》は月を眺《なが》めながら歌《うた》を詠《よ》みました。

學更多

	例句出現的		原形／接續原則	意義	詞性
❶	買って	→	買う	買	動 I
	買ってもらう	→	動詞て形＋もらう	請別人為我做～	文型
❷	糸	→	糸	線	名詞
	切れた	→	切れる	斷掉	動 II
	凧のよう	→	名詞＋の＋よう	宛如～	文型
❸	備えて	→	備える	防備	動 II
	つけます	→	つける	穿上、佩帶	動 II
❹	ハングライダーを趣味とします	→	名詞＋を趣味とする	把～作為興趣	文型
❺	綺麗な田舎	→	綺麗＋な＋名詞	乾淨的～	な形
	綺麗に	→	綺麗	清楚	な形
	見えます	→	見える	看得見	動 II
❻	眺め	→	眺める	眺望	動 II
	眺めなから	→	動詞~~ます~~形＋なから	一邊～，一邊～	文型
	歌を詠みました	→	歌を詠む	吟詩	動 I

中譯

❶ 孩童時期，很期待在廟會時有人買人物氣球給我。
❷ 他宛如斷了線的風箏。
❸ 為了防備緊急時刻，在背上背著降落傘。
❹ 他的興趣是飛滑翔翼。
❺ 在空氣清新的鄉下，可以清楚地看到星星。
❻ 以前的人會一邊賞月，一邊吟詩。

128 天空中(2)

MP3 128

❶ 雷《かみなり》
(名)雷

❷ 稲《いな》妻《ずま》
(名)閃電

❸ 竜《たつ》巻《まき》
(名)龍捲風

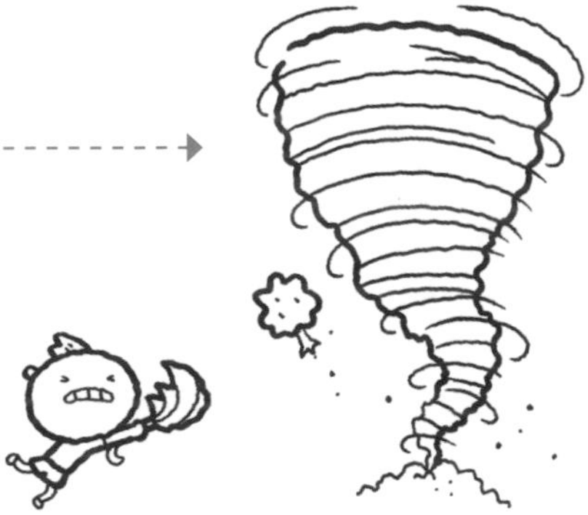

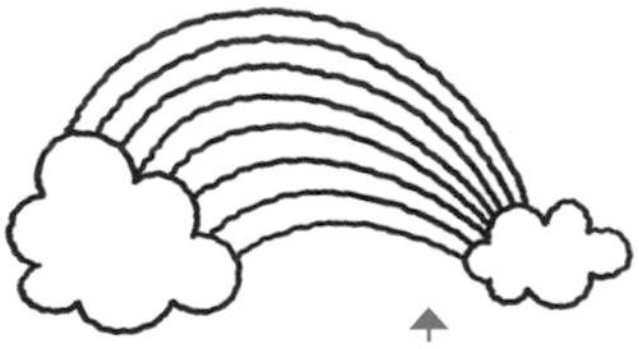

❹ 雲《くも》
(名)雲朵

❺ 虹《にじ》
(名)彩虹

❻ 太陽《たいよう》
(名)太陽

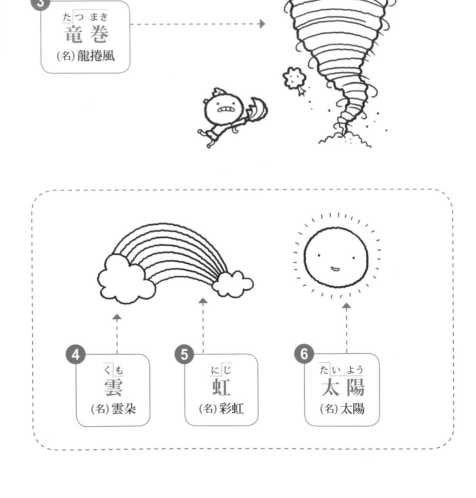

❶ 最近《さいきん》雷を伴《ともな》った強《つよ》い雨《あめ》がよく降《ふ》ります。

❷ 稲妻が走《はし》ったので、慌《あわ》ててプールから出《で》ました。

❸ アメリカの中部《ちゅうぶ》では、竜巻がよく起《お》こります。

❹ 雲行《ゆ》きが怪《あや》しくなってきました。

❺ 雨《あめ》がぱっと止《や》んで、虹が出《で》ました。

❻ ソーラーパネルを付《つ》ければ、太陽の光《ひかり》を利用《りよう》して発電《はつでん》できます。

學更多

	例句出現的		原形／接續原則	意義	詞性
❶	伴った	→	**伴う**	伴隨	動 I
	よく	→	**よく**	經常	副詞
	降ります	→	**降る**	下（雨）	動 I
❷	走った	→	**走る**	快速移動	動 I
	走ったので	→	**動詞た形＋ので**	因為～	文型
	慌てて	→	**慌てる**	急忙	動 II
	出ました	→	**出る**	出來	動 II
❸	起こります	→	**起る**	發生	動 I
❹	怪しく	→	**怪しい**	奇怪的	い形
	怪しくなってきました	→	**怪しい＋くなってきました**	變奇怪起來	文型
❺	ぱっと	→	**ぱっと**	突然	副詞
	止んで	→	**止む**	停止	動 I
	出ました	→	**出る**	出現	動 II
❻	付ければ	→	**付ければ**	如果安裝的話，～	付ける的條件形
	利用して	→	**利用する**	利用	動 III
	発電できます	→	**発電できる**	可以發電	発電する的可能形

中譯

❶ 最近經常會下伴隨著打雷的大雨。
❷ 閃電竄過，所以急忙從泳池爬上岸。
❸ 美國的中部經常發生龍捲風。
❹ 雲的走向變得很奇怪。
❺ 雨突然停了，彩虹出現了。
❻ 如果安裝太陽能板，就可以利用太陽光來發電。

129 山區(1)

MP3 129

1 ケーブルカー
(cable car)
(名)纜車

2 鉄《てっ》塔《とう》
(名)電塔

3 森《しん》林《りん》
(名)森林

4 高《こう》山《ざん》植《しょく》物《ぶつ》
(名)高山植物

5 木《き》の《の》小《こ》屋《や》
(名)小木屋

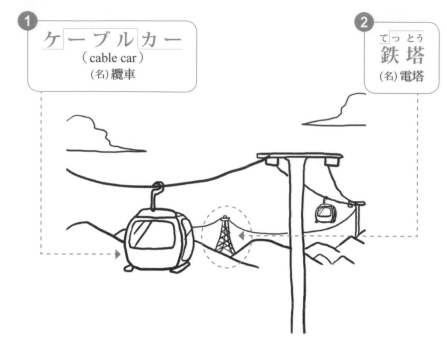

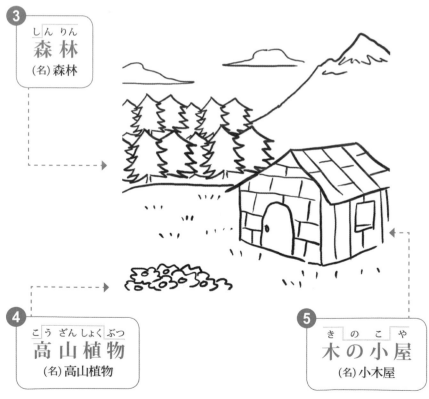

❶ ケーブルカーに乗《の》って山《やま》を登《のぼ》ると楽《らく》です。

❷ 山間《やまあい》にいくつもの鉄塔が立《た》っています。

❸ 森《もり》の中《なか》を散歩《さんぽ》して、森林浴《よく》を楽《たの》しみます。

❹ 世界的《せかいてき》にも珍《めずら》しい高山植物がたくさん見《み》られます。

❺ 森《もり》の奥《おく》に木の小屋がありました。

學更多

	例句出現的		原形／接續原則	意義	詞性
❶	乗って	→	乗る	搭乘	動Ⅰ
	登る	→	登る	攀登	動Ⅰ
	登ると	→	動詞辭書形＋と	如果～的話，就～	文型
	楽	→	楽	輕鬆	な形
❷	いくつもの	→	いくつ＋もの	好幾個	文型
	立って	→	立つ	豎立	動Ⅰ
	立っています	→	動詞て形＋いる	日前狀態	文型
❸	散歩して	→	散歩する	散步	動Ⅲ
	楽しみます	→	楽しむ	享受	動Ⅰ
❹	世界的に	→	世界的に	全世界	副詞
	珍しい	→	珍しい	珍貴的	い形
	たくさん	→	たくさん	很多	副詞
	見られます	→	見られる	可以看見	見る的可能形
❺	奥	→	奥	裡頭、深處	名詞
	ありました	→	ある	有（事或物）	動Ⅰ

中譯

❶ 搭纜車上山的話會很輕鬆。
❷ 山中豎立著好幾座電塔。
❸ 在森林中散步，享受森林浴。
❹ 可以看到很多在全世界也很罕見的高山植物。
❺ 森林深處有小木屋。

130 山區(2)

MP3 130

1 登《と》山《ざん》客《きゃく》
(名)登山客

2 猟《りょう》師《し》
(名)獵人

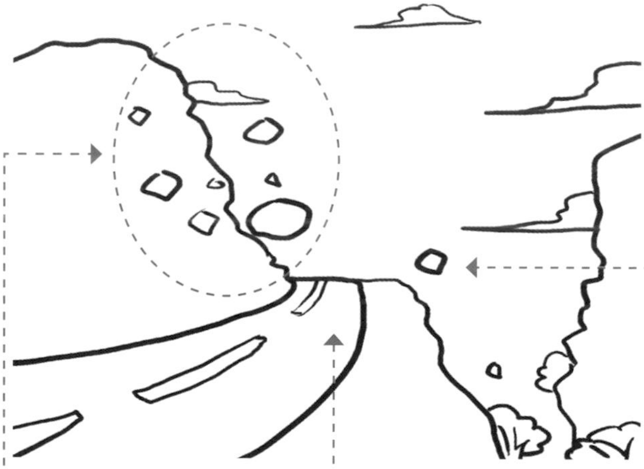

3 山《やま》崩《くず》れ
(名)山崩

4 山《やま》道《みち》
(名)山路

5 落《らく》石《せき》
(名)落石

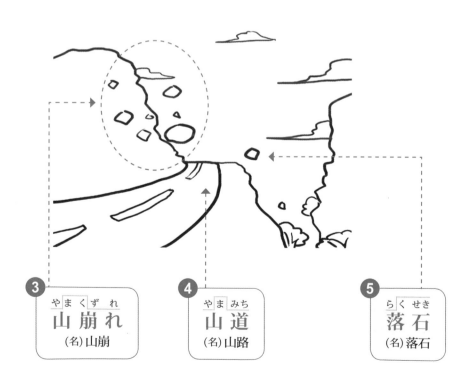

❶ 登山客は、すれ違《ちが》う際《さい》に挨拶《あいさつ》を交《か》わします。

❷ 昔《むかし》は、ここで猟師がイノシシ狩《が》りをしていました。

❸ 台風《たいふう》の影響《えいきょう》による山崩れが懸念《けねん》されます。

❹ 険《けわ》しい山道を進《すす》む際《さい》は、ライトをつけましょう。

❺ 落石危険《きけん》の表示《ひょうじ》が至《いた》る所《ところ》にありました。

學更多

	例句出現的		原形／接續原則	意義	詞性
❶	すれ違う	→	**すれ違う**	擦身而過	動Ⅰ
	すれ違う際	→	**動詞辭書形＋際**	～的時候	文型
	挨拶を交わします	→	**挨拶を交わす**	互相打招呼	動Ⅰ
❷	ここで	→	**地點＋で**	在～地點	文型
	イノシシ狩りをして	→	**イノシシ狩りをする**	獵野豬	動Ⅲ
	イノシシ狩りをしていました	→	**動詞て形＋いました**	過去維持的狀態	文型
❸	影響による	→	**名詞＋による**	因為～	文型
	懸念されます	→	**懸念される**	被擔心	懸念する的被動形
❹	険しい	→	**険しい**	險峻的	い形
	進む	→	**進む**	前進	動Ⅲ
	進む際	→	**動詞辭書形＋際**	～的時候	文型
	ライトをつけましょう	→	**ライトをつける**	點燈	動Ⅱ
❺	表示	→	**表示**	標記	名詞
	至る所	→	**至る所**	到處	副詞
	ありました	→	**ある**	有（事或物）	動Ⅰ

中譯

❶ 登山客擦身而過時，會互相打招呼。
❷ 以前，獵人會在這邊獵野豬。
❸ 擔心會因為颱風的影響引起山崩。
❹ 走在險峻的山路時，要把燈點亮。
❺ 到處都有小心落石的警告標誌。

131

山區(3)

MP3 131

1 霧《きり》
(名)霧

2 滝《たき》
(名)瀑布

3 山《やま》の湧《わ》き水《みず》
(名)山泉

4 露《ろ》天《てん》温《おん》泉《せん》
(名)露天溫泉

5 小《お》川《がわ》
(名)小溪

❶ 霧の際《さい》は前方《ぜんぽう》が見《み》えにくいので、運転《うんてん》するのは危険《きけん》です。

❷ 美《うつく》しい滝の見《み》える絶景《ぜっけい》が、目《め》の前《まえ》に広《ひろ》がっています。

❸ 登山《とざん》で乾《かわ》いた喉《のど》を、山の湧き水で潤《うるお》しました。

❹ この露天温泉では、冬《ふゆ》になると猿《さる》が雪《ゆき》の中温泉《なかおんせん》に入《はい》ることで有《ゆう》名《めい》です。

❺ ここの小川の水《みず》は大変《たいへん》美《お》味《い》しいです。

學更多

	例句出現的		原形／接續原則	意義	詞性
❶	霧の際	→	名詞＋の＋際	～的時候	文型
	見え	→	見える	看得見	動Ⅱ
	見えにくい	→	動詞ます形＋にくい	不容易做～	文型
	見えにくいので	→	い形容詞＋ので	因為～	文型
	運転する	→	運転する	駕駛	動Ⅲ
	運転するのは	→	動詞辭書形＋のは	～這件事	文型
❷	見える	→	見える	看得見	動Ⅱ
	広がって	→	広がる	展現	動Ⅰ
	広がっています	→	動詞て形＋いる	目前狀態	文型
❸	乾いた	→	乾く	乾燥	動Ⅰ
	潤しました	→	潤す	滋潤	動Ⅰ
❹	冬になる	→	名詞＋になる	變成～	文型
	なると	→	動詞辭書形＋と	一～，就～	文型
	温泉い入る	→	温泉に入る	泡溫泉	動Ⅰ
	入ることで	→	名詞＋で	因為～	文型
❺	大変	→	大変	非常	副詞
	美味しい	→	美味しい	可口的	い形

中譯

❶ 起霧時不容易看清楚前方，所以開車時很危險。

❷ 可以看到美麗瀑布的美景，就展現在眼前。

❸ 用山泉滋潤爬山時乾渴的喉嚨。

❹ 這個露天溫泉因為一到冬天就會有猴子在雪中泡溫泉而出名。

❺ 這裡的小溪的水非常好喝。

132 餐車(1)

MP3 132

1 価《か》格《かく》表《ひょう》
(名)價目表

2 雨《あめ》よけ
(名)遮雨棚

3 看《かん》板《ばん》
(名)招牌

4 客《きゃく》
(名)顧客

5 店《てん》主《しゅ》
(名)老闆

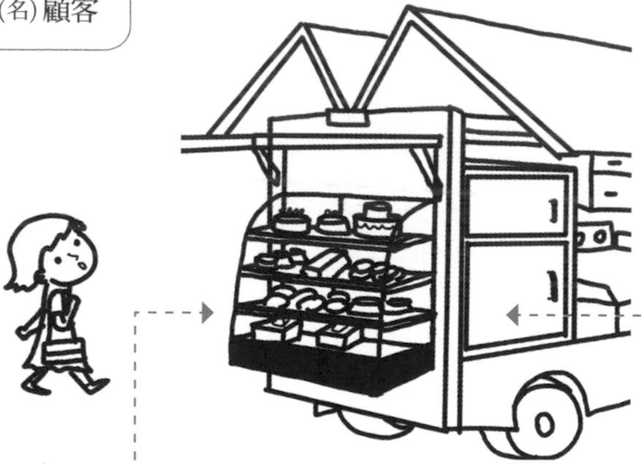

6 陳《ちん》列《れつ》棚《だな》
(名)陳列櫃

7 冷《れい》蔵《ぞう》ケース《ケース》
(名)冷藏櫃

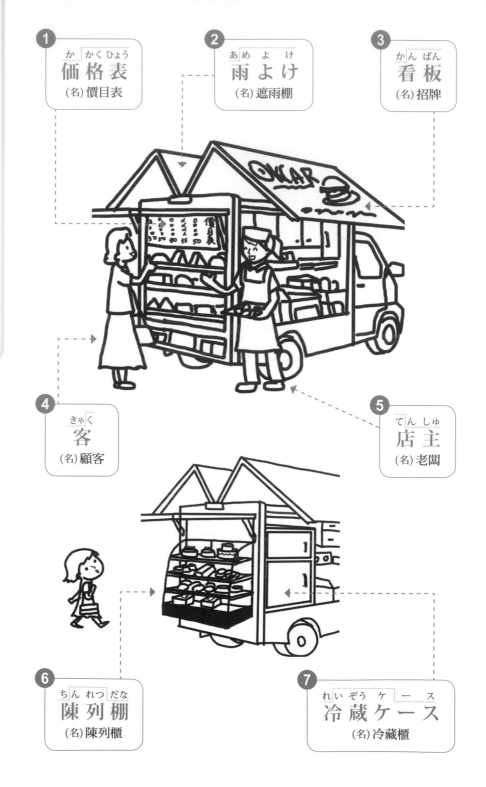

❶ 価格表に朝食《ちょうしょく》セットのメニューが並《なら》んでいます。

❷ 雨よけの下《した》で食事《しょくじ》を簡単《かんたん》に済《す》ます人《ひと》もいます。

❸ 看板には、この店《みせ》一番《いちばん》の人気《にんき》商品《しょうひん》であるオムレツの写真《しゃしん》が載《の》っています。

❹ 朝《あさ》の客の大半《たいはん》は、ビジネスマンです。

❺ ここの店《みせ》の店主は若《わか》い女性《じょせい》です。

❻ 陳列棚からサンドイッチを取《と》ります。

❼ ジュース類《るい》は、冷蔵ケースにあります。

學更多

	例句出現的		原形／接續原則	意義	詞性
❶	並んで	→	並ぶ	排列	動 I
	並んでいます	→	動詞て形＋いる	目前狀態	文型
❷	雨よけの下で	→	地點＋で	在～地點	文型
	済ます	→	済む	解決	動 I
	います	→	いる	有（人或動物）	動 II
❸	人気商品であるオムレツ	→	名詞Ａ＋である＋名詞Ｂ	名詞Ａ的名詞Ｂ	文型
	載って	→	載る	刊登	動 I
	載っています	→	動詞て形＋いる	目前狀態	文型
❹	大半	→	大半	大部分	名詞
	ビジネスマン	→	ビジネスマン	上班族	名詞
❺	若い	→	若い	年輕的	い形
❻	陳列棚から	→	地點＋から	從～地點	文型
	取ります	→	取る	拿	動 I
❼	冷蔵ケースにあります	→	地點＋にある	位於～	文型

中譯

❶ 價目表上列出早餐組合的菜單。
❷ 也有人是在遮雨棚底下，簡單地解決餐點。
❸ 招牌上刊登著這家店最受歡迎的蛋捲照片。
❹ 早上的顧客大部分是上班族。
❺ 這家店的老闆是年輕女性。
❻ 從陳列櫃上拿三明治。
❼ 果汁類的飲料在冷藏櫃。

133 餐車(2)

MP3 133

1 ストロー
(straw)
(名)吸管

2 胡椒《こしょう》
(名)胡椒

3 まな板《まないた》
(名)砧板

4 ケチャップ
(ketchup)
(名)蕃茄醬

5 紙コップ《かみコップ》
(名)紙杯

6 ナプキン
(napkin)
(名)紙巾

7 紙袋《かみぶくろ》
(名)紙袋

❶ ストローは、ドリンクバーの横《よこ》にあります。

❷ 胡椒をかけますか？

❸ 丁寧《ていねい》に作《つく》られた木製《もくせい》のまな板は、長持《ながも》ちします。

❹ オムレツにケチャップをかけると美味《おい》しいです。

❺ スープを持《も》ち帰《かえ》る場合《ばあい》は、紙コップに入《い》れてくれます。

❻ ナプキンはご自由《じゆう》にお持《も》ちください。

❼ パンを買《か》ったら、紙袋に丁寧《ていねい》に入《い》れてくれました。

學更多

	例句出現的		原形／接續原則	意義	詞性
❶	横にあります	→	**地點＋にある**	位於～	文型
❷	かけます	→	**かける**	灑、淋	動Ⅱ
❸	作られた	→	**作られる**	被製作	作る的被動形
	長持ちします	→	**長持ちする**	耐用	動Ⅲ
❹	かける	→	**かける**	灑、淋	動Ⅱ
	かけると	→	**動詞辭書形＋と**	如果～的話，就～	文型
❺	持ち帰る	→	**持ち帰る**	帶走	動Ⅰ
	入れて	→	**入れる**	放入	動Ⅱ
	入れてくれます	→	**動詞て形＋くれる**	別人為我做～	文型
❻	ご	→	**ご**	表示美化、鄭重	接頭辭
	お持ち	→	**持つ**	拿	動Ⅰ
	お持ちください	→	**お＋動詞ます形＋ください**	請您做～	文型
❼	買った	→	**買う**	買	動Ⅰ
	買ったら	→	**動詞た形＋ら**	做～之後	文型

中譯

❶ 吸管在飲料吧旁邊。
❷ 要灑胡椒嗎？
❸ 用心製作的木製砧板很耐用。
❹ 在蛋捲上淋上蕃茄醬會更好吃。
❺ 外帶湯食時，店家會幫忙裝進紙杯中。
❻ 紙巾請您隨意取用。
❼ 買麵包後，店家幫我把麵包小心地放進紙袋。

134

速食店點餐

MP3 134

1 店《てん》員《いん》
(名)店員

2 価《か》格《かく》表《ひょう》
(名)價目表

3 注《ちゅう》文《もん》
(名)點餐

4 列《れつ》に並《なら》ぶ
(動 I)排隊

5 ドライブスルー
(drive-through)
(名)得來速

一種讓顧客可以留在車內就完成需求的商業服務模式。餐飲業較為常見。

6 ストロー入《い》れ
(名)得來速

7 紙《かみ》ナプキンスタンド
(名)餐巾盒

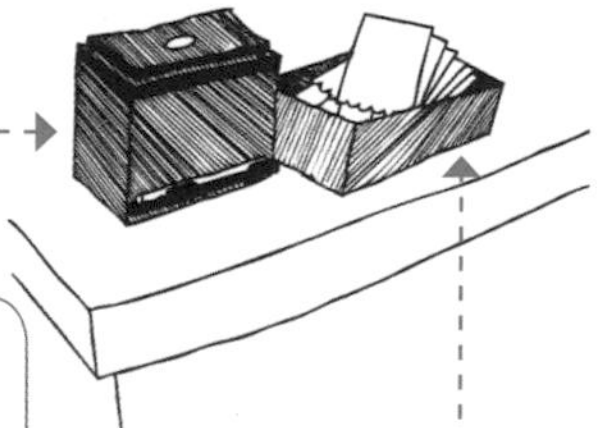

❶ 店員さんが親切《しんせつ》に教《おし》えてくれました。

❷ 頭上《ずじょう》の価格表を見《み》て注文《ちゅうもん》します。

❸ ご注文《ちゅうもん》は決《き》まりましたか？

❹ 列に並びながら、何《なに》を注文《ちゅうもん》しようか考《かんが》えます。

❺ 天気《てんき》が悪《わる》かったので、ドライブスルーで買《か》うことにしました。

❻ ストロー入れはあちらにあります。

❼ 可愛《かわい》い形《かたち》をした紙ナプキンスタンドは人目《ひとめ》を引きます。

學更多

	例句出現的		原形／接續原則	意義	詞性
❶	教えて	→	教える	告訴	動II
	教えてくれました	→	動詞て形＋くれました	別人為我做了～	文型
❷	注文します	→	注文する	點餐	動III
❸	決まりました	→	決まる	決定	動I
❹	列に並び	→	列に並ぶ	排隊	動I
	列に並びながら	→	動詞~~ます~~形＋ながら	一邊～，一邊～	文型
	注文しよう	→	注文する	點餐	動III
	注文しようか	→	動詞意向形＋か	表示意志	文型
❺	悪かった	→	悪い	不好的	い形
	悪かったので	→	い形容詞た形＋ので	因為～	文型
	買う	→	買う	買	動I
	買うことにしました	→	動詞辭書形＋ことにしました	決定成～了	文型
❻	あちらにあります	→	地點＋にある	位於～	文型
❼	可愛い形をした	→	可愛い形をする	做成可愛造型	動III
	引きます	→	引く	吸引	動I

中譯

❶ 店員很親切地告訴我。
❷ 看頭上的價目表點餐。
❸ 您點餐的內容決定好了嗎？
❹ 一邊排隊，一邊思考要點什麼。
❺ 因為天氣不佳，決定利用得來速買東西。
❻ 吸管盒在那邊。
❼ 造型可愛的餐巾盒會吸引大家的目光。

135 速食店套餐

MP3 135

1 セットメニュー
（set menu）
(名)套餐

2 お《お》子《こ》様《さま》セット《セット》
(名)快樂兒童餐

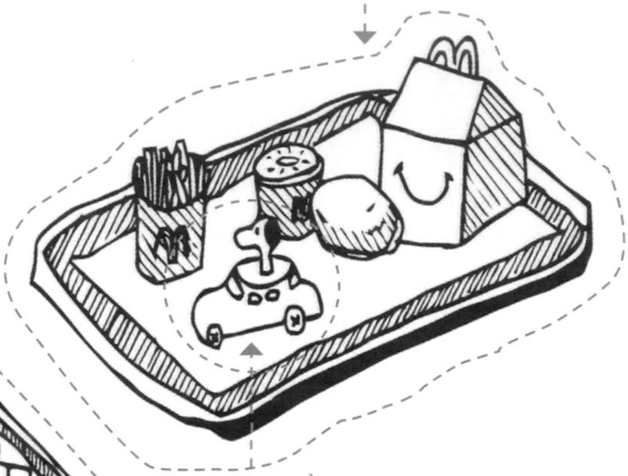

3 おまけ《おまけ》
(名)隨餐附送的玩具

4 サイドメニュー
（side menu）
(名)（主餐搭配的）附餐

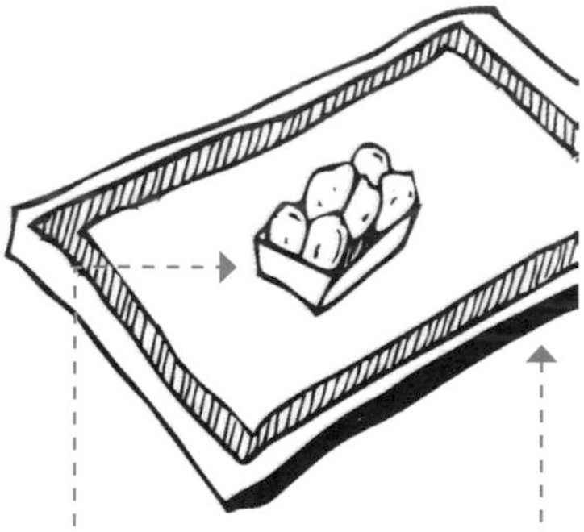

おまけ

5 単品《たんぴん》
(名)單一餐點

6 トレー
（tray）
(名)食物托盤

❶ セットメニューにするとお得《とく》ですよ。

❷ お子様セットは、包装《ほうそう》にも拘《こだわ》っています。

❸ 子供《こども》に人気《にんき》のキャラクターのおまけが付《つ》いてきます。

❹ ここのファーストフード店《てん》は、サイドメニューが充実《じゅうじつ》しています。

❺ 単品だけ頼《たの》むこともできます。

❻ トレーは、ゴミ箱《ばこ》の上《うえ》に返却《へんきゃく》してください。

學更多

	例句出現的		原形／接續原則	意義	詞性
❶	セットメニューにする	→	名詞＋にする	決定成～	文型
	すると	→	動詞辭書形＋と	如果～的話，就～	文型
	お得	→	お得	划算	名詞
❷	包装にも	→	名詞＋にも	在～方面也	文型
	拘って	→	拘る	講究	動Ⅰ
	拘っています	→	動詞て形＋いる	目前狀態	文型
❸	キャラクター	→	キャラクター	人物角色	名詞
	付いてきます	→	付いてくる	附帶	動Ⅲ
❹	ファーストフード店	→	ファーストフード店	速食店	名詞
	充実して	→	充実する	豐富	動Ⅲ
	充実しています	→	動詞て形＋いる	目前狀態	文型
❺	単品だけ	→	名詞＋だけ	只有～	文型
	頼む	→	頼む	點餐	動Ⅰ
	頼むこともできます	→	動詞辭書形＋こともできる	也可以做～	文型
❻	返却して	→	返却する	放回	動Ⅲ
	返却してください	→	動詞て型＋ください	請做～	文型

中譯

❶ 點套餐的話，會比較划算喔。
❷ 快樂兒童餐連包裝也很講究。
❸ 附有受孩子歡迎的人物角色的隨餐附送的玩具。
❹ 這裡的速食店有很豐富的附餐。
❺ 也可以只點單一餐點。
❻ 食物托盤請放回垃圾桶上方。

136 麵包店陳列

MP3 136

1 バスケット
（basket）
(名) 麵包籃

2 パン
（pão（葡））
(名) 麵包

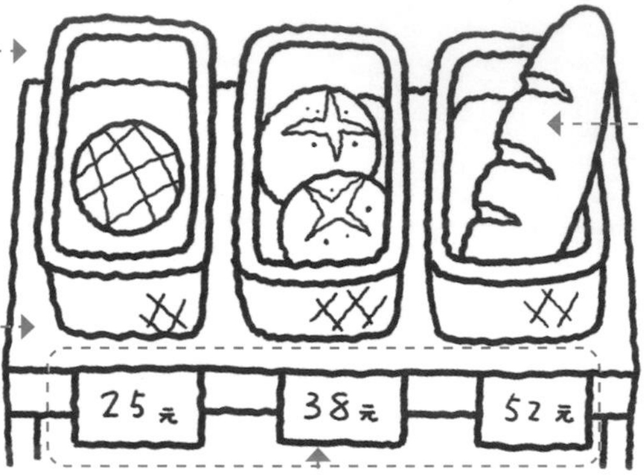

3 陳《ちん》列《れつ》棚《だな》
(名) 展示架

4 値《ね》札《ふだ》
(名) 價目標示牌

5 バースデーケーキ
（birthday cake）
(名) 生日蛋糕

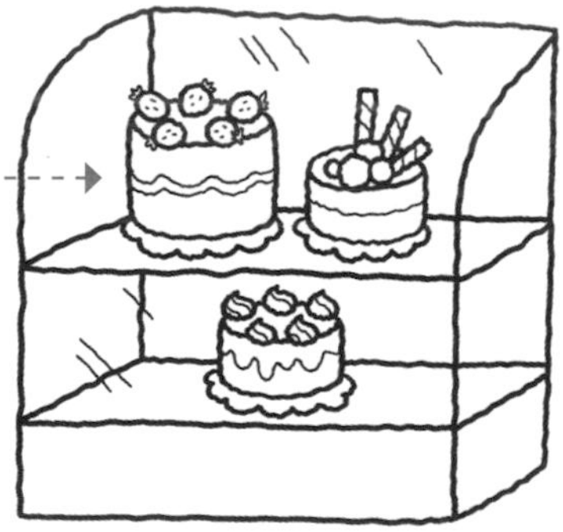

6 冷《れい》蔵《ぞう》ショーケース《ショーケース》
(名) 冷藏展示櫃

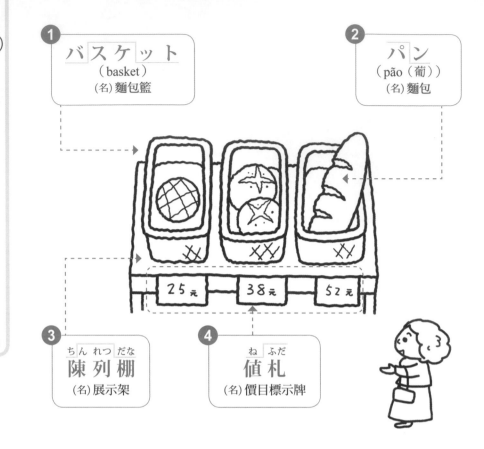

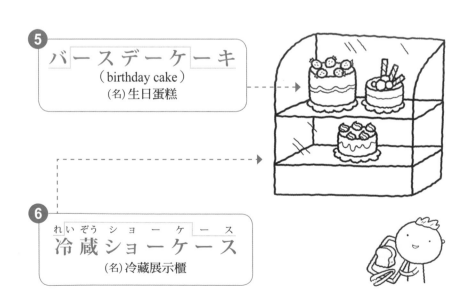

❶ バスケットに、手作《てづく》りのパンをいっぱいに盛《も》り付《つ》けます。

❷ パンを作《つく》るには、イーストを使《つか》って発酵《はっこう》させる必要《ひつよう》があります。

❸ 陳列棚には、美味《おい》しそうなパンがたくさん並《なら》んでいます。

❹ パンの名前《なまえ》は値札に書《か》いてあります。

❺ 今年《ことし》は、子供《こども》の誕生《たんじょう》日《び》にバースデーケーキを手作《てづく》りすることにしました。

❻ 手作《てづく》りのデザートも、冷蔵ショーケースに入《い》れて売《う》っています。

學更多

	例句出現的		原形／接續原則	意義	詞性
❶	いっぱいに	→	**いっぱいに**	充滿	副詞
	盛り付けます	→	**盛り付ける**	盛滿	動II
❷	作る	→	**作る**	製作	動I
	作るには	→	**動詞辭書形＋には**	在～方面	文型
	使って	→	**使う**	使用	動I
	発酵させる	→	**発酵させる**	讓～發酵	発酵する的使役形
❸	美味し	→	**美味しい**	好吃的	い形
	美味しそうな	→	**美味し~~い~~＋そう**	看起來好像很好吃	文型
	並んで	→	**並ぶ**	排列	動I
	並んでいます	→	**動詞て形＋いる**	目前狀態	文型
❹	書いて	→	**書く**	寫	動I
	書いてあります	→	**動詞て形＋ある**	有目的的存在狀態	文型
❺	手作りする	→	**手作りする**	手工製作	動III
	手作りすることにしました	→	**動詞辭書形＋ことにしました**	決定成～了	文型
❻	入れて	→	**入れる**	放入	動II
	売って	→	**売る**	販賣	動I

中譯

❶ 麵包籃裡擺滿了手工麵包。
❷ 製作麵包時，需要用酵母讓它發酵。
❸ 展示架上擺放了很多看起來很好吃的麵包。
❹ 麵包的名稱寫在價目標示牌上。
❺ 決定今年孩子過生日時，親手做生日蛋糕。
❻ 手工甜點也有放在冷藏展示櫃販賣。

137 麵包店櫃檯

MP3 137

1. レジ
(register)
(名)收銀機

2. 店《てん》員《いん》
(名)店員

3. 客《きゃく》
(名)顧客

4. トースト
(toast)
(名)烤吐司

5. トング
(tongs)
(名)夾子

6. トレー
(tray)
(名)托盤

❶ レジで精算《せいさん》してください。

❷ このパンが店員さんのお勧《すす》めらしいです。

❸ このパン屋《や》さんは、お客さんでいつも混雑《こんざつ》しています。

❹ 朝食《ちょうしょく》は、大体《だいたい》厚《あつ》切《ぎ》りのバタートーストとコーヒーです。

❺ トレーにパンを取《と》る時《とき》は、トングを使《つか》ってください。

❻ トレーにパンを取《と》って、レジへお持《も》ちください。

學更多

	例句出現的		原形／接續原則	意義	詞性
❶	レジで	→	**地點＋で**	在～地點	文型
	精算して	→	**精算する**	結帳	動Ⅲ
	精算してください	→	**動詞て型＋ください**	請做～	文型
❷	お勧め	→	**おすすめ**	推薦	名詞
	お勧めらしい	→	**名詞＋らしい**	好像～	文型
❸	お客さんで	→	**名詞＋で**	充滿～、填滿～	文型
	混雑して	→	**混雑する**	擁擠	動Ⅲ
	混雑しています	→	**動詞て形＋いる**	目前狀態	文型
❹	大体	→	**大体**	大致上	副詞
❺	取る	→	**取る**	拿	動Ⅰ
	使って	→	**使う**	使用	動Ⅰ
	使ってください	→	**動詞て型＋ください**	請做～	文型
❻	取って	→	**取る**	拿	動Ⅰ
	レジへ	→	**地點＋へ**	往～地點	文型
	お持ち	→	**持つ**	拿	動Ⅰ
	お持ちください	→	**お＋動詞ます形＋ください**	請您做～	文型

中譯

❶ 請在收銀機結帳。
❷ 這個麵包好像是店員的推薦商品。
❸ 這家麵包店，總是擠滿了顧客。
❹ 早餐大致上都是厚片奶油烤吐司和咖啡。
❺ 把麵包放到托盤上時，請使用夾子。
❻ 請您把麵包放到托盤上，再拿到收銀台結帳。

138 露天咖啡廳

MP3 138

1 オープンカフェ
（open café）
(名) 露天咖啡廳

2 弾き手《ひきて》
(名) 樂手

3 生演奏《なまえんそう》
(名) 現場演奏

4 テーブルチェア
（table chair）
(名) 桌椅

5 パラソル
（parasol）
(名) 遮陽傘

6 ホールスタッフ
（hall staff）
(名) 侍者

7 メニュー
（menu（法））
(名) 菜單

❶ 天気《てんき》のいい日《ひ》はオープンカフェでお茶《ちゃ》するのが気持《きも》ちいいですね。

❷ ピアノの弾き手が奏《かな》でる美《うつく》しいメロディに心酔《しんすい》しました。

❸ このカフェでは、夜《よる》生演奏を楽《たの》しむことができます。

❹ パリの街角《まちかど》のカフェの外《そと》には、テーブルチェアが並《なら》んでいます。

❺ 日差《ひざ》しの強《つよ》い日《ひ》は、パラソル付《つ》きの席《せき》に座《すわ》るといいでしょう。

❻ ホールスタッフが外《そと》までコーヒーを運《はこ》んでくれます。

❼ メニューがフランス語《ご》で書《か》かれていて分《わ》かりません。

學更多

	例句出現的		原形／接續原則	意義	詞性
❶	お茶する	→	**お茶する**	喝茶	動Ⅲ
	気持ちいい	→	**気持ちいい**	舒服的	い形
❷	奏でる	→	**奏でる**	彈奏	動Ⅱ
	心酔しました	→	**心酔する**	醉心	動Ⅲ
❸	このカフェでは	→	**地點＋では**	在～地點	文型
	楽しむ	→	**楽しむ**	欣賞	動Ⅰ
	楽しむことができます	→	**動詞辭書形＋ことができる**	可以做～	文型
❹	並んで	→	**並ぶ**	排列	動Ⅰ
	並んでいます	→	**動詞て形＋いる**	目前狀態	文型
❺	座る	→	**座る**	坐	動Ⅰ
	座るといいでしょう	→	**動詞辭書形＋といいでしょう**	可以做～	文型
❻	運んで	→	**運ぶ**	運送	動Ⅰ
	運んでくれます	→	**動詞て形＋くれる**	別人為我做～	文型
❼	フランス語で	→	**名詞＋で**	利用～	文型
	書かれて	→	**書かれる**	被寫	書く的被動形
	分りません	→	**分る**	了解	動Ⅰ

中譯

❶ 天氣晴朗的日子，在露天咖啡廳喝茶很舒服喔。
❷ 醉心於鋼琴樂手彈奏的美妙旋律。
❸ 在這家咖啡館，夜晚可以欣賞到現場演奏。
❹ 巴黎街角的咖啡廳外頭擺放著桌椅。
❺ 在陽光強烈的日子，可以坐在附遮陽傘的座位。
❻ 侍者會將咖啡送到外面。
❼ 菜單用法文書寫，所以看不懂。

139 下午茶點心

MP3 139

① ワッフル
（waffle）
(名) 鬆餅

② シュガーポット
（sugar pot）
(名) 糖罐

③ ケーキ
（cake）
(名) 蛋糕

④ コーヒー
（coffee）
(名) 咖啡

⑤ お《お》茶《ちゃ》
(名) 茶

⑥ コーヒーカップ
（coffee cup）
(名) 咖啡杯

⑦ クリーマー
（creamer）
(名) 奶油球

❶ ベルギーのワッフルは有名《ゆうめい》です。

❷ シュガーポットに角砂糖《かくざとう》が入《はい》っています。

❸ フランスで食《た》べたケーキは、どれもとても美味《おい》しかったです。

❹ 自分《じぶん》はどちらかと言《い》うとコーヒー派《は》です。

❺ コーヒーよりお茶の方《はう》が好《す》きです。

❻ 小《ちい》さなコーヒーカップでエスプレッソを飲《の》みます。

❼ コーヒーはブラックで、砂糖《さとう》やクリーマーは入《い》れません。

學更多

	例句出現的		原形／接續原則	意義	詞性
❶	有名	→	**有名**	有名	な形
❷	角砂糖	→	**角砂糖**	方糖	名詞
	入って	→	**入る**	放入	動 I
	入っています	→	**動詞て形＋いる**	目前狀態	文型
❸	食べた	→	**食べる**	吃	動 II
	どれも	→	**どれ＋も**	每一種都～	文型
	美味しかった	→	**美味しい**	好吃的	い形
❹	どちらかと言うと	→	**どちらか＋と言うと**	要說起來的話	文型
❺	コーヒーより	→	**名詞＋より**	和～相比	文型
	お茶の方が	→	**名詞＋の方が**	～比較	文型
❻	コーヒーカップで	→	**名詞＋で**	利用～	文型
	飲みます	→	**飲む**	喝	動 I
❼	ブラックで	→	**名詞＋で**	因為～	文型
	入れません	→	**入れる**	放入	動 II

中譯

❶ 比利時的鬆餅很有名。
❷ 糖罐裡放著方糖。
❸ 在法國吃到的蛋糕，每一種都非常好吃。
❹ 要說起來的話，我是咖啡派的。
❺ 和咖啡相比，我比較喜歡喝茶。
❻ 用小咖啡杯喝濃縮咖啡。
❼ 咖啡是黑咖啡，所以沒有加砂糖和奶油球。

140 辦公桌上(1)

MP3 140

1 コンピューターのスクリーン《コンピューターのスクリーン》
(名)電腦螢幕

2 マウス
（mouse）
(名)滑鼠

3 マウスパッド
（mouse pad）
(名)滑鼠墊

4 キーボード
（keyboard）
(名)鍵盤

5 ノートパソコン
（notebook personal computer）
(名)筆記型電腦

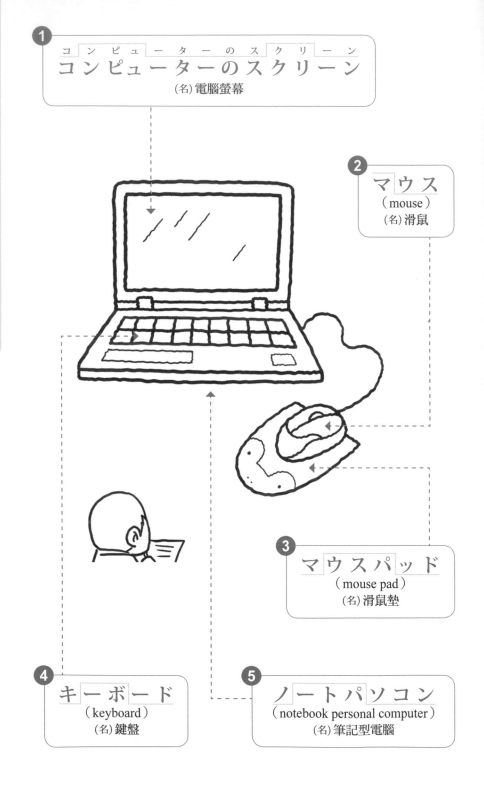

❶ コンピューターのスクリーンは、大《おお》きい方《ほう》が見《み》やすいです。

❷ マウスは、ワイヤレスの方《ほう》が使《つか》いやすいです。

❸ マウスパッドはあってもなくてもあまり変《か》わらない気《き》がします。

❹ パソコンのキーボードが小《ちい》さすぎるので、外付《そとづ》けキーボードを買《か》いました。

❺ ノートパソコンは、昔《むかし》に比《くら》べて随分《ずいぶん》と安《やす》くなりました。

學更多

	例句出現的		原形／接續原則	意義	詞性
❶	大きい方が	→	い形容詞＋方が	～比較	文型
	見	→	見る	看	動II
	見やすい	→	動詞~~ます~~形＋やすい	容易做～	文型
❷	ワイヤレスの方が	→	名詞＋の方が	～比較	文型
	使い	→	使う	使用	動I
	使いやすい	→	動詞~~ます~~形＋やすい	容易做～	文型
❸	あって	→	ある	有（事或物）	動I
	あっても	→	動詞て形＋も	即使～，也～	文型
	なく	→	ない	沒有	い形
	なくても	→	な~~い~~＋くても	即使沒有也～	文型
	変わらない	→	変わる	不同	動I
	気がします	→	気がする	覺得	動III
❹	小さすぎる	→	小さすぎる	太小	動II
	小さすぎるので	→	動詞辭書形＋ので	因為～	文型
	買いました	→	買う	買	動I
❺	比べて	→	比べる	比較	動II
	安く	→	安い	便宜的	い形
	安くなりました	→	安~~い~~＋くなりました	變便宜了	文型

中譯

❶ 大一點的電腦螢幕比較方便觀看。
❷ 無線的滑鼠比較好用。
❸ 我覺得有沒有滑鼠墊沒有太大的差異。
❹ 電腦的鍵盤太小了，所以買了外接的鍵盤。
❺ 和以前相比，筆記型電腦便宜很多。

141 辦公桌上(2)

MP3 141

① テープカッター
(tape cutter)
(名)膠帶台

② デスクライト
(desk light)
(名)檯燈

③ 電話《でんわ》
(名)電話

④ 計算機《けいさんき》
(名)計算機

⑤ 付箋《ふせん》
(名)便利貼

⑥ バインダー
(binder)
(名)檔案夾

⑦ ペン立て《ペンたて》
(名)筆筒

❶ 机《つくえ》の上《うえ》にテープカッターを置《お》きます。

❷ デスクライトで手元《てもと》を明《あか》るくして勉強《べんきょう》します。

❸ コードレス電話を各部屋《かくへや》に置《お》きます。

❹ パソコンや携帯電話《けいたいでんわ》には、計算機機能《きのう》がついています。

❺ 読《よ》んでみて気《き》になった箇所《かしょ》には、付箋を付《つ》けておきます。

❻ 文書《ぶんしょ》をバインダーに入《い》れて整理《せいり》します。

❼ 大《おお》きなペン立ては、机《つくえ》の上《うえ》で場所《ばしょ》をとります。

學更多

	例句出現的		原形／接續原則	意義	詞性
❶	机の上	→	机の上	桌子上	名詞
❷	明るく	→	明るい	明亮的	い形
	明るくして	→	明る~~い~~＋くする	使～明亮	文型
	勉強します	→	勉強する	唸書	動Ⅲ
❸	置きます	→	置く	放置	動Ⅰ
❹	ついて	→	つく	附有	動Ⅰ
	ついています	→	動詞て形＋いる	目前狀態	文型
❺	読んで	→	読む	讀	動Ⅰ
	読んでみて	→	動詞て形＋みる	做～看看	文型
	気になった	→	気になる	喜歡	動Ⅰ
	付けて	→	付ける	貼上	動Ⅱ
	付けておきます	→	動詞て形＋おきます	妥善處理	文型
❻	入れて	→	入れる	放入	動Ⅱ
	整理します	→	整理する	整理	動Ⅲ
❼	場所をとります	→	場所をとる	佔空間	動Ⅰ

中譯

❶ 把膠帶台放在桌子上。
❷ 用檯燈照亮手邊的區域來唸書。
❸ 把無線電話放到每個房間裡。
❹ 電腦和手機都附有計算機功能。
❺ 讀過之後，在喜歡的地方貼上便利貼。
❻ 將文件放進檔案夾整理。
❼ 大的筆筒放在桌上很佔空間。

142 辦公室(1)

MP3 142

1. パーテーション
(partition)
(名)隔板屏風

2. ファイルケース
(file case)
(名)檔案櫃

3. オフィスの席《せき》
(名)辦公座位

4. 応《おう》接《せつ》室《しつ》
(名)會客室

5. 給《きゅう》湯《とう》室《しつ》
(名)茶水間

❶ パーテーションがあっても、プライバシーは完全《かんぜん》には守《まも》られません。

❷ 顧客《こきゃく》の情報《じょうほう》は、全《すべ》てファイルケースに保管《ほかん》しています。

❸ オフィスの席の配置《はいち》は、仕事《しごと》の能率《のうりつ》にも影響《えいきょう》します。

❹ 社長《しゃちょう》のお客様《きゃくさま》を応接室にお通《とお》ししました。

❺ 給湯室でお茶《ちゃ》を湧《わ》かします。

學更多

	例句出現的		原形／接續原則	意義	詞性
❶	あって	→	**ある**	有（事或物）	動Ⅰ
	あっても	→	**動詞て形＋も**	即使～，也～	文型
	プライバシー	→	**プライバシー**	隱私權	名詞
	完全に	→	**完全**	完全	な形
	守られません	→	**守られる**	被維護	守る的被動形
❷	全て	→	**全て**	全部	副詞
	保管して	→	**保管する**	保管	動Ⅲ
	保管しています	→	**動詞て形＋いる**	目前狀態	文型
❸	能率にも	→	**名詞＋にも**	在～方面也	文型
	影響します	→	**影響する**	影響	動Ⅲ
❹	お通し	→	**通す**	帶路	動Ⅰ
	お通ししました	→	**お＋動詞ます形＋しました**	（動作涉及對方的）做了～	文型
❺	湧湯室で	→	**名詞＋で**	在～地點	文型
	湧かします	→	**湧かす**	泡（茶）	動Ⅰ

中譯

❶ 即使有隔板屏風，也無法完全維護隱私。
❷ 顧客的資料全部保管在檔案櫃裡。
❸ 辦公座位的配置也會影響到工作效率。
❹ 把社長的客人請到會客室。
❺ 在茶水間泡茶。

143 辦公室(2)

MP3 143

1 空《くう》調《ちょう》システム《システム》
(名)空調系統

2 タイムレコーダー
(time recorder)
(名)打卡鐘

3 コンピューター
(computer)
(名)電腦

4 事《じ》務《む》用《よう》品《ひん》
(名)辦公文具

5 コピー《コピー》機《き》
(名)影印機

❶ 節電《せつでん》のため、空調システムの使用《しよう》を見直《みなお》します。

❷ タイムレコーダーで、出勤時間《しゅっきんじかん》と退勤時間《たいきんじかん》を記録《きろく》します。

❸ 会社《かいしゃ》のコンピューターを仕事以外《しごといがい》の目的《もくてき》で使《つか》うことは禁止《きんし》されています。

❹ 日本製《にほんせい》の事務用品には、定評《ていひょう》があります。

❺ コピー機の音《おと》がうるさいです。

學更多

	例句出現的		原形／接續原則	意義	詞性
❶	節電のため	→	**名詞＋のため**	為了～	文型
	見直します	→	**見直す**	重新評估	動 I
❷	タイムレコーダーで	→	**名詞＋で**	利用～	文型
	出勤時間と退勤時間	→	**名詞A＋と＋名詞B**	名詞A和名詞B	文型
	記録します	→	**記録する**	記錄	動III
❸	仕事以外	→	**名詞＋以外**	～之外	文型
	目的で	→	**名詞＋で**	因為～	文型
	使う	→	**使う**	使用	動 I
	禁止されて	→	**禁止される**	被禁止	禁止する的被動形
	禁止されています	→	**動詞て形＋いる**	目前狀態	文型
❹	定評があります	→	**定評がある**	有口皆碑	動 I
❺	音	→	**音**	聲音	名詞
	うるさい	→	**うるさい**	吵雜的	い形

中譯

❶ 為了省電，要重新評估空調系統的使用方式。
❷ 用打卡鐘記錄上下班時間。
❸ 公司的電腦禁止用在除了工作之外的用途。
❹ 日本製的辦公文具是有口皆碑的。
❺ 影印機的聲音很吵。

144 辦公室(3)

MP3 144

① プリンター
(printer)
(名)印表機

② ファックス
(fax)
(名)傳真機

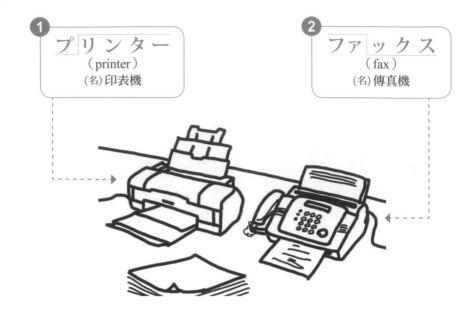

③ 社《しゃ》長《ちょう》
(名)老闆

④ オペレーター
(operator)
(名)總機人員

⑤ 職《しょく》員《いん》
(名)員工

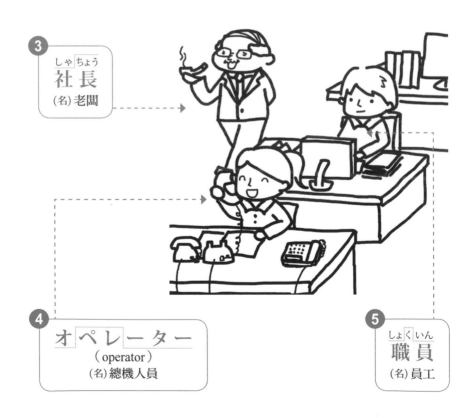

❶ 会社《かいしゃ》のプリンターは、最新式《さいしんしき》のものです。

❷ 最近《さいきん》は、ファックスよりｅ-ｍａｉｌ《イーメール》の方《ほう》がよく使《つか》われます。

❸ 会社《かいしゃ》社長は夢《ゆめ》があるとともに、責任《せきにん》の重《おも》いお仕事《しごと》です。

❹ 昔《むかし》 国際電話《こくさいでんわ》はオペレーターを介《かい》してかけていました。

❺ この会社《かいしゃ》では、職員同士《どうし》の仲《なか》がいいです。

學更多

	例句出現的		原形／接續原則	意義	詞性
❶	会社	→	**会社**	公司	名詞
	最新式	→	**最新式**	最新型	名詞
❷	ファックスより	→	**名詞＋より**	和～相比	文型
	ｅｍａｉｌの方が	→	**名詞＋の方が**	～比較	文型
	よく	→	**よく**	經常	副詞
	使われます	→	**使われる**	被使用	使う的被動形
❸	ある	→	**ある**	有（事或物）	動Ｉ
	あるとともに	→	**動詞辭書形＋とともに**	和～同時	文型
❹	昔	→	**昔**	以前	名詞
	介して	→	**介す**	通過	動Ｉ
	かけて	→	**かける**	打（電話）	動II
	かけていました	→	**動詞て形＋いました**	過去維持的狀態	文型
❺	この会社では	→	**名詞＋では**	在～地點	文型
	職員同士	→	**名詞＋同士**	～之間	文型
	仲がいい	→	**仲がいい**	感情很好	い形

中譯

❶ 公司的印表機是最新型的。
❷ 最近，和傳真機相比，大家比較常使用 e-mail。
❸ 公司老闆是有夢想，且責任重大的工作。
❹ 以前打國際電話要透過總機人員轉接。
❺ 在這家公司，員工之間的感情很好。

145 會議室(1)

MP3 145

1 会《かい》議《ぎ》司《し》会《かい》者《しゃ》
(名)會議主持人

2 参《さん》加《か》者《しゃ》
(名)與會成員

3 ホワイトボード
(white board)
(名)白板

4 マイク
(microphone)
(名)麥克風

5 白《はく》板《ばん》消《け》し《し》
(名)板擦

6 紙《かみ》コ《コ》ッ《ッ》プ《プ》
(名)紙杯

7 ノートパソコン
(notebook personal computer)
(名)筆記型電腦

❶ 会議司会者は部下《ぶか》にお願《ねが》いしました。

❷ 会議《かいぎ》の参加者名簿《めいぼ》を作成《さくせい》しました。

❸ ホワイトボードに営業成績《えいぎょうせいせき》を書《か》き込《こ》みます。

❹ マイクの調子《ちょうし》が悪《わる》くて、声《こえ》が聞《き》こえにくいです。

❺ ホワイトボードの白板消しをネット通販《つうはん》で購入《こうにゅう》しました。

❻ 紙コップにお茶《ちゃ》を入《い》れて、参加者《さんかしゃ》に配《くば》ります。

❼ ノートパソコンで作成《さくせい》した画像《がぞう》を、スクリーンに映《うつ》して説明《せつめい》します。

學更多

	例句出現的		原形／接續原則	意義	詞性
❶	お願いしました	→	お願いする	拜託	動Ⅲ
❷	作成しました	→	作成する	製作	動Ⅲ
❸	書き込みます	→	書き込む	填寫	動Ⅰ
❹	悪くて	→	悪い	不好的	い形
	聞こえ	→	聞こえる	聽得到	動Ⅱ
	聞こえにくい	→	動詞ます形＋にくい	不容易做～	文型
❺	購入しました	→	購入する	購買	動Ⅲ
❻	入れて	→	入れる	倒入	動Ⅱ
	配ります	→	配る	分發	動Ⅰ
❼	作成した	→	作成する	製作	動Ⅲ
	映して	→	映す	放映	動Ⅰ
	説明します	→	説明する	說明	動Ⅲ

中譯

❶ 拜託部屬擔任會議主持人。
❷ 製作會議的與會成員名單。
❸ 把營業成績寫在白板上。
❹ 麥克風的狀況不好，聲音很難聽清楚。
❺ 在網路郵購買了白板的板擦。
❻ 把茶倒入紙杯，發送給參加者。
❼ 利用筆記型電腦，將做好的影像放映到螢幕上做說明。

146 會議室(2)

MP3 146

1 スクリーン

（screen）

(名)影像放映布幕

2 テレビ《テレビ》会《かい》議《ぎ》

(名)視訊會議

3 折《おり》畳《たた》み《み》椅《い》子《す》

(名)折疊椅

4 ミーティングテーブル

（meeting table）

(名)會議桌

5 プロジェクター

（projector）

(名)投影機

6 会《かい》議《ぎ》録《ろく》

(名)會議記錄

7 電《でん》子《し》ファイルのプレゼン《ファイルのプレゼン》

(名)電子檔簡報

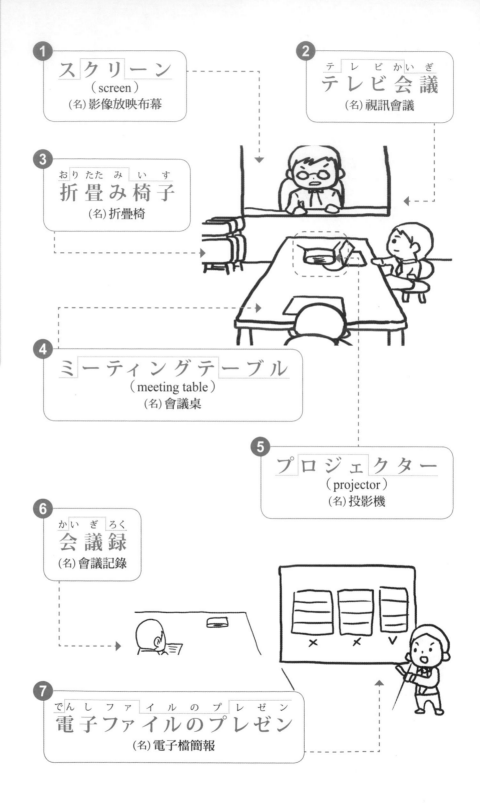

❶ スクリーンに、外国支社《がいこくししゃ》の従業員《じゅうぎょういん》の様子《ようす》が映《うつ》し出《だ》されました。

❷ テレビ会議によって、出張《しゅっちょう》コストが削減《さくげん》できます。

❸ 椅子《いす》が足《た》りないので、折畳み椅子をいくつか持《も》ってきました。

❹ 皆《みな》が来《く》る前《まえ》に、ミーティングテーブルを綺麗《きれい》に拭《ふ》き花《はな》を飾《かざ》ります。

❺ プロジェクターを使《つか》った会社説明《かいしゃせつめい》は分《わ》かりやすくて好評《こうひょう》です。

❻ 会議録としてビデオを撮影《さつえい》しました。

❼ 電子ファイルのプレゼンは、単純《たんじゅん》な口頭《こうとう》のみのプレゼンに比《くら》べて分《わ》かりやすいです。

學更多

	例句出現的		原形／接續原則	意義	詞性
❶	映し出されました	→	映し出される	被放映	映し出す的被動形
❷	テレビ会議によって	→	名詞＋によって	透過～	文型
	削減できます	→	削減できる	可以減少	削減する的可能形
❸	足りない	→	足りる	足夠	動Ⅱ
	足りないので	→	動詞ない形＋ので	因為不～	文型
	持ってきました	→	持ってくる	帶來	動Ⅲ
❹	拭き	→	拭く	擦拭	動Ⅰ
❺	分かり	→	分かる	理解	動Ⅰ
	分かりやすく	→	動詞ます形＋やすい	容易做～	文型
❻	会議として	→	名詞＋として	當作～	文型
	撮影しました	→	撮影する	攝影	動Ⅲ
❼	口頭のみ	→	名詞＋のみ	只有～	文型
	比べて	→	比べる	比較	動Ⅱ
	分かり	→	分かる	理解	動Ⅰ
	分かりやすい	→	動詞ます形＋やすい	容易做～	文型

中譯

❶ 影像放映布幕上，放映出外國分公司的工作人員的樣子。
❷ 透過視訊會議可以減少出差成本的支出。
❸ 因為椅子不夠，所以帶來幾張折疊椅。
❹ 在大家到達之前，把會議桌擦乾淨，裝飾鮮花。
❺ 利用投影機所做的公司介紹容易理解，廣受好評。
❻ 拍下影片當成會議記錄。
❼ 電子檔簡報比只有單純的口頭報告還要容易理解。

147 公園(1)

MP3 147

① シーソー
（seesaw）
(名) 蹺蹺板

② 芝《し》生《ばふ》
(名) 草坪

③ 滑《すべ》り《り》台《だい》
(名) 溜滑梯

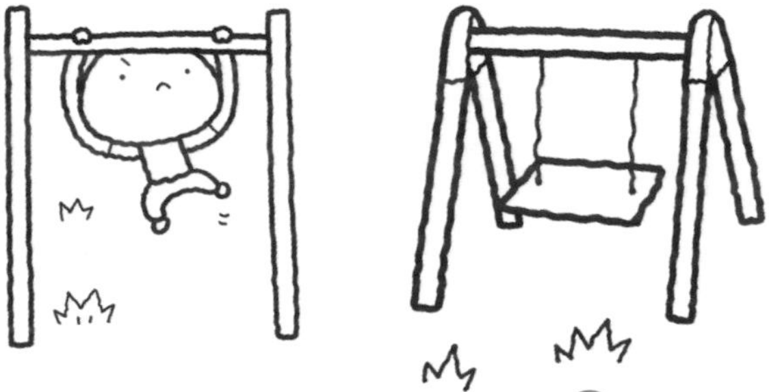

④ 鉄《てつ》棒《ぼう》
(名) 單槓

此字也可以唸成ブランコ。

⑤ ブランコ
（balanço（葡））
(名) 鞦韆

⑥ 凧《たこ》
(名) 風箏

此字為複數，單數是「子供」。

⑦ 子《こ》供《ども》達《たち》
(名) 小孩們

❶ シーソーは、二人《ふたり》いないと遊《あそ》べません。

❷ 芝生の上《うえ》に寝転《ねころ》んで昼寝《ひるね》をします。

❸ 滑り台ではちゃんと並《なら》んで自分《じぶん》の番《ばん》を待《ま》ち、前《まえ》の人《ひと》を押《お》さないようにしましょう。

❹ 鉄棒は、どちらかと言《い》うと女《おんな》の子《こ》に人気《にんき》です。

❺ ブランコの立《た》ち乗《の》りは危《あぶ》ないからやめましょう。

❻ 幼《おさな》い頃《ころ》、お正月《しょうがつ》には凧揚げをして遊《あそ》んだものです。

❼ 子供達が安全《あんぜん》に遊《あそ》べる公園《こうえん》を作《つく》ってほしいです。

學更多

	例句出現的		原形／接續原則	意義	詞性
❶	いない	→	いる	有（人或動物）	動Ⅱ
	いないと	→	動詞ない形＋と	如果不～的話，就～	文型
	遊べません	→	遊べる	可以遊玩	遊ぶ的可能形
❷	寝転んで	→	寝転ぶ	躺臥	動Ⅰ
	昼寝をします	→	昼寝をする	睡午覺	動Ⅲ
❸	待ち	→	待つ	等待	動Ⅰ
	押さない	→	押す	推擠	動Ⅰ
	押さないようにしましょう	→	動詞ない形＋ようにしましょう	盡量不要做～	文型
❹	どちらかと言うと	→	どちらか＋と言うと	要說起來的話	文型
❺	やめましょう	→	やめる	停止	動Ⅱ
❻	凧揚げをして	→	凧揚げをする	放風箏	動Ⅲ
	遊んだ	→	遊ぶ	遊玩	動Ⅰ
	遊んだもの	→	動詞た形＋もの	回憶過去常做～	文型
❼	作って	→	作る	製作	動Ⅰ
	作ってほしい	→	動詞て形＋ほしい	希望別人做～	文型

中譯

❶ 蹺蹺板沒有兩個人的話就不能玩。
❷ 躺在草坪上睡午覺。
❸ 玩溜滑梯時，要好好地排隊等待輪到自己，盡量不要推擠前面的人。
❹ 要說起來的話，單槓是受女孩子喜愛的。
❺ 因為站在鞦韆上很危險，不要這樣玩。
❻ 小時候在新年時經常放風箏玩。
❼ 希望建造一座小孩們可以安全嬉戲的公園。

148

公園(2)

MP3 148

① フリスビー
（Frisbee）
(名)飛盤

② 噴水《ふんすい》
(名)噴泉

③ 彫刻《ちょうこく》
(名)雕塑品

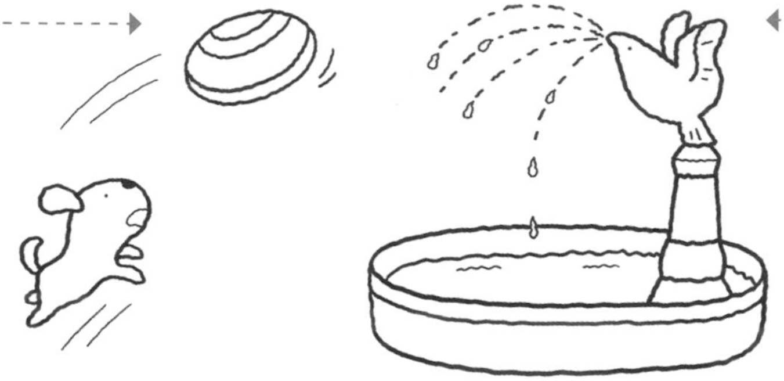

④ 屋根《やね》付《つ》きの休憩《きゅうけい》場所《ばしょ》
(名)涼亭

⑤ 遊歩道《ゆうほどう》
(名)健康步道

⑥ ゴミ箱《ゴミばこ》
(名)垃圾桶

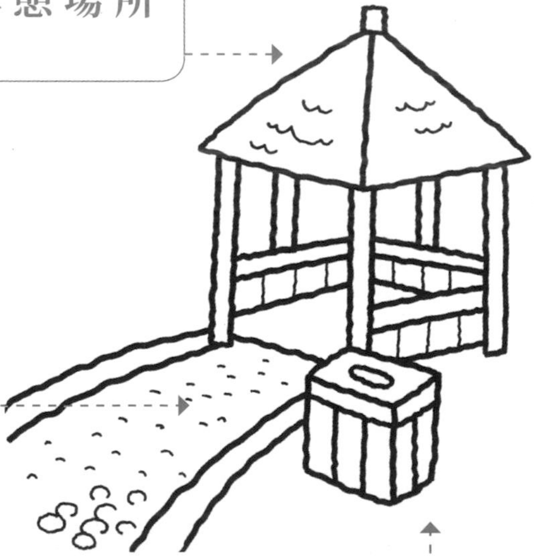

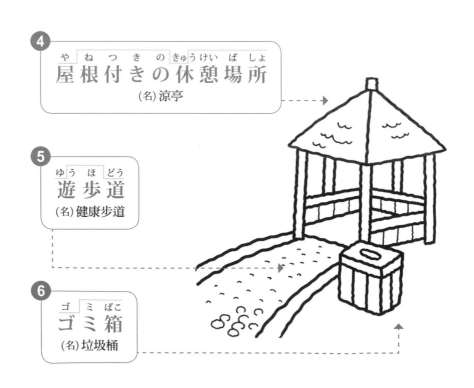

❶ この犬《いぬ》は、フリスビーをキャッチするのが得意《とくい》です。

❷ 噴水はこの公園《こうえん》のシンボルで、よく待《ま》ち合《あ》わせ場所《ばしょ》にされます。

❸ フィレンツェのアカデミア美術館《びじゅつかん》には有名《ゆうめい》な彫刻が多数収蔵《たすうしゅうぞう》されています。

❹ 日《ひ》差《ざ》しが強《つよ》いので、屋根付きの休憩場所でお弁当《べんとう》を食《た》べました。

❺ 遊歩道では、お年《とし》寄《よ》りがウォーキングを楽《たの》しむ姿《すがた》が見《み》られます。

❻ ゴミは、ゴミ箱に捨《す》てるか持《も》ち帰《かえ》りましょう。

學更多

	例句出現的		原形／接續原則	意義	詞性
❶	キャッチする	→	**キャッチする**	接住	動Ⅲ
	得意	→	**得意**	擅長	な形
❷	シンボル	→	**シンボル**	象徵	名詞
	よく	→	**よく**	經常	副詞
	待ち合わせ	→	**待ち合わせ**	約定碰面	名詞
	場所にされます	→	**名詞＋にされる**	被視為～	文型
❸	収蔵されて	→	**収蔵される**	被收藏	収蔵する的被動形
	収蔵されています	→	**動詞て形＋いる**	目前狀態	文型
❹	強いので	→	**い形容詞＋ので**	因為～	文型
	食べました	→	**食べる**	吃	動Ⅱ
❺	ウォーキング	→	**ウォーキング**	健走	名詞
	楽しむ	→	**楽しむ**	享受	動Ⅰ
	見られます	→	**見られる**	可以看見	見る的可能形
❻	捨てる	→	**捨てる**	丟棄	動Ⅱ
	捨てるか	→	**動詞辭書形＋か**	～或者～	文型
	持ち帰りましょう	→	**持ち帰る**	帶回去	動Ⅰ

中譯

❶ 這隻狗很會接飛盤。
❷ 噴泉是這座公園的象徵，經常被大家當成約定碰面的地方。
❸ 在佛羅倫斯的學院美術館收藏了很多有名的雕塑品。
❹ 因為陽光強烈，所以在涼亭吃便當。
❺ 在健康步道上，可以看到年長者享受健走樂趣的身影。
❻ 垃圾要丟進垃圾桶或是帶回家。

149

騎樓(1)

MP3 149

❶ 住所《じゅうしょ》
(名)門牌號碼

❷ 住宅《じゅうたく》
(名)住家

❸ 店《みせ》の看板《かんばん》
(名)商店招牌

（門牌號碼放大圖）

❹ 自動販売機《じどうはんばいき》
(名)自動販賣機

❺ 露天商《ろてんしょう》
(名)攤販

❻ 店《みせ》
(名)商店

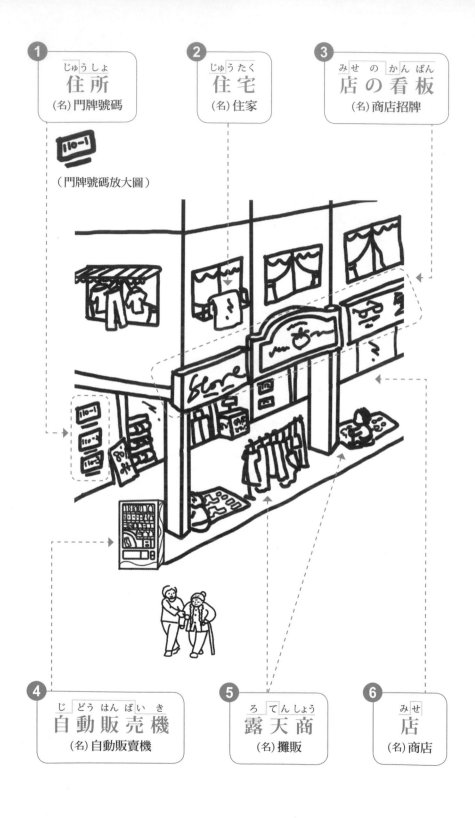

❶ タクシーの運転手《うんてんしゅ》に住所を伝《つた》えます。

❷ 閑静《かんせい》な住宅街《がい》で殺人事件《さつじんじけん》が起《お》こりました。

❸ 台風《たいふう》で、店の看板が飛《と》ばされてしまいました。

❹ 以前《いぜん》は、タバコやお酒《さけ》の自動販売機が至《いた》る所《ところ》にありました。

❺ 違法《いほう》で商売《しょうばい》をしていた露天商が捕《つか》まりました。

❻ 店の場所《ばしょ》は、客足《きゃくあし》を掴《つか》む上《うえ》で大変重要《たいへんじゅうよう》です。

學更多

	例句出現的		原形／接續原則	意義	詞性
❶	伝えます	→	伝える	告知	動II
❷	閑静な住宅街	→	閑静＋な＋名詞	幽靜的～	文型
	起こりました	→	起こる	發生	動I
❸	台風で	→	名詞＋で	因為～	文型
	飛ばされて	→	飛ばされる	被吹走	飛ばす的被動形
	飛ばされてしまいました	→	動詞て形＋しまいました	無法挽回的遺憾	文型
❹	至る所	→	至る所	到處	名詞
	ありました	→	ある	有（事或物）	動I
❺	違法で	→	名詞＋で	因為～	文型
	商売をして	→	商売をする	做生意	動III
	商売をしていた	→	動詞て形＋いた	過去維持的狀態	文型
	捕まりました	→	捕まる	被逮捕	動I
❻	客足	→	客足	客源	名詞
	掴む	→	掴む	抓住	動I
	掴む上で	→	動詞辭書形＋上で	在～方面	文型
	大変	→	大変	非常	副詞

中譯

❶ 告訴計程車司機門牌號碼。
❷ 幽靜的住宅區發生了殺人事件。
❸ 因為颱風的緣故，商店招牌被吹走了。
❹ 在過去，到處都有販賣香煙和酒類的自動販賣機。
❺ 因為違規的關係，做生意的攤販被逮捕了。
❻ 商店的地點，在抓住客源方面是非常重要的。

150

騎樓(2)

MP3 150

1 バイク
(bike)
(名)摩托車

2 誘導ブロック《ゆうどうブロック》
(名)導盲磚

引導視障者行進的磚塊。磚面上有直線、圓點等紋路，指引視障者前進方向、危險或暫停。

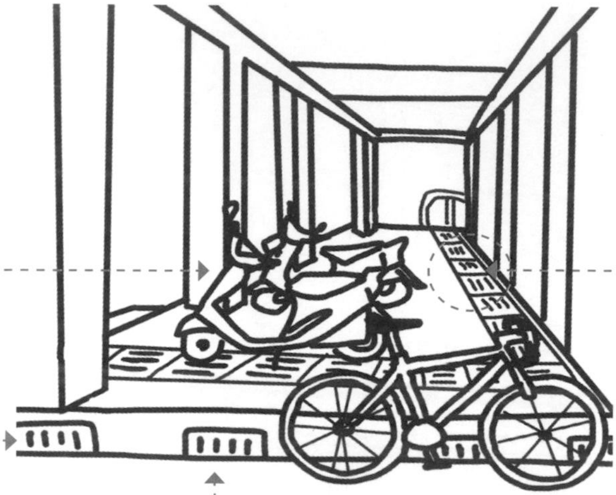

3 側溝《そっこう》
(名)排水溝

4 自転車《じてんしゃ》
(名)腳踏車

5 落書き《らくがき》(する)《する》
(名・動Ⅲ)塗鴉

6 通行人《つうこうにん》
(名)行人

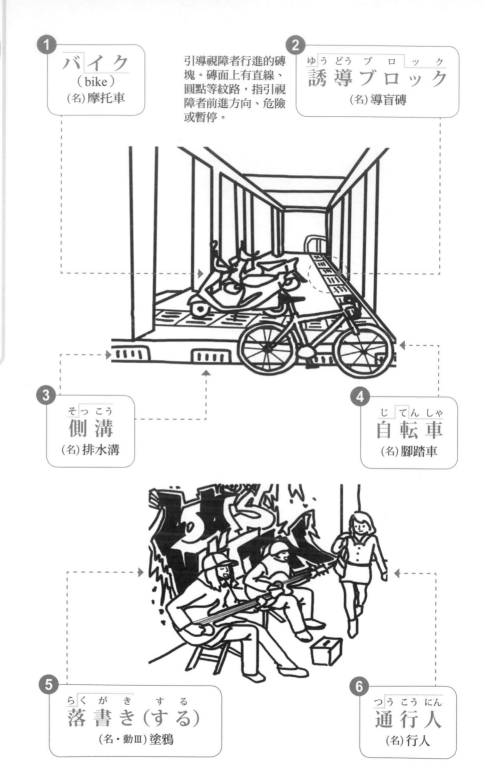

❶ 台湾《たいわん》の街《まち》には、至《いた》る所《ところ》にバイクが停《と》めてあります。

❷ 目《め》の不自由《ふじゆう》な人《ひと》のため、街《まち》の至《いた》る所《ところ》に誘導ブロックを設《もう》けてあります。

❸ 道《みち》が悪《わる》いので、側溝に落《お》ちないように気《き》をつけてください。

❹ 日本《にほん》では、どこに行《い》っても自転車に乗《の》っている人《ひと》が多《おお》いです。

❺ 家《いえ》の壁《かべ》にスプレーで落書きされました。

❻ 通行人の多《おお》い歩行者天国《ほこうしゃてんごく》には、店《みせ》や飲食店《いんしょくてん》が立《た》ち並《なら》びます。

學更多

	例句出現的		原形／接續原則	意義	詞性
❶	停めて	→	**停める**	停放	動II
	停めてあります	→	**動詞て形＋ある**	有目的的存在狀態	文型
❷	目の不自由な人のため	→	**名詞＋のため**	為了～	文型
	設けて	→	**設ける**	設置	動II
	設けてあります	→	**動詞て形＋ある**	有目的的存在狀態	文型
❸	悪いので	→	**い形容詞＋ので**	因為～	文型
	落ちない	→	**落ちる**	掉落	動II
	落ちないように	→	**動詞ない形＋ように**	為了不要～	文型
	気をつけて	→	**気をつける**	小心	動II
	気をつけてください	→	**動詞て形＋ください**	請做～	文型
❹	行って	→	**行く**	去	動I
	行っても	→	**動詞て形＋も**	即使～，也～	文型
	乗って	→	**乗る**	騎乘	動I
	乗っている	→	**動詞て形＋いる**	目前狀態	文型
❺	落書きされました	→	**落書きされる**	被塗鴉	落書きする的被動形
❻	立ち並びます	→	**立ち並ぶ**	林立	動I

中譯

❶ 台灣的街道上，到處都停放著摩托車。

❷ 街上到處都有為了盲人所設置的導盲磚。

❸ 因為路況不好，請小心不要掉到排水溝。

❹ 在日本不論到哪裡，都有很多人騎著腳踏車。

❺ 房子的牆壁被人用噴漆塗鴉。

❻ 在行人眾多的徒步區，商店和餐飲店林立。

151 地下道(1)

MP3 151

1 道《どう》路《ろ》標《ひょう》識《しき》
(名)路標

2 階《かい》段《だん》
(名)階梯

3 広《こう》告《こく》
(名)廣告海報

4 手すり《てすり》
(名)扶手欄杆

5 方《ほう》向《こう》表《ひょう》示《じ》
(名)方向指示牌

7 誘導ブロック《ゆうどうブロック》
(名)導盲磚

❶ 地下道《ちかどう》には道路標識はありません。

❷ 階段を降《お》りると地下道《ちかどう》があります。

❸ 彼《かれ》の好《す》きなモデルが広告に出《で》ています。

❹ お年《とし》寄《よ》りは階段《かいだん》の上《のぼ》り下《お》りをする時《とき》、手すりに掴《つか》まった方《ほう》がいいです。

❺ 方向表示にしたがって進《すす》んでください。

❻ 目《め》の不自由《ふじゆう》な人《ひと》にとって誘導ブロックは無《な》くてはならない存在《そんざい》です。

學更多

	例句出現的		原形／接續原則	意義	詞性
❶	ありません	→	ある	有（事或物）	動Ⅰ
❷	降りる	→	降りる	下（樓梯）	動Ⅱ
	降りると	→	動詞辭書形＋と	如果～的話，就～	文型
	あります	→	ある	有（事或物）	動Ⅰ
❸	好きなモデル	→	好き＋な＋名詞	喜歡的～	文型
	出て	→	出る	刊登	動Ⅱ
	出ています	→	動詞て形＋いる	目前狀態	文型
❹	お年寄り	→	お年寄り	年長者	名詞
	上り下りをする	→	上り下りをする	上下	動Ⅲ
	掴まった	→	掴まる	抓住	動Ⅰ
	掴まった方がいい	→	動詞た形＋方がいい	做～比較好	文型
❺	したがって	→	従う	遵從	動Ⅰ
	進んで	→	進む	前進	動Ⅰ
	進んでください	→	動詞て形＋ください	請做～	文型
❻	目の不自由な人にとって	→	名詞＋にとって	對～而言	文型
	無くてはならない	→	無くてはならない	不可或缺	連語

中譯

❶ 地下道裡面沒有路標。
❷ 走下階梯，就會看到地下道。
❸ 他喜歡的模特兒出現在廣告海報上。
❹ 年長者上下樓梯時，抓住扶手欄杆比較好。
❺ 請遵循方向指示牌前進。
❻ 對盲人而言，導盲磚是不可或缺的存在。

152 地下道(2)

MP3 152

❶ ホームレス
(homeless)
(名)遊民

❷ 通行人《つうこうにん》
(名)路人

❸ ストリートパフォーマー
(street performer)
(名)街頭藝人

❹ 乞食《こじき》
(名)乞丐

❺ 占いブース《うらないブース》
(名)算命攤

❻ 露天商《ろてんしょう》
(名)攤販

❶ 以前《いぜん》と比《くら》べ、駅《えき》にホームレスが増《ふ》えました。

❷ 通行人は、立《だ》ち止《ど》まって路上《ろじょう》で演奏《えんそう》する若者《わかもの》の歌《うた》に耳《みみ》を傾《かたむ》けていました。

❸ 先日《せんじつ》ストリートパフォーマーの演技《えんぎ》を競《きそ》う大会《たいかい》が行《おこな》われました。

❹ 地下道《ちかどう》で乞食のような格好《かっこう》をした人《ひと》が寝《ね》ていました。

❺ 都会《とかい》の隠《かく》れ家《が》的存在《てきそんざい》の、地下道《ちかどう》の占いブースは人気《にんき》です。

❻ 露天商は、人通《ひとどお》りが多《おお》く天候《てんこう》に左右《さゆう》されることの無《な》い地下道《ちかどう》に目《め》をつけました。

學更多

	例句出現的		原形／接續原則	意義	詞性
❶	比べて	→	**比べる**	比較	動II
	増えました	→	**増える**	增加	動II
❷	立ち止まって	→	**立ち止る**	停下腳步	動I
	演奏する	→	**演奏する**	演奏	動III
	耳を傾けて	→	**耳を傾ける**	傾聽	動II
	耳を傾けていました	→	**動詞て形＋いました**	過去維持的狀態	文型
❸	競う	→	**競う**	比賽	動I
	行われました	→	**行われる**	舉行	動II
❹	乞食のような格好	→	**名詞＋のような格好**	像～一樣的打扮	文型
	格好をした	→	**格好をする**	做～打扮	動III
	寝て	→	**寝る**	睡覺	動II
	寝でいました	→	**動詞て形＋いました**	過去維持的狀態	文型
❺	隠れ家的	→	**隠れ家的**	隱居的	な形
❻	人通り	→	**人通り**	行人	名詞
	左右される	→	**左右される**	被左右	左右する的被動形
	目をつけました	→	**目をつける**	看上、盯住	動II

中譯

❶ 和以前相較之下，車站的遊民增加了。
❷ 路人停下腳步，聆聽年輕人在路邊演奏的歌曲。
❸ 前幾天舉辦了街頭藝人的競技大賽。
❹ 地下道有像乞丐一樣裝扮的人在睡覺。
❺ 在都市隱密處存在的地下道算命攤很受歡迎。
❻ 攤販看上行人眾多、又不受天候影響的地下道。

153 便利商店櫃位(1)

MP3 153

1 タバココーナー
（tabaco corner）
(名)香菸櫃位

2 レジ
（register）
(名)結帳櫃檯

3 アイスコーナー
（ice corner）
(名)冰品櫃

4 ドリンクコーナー
（drink corner）
(名)飲料櫃

5 スナックコーナー
（snack corner）
(名)零食架

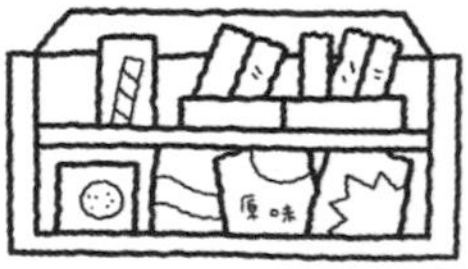

6 ベーカリーコーナー
（bakery corner）
(名)麵包架

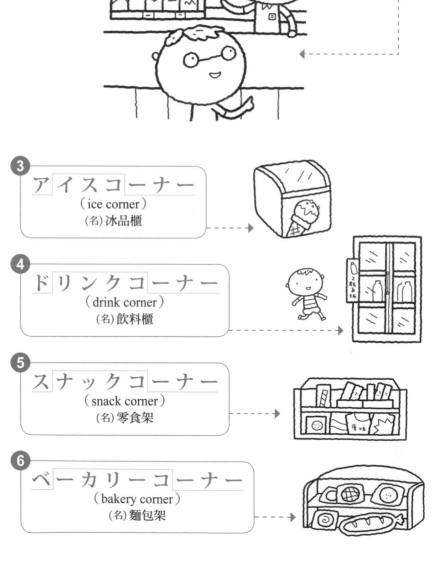

❶ タバココーナーはレジの奥《おく》にあります。

❷ レジ係《がかり》は学生《がくせい》バイトが多《おお》いです。

❸ アイスコーナーの商品《しょうひん》は、暑《あつ》い夏《なつ》には充実《じゅうじつ》しています。

❹ ドリンクコーナーには、様々《さまざま》なペットボトル飲料《いんりょう》が並《なら》んでいます。

❺ スナックコーナーに行《い》って、商品《しょうひん》を選《えら》びます。

❻ 最近《さいきん》コンビニは、ベーカリーコーナーに力《ちから》を入《い》れています。

學更多

	例句出現的		原形／接續原則	意義	詞性
❶	奥	→	**奥**	裡面	名詞
	奥にあります	→	**地點＋にある**	位於～	文型
❷	バイト	→	**バイト**	打工	名詞
❸	暑い	→	**暑い**	炎熱的	い形
	暑い夏には	→	**時點＋には**	在～時候	文型
	充実して	→	**充実する**	豐富	動Ⅲ
	充実しています	→	**動詞て形＋いる**	目前狀態	文型
❹	様々なペットボトル飲料	→	**様々＋な＋名詞**	各式各樣的～	文型
	並んで	→	**並ぶ**	陳列	動Ⅰ
	並んでいます	→	**動詞て形＋いる**	目前狀態	文型
❺	行って	→	**行く**	去	動Ⅰ
	選びます	→	**選ぶ**	選擇	動Ⅰ
❻	コンビニ	→	**コンビニ**	便利商店	名詞
	力を入れて	→	**力を入れる**	致力	動Ⅱ
	力を入れています	→	**動詞て形＋いる**	目前狀態	文型

中譯

❶ 香菸櫃位在結帳櫃檯的後方。
❷ 結帳櫃檯員工大多是學生打工。
❸ 冰品櫃的商品，在炎熱的夏天時種類很豐富。
❹ 飲料櫃裡擺放了各種寶特瓶飲料。
❺ 去零食架選擇產品。
❻ 最近便利商店正致力於整備麵包架的商品。

154 便利商店櫃位(2)

MP3 154

❶ 新聞《しんぶん》コーナー《コーナー》

(名) 報紙架

❷ 書籍《しょせき》コーナー《コーナー》

(名) 書籍櫃位

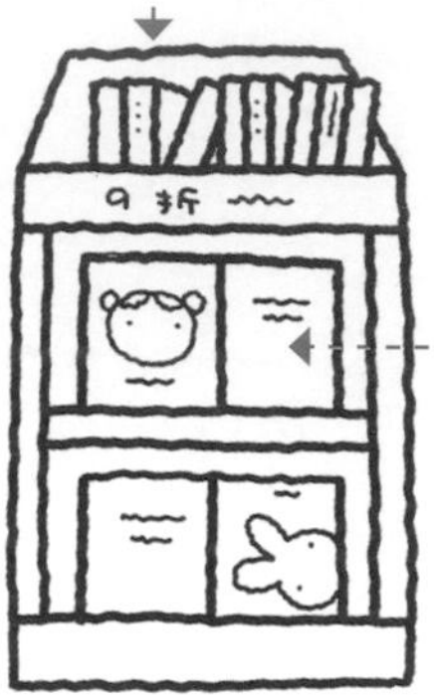

❸ 雑誌《ざっし》コーナー《コーナー》

(名) 雜誌架

❹ コピー《コピー》機《き》

(名) 影印機

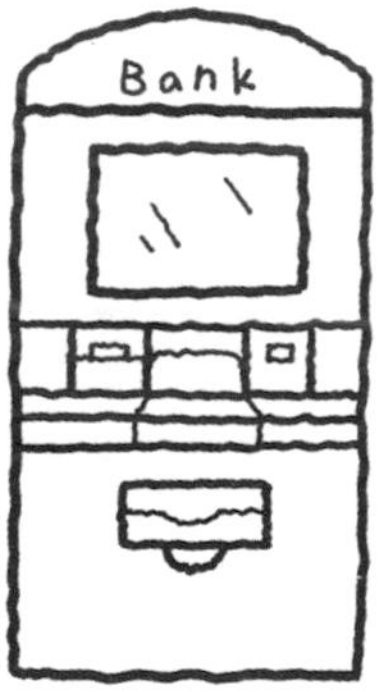

❺ ファックス

(fax)

(名) 傳真機

❻ ATM《エーティーエム》

(名) 自動櫃員機

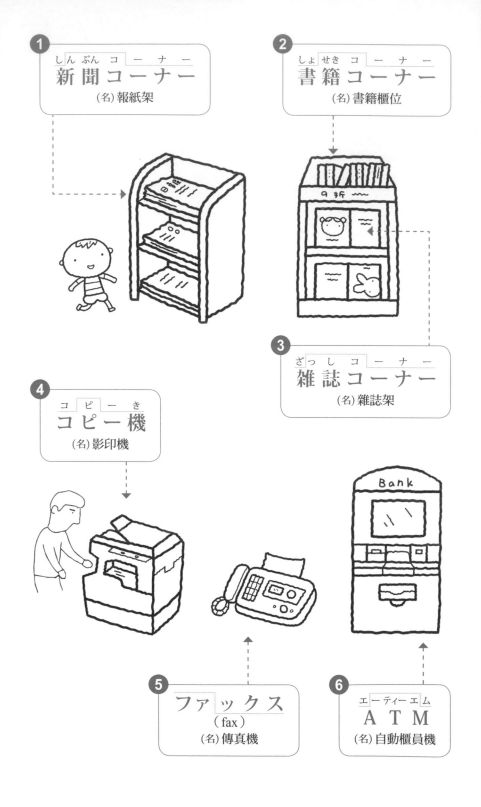

❶ 新聞コーナーは雑誌《ざっし》の隣《となり》にあります。

❷ 書籍コーナーは、コンビニによってはない所《ところ》もあります。

❸ 雑誌コーナーは窓際《まどぎわ》にあり、立《た》ち読《よ》みもできます。

❹ コピー機を利用《りよう》する時《とき》は、コインが必要《ひつよう》です。

❺ コンビニでは、ファックスの送受信《そうじゅしん》も行《おこな》えます。

❻ ＡＴＭがある所《ところ》もあり、お金《かね》を下《お》ろすのに便利《べんり》です。

學更多

	例句出現的		原形／接續原則	意義	詞性
❶	隣にあります	→	**地點＋にある**	位於～	文型
❷	コンビニによっては	→	**名詞＋によっては**	根據～	文型
	ない	→	**ない**	沒有	い形
	所も	→	**名詞＋も**	～也	文型
	あります	→	**ある**	有（事或物）	動Ｉ
❸	窓側	→	**窓側**	窗邊	名詞
	窓側にあり	→	**地點＋にある**	位於～	文型
	立ち読みもできます	→	**名詞＋も＋できる**	也可以～	文型
❹	利用する	→	**利用する**	利用	動Ⅲ
	コイン	→	**コイン**	硬幣	名詞
❺	コンビニでは	→	**地點＋では**	在～地點	文型
	送受信も	→	**名詞＋も**	～也	文型
	行えます	→	**行える**	可以進行	行う的可能形
❻	あり	→	**ある**	有（事或物）	動Ｉ
	下ろす	→	**下ろす**	提領	動Ｉ
	下ろすのに	→	**動詞辭書形＋のに**	在～方面	文型

中譯

❶ 報紙架在雜誌的旁邊。
❷ 根據便利商店的差異，也會有沒有設立書籍櫃位的店家。
❸ 雜誌架在窗邊，也可以站著翻閱雜誌。
❹ 使用影印機時，必須投幣。
❺ 在便利商店，也可以用傳真機收發文件。
❻ 有些地方也有自動櫃員機，在提款時很方便。

155 郵局(1)

MP3 155

1 ポスト
(post)
(名)郵筒

2 手《て》紙《がみ》
(名)信件

3 郵《ゆう》便《びん》配《はい》達《たつ》員《いん》
(名)郵差

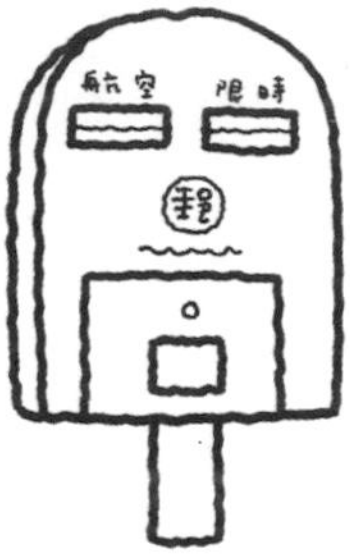

4 船《ふな》便《びん》
(名)海運郵件

5 航《こう》空《くう》便《びん》
(名)航空郵件

6 速《そく》達《たつ》
(名)快捷郵件

以航空或路運方式優先處理，並於最短時間內送達收件人的郵件寄送方式。

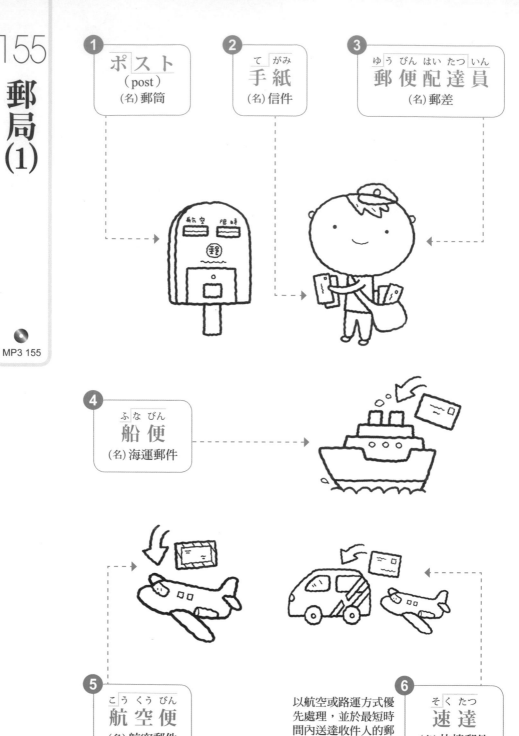

❶ ポストはどこにありますか？

❷ E-mail《イーメール》ばかりで、手紙を書《か》く機会《きかい》が減《へ》りました。

❸ 郵便配達員は、雨《あめ》の日《ひ》も風《かぜ》の日《ひ》も配達《はいたつ》に出《で》かけます。

❹ 船便は安《やす》いが、届《とど》くのに時間《じかん》がかかります。

❺ 航空便の料金《りょうきん》は、船便《ふなびん》と比《くら》べて高《たか》いです。

❻ 速達で出《だ》さないと、期限《きげん》までに間《ま》に合《あ》いません。

學更多

	例句出現的		原形／接續原則	意義	詞性
❶	あります	→	ある	有（事或物）	動 I
❷	E-mailばかりで	→	名詞＋ばかりで	只有～、光～	文型
	書く	→	書く	寫	動 I
	減りました	→	減る	減少	動 I
❸	雨の日も風の日も	→	名詞A＋も＋名詞B＋も	不論是名詞A或名詞B	文型
	出かけます	→	出かける	出門	動 II
❹	安いが	→	い形容詞＋が	～，但是～	文型
	届く	→	届く	送達	動 I
	届くのに	→	動詞辭書形＋のに	在～方面	文型
	かかります	→	かかる	花費	動 I
❺	比べて	→	比べる	比較	動 II
❻	速達で	→	名詞＋で	利用～	文型
	出さない	→	出す	寄出	動 I
	出さないと	→	動詞ない形＋と	如果不～的話，就～	文型
	期限までに	→	名詞＋までに	在～之前	文型
	間に合いません	→	間に合う	來得及	動 I

中譯

❶ 郵筒在哪裡？
❷ 都只透過E-mail聯絡，手寫信件的機會減少了。
❸ 郵差不論是下雨的日子還是颳風的日子，都會配送信件。
❹ 海運郵件很便宜，但是在送達上會花時間。
❺ 航空郵件的費用和海運郵件相較下會比較貴。
❻ 如果不用快捷郵件寄出的話，會趕不上期限。

156

郵局(2)

MP3 156

1 書《かき》留《とめ》

(名)掛號

2 切《きっ》手《て》

(名)郵票

3 消《けし》印《いん》

(名)郵戳

4 封《ふう》筒《とう》

(名)信封

5 小《こ》包《づつみ》

(名)包裹

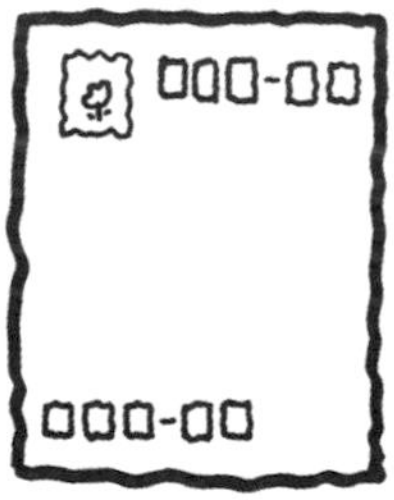

6 葉《は》書《がき》

(名)明信片

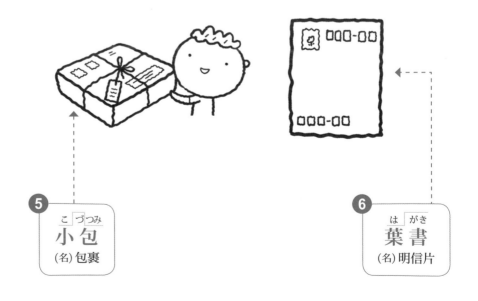

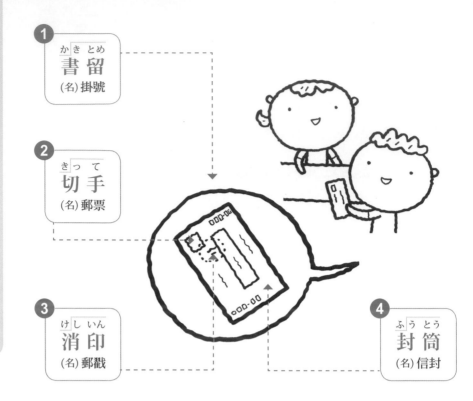

❶ 大事《だいじ》な書類《しょるい》を送《おく》る時《とき》は、書留にした方《ほう》がいいです。

❷ 祖父《そふ》は切手を集《あつ》めるのが趣味《しゅみ》でした。

❸ 締切日《しめきりび》当日《とうじつ》の消印は有効《ゆうこう》です。

❹ 封筒の手紙《てがみ》は、日本国内《にほんこくない》なら８ ０円《はちじゅうえん》の切手《きって》で送《おく》れます。

❺ 実家《じっか》から、待《ま》ちに待《ま》った小包が届《とど》きました。

❻ お正月《しょうがつ》に年賀状《ねんがじょう》と呼《よ》ばれる葉書を送《おく》り合《あ》う習慣《しゅうかん》があります。

學更多

	例句出現的		原形／接續原則	意義	詞性
❶	送る	→	送る	寄送	動Ⅰ
	書留にした	→	名詞＋にする	決定成～	文型
	書留にした方がいい	→	動詞た形＋方がいい	做～比較好	文型
❷	集める	→	集める	收集	動Ⅱ
❸	締切日	→	締切日	截止日	名詞
❹	日本国内なら	→	名詞＋なら	如果～的話	文型
	８０円の切手で	→	名詞＋で	利用～	文型
	送れます	→	送れます	可以寄送	送る的可能形
❺	実家から	→	地點＋から	從～地點	文型
	待ちに待った	→	待ちに待った	期待已久	連語
	届きました	→	届く	送達	動Ⅰ
❻	年賀状と呼ばれる	→	名詞と呼ばれる	被稱為～	文型
	送り合う	→	送り合う	互相寄送	動Ⅰ
	あります	→	ある	有（事或物）	動Ⅰ

中譯

❶ 寄送重要文件時，用掛號比較好。
❷ 祖父的興趣是收集郵票。
❸ 截止日當天的郵戳是有效的。
❹ 裝在信封的信件，如果寄到日本國內，可以用８０日圓的郵票寄送。
❺ 期待已久的來自老家的包裹送到了。
❻ 新年時，有互送被稱為「賀年卡」的明信片的習慣。

157 銀行櫃檯(1)

MP3 157

❶ 監《かん》視《し》カ《カ》メ《メ》ラ《ラ》
(名)監視器

❷ 紙《し》幣《へい》計《けい》数《すう》機《き》
(名)點鈔機

❸ 番《ばん》号《ごう》表《ひょう》示《じ》機《き》
(名)叫號顯示器

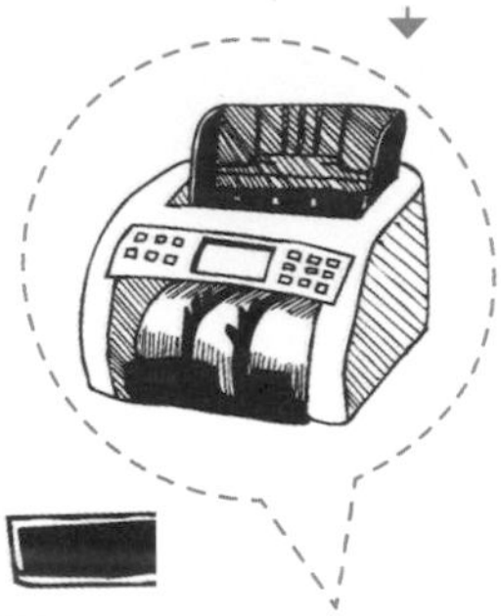

❹ 暗《あん》証《しょう》番《ばん》号《ごう》入《にゅう》力《りょく》機《き》
(名)密碼輸入機

❺ 銀《ぎん》行《こう》員《いん》
(名)銀行行員

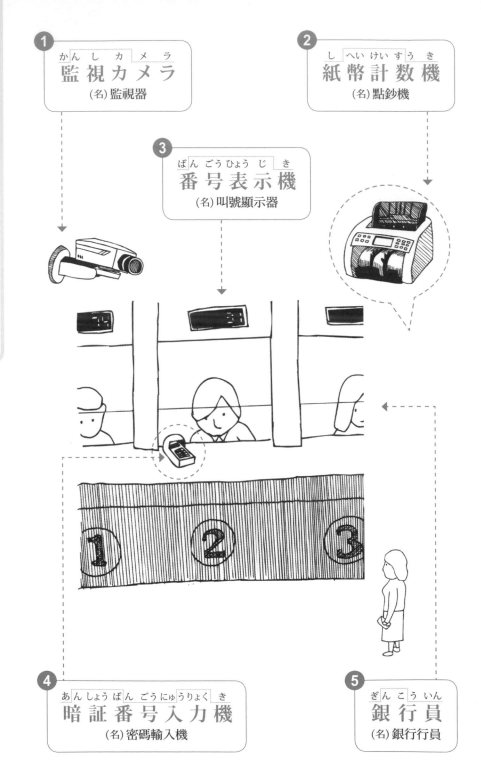

❶ 銀行《ぎんこう》の店内《てんない》では、監視カメラが常《つね》に作動《さどう》しています。

❷ 紙幣計数機に紙幣《しへい》を入《い》れて数《かぞ》えます。

❸ 番号表示機を見《み》れば、自分《じぶん》の前《まえ》に後何人《あとなんにん》いるか見当《けんとう》が付《つ》きます。

❹ 口座開設《こうざかいせつ》したら、暗証番号入力機に希望《きぼう》の暗証番号《あんしょうばんごう》を入力《にゅうりょく》してください。

❺ 不景気《ふけいき》のこのご時勢《じせい》、銀行員の仕事《しごと》も楽《らく》ではありません。

學更多

	例句出現的		原形／接續原則	意義	詞性
❶	店内では	→	**地點＋では**	在～地點	文型
	常に	→	**常に**	隨時	副詞
	作動して	→	**作動する**	啟動	動Ⅲ
	作動しています	→	**動詞て形＋いる**	目前狀態	文型
❷	入れて	→	**入れる**	放入	動Ⅱ
	数えます	→	**数える**	計算	動Ⅱ
❸	見れば	→	**見れば**	如果看的話，～	見る的條件形
	後何人	→	**後＋數量詞**	還有～數量	文型
	いる	→	**いる**	有（人或動物）	動Ⅱ
	見当が付きます	→	**見当が付く**	估計出來	動Ⅰ
❹	口座開設した	→	**口座開設する**	開戶	動Ⅲ
	口座開設したら	→	**動詞た形＋ら**	做～之後	文型
	暗証番号	→	**暗証番号**	密碼	名詞
	入力して	→	**入力する**	輸入	動Ⅲ
	入力してください	→	**動詞て形＋ください**	請做～	文型
❺	仕事も	→	**名詞＋も**	～也	文型
	楽ではありません	→	**楽**	輕鬆	な形

中譯

❶ 在銀行裡面，監視器是隨時啟用的。

❷ 將鈔票放進點鈔機計算。

❸ 只要看叫號顯示器，就可以估計還有幾個人排在自己前面。

❹ 開設帳戶之後，請在密碼輸入機裡輸入您想要設定的密碼。

❺ 在不景氣的時勢下，銀行行員的工作也不輕鬆。

158 銀行櫃檯(2)

MP3 158

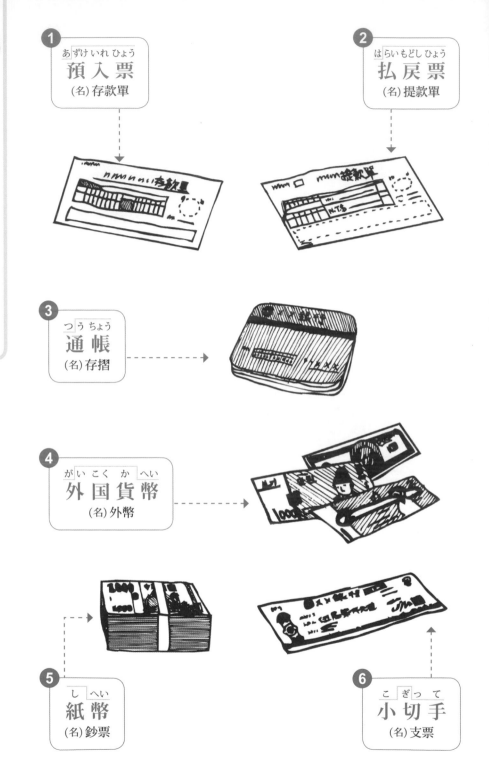

1 預《あずけ》入《いれ》票《ひょう》
(名)存款單

2 払《はらい》戻《もどし》票《ひょう》
(名)提款單

3 通《つう》帳《ちょう》
(名)存摺

4 外《がい》国《こく》貨《か》幣《へい》
(名)外幣

5 紙《し》幣《へい》
(名)鈔票

6 小《こ》切《ぎっ》手《て》
(名)支票

❶ 預入票に記入《きにゅう》して、口座《こうざ》に現金《げんきん》を入《い》れます。

❷ 払戻票に入力《にゅうりょく》して、口座《こうざ》から現金《げんきん》を下《お》ろします。

❸ 外国《がいこく》の銀行《ぎんこう》には、通帳のない銀行《ぎんこう》も多《おお》いです。

❹ 円高《えんだか》で、外国貨幣に両替《りょうがえ》する人《ひと》が増《ふ》えています。

❺ さすが銀行員《ぎんこういん》！紙幣を数《かぞ》えるのが速《はや》いです。

❻ 日本《にほん》では、一般人《いっぱんじん》が小切手を使《つか》う機会《きかい》は少《すく》ないです。

學更多

	例句出現的		原形／接續原則	意義	詞性
❶	記入して	→	記入する	填寫	動Ⅲ
	現金を入れます	→	現金を入れる	存入現金	動Ⅱ
❷	入力して	→	入力する	填寫	動Ⅲ
	口座から	→	名詞＋から	從～	文型
	現金を下ろします	→	現金を下ろす	提領現金	動Ⅰ
❸	ない	→	ない	沒有	い形
	銀行も	→	名詞＋も	～也	文型
❹	円高で	→	名詞＋で	因為～	文型
	両替する	→	両替する	兌換	動Ⅲ
	増えて	→	増える	增加	動Ⅱ
	増えています	→	動詞て形＋いる	目前狀態	文型
❺	さすが	→	さすが	不愧～	副詞
	数える	→	数える	數	動Ⅱ
	速い	→	速い	快的	い形
❻	日本では	→	地點＋では	在～地點	文型
	使う	→	使う	使用	動Ⅰ
	少ない	→	少ない	少的	い形

中譯

❶ 填寫存款單，將現金存入帳戶。

❷ 填寫提款單，從帳戶裡面提領現金。

❸ 外國的銀行也有很多沒有提供存摺。

❹ 因為日幣升值，把日幣兌換成外幣的人正在增加中。

❺ 真不愧是銀行行員！數鈔票的速度好快。

❻ 在日本，一般人使用支票的機會很少。

159 藥局(1)

MP3 159

1 錠剤《じょうざい》
(名)藥片

2 カプセル
(capsule)
(名)膠囊

3 薬剤師《やくざいし》
(名)藥師

4 軟膏《なんこう》
(名)藥膏

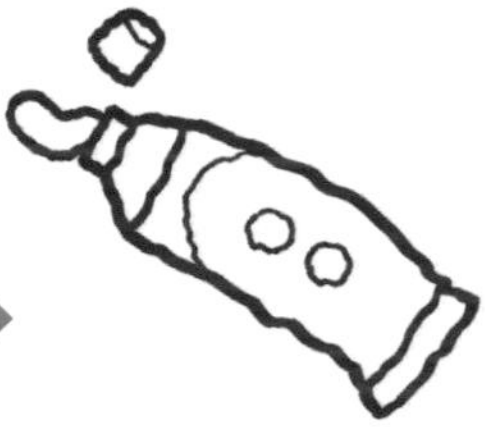

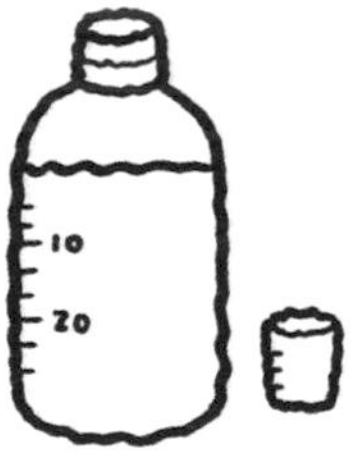

5 咳止めシロップ《せきどめシロップ》
(名)咳嗽糖漿

6 ビタミン
(vitamin)
(名)維他命

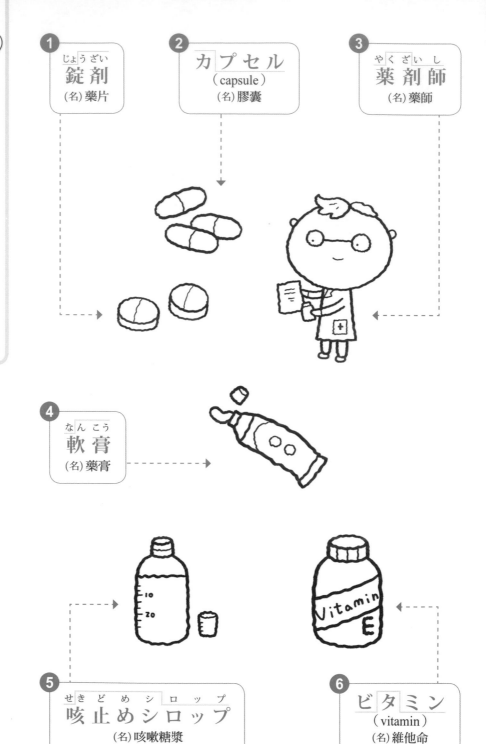

❶ 彼《かれ》は錠剤を飲《の》むのが苦手《にがて》です。

❷ 粉薬《こなぐすり》は、カプセルにして飲《の》みやすくなっています。

❸ 薬局《やっきょく》には薬剤師がいるので、薬《くすり》についての疑問《ぎもん》は何《なん》でも質問《しつもん》できます。

❹ 念《ねん》のために化膿止《かのうど》めの軟膏を塗《ぬ》っておきます。

❺ 子供《こども》が風邪《かぜ》を引《ひ》いて夜咳《よるせき》が止《と》まらないので、咳止めシロップを飲《の》ませました。

❻ ビタミン剤《ざい》を摂《と》るようになってから、風邪《かぜ》を引《ひ》かなくなりました。

學更多

	例句出現的		原形／接續原則	意義	詞性
❶	飲む	→	**飲む**	服用	動 I
❷	カプセルにして	→	**名詞＋にする**	做成～	文型
	飲み	→	**飲む**	服用	動 I
	飲みやすく	→	**動詞~~ます~~形＋やすい**	容易做～	文型
	飲みやすくなっています	→	**飲みやす~~い~~＋くなっている**	變成容易服用	文型
❸	いる	→	**いる**	有（人或動物）	動 II
	いるので	→	**動詞辭書形＋ので**	因為～	文型
	質問できます	→	**質問できる**	可以詢問	質問する的可能形
❹	塗って	→	**塗る**	塗抹	動 I
	塗っておきます	→	**動詞て形＋おく**	事前準備	文型
❺	風邪を引いて	→	**風邪を引く**	得到感冒	動 I
	止まらない	→	**止まる**	停止	動 I
	飲ませました	→	**飲ませる**	讓～服用	飲む的使役形
❻	摂る	→	**摂る**	攝取	動 I
	摂るようになってから	→	**動詞辭書形＋ようになってから**	習慣做～之後	文型
	風邪を引かなく	→	**風邪を引く**	得到感冒	動 I
	風邪を引かなくなりました	→	**風邪を引かな~~い~~＋くなりました**	變成不感冒了	文型

中譯

❶ 他不擅長吞藥片。
❷ 把藥粉做成膠囊，方便服用。
❸ 藥局有藥師，所以關於藥物的問題，不論是什麼都可以提問。
❹ 為了小心起見，先塗上防止化膿的藥膏。
❺ 孩子因為感冒夜咳不止，所以讓他喝了咳嗽糖漿。
❻ 有攝取維他命藥劑的習慣後，就不再感冒了。

160 薬局(2)

MP3 160

1 救《きゅう》急《きゅう》箱《ばこ》
(名)急救箱

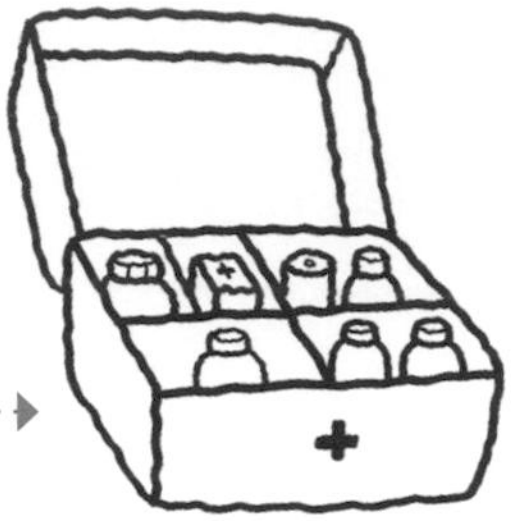

2 包《ほう》帯《たい》
(名)繃帶

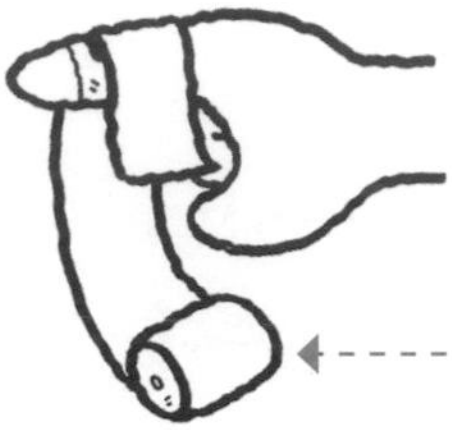

3 絆《ばん》創《そう》膏《こう》
(名)OK繃

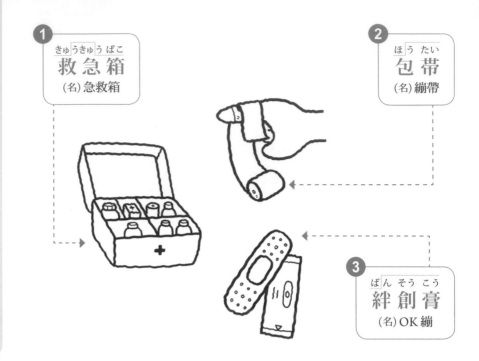

4 生《せい》理《り》用《よう》ナプキン《ナプキン》
(名)衛生棉

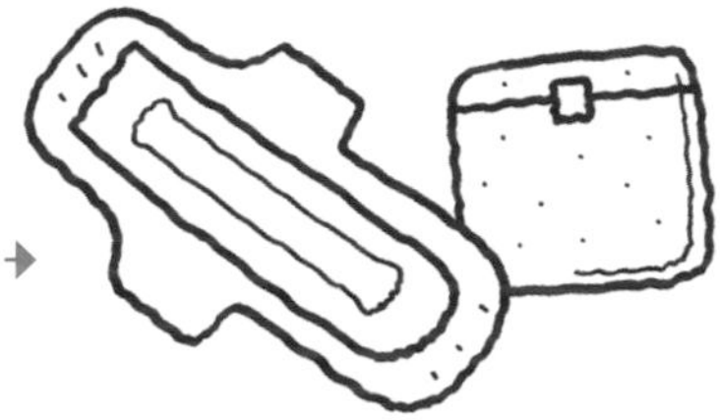

5 コンドーム
(condom)
(名)保險套

6 オムツ《オムツ》
(名)尿布

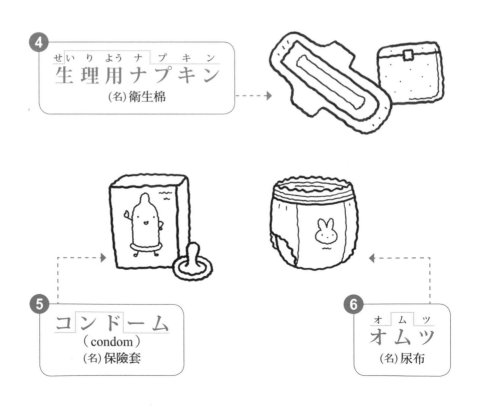

❶ 災害時《さいがいじ》や緊急時《きんきゅうじ》に備《そな》えて、救急箱を用意《ようい》しておきましょう。

❷ ちょっと怪我《けが》をしただけなのに、包帯をぐるぐる巻《ま》きにされてしまいました。

❸ 子供《こども》が怪我《けが》した時《とき》のために、絆創膏は常《つね》に持《も》ち歩《ある》いています。

❹ 生理用ナプキンだけでも、何十種類《なんじゅっしゅるい》も売《う》っています。

❺ コンドームは、自動販売機《じどうはんばいき》でも売《う》っています。

❻ オムツかぶれに効《き》く薬《くすり》はありますか？

學更多

	例句出現的		原形／接續原則	意義	詞性
❶	備えて	→	備える	防備	動II
	用意して	→	用意する	準備	動III
	用意しておきましょう	→	動詞て形＋おく	事前準備	文型
❷	怪我をした	→	怪我をする	受傷	動III
	怪我をしただけのに	→	動詞た形＋だけのに	明明只是～，卻～	文型
	ぐるぐる	→	ぐるぐる	一層一層地	副詞
	巻きにされる	→	巻きにされる	被纏繞	巻きにする的被動形
	巻きにされてしまいました	→	動詞て形＋しまいました	無法挽回的遺憾	文型
❸	怪我した	→	怪我する	受傷	動III
	怪我した時のために	→	名詞＋のために	為了～	文型
	持ち歩いて	→	持ち歩く	隨身攜帶	動I
	持ち歩いています	→	動詞て形＋いる	目前狀態	文型
❹	生理用ナプキンだけでも	→	名詞＋だけでも	即使只是～，也～	文型
	売って	→	売る	販賣	動I
❺	自動販売機でも	→	地點＋でも	在～地點，也～	文型
❻	効く	→	効く	有效	動I

中譯

❶ 為了防範災害時或緊急時刻，事先準備急救箱吧。
❷ 明明只是一點小傷，卻被包了一層層的繃帶。
❸ 為了在孩子受傷時派上用場，總是隨身攜帶OK繃。
❹ 即便只是衛生棉，也有幾十種種類在販售。
❺ 自動販賣機也有賣保險套。
❻ 有沒有治尿布疹的有效藥物？

161

傳統市場(1)

MP3 161

1

八《や》百《お》屋《や》

(名)菜販/菜攤

2

野《や》菜《さい》

(名)蔬菜

3

肉《にく》屋《や》

(名)肉販/肉攤

4

肉《にく》類《るい》

(名)肉類

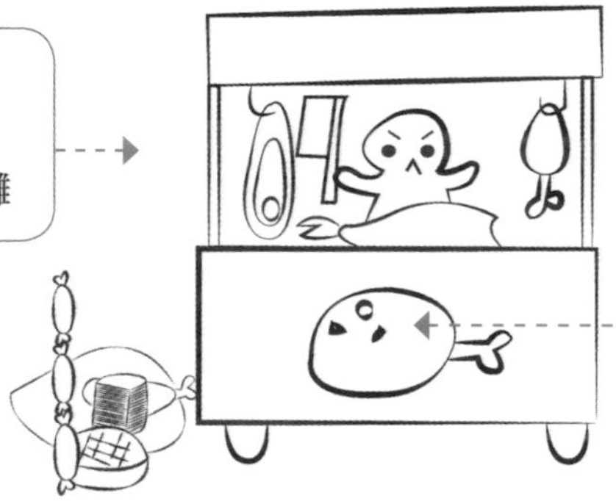

5

屋《や》台《たい》料《りょう》理《り》屋《や》

(名)小吃攤販/小吃攤

6

加《か》熱《ねつ》し《し》た《た》食《た》べ《べ》物《もの》

(名)熟食

7

ローフード

(raw food)

(名)生食

❶ 昔《むかし》に比《くら》べると、八百屋は少《すく》なくなりました。

❷ 緑黄色《りょくおうしょく》野菜には、豊富《ほうふ》なカロチンが含《ふく》まれています。

❸ 肉屋さんの作《つく》るメンチカツは、絶品《ぜっぴん》です。

❹ ベジタリアンは、肉類を一切口《いっさいくち》にしません。

❺ 台湾《たいわん》の街《まち》には屋台料理屋がたくさんあり、色々《いろいろ》な料理《りょうり》を楽《たの》しむことができます。

❻ 夏場《なつば》は、火《ひ》を通《とお》した加熱した食べ物を口《くち》にした方《ほう》が安心《あんしん》です。

❼ ローフードとは、生《なま》の物《もの》を食《た》べることで、近年流行《きんねんりゅうこう》しています。

學更多

	例句出現的		原形／接續原則	意義	詞性
❶	比べる	→	比べる	比較	動Ⅱ
	比べると	→	動詞辭書形＋と	如果～的話，就～	文型
	少なくなりました	→	少な~~い~~＋くなりました	變少了	文型
❷	含まれて	→	含まれる	包含	動Ⅱ
	含まれています	→	動詞辭書形＋いる	目前狀態	文型
❸	作る	→	作る	製作	動Ⅰ
❹	口にしません	→	口にする	吃、入口	動Ⅲ
❺	あり	→	ある	有（事或物）	動Ⅰ
	楽しむ	→	楽しむ	享用	動Ⅰ
	楽しむことができます	→	動詞辭書形＋ことができる	可以做～	文型
❻	火を通した	→	火を通す	加熱	動Ⅰ
	口にした	→	口にする	吃、入口	動Ⅲ
	口にした方が	→	動詞た形＋方が	做～比較	文型
❼	流行して	→	流行する	流行	動Ⅲ

中譯

❶ 和以前比起來，菜販變少了。
❷ 黃綠色的蔬菜含有豐富的胡蘿蔔素。
❸ 肉販做的炸肉餅是很棒的東西。
❹ 素食者完全不吃肉類。
❺ 台灣的街上有很多小吃攤，可以享用各式各樣的料理。
❻ 夏天時，食用加熱過的熟食比較安心。
❼ 所謂的生食就是食用生的東西，近年來非常流行。

162 傳統市場(2)

MP3 162

1 主《しゅ》婦《ふ》
(名)家庭主婦

2 カート
（cart）
(名)菜籃車

3 果物《くだもの》
(名)水果

4 乾《かん》物《ぶつ》
(名)乾貨

5 漬《つけ》物《もの》
(名)醃漬物

6 海《かい》鮮《せん》
(名)海鮮

7 計《けい》量《りょう》器《き》
(名)磅秤

❶ 市場《いちば》では、食料品《しょくりょうひん》の買《か》い物《もの》をする主婦の姿《すがた》が目《め》立《だ》ちます。

❷ たくさん買《か》い物《もの》をする場合《ばあい》、カートを持参《じさん》すると便利《べんり》です。

❸ 息子《むすこ》は果物が大好《だいす》きで、何《なん》でも食《た》べます。

❹ 近年多《きんねんおお》くの乾物を、中国《ちゅうごく》から輸入《ゆにゅう》しています。

❺ 京都《きょうと》には、美味《おい》しい漬物屋《や》さんが何軒《なんげん》もあります。

❻ 函館市《はこだてし》では、新鮮《しんせん》な海鮮料理《りょうり》を楽《たの》しむことができます。

❼ 計量器で１ｋｇ分《いちキログラムぶん》の果物《くだもの》を量《はか》ってもらいました。

學更多

	例句出現的		原形／接續原則	意義	詞性
❶	買い物をする	→	買い物をする	購物	動Ⅲ
	目立ちます	→	目立つ	顯眼	動Ⅰ
❷	買い物をする	→	買い物をする	購物	動Ⅲ
	持参する	→	持参する	自備	動Ⅲ
	持参すると	→	動詞辭書形＋と	如果～的話，就～	文型
❸	何でも	→	何でも	不論什麼都～	副詞
	食べます	→	食べる	吃	動Ⅱ
❹	輸入して	→	輸入する	進口	動Ⅲ
	輸入しています	→	動詞て形＋いる	目前狀態	文型
❺	何軒も	→	何軒＋も	好幾間	文型
❻	楽しむ	→	楽しむ	享用	動Ⅰ
	楽しむことができます	→	動詞辭書形＋ことができる	可以做～	文型
❼	量って	→	量る	秤重	動Ⅰ
	量ってもらいました	→	動詞て形＋もらいました	請別人為我做了～	文型

中譯

❶ 市場裡，購買食品的家庭主婦的身影很顯眼。
❷ 要買很多東西時，自備菜籃車會比較方便。
❸ 兒子非常喜歡吃水果，不論什麼種類都吃。
❹ 近年來，很多乾貨都是從中國進口的。
❺ 京都有好幾間好吃的醃漬物店家。
❻ 在函館市可以享用新鮮的海鮮料理。
❼ 請店家用磅秤幫我秤出１公斤重的水果。

163 電梯(1)

MP3 163

1 エレベーターのドア《エレベーターのドア》

(名)電梯門

1 上《うえ》ボタン《ボタン》

(名)上樓按鈕

▲（上樓按鈕放大圖）

▼（下樓按鈕放大圖）

3 下《した》ボタン《ボタン》

(名)下樓按鈕

4 鏡《かがみ》

(名)鏡子

5 エレベーターガール

（elevator girl）

(名)電梯小姐

6 透明《とうめい》ガラス《ガラス》

(名)透明玻璃

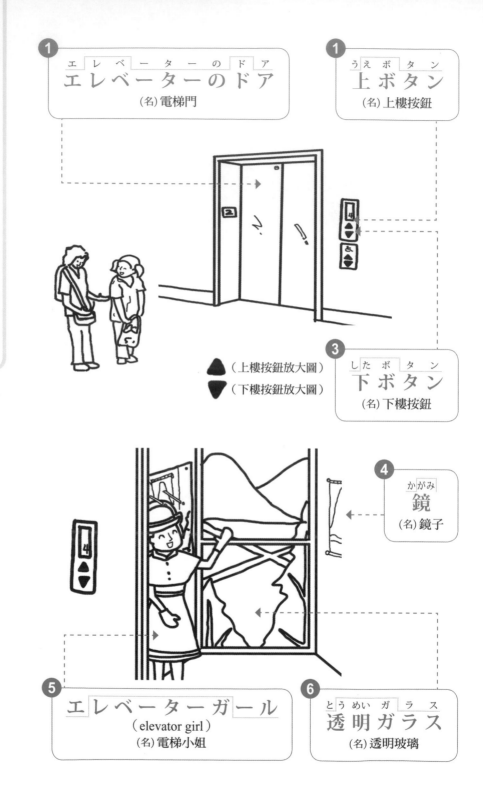

❶ エレベーターのドアに挟《はさ》まれそうになりました。

❷ 上《うえ》の階《かい》に行《い》く時《とき》は、上ボタンを押《お》します。

❸ 下《した》の階《かい》に行《い》く時《とき》は、下ボタンを押《お》します。

❹ エレベーターの中《なか》には鏡があります。

❺ 百貨店《ひゃっかてん》のエレベーターには、エレベーターガールが乗《の》っています。

❻ 透明ガラスの窓《まど》のエレベータに乗《の》ると、外《そと》が見《み》えて怖《こわ》いです。

學更多

	例句出現的		原形／接續原則	意義	詞性
❶	挟まれ	→	**挟まれる**	被夾住	挟む的被動形
	挟まれそうになりました	→	**動詞ます形＋そうなりました**	差一點～	文形
❷	上の階に	→	**地點＋に**	往～地點	文形
	行く	→	**行く**	去	動 I
	行く時	→	**動詞辭書形＋時**	～的時候	文形
	押します	→	**押す**	按壓	動 I
❸	行く	→	**行く**	去	動 I
	押します	→	**押す**	按壓	動 I
❹	あります	→	**ある**	有（事或物）	動 I
❺	百貨店	→	**百貨店**	百貨公司	名詞
	乗って	→	**乗る**	搭乘	動 I
	乗っています	→	**動詞て形＋いる**	目前狀態	文形
❻	乗る	→	**乗る**	搭乘	動 I
	乗ると	→	**動詞辭書形＋と**	如果～的話，就～	文型
	見えて	→	**見える**	看得見	動 II
	怖い	→	**怖い**	恐怖的	い形

中譯

❶ 差一點就被電梯門給夾住了。
❷ 前往上面的樓層時，要按向上按鈕。
❸ 前往下面的樓層時，要按向下按鈕。
❹ 電梯裡面有鏡子。
❺ 百貨公司的電梯，有電梯小姐在裡面乘坐。
❻ 搭乘有透明玻璃窗的電梯時，可以看到外面的景象，感覺很恐怖。

164

電梯(2)

MP3 164

1 インターホン
（intercom）
(名) 對講機

2 モニター
（monitor）
(名) 顯示螢幕/監視器

3 緊急《きんきゅう》ボタン
(名) 緊急按鈕

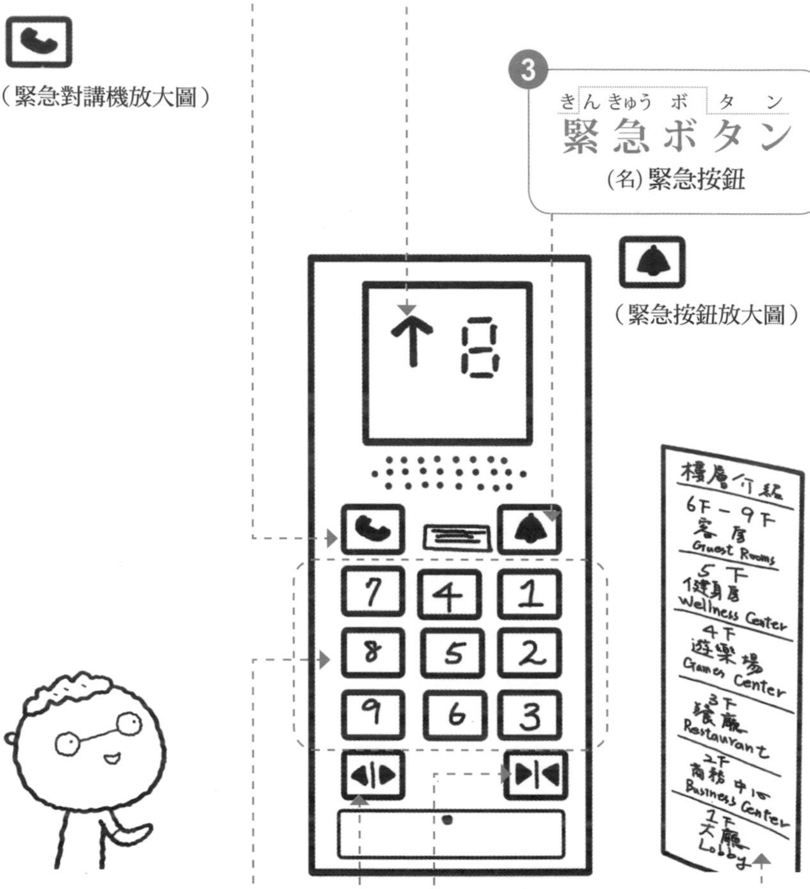

（緊急對講機放大圖）

（緊急按鈕放大圖）

4 フロアボタン
（floor button）
(名) 樓層按鈕

5 フロア案内《あんない》
(名) 樓層簡介表

6 開《ひら》くボタン
(名) 開門鈕

7 閉《と》じるボタン
(名) 關門鈕

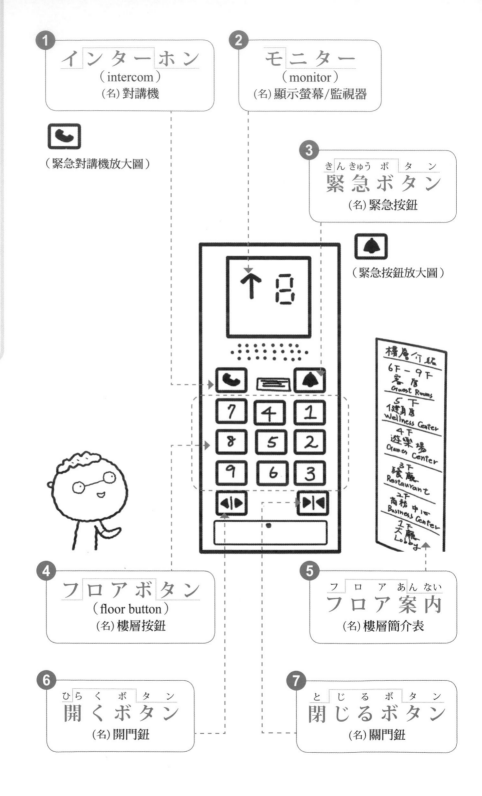

❶ インターホンを押《お》すと、警備会社《けいびがいしゃ》に繋《つな》がります。

❷ エレベータの中《なか》の様子《ようす》は、モニターに映《うつ》し出《だ》されています。

❸ 緊急時《きんきゅうじ》には、緊急ボタンを押《お》してください。

❹ エレベーターに乗《の》ったら、希望《きぼう》のフロアボタンを選《えら》んで押《お》します。

❺ 各階《かくかい》の売《う》り場《ば》については、フロア案内をご覧《らん》ください。

❻ 開くボタンを押《お》すと、ドアを開《ひら》いた状態《じょうたい》に保《たも》てます。

❼ 閉じるボタンを押《お》すと、ドアが閉《し》まります。

學更多

	例句出現的		原形／接續原則	意義	詞性
❶	押す	→	押す	按壓	動 I
	押すと	→	動詞辭書形＋と	如果～的話，就～	文型
	繋がります	→	繋がる	聯繫	動 I
❷	映し出されて	→	映し出される	被放映出	映し出す的被動形
	映し出されています	→	動詞て形＋いる	目前狀態	文型
❸	押して	→	押す	按壓	動 I
	押してください	→	動詞て形＋ください	請做～	文型
❹	乗った	→	乗る	搭乘	動 I
	乗ったら	→	動詞た形＋ら	做～之後	文型
	選んで	→	選ぶ	選擇	動 I
	押します	→	押す	按壓	動 I
❺	ご覧ください	→	ご覧ください	請您看	尊敬語
❻	開いた	→	開く	打開	動 I
	保てます	→	保てる	可以保持	保つ的可能形
❼	閉まります	→	閉まる	關閉	動 I

中譯

❶ 只要按下對講機，就可以和保全公司聯繫。
❷ 電梯裡面的狀況，會出現在監視器上。
❸ 有緊急情況時，請按下緊急按鈕。
❹ 進了電梯，選擇想要去的樓層按鈕後按下。
❺ 關於各樓層的賣場，請您看樓層簡介表。
❻ 只要按住開門鈕，就可以讓門維持在開啟的狀態。
❼ 只要按住關門鈕，門就會關上。

165 花店(1)

MP3 165

1 花《はな》束《たば》
(名)花束

2 包《ほう》装《そう》紙《し》
(名)包装紙

3 リボン
（ribbon）
(名)緞帶

4 カード
（card）
(名)卡片

5 フラワーバスケット
（flower basket）
(名)花籃

❶ 彼《かれ》は家族《かぞく》の誕生日《たんじょうび》には、必《かなら》ず花束を用意《ようい》します。

❷ 包装紙は、店員《てんいん》さんに選《えら》んでもらいました。

❸ リボンの色《いろ》は、店員《てんいん》さんに任《まか》せました。

❹ 花束《はなたば》にカードを添《そ》えて、送《おく》ってもらいました。

❺ お見舞《みま》い用《よう》に、フラワーバスケットを作《つく》ってもらいました。

學更多

	例句出現的		原形／接續原則	意義	詞性
❶	家族	→	**家族**	家人	名詞
	誕生日	→	**誕生日**	生日	名詞
	必ず	→	**必ず**	一定	副詞
	用意します	→	**用意する**	準備	動III
❷	選んで	→	**選ぶ**	選擇	動I
	選んでもらいました	→	**動詞て形＋もらいました**	請別人為我做了～	文型
❸	任せました	→	**任せる**	交付	動II
❹	添えて	→	**添える**	附上	動II
	送って	→	**送る**	送出	動I
	送ってもらいました	→	**動詞て形＋もらいました**	請別人為我做了～	文型
❺	お見舞い用	→	**お見舞い用**	探病用	名詞
	お見舞い用に	→	**名詞＋に**	在～方面	名詞
	作って	→	**作る**	製作	動I
	作ってもらいました	→	**動詞て形＋もらいました**	請別人為我做了～	文型

中譯

❶ 在家人的生日時，他一定會準備花束。
❷ 請店員幫忙選了包裝紙。
❸ 緞帶的顏色交給店員決定。
❹ 在花束上附上卡片，請人送過去。
❺ 請人做了一個探病用的花籃。

166 花店(2)

MP3 166

1. ゴム《ゴム》手《て》袋《ぶくろ》
(名)橡膠手套

2. エプロン
（apron）
(名)工作圍裙

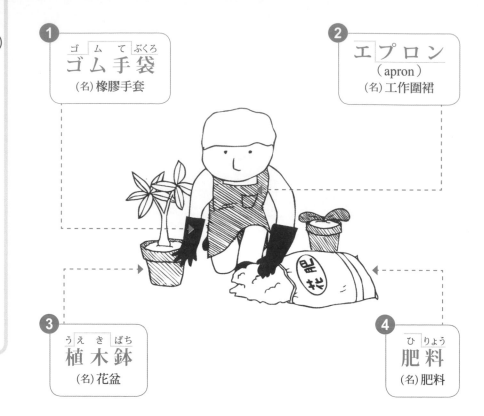

3. 植《うえ》木《き》鉢《ばち》
(名)花盆

4. 肥《ひ》料《りょう》
(名)肥料

5. 花《か》瓶《びん》
(名)花瓶

6. 如《じょ》雨《う》露《ろ》
(名)澆花器

7. 生《せい》花《か》
(名)鮮花

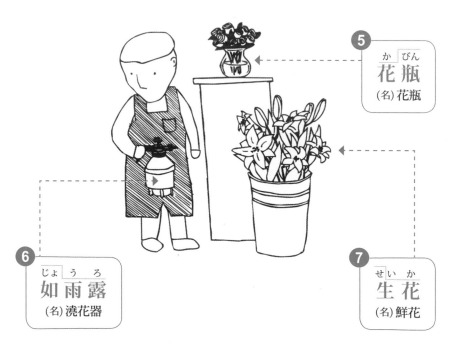

❶ 棘《とげ》が刺《さ》さらないように、ゴム手袋をします。

❷ そこのエプロンを付《つ》けた人《ひと》が、花屋《はなや》の店長《てんちょう》です。

❸ 植木鉢に入《はい》った花《はな》は、お見《み》舞《ま》いには向《む》きません。

❹ 肥料をたっぷり入《い》れた植木鉢《うえきばち》に、種《たね》を蒔《ま》きます。

❺ 色《いろ》とりどりの花《はな》が、素敵《すてき》な花瓶に生《い》けられています。

❻ 花屋《はなや》の店員《てんいん》が、花《はな》に如雨露で水《みず》をやっています。

❼ 生花を使《つか》った素敵《すてき》なフラワーアレンジメントを、作《つく》ってみたいです。

學更多

	例句出現的		原形／接續原則	意義	詞性
❶	刺さらない	→	刺さる	刺到	動I
	刺さらないように	→	動詞ない形＋ように	為了不要～	文型
	ゴム手袋をします	→	ゴム手袋をする	戴手套	動III
❷	付けた	→	付ける	穿上	動II
❸	入った	→	入る	裝入	動I
	向きません	→	向く	適合	動I
❹	入れた	→	入れる	放入	動II
	蒔きます	→	蒔く	撒	動I
❺	色とりどり	→	色とりどり	色彩繽紛	名詞
	生けられて	→	生けられる	被插	生ける的被動形
	生けられています	→	動詞て形＋いる	目前狀態	文型
❻	水をやって	→	水をやる	澆水	動I
❼	使った	→	使う	使用	動I
	作って	→	作る	製作	動I
	作ってみたい	→	動詞て形＋みたい	想要做～看看	文型

中譯

❶ 為了不要被刺刺到，要戴上橡膠手套。
❷ 在那裡穿著工作圍裙的人，就是花店的店長。
❸ 種在花盆裡的花，不適合拿去探病。
❹ 在加了大量肥料的花盆裡，撒下種子。
❺ 色彩繽紛的花插在漂亮的花瓶裡。
❻ 花店的店員用澆花器給花澆水。
❼ 想嘗試用鮮花做出美麗的插花作品。

167 美容院(1)

MP3 167

1 パーマ機《パーマき》
(名)燙髮機

2 美容師《びようし》
(名)髮型設計師

3 カットクロス
(cut cloth)
(名)剪髮袍

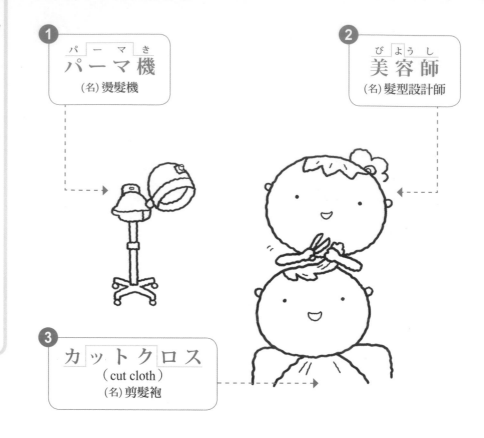

4 シャンプー台《シャンプーだい》
(名)沖水台

5 泡《あわ》
(名)泡沫

❶ パーマ機で頭《あたま》を暖《あたた》めます。

❷ 美容師になるには、美容師免許《めんきょ》が必要《ひつよう》です。

❸ 髪《かみ》の毛《け》が服《ふく》に付《つ》かないように、カットクロスを付《つ》けてもらいました。

❹ ヘアカットの前《まえ》に、シャンプー台に行《い》って髪《かみ》を洗《あら》ってもらいます。

❺ 子供《こども》のころはよく石鹸《せっけん》の泡で遊《あそ》びながら入浴《にゅうよく》していました。

學更多

	例句出現的		原形／接續原則	意義	詞性
❶	パーマ機で	→	**名詞＋で**	利用～	文型
	暖めます	→	**暖める**	溫熱	動II
❷	なる	→	**なる**	成為	動I
	なるには	→	**動詞辭書形＋には**	在～方面	文型
	免許	→	**免許**	執照	名詞
❸	付かない	→	**付く**	沾到	動I
	付かないように	→	**動詞ない形＋ように**	為了不要做～	文型
	付けて	→	**付ける**	穿上	動II
	付けてもらいました	→	**動詞て形＋もらいました**	請別人為我做了～	文型
❹	ヘアカットの前に	→	**名詞＋の前に**	～之前	文型
	行って	→	**行く**	去	動I
	洗って	→	**洗う**	清洗	動I
	洗ってもらいます	→	**動詞て形＋もらう**	請別人為我做～	文型
❺	遊び	→	**遊ぶ**	玩	動I
	遊びながら	→	**動詞ます形＋ながら**	一邊～，一邊～	文型
	入浴して	→	**入浴する**	洗澡	動III
	入浴していました	→	**動詞て形＋いました**	過去維持的狀態	文型

中譯

❶ 用燙髮機溫熱頭部。
❷ 要成為髮型設計師，必須有髮型設計師執照。
❸ 為了避免頭髮沾在衣服上，請人幫忙圍上剪髮袍。
❹ 剪頭髮之前，先到沖水台請人洗頭。
❺ 孩童時期經常一邊玩肥皂泡沫，一邊洗澡。

168 美容院(2)

MP3 168

① ブラシ
(brush)
(名) 梳子

② ドライヤー
(dryer)
(名) 吹風機

③ カーラー
(curler)
(名) 髮捲

④ 鬘《かつら》
(名) 假髮

⑤ スタイリング《スタイリング》製品《せいひん》
(名) 造型產品

❶ ブラシで頭皮《とうひ》をマッサージします。

❷ ドライヤーでブローしてもらいます。

❸ 毎晩《まいばん》カーラーを巻《ま》いて、緩《ゆる》いウエーブになるようにしています。

❹ 白《しら》髪《が》染《ぞ》めをするのが面倒《めんどう》なので、鬘についで相談《そうだん》しました。

❺ 高価《こうか》なスタイリング製品を薦《すす》められて、買《か》ってしまいました。

學更多

	例句出現的		原形／接續原則	意義	詞性
❶	ブラシで	→	名詞＋で	利用～	文型
	マッサージします	→	マッサージする	按摩	動Ⅲ
❷	ドライヤーで	→	名詞＋で	利用～	文型
	ブローして	→	ブローする	吹（頭髮）	動Ⅲ
	ブローしてもらいます	→	動詞て形＋もらう	請別人為我做～	文型
❸	カーラーを巻いて	→	カーラーを巻く	上髮捲	動Ⅰ
	緩い	→	緩い	相緩的	い形
	ウエーブ	→	ウエーブ	波浪	名詞
	なる	→	なる	變成	動Ⅰ
	なるようにしています	→	動詞辭書形＋ようにしている	盡量有在做～	文型
❹	白髪染めをする	→	白髪染めをする	把白髮染色	動Ⅲ
	面倒なので	→	な形容詞＋な＋ので	因為～	文型
	鬘について	→	名詞＋について	關於～	文型
	相談しました	→	相談する	諮詢	動Ⅲ
❺	薦められて	→	薦められる	被推薦	薦める的被動形
	買って	→	買う	買	動Ⅰ
	買ってしまいました	→	動詞て形＋しまいました	無法挽回的遺憾	文型

中譯

❶ 用梳子按摩頭皮。
❷ 請人幫我用吹風機吹頭髮。
❸ 每天晚上上髮捲，盡量維持微微的波浪捲。
❹ 把白髮染黑太麻煩，所以諮詢了假髮的事。
❺ 被推銷昂貴的造型產品，只好買下來。

169 戶外廣場(1)

MP3 169

1 露《ろ》天《てん》商《しょう》
(名)小販

2 観《かん》光《こう》客《きゃく》
(名)遊客

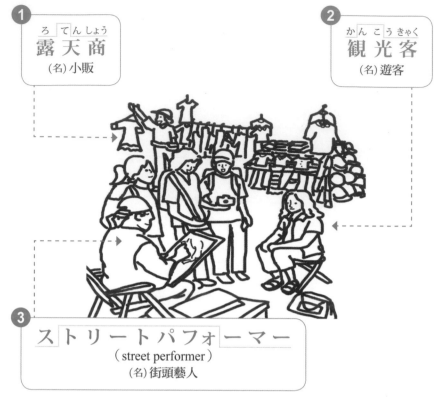

3 ストリートパフォーマー
(street performer)
(名)街頭藝人

4 マーケット
(market)
(名)市集

5 フリーマーケット
(flea market)
(名)跳蚤市場

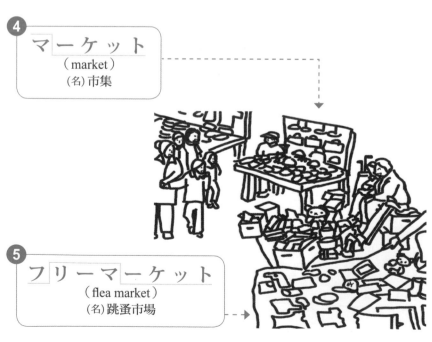

❶ 露天商同士《どうし》が、商売《しょうばい》のことで言《い》い争《あらそ》っています。

❷ イベントには、観光客も多《おお》くやって来《き》ます。

❸ 公園《こうえん》で、ストリートパフォーマーのパフォーマンスを楽《たの》しみます。

❹ ヨーロッパの街《まち》では、主《おも》に朝《あさ》マーケットが出《で》ます。

❺ フリーマーケットでは、きっと掘《ほ》り出《だ》し物《もの》が見《み》つかりますよ。

學更多

	例句出現的		原形／接續原則	意義	詞性
❶	露天商同士	→	名詞＋同士	～之間	文型
	商売のことで	→	名詞＋で	因為～	文型
	言い争って	→	言い争う	爭吵	動Ⅰ
	言い争っています	→	動詞て形＋いる	目前狀態	文型
❷	イベント	→	イベント	活動	名詞
	観光客も	→	名詞＋も	～也	文型
	やって来ます	→	やって来る	到來	動Ⅲ
❸	公園で	→	地點＋で	在～地點	文型
	パフォーマンス	→	パフォーマンス	表演	名詞
	楽しみます	→	楽しむ	欣賞	動Ⅰ
❹	主に	→	主に	主要、多半	副詞
	出ます	→	出る	參加	動Ⅱ
❺	きっと	→	きっと	一定	副詞
	掘り出し物	→	掘り出し物	偶然找到的好東西	名詞
	見つかります	→	見つかります	找到	動Ⅰ

中譯

❶ 小販之間，為了生意而起爭執。
❷ 也有很多遊客來參加活動。
❸ 在公園欣賞街頭藝人的表演。
❹ 在歐洲的街道上，多半是早上的市集出來擺攤。
❺ 在跳蚤市場上，一定可以發現偶然找到的寶物喔。

170 戸外廣場(2)

MP3 170

1 噴《ふん》水《すい》
(名)噴泉

2 銅《どう》像《ぞう》
(名)雕像

3 花《か》壇《だん》
(名)花壇

4 鳩《はと》
(名)鴿子

5 コンサート
(concert)
(名)音樂會

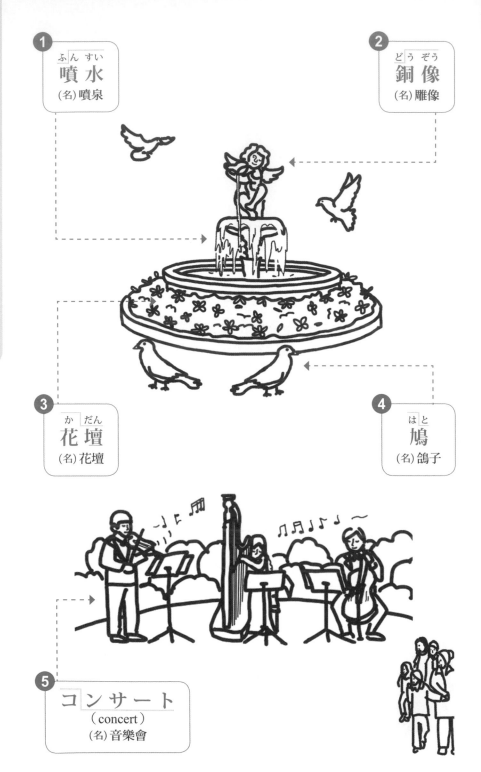

❶ この噴水の中《なか》にコインを投《な》げる人《ひと》が、たくさんいます。

❷ これは誰《だれ》の銅像ですか？

❸ 花壇にチューリップが植《う》えられています。

❹ 鳩がたくさんいて、エサをやることもできます。

❺ 広場《ひろば》では、祭《まつ》りやコンサート等《など》のイベントも行《おこな》われます。

學更多

	例句出現的		原形／接續原則	意義	詞性
❶	コイン	→	コイン	硬幣	名詞
	投げる	→	投げる	投擲	動II
	たくさん	→	たくさん	很多	副詞
	います	→	いる	有（人或動物）	動II
❷	これ	→	これ	這個	指示代名詞
❸	チューリップ	→	チューリップ	鬱金香	名詞
	植えられて	→	植えられる	被種植	植える的被動形
	植えられています	→	動詞て形＋いる	目前狀態	文型
❹	たくさん	→	たくさん	很多	副詞
	いて	→	いる	有（人或動物）	動II
	エサをやる	→	エサをやる	餵飼料	動 I
	エサをやることもできます	→	動詞辭書形＋こともできる	也可以做～	文型
❺	広場では	→	地點＋では	在～地點	文型
	祭りやコンサート等	→	名詞Ａ＋や＋名詞Ｂ＋等	名詞Ａ和名詞Ｂ之類	文型
	行われます	→	行われる	舉辦	動II

中譯

❶ 有很多人把硬幣扔進這個噴泉裡。
❷ 這是誰的雕像？
❸ 花壇裡種植了鬱金香。
❹ 有很多鴿子，也可以餵牠們飼料。
❺ 在廣場上，也舉行了祭典和音樂會之類的活動。

171 戸外廣場(3)

MP3 171

1 花火《はなび》
(名)煙火

2 旗《はた》
(名)旗幟

3 時計台《とけいだい》
(名)鐘塔

4 願い池《ねがいいけ》
(名)許願池

5 記念碑《きねんひ》
(名)紀念碑

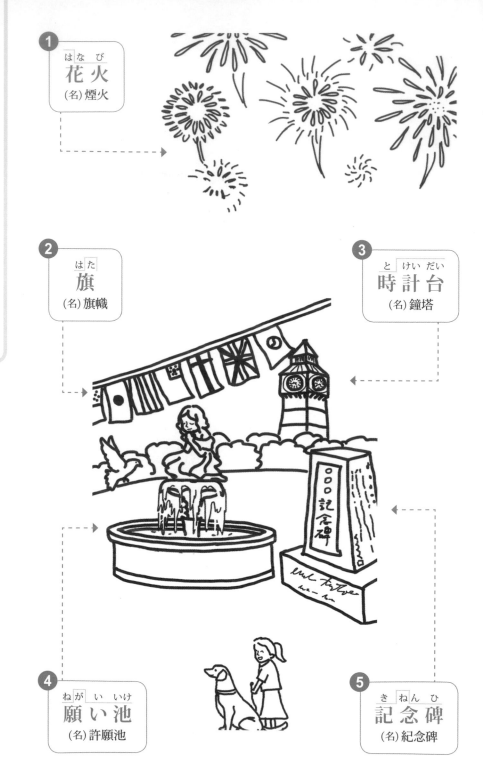

❶ 夏《なつ》の花火大会《たいかい》には、浴衣《ゆかた》を着《き》た男女《だんじょ》の姿《すがた》が見《み》られます。

❷ 日本《にほん》の旗は日《ひ》の丸《まる》です。

❸ 時計台は、丘《おか》の上《うえ》にあります。

❹ 願い池には、美《うつく》しい鯉《こい》が泳《およ》いでいます。

❺ 戦争《せんそう》の後《あと》、平和《へいわ》を願《ねが》う記念碑が立《た》てられました。

學更多

	例句出現的		原形／接續原則	意義	詞性
❶	夏の花火大会には	→	場合＋には	在～場合	文型
	着た	→	着る	穿	動II
	姿	→	姿	身影	名詞
	見られます	→	見られる	可以看見	見る的可能形
❷	日の丸	→	日の丸	日之丸（日本國旗）	名詞
❸	丘	→	丘	山丘	名詞
	丘の上にあります	→	地點＋にある	位於～	文型
❹	願い池には	→	地點＋には	在～地點	文型
	美しい	→	美しい	美麗的	い形
	泳いで	→	泳ぐ	游泳	動 I
	泳いでいます	→	動詞て形＋いる	目前狀態	文型
❺	戦争の後	→	名詞＋の後	～之後	文型
	願う	→	願う	祈求	動 I
	立てられました	→	立てられる	被豎立	立てる的被動形

中譯

❶ 夏季的煙火大會中，可以看到穿著浴衣的男男女女的身影。
❷ 日本的旗幟是白底上有紅色圓圈圖案的日之丸。
❸ 鐘塔在山丘上。
❹ 許願池裡，美麗的鯉魚正在游走。
❺ 戰爭之後，豎立了祈求和平的紀念碑。

172 行李箱內(1)

MP3 172

1 着《き》替《が》え《え》
(名) 換洗衣物

2 洗《せん》面《めん》用《よう》具《ぐ》
(名) 盥洗用具

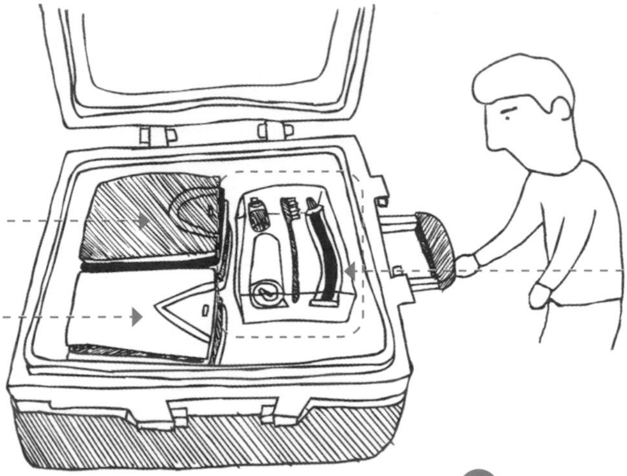

3 ファスナー
(fastener)
(名) 拉鍊

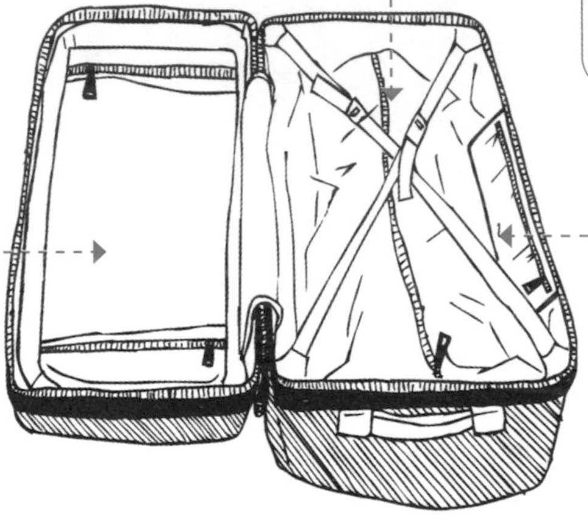

4 ポケット
(pocket)
(名) 夾層

5 シークレットポケット
(secret pocket)
(名) 暗袋

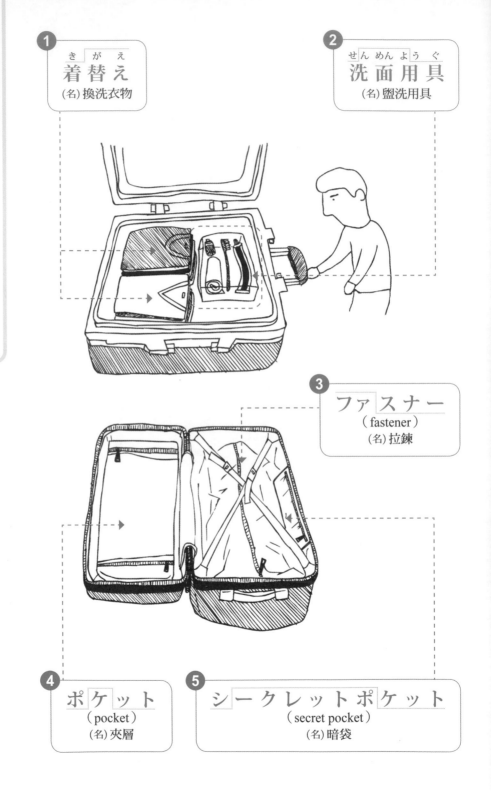

❶ 家《いえ》に着替えを忘《わす》れたことを、旅先《たびさき》で気《き》づきました。

❷ 洗面用具をスーツケースにしまいました。

❸ 盗難防止《とうなんぼうし》のため、鞄《かばん》のファスナーを閉《し》めます。

❹ ポケットに何《なに》が入《はい》っているんですか？

❺ シークレットポケットに貴重品《きちょうひん》を入《い》れておきます。

學更多

	例句出現的		原形／接續原則	意義	詞性
❶	忘れた	→	忘れる	忘記	動II
	旅先で	→	地點＋で	在～地點	文型
	気づきました	→	気づく	發現	動I
❷	スーツケース	→	スーツケース	行李箱	名詞
	しまいました	→	しまう	收拾	動I
❸	盗難	→	盗難	被偷東西	名詞
	盗難防止のため	→	名詞＋のため	為了～	文型
	閉めます	→	閉める	合上、關閉	動II
❹	入って	→	入る	裝入	動I
	入っている	→	動詞て形＋いる	目前狀態	文型
	入っているんですか	→	動詞ている形＋んですか	關心好奇、期待回答	文型
❺	貴重品	→	貴重品	貴重物品	名詞
	入れて	→	入れて	放入	動II
	入れておきます	→	動詞て形＋おく	妥善處理	文型

中譯

❶ 把換洗衣物忘在家裡，在旅行目的地才注意到。
❷ 將盥洗用具收進行李箱。
❸ 為了防止被偷東西，拉上皮包的拉鍊。
❹ 夾層裡裝了什麼東西？
❺ 將貴重物品放進暗袋。

173 行李箱內(2)

MP3 173

1 収納袋《しゅうのうぶくろ》
(名)収納袋

2 地図《ちず》
(名)地圖

3 ノート
(note)
(名)筆記本

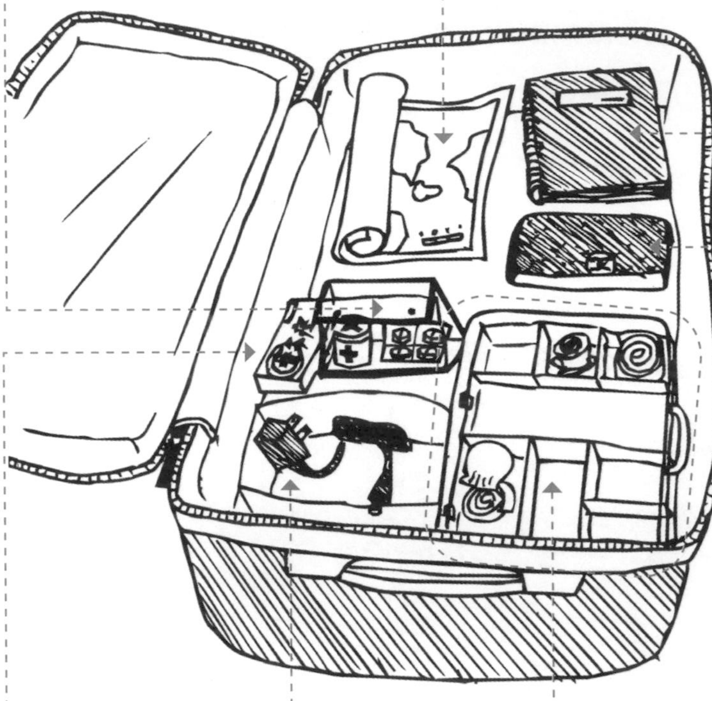

4 収納《しゅうのう》ケース
(名)收納盒

5 薬《くすり》
(名)藥品

6 充電器《じゅうでんき》
(名)充電器

7 財布《さいふ》
(名)皮夾

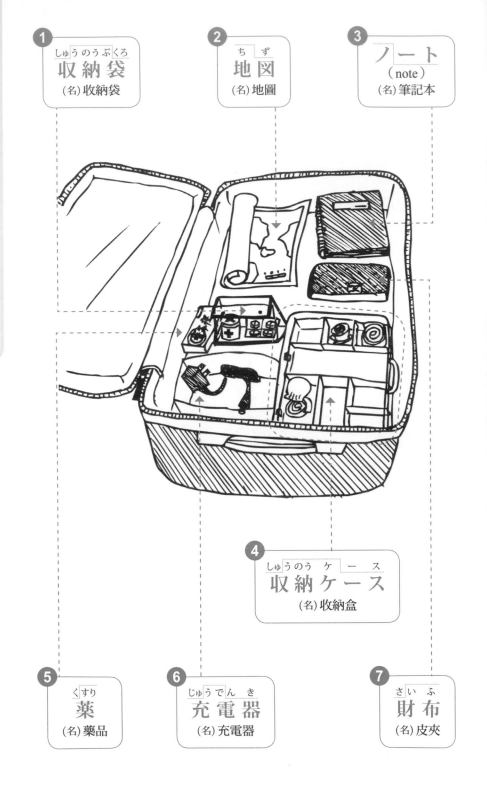

❶ 圧縮《あっしゅく》収納袋があると、たくさんの衣類《いるい》を入《い》れることができて便利《べんり》です。

❷ 見知《みし》らぬ街《まち》を観光《かんこう》する時《とき》、地図は必需品《ひつじゅひん》です。

❸ いつでもメモがとれるように、ノートを持参《じさん》しましょう。

❹ 収納ケースに荷物《にもつ》を分類《ぶんるい》しました。

❺ 飲《の》みなれた薬も持《も》って行《い》きましょう。

❻ 携帯電話《けいたいでんわ》の充電器を、忘《わす》れてしまいました。

❼ 財布に現金《げんきん》を入《い》れます。

學更多

	例句出現的		原形／接續原則	意義	詞性
❶	ある	→	ある	有（事或物）	動 I
	あると	→	動詞辭書形＋と	如果～的話，就～	文型
	入れる	→	入れる	放入	動 II
	入れることができて	→	動詞辭書形＋ことができる	可以做～	文型
❷	観光する	→	観光する	觀光	動 III
❸	とれる	→	とれる	可以做（筆記）	とる的可能形
	とれるように	→	とれる＋ように	為了可以做（筆記）	文型
	持参しましょう	→	持参する	攜帶	動 III
❹	分類しました	→	分類する	分類	動 III
❺	飲みなれた	→	飲みなれる	習慣服用	動 II
	持って行きましょう	→	持って行く	帶去	動 I
❻	忘れて	→	忘れる	忘記	動 II
	忘れてしまいました	→	動詞て形＋しまいました	無法挽回的遺憾	文型
❼	入れます	→	入れる	放入	動 II

中譯

❶ 如果有壓縮收納袋，就可以放進很多衣服，非常方便。
❷ 在陌生的城市觀光時，地圖是必備品。
❸ 為了可以隨時做筆記，隨身攜帶筆記本吧。
❹ 將行李分類到收納盒裡。
❺ 慣用的藥品也隨身攜帶吧。
❻ 忘了帶手機的充電器。
❼ 在皮夾放入現金。

174 車禍現場(1)

MP3 174

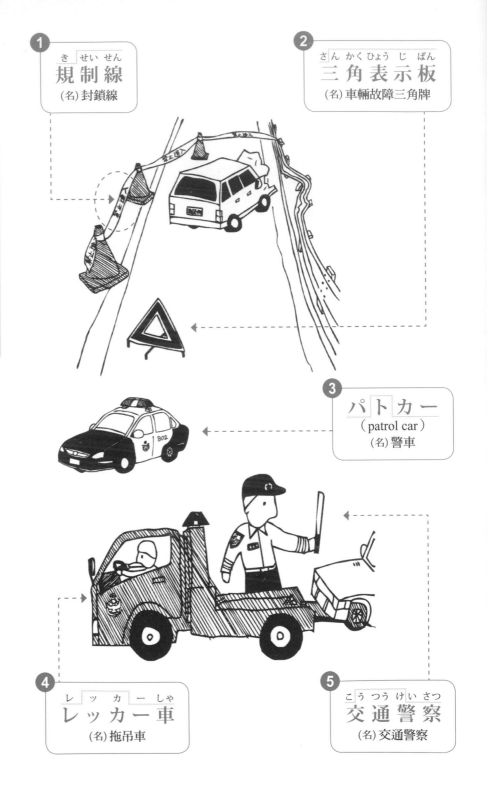

1 規《き》制《せい》線《せん》
(名)封鎖線

2 三《さん》角《かく》表《ひょう》示《じ》板《ばん》
(名)車輛故障三角牌

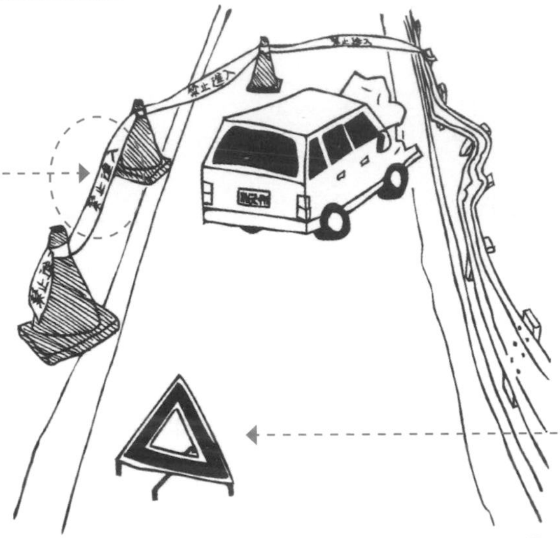

3 パトカー
（patrol car）
(名)警車

4 レッカー《レッカー》車《しゃ》
(名)拖吊車

5 交《こう》通《つう》警《けい》察《さつ》
(名)交通警察

❶ 規制線より中《なか》へは、関係者《かんけいしゃ》以《い》外《がい》立《た》ち入《い》り禁止《きんし》です。

❷ 三角表示板を置《お》き、事故車《じこしゃ》だと分《わ》かるようにします。

❸ 後《うし》ろからパトカーに追《お》われます。

❹ レッカー車が、駐車《ちゅうしゃ》違《い》反《はん》の車《くるま》を持《も》って行《い》きました。

❺ 違法駐車《いほうちゅうしゃ》を取《と》り締《し》まるのも、交通警察の仕事《しごと》です。

學更多

	例句出現的		原形／接續原則	意義	詞性
❶	規制線より	→	**地點＋より**	從～地點	文型
	中へ	→	**地點＋へ**	到～地點	文型
	関係者以外	→	**名詞＋以外**	～之外	文型
	立ち入り禁止	→	**立ち入り禁止**	禁止進入	名詞
❷	置き	→	**置く**	放置	動 I
	分かる	→	**分かる**	了解	動 I
	分かるようにします	→	**動詞辭書形＋ようにする**	為了要～	文型
❸	後ろから	→	**方向＋から**	從～方向	文型
	追われます	→	**追われる**	被追趕	追う的被動形
❹	駐車違反	→	**駐車違反**	違規停車	名詞
	持って行きました	→	**持って行く**	帶走	動 I
❺	取り締まる	→	**取り締まる**	取締	動 I
	取り締まるのも	→	**動詞辭書形＋のも**	～這件事也	文型
	仕事	→	**仕事**	工作	名詞

中譯

❶ 從封鎖線到裡面的範圍，除了相關人員之外禁止進入。
❷ 放置車輛故障三角牌，讓人知道是事故車。
❸ 被警車從後面追趕。
❹ 拖吊車拖走了違規停車的車輛。
❺ 取締違規停車，也是交通警察的工作。

175 車禍現場(2)

MP3 175

1 担《たん》架《か》
(名)擔架

2 救《きゅう》急《きゅう》車《しゃ》
(名)救護車

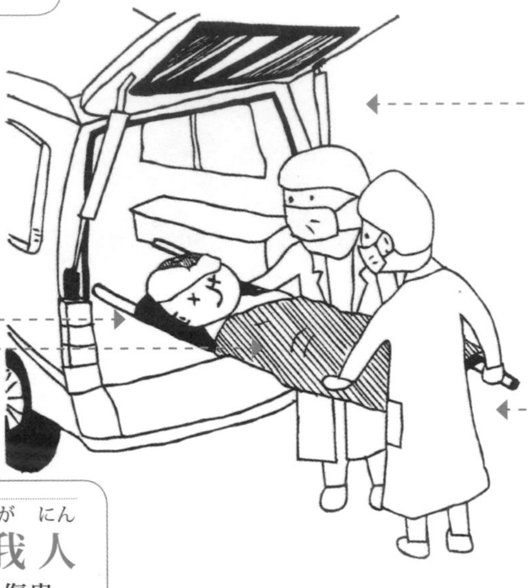

3 怪《け》我《が》人《にん》
(名)傷患

4 救《きゅう》護《ご》員《いん》
(名)醫護人員

5 記《き》者《しゃ》
(名)記者

6 カメラマン
(camera man)
(名)攝影師

7 衛《えい》星《せい》中《ちゅう》継《けい》車《しゃ》
(名)衛星連線車

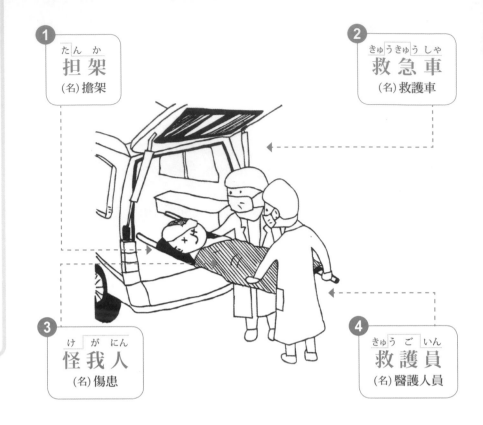

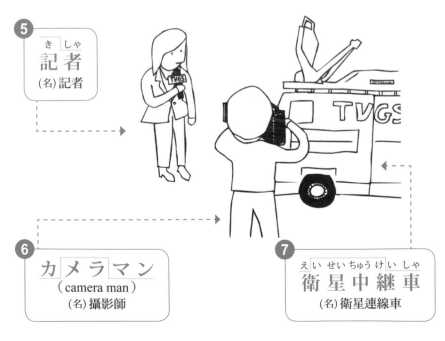

❶ 怪我人《けがにん》を担架で運《はこ》びます。

❷ 救急車に怪我人《けがにん》を乗《の》せます。

❸ 残念《ざんねん》ながら、怪我人が出《で》てしまったようです。

❹ 救護員が駆《か》けつけた時《とき》には、もう遅《おそ》かったです。

❺ 記者が競《きそ》ってカメラやマイクを向《む》けました。

❻ カメラマンは、急《いそ》いでシャッターを切《き》りました。

❼ これは大事件《だいじけん》なので、衛星中継車まで駆《か》けつけました。

學更多

	例句出現的		原形／接續原則	意義	詞性
❶	運びます	→	運ぶ	搬運	動 I
❷	乗せます	→	乗せます	讓～搭乘	動 II
❸	残念ながら	→	な形容詞＋ながら	雖然～，但是	文型
	出て	→	出る	出現	動 II
	出てしまった	→	動詞て形＋しまう	無法挽回的遺憾	文型
	出てしまったよう	→	動詞た形＋よう	好像～	文型
❹	駆けつけた	→	駆けつける	趕來	動 II
	遅かった	→	遅い	晚的	い形
❺	競って	→	競う	競爭	動 I
	向けました	→	向ける	把～指向	動 II
❻	急いで	→	急ぐ	急忙	動 I
	シャッターを切りました	→	シャッターを切る	按快門	動 I
❼	大事件なので	→	名詞＋な＋ので	因為～	文型
	衛星中継車まで	→	名詞＋まで	連～也	文型

中譯

❶ 用擔架搬運傷患。

❷ 讓傷患搭上救護車。

❸ 雖然很遺憾，但是好像有傷患出現了。

❹ 當醫護人員趕到時，已經太晚了。

❺ 記者搶著把攝影機和麥克風轉過去。

❻ 攝影師急忙按下快門。

❼ 這是重大事件，所以連衛星連線車也趕來了。

176

火災現場(1)

MP3 176

1
大《だい》火《か》災《さい》
(名) 大火

2
濃《こ》い《い》煙《けむり》
(名) 濃煙

3
消《しょう》防《ぼう》員《いん》
(名) 消防員

4
救《きゅう》助《じょ》マット《マット》
(名) 救生氣墊

5
高《こう》圧《あつ》の《の》水《みず》
(名) 水柱

6
消《しょう》火《か》器《き》
(名) 滅火器

7
見《けん》物《ぶつ》人《にん》
(名) 圍觀人群

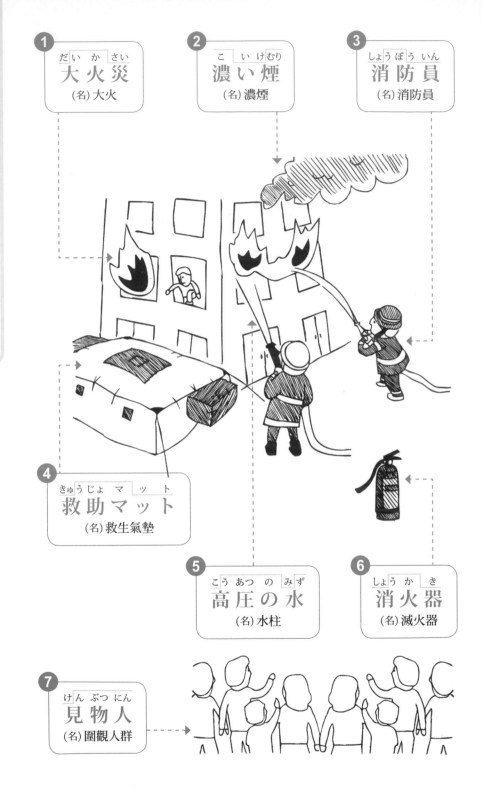

❶ 大火災により、家屋《かおく》が全焼《ぜんしょう》しました。

❷ 米国《べいこく》同時《どうじ》多発《たはつ》テロの時《とき》、濃い煙が立《た》ち込《こ》めていました。

❸ 消防員は、２４《にじゅうよ》時間《じかん》体制《たいせい》で待機《たいき》しています。

❹ 高《たか》いビルの窓《まど》から人《ひと》が飛《と》び降《お》りても助《たす》かるよう、救助マットが用意《ようい》されました。

❺ ノズルから、高圧の水が放出《ほうしゅつ》されます。

❻ 一家《いっか》に一台《いちだい》消火器を置《お》きましょう。

❼ 大《おお》きな火事《かじ》が発生《はっせい》し、見物人が続々《ぞくぞく》と駆《か》けつけました。

學更多

	例句出現的		原形／接續原則	意義	詞性
❶	大火災により	→	名詞＋により	因為～	文型
	全焼しました	→	全焼する	全部燒毀	動Ⅲ
❷	立ち込めて	→	立ち込める	籠罩、瀰漫	動Ⅱ
	立ち込めていました	→	動詞て形＋いました	過去維持的狀態	文型
❸	待機して	→	待機する	待命	動Ⅲ
	待機しています	→	動詞て形＋いる	目前狀態	文型
❹	飛び降りて	→	飛び降りる	跳下來	動Ⅱ
	飛び降りても	→	動詞て形＋も	即使～，也～	文型
	助かる	→	助かる	得救	動Ⅰ
	助かるよう	→	動詞辭書形＋よう	為了～	文型
	用意されました	→	用意される	被準備	用意する的被動形
❺	放出されます	→	放出される	被噴出來	放出する的被動形
❻	置きましょう	→	置く	放置	動Ⅰ
❼	発生し	→	発生する	發生	動Ⅲ
	駆けつけました	→	駆けつける	趕來	動Ⅱ

中譯

❶ 因為大火，房屋全燒毀了。
❷ 美國同時發生多起恐怖攻擊時，瀰漫著濃煙。
❸ 消防員採２４小時制，隨時待命。
❹ 為了讓從高樓窗口跳下來的人也能得救，準備了救生氣墊。
❺ 水柱從噴嘴噴出來。
❻ 在每戶人家裡擺放一個滅火器吧。
❼ 發生大規模的火災，圍觀人群不斷跑過來。

177

火災現場(2)

MP3 177

1 消《しょう》防《ぼう》車《しゃ》
(名)消防車

2 はしご車《しゃ》
(名)雲梯車

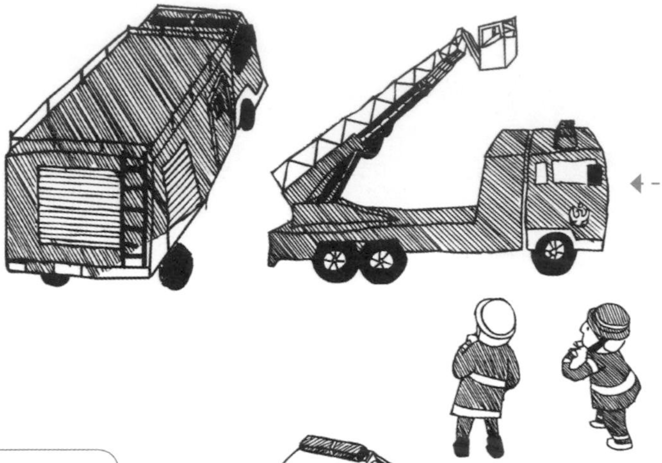

3 救《きゅう》急《きゅう》車《しゃ》
(名)救護車

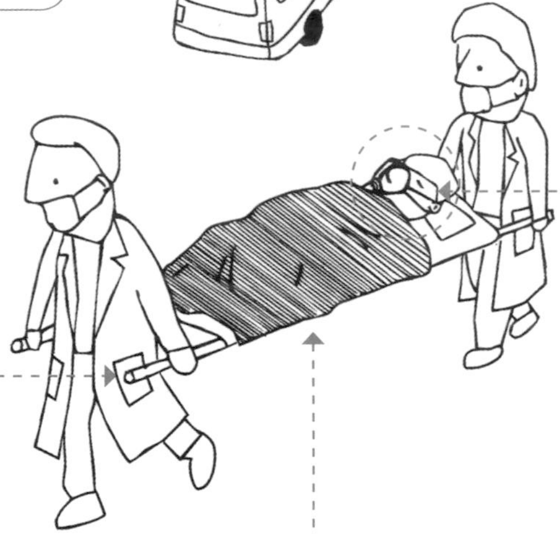

4 担《たん》架《か》
(名)擔架

5 怪《け》我《が》人《にん》
(名)傷患

6 酸《さん》素《そ》マスク
(名)氧氣罩

❶ この消防車はドイツ製《せい》です。

❷ はしご車があれば、高《たか》い所《ところ》にいる人《ひと》も助《たす》けることができます。

❸ 連絡《れんらく》を受《う》けて、救急車が出発《しゅっぱつ》しました。

❹ 担架で病人《びょうにん》が運《はこ》ばれていきました。

❺ 今回《こんかい》の火事《かじ》で、怪我人は幸《さいわ》い出《で》ませんでした。

❻ 火災《かさい》の時《とき》に備《そな》えて、酸素マスクを用意《ようい》しました。

學更多

	例句出現的		原形／接續原則	意義	詞性
❶	ドイツ製	→	ドイツ製	德國製	名詞
❷	あれば	→	あれば	如果有的話，～	ある的條件形
	いる	→	いる	有（人或動物）	動II
	人も	→	名詞＋も	～也	文型
	助ける	→	助ける	幫助	動II
	できます	→	できる	可以	動II
❸	受けて	→	受ける	接受	動II
	出発しました	→	出発する	出發	動III
❹	担架で	→	名詞＋で	利用～	文型
	運ばれて	→	運ばれる	被搬運	運ぶ的被動形
	運ばれていきました	→	動詞て形＋いきました	做～過去	文型
❺	幸い	→	幸い	幸好	副詞
	出ませんでした	→	出る	出現	動II
❻	備えて	→	備える	防備	動II
	用意しました	→	用意する	準備	動III

中譯

❶ 這輛消防車是德國製的。
❷ 如果有雲梯車，連在高處的人也能救出來。
❸ 接到消息，救護車出發了。
❹ 病人被用擔架抬走了。
❺ 幸好這次的火災沒有出現傷患。
❻ 為了防範火災發生時的狀況，準備了氧氣罩。

178 警察局(1)

MP3 178

1 警《けい》察《さつ》章《しょう》
(名)警徽

2 警《けい》察《さつ》帽《ぼう》
(名)警帽

3 パトカー
(patrol car)
(名)警車

4 肩《けん》章《しょう》
(名)臂章

5 拳《けん》銃《じゅう》
(名)配槍

6 警《けい》棒《ぼう》
(名)警棍

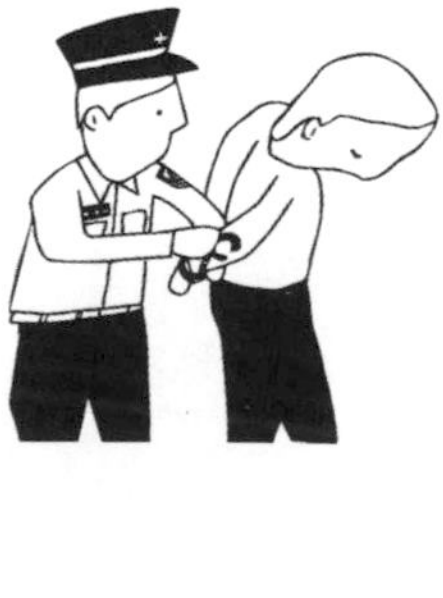

❶ 警察章は、警察《けいさつ》のシンボルです。

❷ 警察《けいさつ》は、室内《しつない》では警察帽は着用《ちゃくよう》しません。

❸ 彼《かれ》は騒《さわ》ぎを起《お》こし、パトカーで連行《れんこう》されました。

❹ 肩章の付《つ》いた警察《けいさつ》の制服《せいふく》は、格好《かっこう》いいです。

❺ 警察官《けいさつかん》は、拳銃を所持《しょじ》することができます。

❻ 警棒を持《も》った警察官《けいさつかん》が、街《まち》を巡回《じゅんかい》しています。

學更多

	例句出現的		原形／接續原則	意義	詞性
❶	シンボル	→	**シンボル**	象徵	名詞
❷	室内では	→	**地點＋では**	在～地點	文型
	着用しません	→	**着用する**	穿、戴	動Ⅲ
❸	騒ぎ	→	**騒ぎ**	騷動	名詞
	起こし	→	**起こす**	引起	動Ⅰ
	パトカーで	→	**名詞＋で**	利用～	文型
	連行されました	→	**連行される**	被帶走	連行する的被動形
❹	付いた	→	**付く**	附有	動Ⅰ
	格好いい	→	**格好いい**	帥氣的	い形
❺	所持する	→	**所持する**	攜帶	動Ⅲ
	所持することがでさます	→	**動詞辭書形＋できる**	可以做～	文型
❻	持った	→	**持つ**	攜帶	動Ⅰ
	巡回して	→	**巡回する**	巡邏	動Ⅲ
	巡回しています	→	**動詞て形＋いる**	目前狀態	文型

中譯

❶ 警徽是警察的象徵。
❷ 警察在室內不戴警帽。
❸ 他引起了騷動，被警方用警車帶走了。
❹ 附有臂章的警察制服很帥氣。
❺ 警察可以攜帶配槍。
❻ 帶著警棍的警察，在街上巡邏。

179 警察局(2)

MP3 179

1 パトカー
(patrol car)
(名)警車

2 犯《はん》人《にん》
(名)犯人

3 警《けい》察《さつ》
(名)警察

4 手《て》錠《じょう》
(名)手銬

5 銃《じゅう》
(名)槍枝

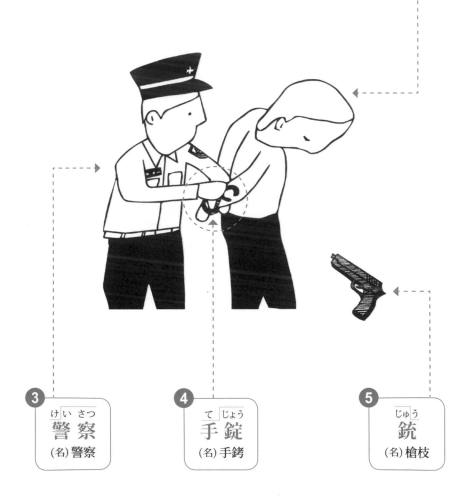

❶ 夜中《よなか》にパトカーのサイレンがけたたましく鳴《な》り、目《め》が覚《さ》めました。

❷ 犯人らしき人《ひと》を見《み》たので、警察《けいさつ》に電話《でんわ》をしました。

❸ 高校《こうこう》を卒業《そつぎょう》したら、警察学校《がっこう》に入《はい》るつもりです。

❹ 現行犯《げんこうはん》で逮捕《たいほ》され、その場《ば》で手錠をかけられました。

❺ 日本《にほん》では銃の所持《しょじ》が認《みと》められていません。

學更多

	例句出現的		原形／接續原則	意義	詞性
❶	けたたましく	→	けたたましい	大聲的	い形
	鳴り	→	鳴る	發出聲響	動 I
	目が覚めました	→	目が覚める	醒來	動 II
❷	犯人らしき人	→	名詞A＋らしき＋名詞B	像名詞A的名詞B	文型
	見た	→	見る	看	動 II
	見たので	→	動詞た形＋ので	因為～	文型
	電話しました	→	電話する	打電話	動 III
❸	卒業した	→	卒業する	畢業	動 III
	卒業したら	→	動詞た形＋ら	做～之後	文型
	入る	→	入る	進入	動 I
	入るつもり	→	動詞辭書形＋つもり	打算做～	文型
❹	現行犯で	→	名詞＋で	以～名義	文型
	逮捕され	→	逮捕される	被逮捕	逮捕する的被動形
	その場	→	その場	當場	名詞
	かけられました	→	かけられる	被銬上	かける的被動形
❺	所持	→	所持	攜帶	名詞
	認められて	→	認められる	被允許	認める的被動形
	認められていません	→	動詞て形＋いる	目前狀態	文型

中譯

❶ 深夜的警車警笛聲很大聲，讓人從睡夢中醒來。
❷ 看到像是犯人的人，所以打電話報警。
❸ 高中畢業之後，打算進入警察學校。
❹ 以現行犯名義遭到逮捕，當場被銬上手銬。
❺ 在日本，不許攜帶槍枝。

180

加護病房(1)

MP3 180

1. 主《しゅ》治《じ》医《い》
(名)主治醫師

2. 当《とう》直《ちょく》看《かん》護《ご》師《し》
(名)值班護士

3. 重《じゅう》症《しょう》患《かん》者《じゃ》
(名)重症患者

4. マスク
(mask)
(名)口罩

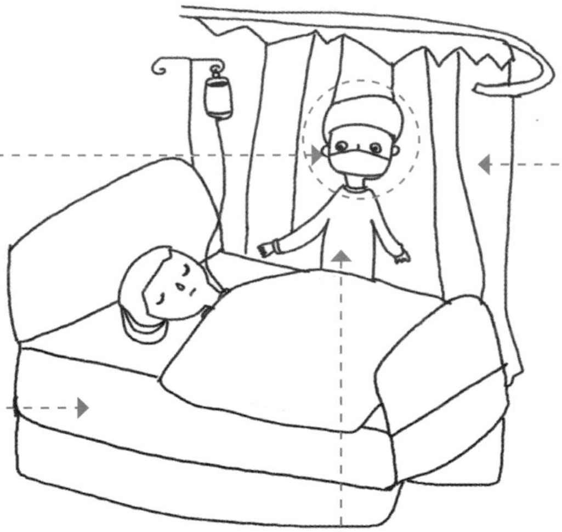

5. ベッド
(bed)
(名)病床

6. 防《ぼう》護《ご》服《ふく》
(名)隔離衣/罩袍

7. カーテン
(curtain)
(名)隔簾

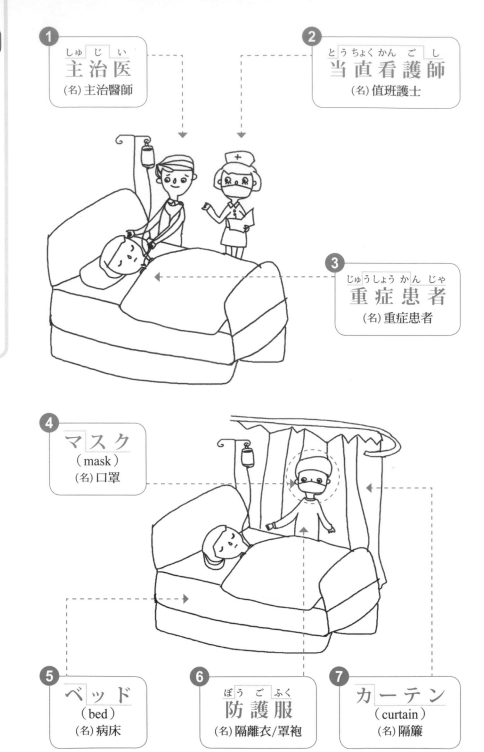

❶ 主治医の意見《いけん》を聞《き》いて、手術《しゅじゅつ》するか決《き》めます。

❷ 当直看護師に容態《ようだい》を説明《せつめい》します。

❸ 重症患者を、個室《こしつ》に入院《にゅういん》させます。

❹ 無菌室《むきんしつ》に入《はい》る時《とき》は、マスクもしてください。

❺ ベッドに寝《ね》たきりだと、床擦《とこず》れが心配《しんぱい》です。

❻ 無菌室《むきんしつ》に入《はい》る際《さい》は、防護服を着《き》なければなりません。

❼ 複数《ふくすう》のベッドが、カーテン一枚《いちまい》で仕切《しき》られています。

學更多

	例句出現的		原形／接續原則	意義	詞性
❶	聞いて	→	聞く	詢問	動Ⅰ
	手術する	→	手術する	動手術	動Ⅲ
	手術するか	→	動詞辭書形＋か	是否要做～	文型
	決めます	→	決める	決定	動Ⅱ
❷	説明します	→	説明する	說明	動Ⅲ
❸	入院させます	→	入院させる	讓～入院	入院する的使役形
❹	入る	→	入る	進入	動Ⅰ
	して	→	する	配戴	動Ⅲ
	してください	→	動詞て形＋ください	請做～	文型
❺	寝たきり	→	寝たきり	長久臥病在床	名詞
	寝たきりだと	→	名詞＋だ＋と	如果～的話	文型
❻	着なければ	→	着る	穿	動Ⅱ
	着なければなりません	→	動詞ない形＋なければならない	必須做～	文型
❼	仕切られて	→	仕切られる	被隔開	仕切る的被動形
	仕切られています	→	動詞て形＋いる	目前狀態	文型

中譯

❶ 詢問主治醫生的意見後，再決定是否要動手術。
❷ 向值班護士說明病情。
❸ 讓重症患者住進單人房。
❹ 進入無菌室時，也請戴上口罩。
❺ 在病床上長臥不起的話，擔心會長褥瘡。
❻ 進入無菌室時，必須穿上隔離衣。
❼ 幾張床就用一張隔簾區隔開來。

181 加護病房(2)

MP3 181

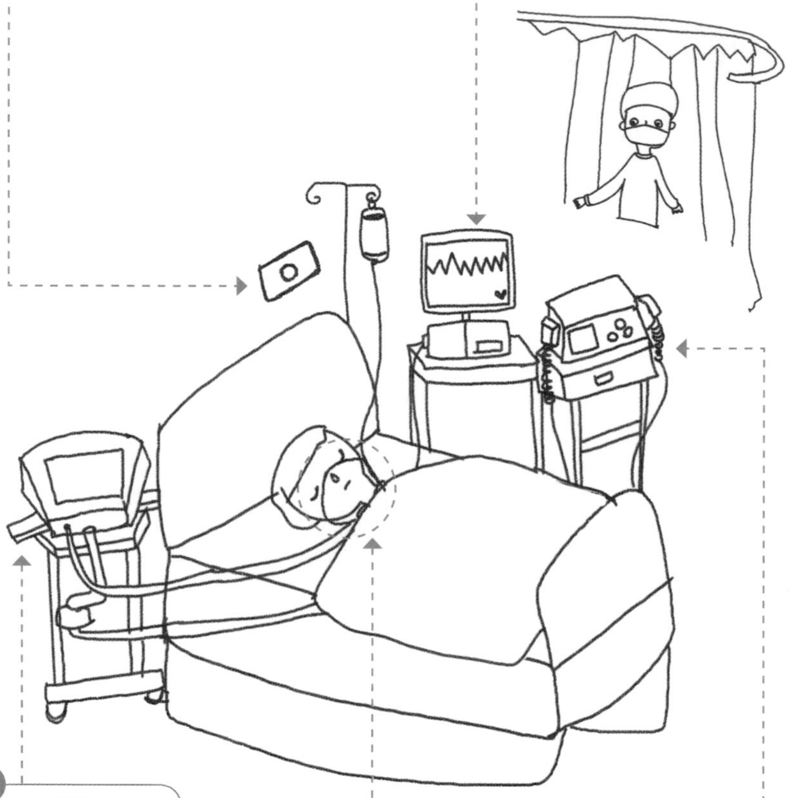

1 緊《きん》急《きゅう》ボ《ボ》タ《タ》ン《ン》
(名)緊急呼叫鈴

2 心《しん》電《でん》図《ず》
(名)心電圖

3 呼《こ》吸《きゅう》器《き》
(名)呼吸器

4 酸《さん》素《そ》マ《マ》ス《ス》ク《ク》
(名)氧氣罩

5 除《じょ》細《さい》動《どう》器《き》
(名)心臟電擊器

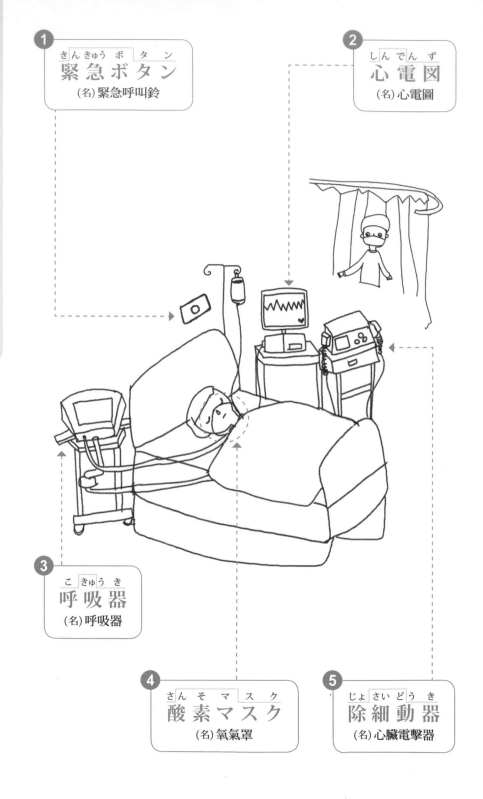

❶ 緊急ボタンを押《お》せば、いつでも看護士《かんごし》に繋《つな》がるようになっています。

❷ 心電図で不整脈《ふせいみゃく》が見《み》つかりました。

❸ 脳死《のうし》状態《じょうたい》が続《つづ》き、家族《かぞく》の意向《いこう》で呼吸器が外《はず》されました。

❹ 出産《しゅっさん》する時《とき》、酸欠《さんけつ》気《ぎ》味《み》になり、酸素マスクをされました。

❺ 除細動器で、心臓《しんぞう》に刺激《しげき》を与《あた》えます。

學更多

	例句出現的		原形／接續原則	意義	詞性
❶	押せば	→	**押せば**	如果按下的話，～	押す的條件形
	いつでも	→	**いつでも**	隨時	副詞
	繋がる	→	**繋がる**	連繫	動 I
	繋がるようになっています	→	**動詞辭書形＋ようになっている**	變成可以做～	文型
❷	心電図で	→	**名詞＋で**	利用～	文型
	不整脈	→	**不整脈**	心律不整	名詞
	見つかりました	→	**見つかる**	發現	動 I
❸	続き	→	**続く**	持續	動 I
	意向で	→	**名詞＋で**	因為～	文型
	外されました	→	**外される**	被拔掉	外す的被動形
❹	出産する	→	**出産する**	生產	動Ⅲ
	酸欠	→	**酸欠**	缺氧	名詞
	酸欠気味	→	**名詞＋気味**	有點～	文型
	されました	→	**される**	被戴上	する的被動形
❺	除細動器で	→	**名詞＋で**	利用～	文型
	与えます	→	**与える**	給予	動Ⅱ

中譯

❶ 只要按下緊急呼叫鈴，隨時都可以和護士連絡。
❷ 透過心電圖發現了心律不整。
❸ 持續處於腦死狀態，尊重家屬的意願，病人被拔掉呼吸器。
❹ 生產時覺得有點缺氧，被戴上氧氣罩。
❺ 用心臟電擊器給予心臟刺激。

182 電視節目現場(1)

MP3 182

1 スクリプター
（scripter）
(名) 場記

場記拍板：記錄節目名稱、場次、鏡次等。拍攝時讓攝影機錄下拍板上的資料，有助於縮短後製剪輯的時間。

記錄拍攝現場狀況、負責拿拍板的人。

2 ディレクター
（director）
(名) 導播

3 プロデューサー
（producer）
(名) 製作人

4 カメラマン
（camera man）
(名) 攝影師

5 照《しょう》明《めい》係《がかり》
(名) 燈光師

6 カメラ
（camera）
(名) 攝影機

7 スポットライト
（spot light）
(名) 聚光燈

❶ スクリプターの仕事《しごと》に興味《きょうみ》があります。

❷ 芸能人《げいのうじん》とディレクターが結婚《けっこん》することは、多《おお》いです。

❸ このプロデューサーが手《て》がけた番組《ばんぐみ》の視聴率《しちょうりつ》は、いつも高《たか》いです。

❹ このカメラマンのカメラワークは、すばらしいです。

❺ 照明係《しょうめいがかり》が照明《しょうめい》の電源《でんげん》を入《い》れます。

❻ スタジオには、カメラが１０台近《じゅうだいちか》くあります。

❼ モデルがステージで、スポットライトを浴《あ》びます。

學更多

	例句出現的		原形／接續原則	意義	詞性
❶	興味	→	興味	興趣	名詞
	あります	→	ある	有（事或物）	動Ｉ
❷	結婚する	→	結婚する	結婚	動Ⅲ
❸	手がけた	→	手がける	親自製作	動Ⅱ
	視聴率	→	視聴率	收視率	名詞
	いつも	→	いつも	總是	副詞
❹	カメラワーク	→	カメラワーク	攝影技術	名詞
	すばらしい	→	すばらいい	厲害的	い形
❺	入れます	→	入れます	開啟	動Ⅱ
❻	スタジオ	→	スタジオ	攝影棚	名詞
	１０台近く	→	數量詞＋近く	將近～數量	文型
	あります	→	ある	有（事或物）	動Ｉ
❼	ステージで	→	地點＋で	在～地點	文型
	浴びます	→	浴びる	籠罩	動Ⅱ

中譯

❶ 我對場記的工作有興趣。
❷ 藝人和導播結婚的情況很多。
❸ 這個製作人親自製作的節目的收視率總是很高。
❹ 這位攝影師的攝影技術很厲害。
❺ 燈光師打開燈光的電源。
❻ 攝影棚裡有將近１０部的攝影機。
❼ 模特兒站在舞台上，籠罩在聚光燈下。

183

電視節目現場(2)

MP3 183

1 背《はい》景《けい》
(名) 背景

2 道《どう》具《ぐ》
(名) 道具

3 司《し》会《かい》者《しゃ》
(名) 主持人

4 芸《げい》能《のう》人《じん》
(名) 藝人

5 クリップマイク
(clip microphone)
(名) 迷你麥克風

5 芸《げい》能《のう》人《じん》の付《つ》き人《びと》
(名) 藝人助理

7 メイクアップアーティスト
(makeup artist)
(名) 化妝師

❶ ニュース番組《ばんぐみ》の背景に、夜景《やけい》を使用《しよう》します。

❷ 道具係《がかり》がスタジオで道具を用意《ようい》します。

❸ 司会者によって、番組《ばんぐみ》の良《よ》し悪《あ》しが決《き》まります。

❹ ここは、芸能人ご用達《ようたつ》のレストランです。

❺ 胸元《むなもと》にクリップマイクを付《つ》けます。

❻ 今活躍《いまかつやく》しているタレントの中《なか》には、下積《したづ》みで芸能人の付き人を経験《けいけん》していた人がいます。

❼ メイクアップアーティストが、番組《ばんぐみ》の途中《とちゅう》で化粧《けしょう》を直《なお》します。

學更多

	例句出現的		原形／接續原則	意義	詞性
❶	ニュース番組	→	ニュース番組	新聞節目	名詞
	使用します	→	使用する	使用	動Ⅲ
❷	道具係	→	道具係	道具人員	名詞
	用意します	→	用意する	準備	動Ⅲ
❸	司会者によって	→	名詞＋によって	根據～	文型
	良し悪し	→	良し悪し	好壞	名詞
	決まります	→	決まる	決定	動Ⅰ
❹	ご用達	→	ご用達	愛用	名詞
❺	付けます	→	付ける	別上	動Ⅱ
❻	活躍して	→	活躍する	活躍	動Ⅲ
	活躍している	→	動詞て形＋いる	目前狀態	文型
	下積み	→	下積み	屈居人下	名詞
	経験した	→	経験する	體驗	動Ⅲ
❼	化粧を直します	→	化粧を直す	補妝	動Ⅰ

中譯

❶ 在新聞節目的背景使用夜景。
❷ 道具人員要在攝影棚準備道具。
❸ 主持人的人選差異會決定節目的好壞。
❹ 這裡是藝人經常光顧的餐廳。
❺ 將迷你麥克風別在胸口。
❻ 現在活躍中的藝人中，有些是曾經做過藝人助理屈居人下的人。
❼ 化妝師在節目中途為藝人補妝。

184 動物醫院(1)

MP3 184

❶ 受《うけ》付《つけ》
(名) 掛號處

❷ 待《まち》合《あい》室《しつ》
(名) 等候室

❸ 手《しゅ》術《じゅつ》室《しつ》
(名) 手術室

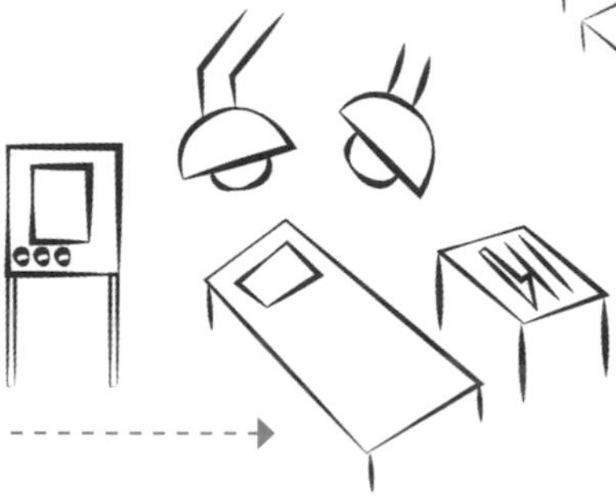

❹ 看《かん》護《ご》師《し》
(名) 護士

❺ 獣《じゅう》医《い》
(名) 獸醫

❻ 動《どう》物《ぶつ》
(名) 動物

❼ 診《しん》察《さつ》室《しつ》
(名) 診療室

❶ 受付で料金《りょうきん》を支払《しはら》います。

❷ 待合室では、犬《いぬ》を連《つ》れた人《ひと》がたくさんいました。

❸ 手術室は飼《か》い主《ぬし》は立《た》ち入《い》り禁止《きんし》です。

❹ 動物病院《どうぶつびょういん》の看護師さんは、動物《どうぶつ》の扱《あつか》いに慣《な》れています。

❺ 動物《どうぶつ》好《ず》きな娘《むすめ》は、将来《しょうらい》獣医になりたいと言《い》っています。

❻ 動物には保険《ほけん》が適用《てきよう》されません。

❼ 診察室に呼《よ》ばれたので、犬《いぬ》を連《つ》れて行《い》きます。

學更多

	例句出現的		原形／接續原則	意義	詞性
❶	受付で	→	地點＋で	在～地點	文型
	支払います	→	支払う	支付	動Ⅰ
❷	連れた	→	連れる	帶～去	動Ⅱ
	いました	→	いる	有（人或動物）	動Ⅱ
❸	立ち入り禁止	→	立ち入り禁止	禁止進入	名詞
❹	慣れて	→	慣れる	習慣	動Ⅱ
	慣れています	→	動詞て形＋いる	目前狀態	文型
❺	なり	→	なる	成為	動Ⅰ
	なりたい	→	動詞ます形＋たい	想要做～	文型
	なりたいと言っています	→	なりたい＋と言っている	說想要成為	文型
❻	適用されます	→	適用される	被應用	適用する的被動形
❼	呼ばれた	→	呼ばれる	被呼喊	呼ぶ的被動形
	呼ばれたので	→	動詞た形＋ので	因為～	文型
	連れて行きます	→	連れて行く	帶～去	動Ⅰ

中譯

❶ 在掛號處支付費用。
❷ 等候室裡，有很多帶狗來看診的人。
❸ 飼主禁止進入手術室。
❹ 動物醫院的護士很習慣照顧動物。
❺ 喜歡動物的女兒說將來想要成為獸醫。
❻ 保險不適用於動物。
❼ 被診療室的人呼喊，所以要帶狗進去。

185 動物醫院(2)

MP3 185

1 ケージ
(cage)
(名)籠子

2 体重計《たいじゅうけい》/はかり《はかり》
(名)磅秤

兩個字都是「磅秤」

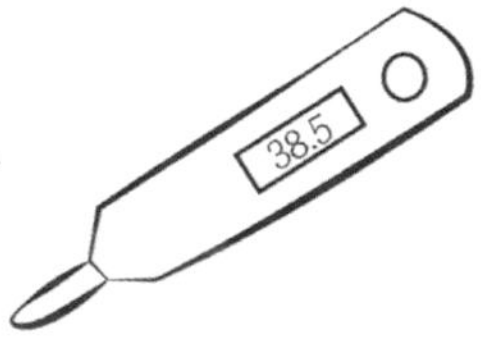

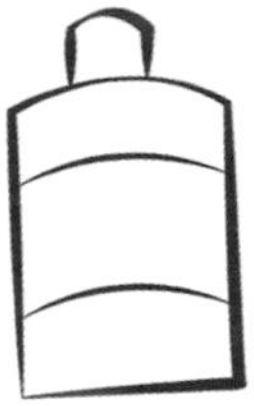

3 体温計《たいおんけい》
(名)體溫計

4 麻酔《ますい》
(名)痲醉劑

5 注射《ちゅうしゃ》
(名)注射

6 注射器《ちゅうしゃき》
(名)針筒

❶ ケージに入《い》れられると、鳴《な》き続《つづ》けました。

❷ パンダの赤《あか》ちゃんはよく動《うご》くので、体重計（はかり）に載《の》せるのも一苦労《ひとくろう》です。

❸ 体温計《たいおんけい》で体温《たいおん》を測《はか》ります。

❹ 動物《どうぶつ》が暴《あば》れないように、麻酔《ますい》をしてから手術《しゅじゅつ》します。

❺ 注射《ちゅうしゃ》をする時《とき》、犬《いぬ》が動《うご》かないように押《お》さえます。

❻ 注射器《ちゅうしゃき》を刺《さ》したら、痛《いた》そうに鳴《な》きました。

學更多

	例句出現的		原形／接續原則	意義	詞性
❶	入れられる	→	入れられる	被放入	入れる的被動形
	入れられると	→	入れられる＋と	一被放入，就～	文型
	鳴き続けました	→	鳴き続ける	持續鳴叫	動II
❷	動く	→	動く	動	動I
	動くので	→	動詞辭書形＋ので	因為～	文型
❸	測ります	→	測る	測量	動I
❹	暴れない	→	暴れる	亂鬧	動II
	暴れないように	→	動詞ない形＋ように	為了不要～	文型
	麻酔をして	→	麻酔をする	打麻醉	動III
	麻酔をしてから	→	動詞て形＋から	做～之後，再～	文型
	手術します	→	手術する	動手術	動III
❺	注射をする	→	注射をする	注射	動III
	動かない	→	動く	動	動I
	動かないように	→	動詞ない形＋ように	為了不要～	文型
	押さえます	→	押さえる	壓住	動II
❻	刺した	→	刺す	刺	動I
	刺したら	→	動詞た形＋ら	做～之後	文型
	痛そう	→	痛い＋そう	好像很痛	文型
	鳴きました	→	鳴く	鳴叫	動I

中譯

❶ 一放到籠子裡，就不斷鳴叫。
❷ 熊貓寶寶很會亂動，所以要把牠們放在磅秤上也要費一些力氣。
❸ 用體溫計量體溫。
❹ 為了避免動物躁動，要打麻醉劑後再動手術。
❺ 進行注射時，為了避免狗亂動，要把狗壓住。
❻ 針筒一刺下去，就好像很痛一樣叫了起來。

186

軍事堡壘(1)

MP3 186

1 将軍《しょうぐん》
(名)將軍

2 兵士《へいし》
(名)士兵

3 射手《しゃしゅ》
(名)弓箭手

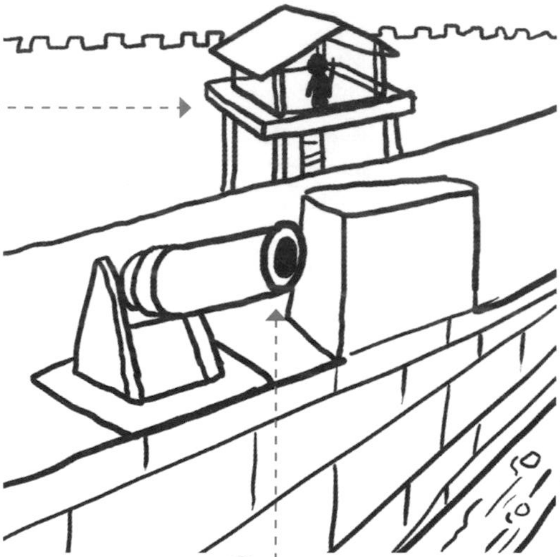

4 展望台《てんぼうだい》
(名)瞭望台

5 大砲《たいほう》
(名)大砲

6 堀《ほり》
(名)護城河

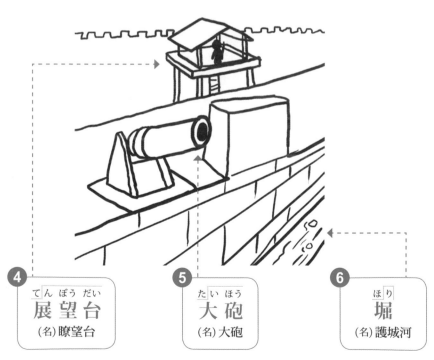

❶ 先祖《せんぞ》は、江戸時代《えどじだい》の有名《ゆうめい》な将軍だったらしいです。

❷ 多《おお》くの兵士が、戦争《せんそう》で命《いのち》を失《うしな》いました。

❸ 射手とは、矢《や》や銃《じゅう》を撃《う》つ人《ひと》のことを言《い》います。

❹ 展望台から、敵《てき》が来《こ》ないか見張《みは》ります。

❺ １８５３年《せんはっぴゃくごじゅうさんねん》、日本人《にほんじん》はペリーの大砲付《つ》きの黒船《くろふね》に驚《おどろ》きました。

❻ お城《しろ》の周《まわ》りには堀があり、水《みず》が入《はい》っています。

學更多

	例句出現的		原形／接續原則	意義	詞性
❶	将軍だったらしい	→	名詞的た形＋らしい	好像～	文型
❷	戦争で	→	名詞＋で	因為～	文型
	失いました	→	失う	喪失	動Ⅰ
❸	射手とは	→	名詞＋とは	所謂的～	文型
	撃つ	→	撃つ	射擊	動Ⅰ
	言います	→	言う	說	動Ⅰ
❹	来ない	→	来る	來	動Ⅲ
	来ないか	→	動詞ない形＋か	是否做～	文型
	見張ります	→	見張る	監視	動Ⅰ
❺	大砲付き	→	大砲付き	附有大砲	名詞
	驚きました	→	驚く	驚嚇	動Ⅰ
❻	周り	→	周り	周圍	名詞
	あり	→	ある	有（事或物）	動Ⅰ
	入って	→	入る	裝有	動Ⅰ
	入っています	→	動詞て形＋いる	目前狀態	文型

中譯

❶ 祖先好像是江戶時代有名的將軍。
❷ 許多士兵因為戰爭的緣故失去了性命。
❸ 所謂的弓箭手，是指射箭和開槍的人。
❹ 從瞭望台，監看是否有敵軍來襲。
❺ １８５３年，日本人被培理那附有大砲的黑船嚇到了。
❻ 城堡四周有護城河，河裡面有水。

187

軍事堡壘(2)

MP3 187

1 防《ぼう》壁《へき》
(名)防禦圍牆

2 軍《ぐん》旗《き》
(名)軍旗

3 塹《ざん》壕《ごう》
(名)壕溝

4 要《よう》塞《さい》
(名)碉堡

5 ブービートラップ
（Booby trap）
(名)機關陷阱

6 秘《ひ》密《みつ》の地《ち》下《か》道《どう》
(名)秘密地道

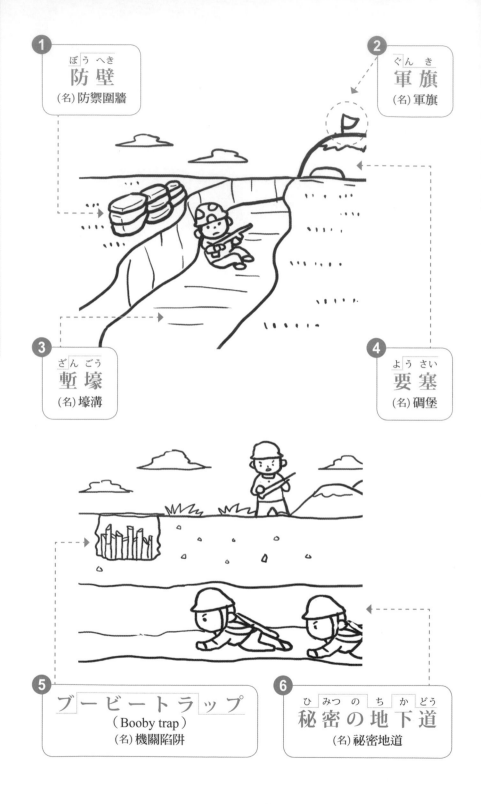

❶ 万里《ばんり》の長城《ちょうじょう》は防壁でした。

❷ 軍旗は、兵士《へいし》の精神的《せいしんてき》な拠《よ》り所《どころ》でもあります。

❸ 塹壕は、銃弾《じゅうだん》・砲撃《ほうげき》を避《さ》けるために、地面《じめん》に掘《ほ》られました。

❹ 外敵《がいてき》から土地《とち》を守《まも》るため、要塞が築《きず》かれました。

❺ ブービートラップを張《は》る技術《ぎじゅつ》を持《も》っています。

❻ 近年７００年前《きんねんななひゃくねんまえ》に造《つく》られた秘密の地下道が、重慶《じゅうけい》で発見《はっけん》されました。

學更多

	例句出現的		原形／接續原則	意義	詞性
❶	万里の長城	→	**万里の長城**	萬里長城	名詞
❷	精神的な拠り所	→	**精神的＋な＋名詞**	精神上的～	文型
	拠り所	→	**拠り所**	依據	名詞
	拠り所でもあります	→	**名詞＋でもある**	也是～	文型
❸	避ける	→	**避ける**	躲避	動II
	避けるために	→	**動詞辭書形＋ために**	為了～	文型
	掘られました	→	**掘られる**	被挖掘	掘る的被動形
❹	守る	→	**守る**	防護	動I
	守るため	→	**動詞辭書形＋ため**	為了～	文型
	築かれました	→	**築かれる**	被修建	築く的被動形
❺	張る	→	**張る**	展開、設置	動I
	持って	→	**持つ**	擁有	動I
	持っています	→	**動詞て形＋いる**	目前狀態	文型
❻	造られた	→	**造られる**	被建造	造る的被動形
	発見されました	→	**発見される**	被發現	発見する的被動形

中譯

❶ 萬里長城是一座防禦圍牆。
❷ 軍旗也是士兵的精神依歸。
❸ 壕溝是為了躲避槍彈和砲擊，而在地面挖出來的。
❹ 碉堡是為了防禦外敵，保護領地而修建的。
❺ 擁有設置機關陷阱的技術。
❻ 近年來，在重慶發現了７００年前建造的秘密地道。

188 命案現場(1)

MP3 188

1 規《き》制《せい》線《せん》

(名)封鎖線

2 証《しょう》拠《こ》品《ひん》袋《ぶくろ》

(名)證物袋

3 遺《い》書《しょ》

(名)遺書

4 法《ほう》医《い》

(名)法醫

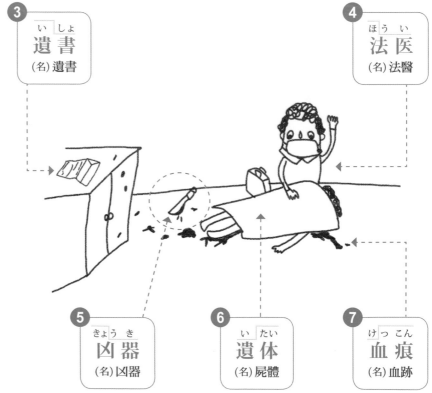

5 凶《きょう》器《き》

(名)凶器

6 遺《い》体《たい》

(名)屍體

7 血《けっ》痕《こん》

(名)血跡

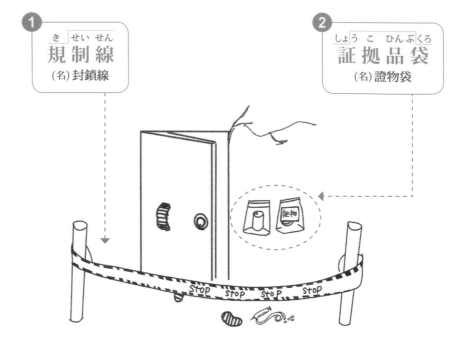

❶ 関係者《かんけいしゃ》以《い》外《がい》立《た》ち入《い》り禁止《きんし》の規制線を、設《もう》けました。

❷ 証拠品袋に被害者《ひがいしゃ》の遺品《いひん》を入《い》れます。

❸ 遺書が発見《はっけん》されたので、自殺《じさつ》でしょう。

❹ 検視《けんし》の結果《けっか》により、法医解剖《かいぼう》を行《おこな》う場合《ばあい》もあります。

❺ 凶器が川《かわ》の中《なか》から発見《はっけん》されました。

❻ 遺体を運《はこ》んだ飛行機《ひこうき》が到着《とうちゃく》しました。

❼ 車《くるま》から血痕が発見《はっけん》されました。

學更多

	例句出現的		原形／接續原則	意義	詞性
❶	立ち入り禁止	→	立ち入り禁止	禁止進入	名詞
	設けました	→	設ける	設置	動II
❷	遺品	→	遺品	遺物	名詞
	入れます	→	入れる	放入	動II
❸	発見された	→	発見された	被發現	発見する的被動形
	発見されたので	→	発見された＋ので	因為被發現	文型
	自殺でしょう	→	名詞＋でしょう	應該是～吧	文型
❹	結果により	→	名詞＋により	根據～	文型
	行う	→	行う	進行	動I
	あります	→	ある	有（事或物）	動I
❺	発見されました	→	発見される	被發現	発見する的被動形
❻	運んだ	→	運ぶ	搬運	動I
	到着しました	→	到着する	抵達	動III
❼	車から	→	名詞＋から	從～	文型

中譯

❶ 設置了相關人士以外的人禁止進入的封鎖線。
❷ 把受害者的遺物放進證物袋。
❸ 遺書被找到了，所以應該是自殺吧？
❹ 有時候會根據檢查結果進行法醫解剖。
❺ 凶器在河裡被找到。
❻ 載運屍體的飛機抵達了。
❼ 從車上發現了血跡。

189 命案現場(2)

MP3 189

1 生存者《せいぞんしゃ》
(名)倖存者

2 目撃者《もくげきしゃ》
(名)目擊證人

3 警察《けいさつ》
(名)警察

4 指紋《しもん》
(名)指紋

5 足跡《あしあと》
(名)鞋印

6 鑑識《かんしき》
(名)鑑識人員

❶ 事故車《じこしゃ》の中《なか》にまだ生存者がいることを、確認《かくにん》します。

❷ 目撃者に法廷《ほうてい》での証言《しょうげん》を依頼《いらい》します。

❸ 警察は、彼《かれ》が犯人《はんにん》だと疑《うたが》っているようです。

❹ 凶器《きょうき》に付《つ》いた指紋が、容疑者《ようぎしゃ》のものと一致《いっち》しました。

❺ 現場《げんば》に残《のこ》っていた足跡を調《しら》べます。

❻ 現場《げんば》で見《み》つけたタバコの吸殻《すいがら》を、鑑識へ回《まわ》します。

學更多

	例句出現的		原形／接續原則	意義	詞性
❶	まだ	→	まだ	還	副詞
	いる	→	いる	有（人或動物）	動II
	確認します	→	確認する	確認	動III
❷	法廷で	→	地點＋で	在～地點	文型
	依頼します	→	依頼する	要求	動III
❸	疑って	→	疑う	懷疑	動I
	疑っている	→	動詞て形＋いる	目前狀態	文型
	疑っているよう	→	動詞ている形＋よう	好像～	文型
❹	付いた	→	付く	附著	動I
	一致しました	→	一致する	一致	動III
❺	残って	→	残る	殘留	動I
	残っていた	→	動詞て形＋いる	目前狀態	文型
	調べます	→	調べる	調查	動II
❻	見つけた	→	見つける	發現	動II
	回します	→	回す	轉交	動I

中譯

❶ 確認事故車裡面還有倖存者。

❷ 要求目擊證人在法庭上作證。

❸ 警察好像在懷疑他是犯人。

❹ 附著在凶器上的指紋，和嫌疑犯的一致。

❺ 調查殘留在現場的鞋印。

❻ 把在現場找到的煙蒂交給鑑識人員。

190

教堂裡(1)

MP3 190

1 壁《へき》画《が》
(名)壁畫

2 ステンドグラス
(stained glass)
(名)彩繪玻璃窗

3 十《じゅう》字《じ》架《か》
(名)十字架

4 キリスト《キリスト》像《ぞう》
(名)耶穌像

5 聖《せい》母《ぼ》像《ぞう》
(名)聖母像

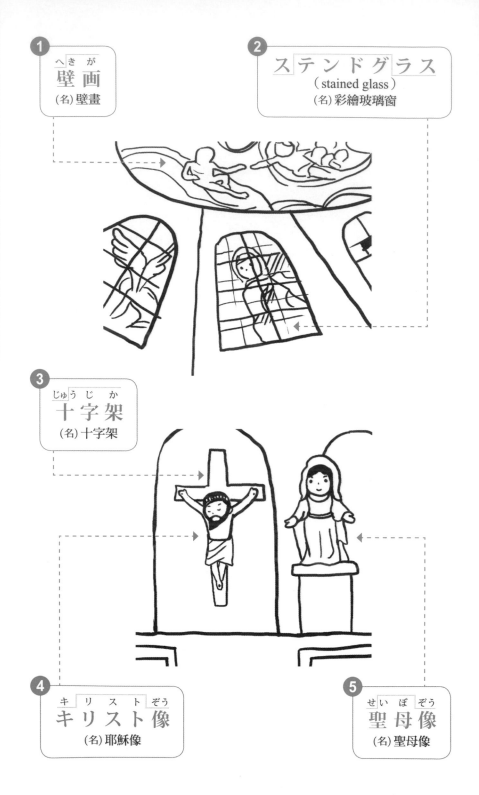

❶ ここのモザイク壁画は、非常《ひじょう》に有名《ゆうめい》です。

❷ イタリアには、ステンドグラスの美《うつく》しい教会《きょうかい》がたくさんあります。

❸ 彼《かれ》はいつも、十字架のペンダントをしています。

❹ キリスト像に向《む》かってお祈《いの》りします。

❺ 聖母像を見《み》ると、心《こころ》が癒《いや》される気《き》がします。

學更多

	例句出現的		原形／接續原則	意義	詞性
❶	モザイク	→	モザイク	馬賽克	名詞
	非常に	→	非常に	非常地	副詞
	有名	→	有名	有名	な形
❷	美しい	→	美しい	美麗的	い形
	たくさん	→	たくさん	很多	副詞
	あります	→	ある	有（事或物）	動 I
❸	いつも	→	いつも	總是	副詞
	ペンダント	→	ペンダント	墜飾	名詞
	して	→	する	配戴	動 III
	しています	→	動詞て形＋いる	目前狀態	文型
❹	向かって	→	向かう	面對	動 I
	お祈り	→	祈る	祈求	動 I
	お祈りします	→	お＋動詞~~ます~~形＋する	(動作涉及對方的)做~	文型
❺	見る	→	見る	看	動 II
	見ると	→	動詞辭書形＋と	一～，就～	文型
	癒される	→	癒される	被療癒	癒す的被動形
	気がします	→	気がする	覺得	動 III

中譯

❶ 這裡的馬賽克壁畫非常有名。
❷ 義大利有很多擁有美麗彩繪玻璃窗的教堂。
❸ 他總是戴著十字架的墜飾。
❹ 對著耶穌像祈禱。
❺ 看到聖母像，就覺得心靈被療癒。

191 教堂裡(2)

MP3 191

1 聖《せい》職《しょく》者《しゃ》
(名)神職人員

2 教《きょう》皇《こう》
(名)教宗

天主教最高元首，
長駐羅馬梵諦岡。

3 聖《せい》書《しょ》
(名)聖經

4 修《しゅう》道《どう》女《じょ》
(名)修女

5 告《こく》白《はく》部《べ》屋《や》
(名)告解室

6 神《しん》父《ぷ》
(名)神父

天主教的神職人員，通常
是一個教堂的管理者，並
主持教堂的宗教活動。

❶ 聖職者になるための修行《しゅぎょう》は並大抵《なみたいてい》ではありません。

❷ ローマ教皇の登場《とうじょう》に、会場《かいじょう》は湧《わ》き上《あ》がりました。

❸ 聖書の教《おし》えを守《まも》ります。

❹ 修道女は、禁欲的《きんよくてき》な生活《せいかつ》を送《おく》らなければなりません。

❺ 告白部屋には告白《こくはく》を聞《き》く司祭《しさい》の席《せき》とゆるしを求《もと》める人《ひと》の席《せき》があります。

❻ 結婚式《けっこんしき》で、神父の前《まえ》で誓《ちか》います。

學更多

	例句出現的		原形／接續原則	意義	詞性
❶	なる	→	なる	成為	動 I
	なるため	→	動詞辭書形＋ため	為了～	文型
	並大抵ではありません	→	並大抵	普通、一般	名詞
❷	登場	→	登場	出場	名詞
	湧き上がりました	→	湧き上がる	沸騰	動 I
❸	教え	→	教え	教喻	名詞
	守ります	→	守る	遵守	動 I
❹	送らなければ	→	送る	度過	動 I
	送らなければなりません	→	動詞ない形＋なければならない	必須做～	文型
❺	聞く	→	聞く	聆聽	動 I
	ゆるし	→	ゆるし	寬恕	名詞
	求める	→	求める	請求	動 II
	あります	→	ある	有（事或物）	動 I
❻	結婚式で	→	地點＋で	在～地點	文型
	誓います	→	誓う	發誓	動 I

中譯

❶ 為了成為神職人員而做的修行並不是一般的修行工作。
❷ 羅馬教宗的出現，使會場氣氛達到最高點。
❸ 遵守聖經的教喻。
❹ 修女必須過著禁欲的生活。
❺ 告解室裡，有聆聽信徒告解的司祭的座位，和請求寬恕的信徒的座位。
❻ 婚禮上，在神父面前發誓。

192

教堂裡(3)

MP3 192

1 祭《さい》壇《だん》
(名)祭壇

2 キリスト《キリスト》像《ぞう》
(名)耶穌像

3 聖《せい》歌《か》隊《たい》
(名)唱詩班

4 ミサ
(missa(拉))
(名)彌撒/禮拜儀式

5 募《ぼ》金《きん》箱《ばこ》
(名)奉獻箱

6 信《しん》徒《と》
(名)信徒

❶ 祭壇に活《い》けられた花々《はなばな》は人《ひと》の心《こころ》を癒《いや》します。

❷ 教会《きょうかい》に佇《たたず》むキリスト像は、信者《しんじゃ》の心《こころ》の拠《よ》り所《どころ》です。

❸ 聖歌隊の歌《うた》うクリスマスソングは、素《す》晴《ば》らしいです。

❹ カトリック教会《きょうかい》の典礼儀式《てんれいぎしき》であるミサが、始《はじ》まりました。

❺ 教会《きょうかい》の募金箱に、募金《ぼきん》してください。

❻ 国王《こくおう》は、キリスト教《きょう》の敬虔《けいけん》な信徒でした。

學更多

	例句出現的		原形／接續原則	意義	詞性
❶	活けられた	→	**活けられる**	被栽種	活ける的被動形
	癒します	→	**癒す**	療癒	動 I
❷	佇む	→	**佇む**	佇立	動 I
	拠り所	→	**拠り所**	依據	名詞
❸	素晴らしい	→	**素晴らしい**	出色的	い形
❹	カトリック教会	→	**カトリック教会**	天主教教堂	名詞
	典礼儀式であるミサ	→	**名詞Aである名詞B**	名詞A的名詞B	文型
	始まりました	→	**始まる**	開始	動 I
❺	募金して	→	**募金する**	捐款	動Ⅲ
	募金してください	→	**動詞て形＋ください**	請做～	文型
❻	キリスト教	→	**キリスト教**	基督教	名詞
	敬虔な信徒	→	**敬虔＋な＋名詞**	虔誠的～	文型

中譯

❶ 栽種在祭壇的花朵會療癒人心。
❷ 佇立在教堂的耶穌像，是信徒的心靈依據。
❸ 唱詩班唱的聖歌非常好聽。
❹ 天主教教堂的彌撒儀式開始了。
❺ 請把捐款投進教堂的奉獻箱裡。
❻ 國王是基督教虔誠的信徒。

193

寺廟裡(1)

MP3 193

1 仏《ぶつ》像《ぞう》
(名)佛像

2 神《しん》壇《だん》
(名)神壇

3 お《お》供《そな》え《え》物《もの》
(名)祭品

4 お《お》経《きょう》
(名)佛經

5 線《せん》香《こう》
(名)線香

6 蝋《ろう》燭《そく》
(名)香燭

7 香《こう》炉《ろ》
(名)香爐

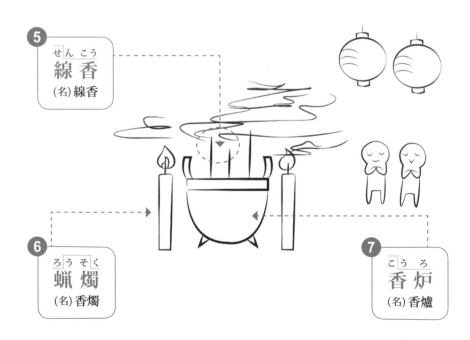

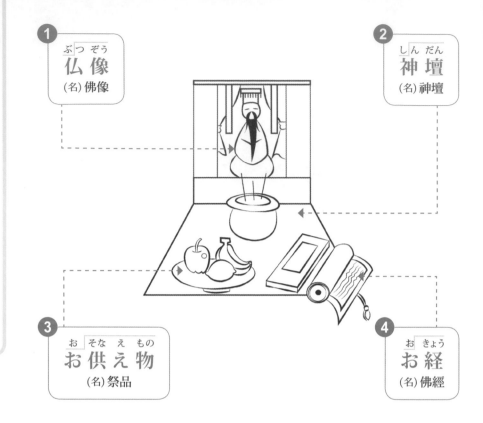

❶ 奈良《なら》の大仏《だいぶつ》を始《はじ》め、日本《にほん》には多《おお》くの古《ふる》い仏像があります。

❷ 神壇に、季節《きせつ》の果物《くだもの》をお供《そな》えします。

❸ 仏壇《ぶつだん》に、お供え物をします。

❹ 祖母《そぼ》は、毎朝仏壇《まいあさぶつだん》に向《む》かってお経を唱《とな》えます。

❺ お寺《てら》の本堂《ほんどう》の前《まえ》は、線香の匂《にお》いが立《た》ち込《こ》めています。

❻ お墓《はか》に蝋燭を立《た》てます。

❼ 日本《にほん》では数年前《すうねんまえ》、茶《ちゃ》香炉が大流行《だいりゅうこう》しました。

學更多

	例句出現的		原形／接續原則	意義	詞性
❶	大仏を始め	→	名詞＋を始め	以～為首	文型
	あります	→	ある	有（事或物）	動 I
❷	お供え	→	供える	供奉	動 II
	お供えします	→	お＋動詞ます形＋する	（動作涉及對方的）做～	文型
❸	お供え物をします	→	お供え物をする	供奉祭品	動 III
❹	向かって	→	向かう	面對	動 I
	唱えます	→	唱える	念、誦	動 II
❺	本堂	→	本堂	正殿	名詞
	匂い	→	匂い	香味	名詞
	立ち込めて	→	立ち込める	瀰漫	動 II
	立ち込めています	→	動詞て形＋いる	目前狀態	文型
❻	お墓	→	お墓	墳墓	名詞
	立てます	→	立てる	豎立	動 II
❼	大流行しました	→	大流行する	大為流行	動 III

中譯

❶ 以奈良的大佛為首，日本有很多古老的佛像。
❷ 將當季的水果供奉在神壇上。
❸ 將祭品供奉在佛壇上。
❹ 祖母每天早上對著佛壇唱誦佛經。
❺ 寺廟的正殿前，瀰漫著線香味。
❻ 把香燭立在墳前。
❼ 幾年前，茶香爐在日本大為流行。

194

寺廟裡(2)

MP3 194

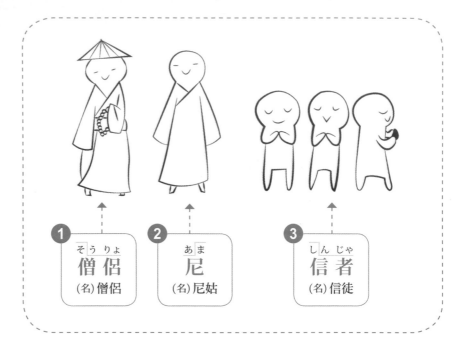

1 僧《そう》侶《りょ》
(名)僧侶

2 尼《あま》
(名)尼姑

3 信《しん》者《じゃ》
(名)信徒

4 御《お》神《み》籤《くじ》
(名)籤詩

5 台《たい》湾《わん》式《しき》おみくじ
(名)筊

6 籤《くじ》の筒《つつ》
(名)籤筒

7 お守《まも》り
(名)護身符

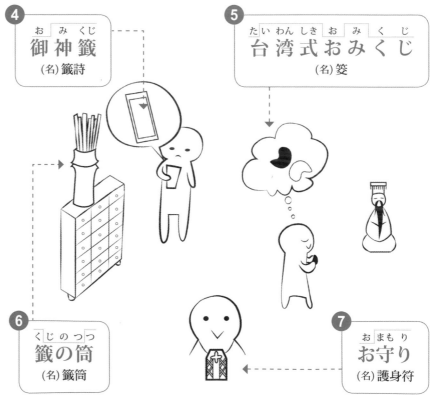

❶ このお寺《てら》では、毎日《まいにち》僧侶たちが修行《しゅぎょう》しています。

❷ ここは全国的《ぜんこくてき》に有名《ゆうめい》な尼寺《でら》です。

❸ お寺《てら》の信者が年《ねん》に一回集《いっかいあつ》まる儀式《ぎしき》が、行《おこな》われました。

❹ 今年《ことし》の御神籤は大吉《だいきち》でした。

❺ 台湾《たいわん》に行《い》ったら、是非《ぜひ》台湾式おみくじをやってみてください。

❻ 籤の筒を振《ふ》って、御神籤《おみくじ》を引《ひ》きます。

❼ 初詣《はつもうで》では、お守りを買《か》うことにしています。

學更多

	例句出現的		原形／接續原則	意義	詞性
❶	修行して	→	修行する	修行	動Ⅲ
	修行しています	→	動詞て形＋いる	習慣	文型
❷	有名な尼寺	→	有名＋な＋名詞	有名的～	文型
❸	集まる	→	集まる	聚集	動Ⅰ
	行われました	→	行われる	舉行	動Ⅱ
❹	大吉	→	大吉	大吉	名詞
❺	行った	→	行く	去	動Ⅰ
	行ったら	→	動詞た形＋ら	如果～的話	文型
	やって	→	やる	做	動Ⅰ
	やってみて	→	動詞て形＋みる	做～看看	文型
	やってみてください	→	動詞て形＋ください	請做～	文型
❻	振って	→	振る	搖動	動Ⅰ
	引きます	→	引く	抽	動Ⅰ
❼	買う	→	買う	買	動Ⅰ
	買うことにしています	→	動詞辭書形＋ことにしている	習慣做～	文型

中譯

❶ 僧侶們每天在這座寺廟裡修行。
❷ 這裡是全國知名的尼姑廟。
❸ 寺廟的信徒，進行了每年聚集一次的儀式。
❹ 今年的籤詩抽到大吉。
❺ 如果去台灣的話，請一定要嘗試看看擲筊。
❻ 搖動籤筒，抽出籤詩。
❼ 年初參拜時，我都會買護身符。

195 溫室裡

MP3 195

1 植物《しょくぶつ》
(名) 植物

2 土壌《どじょう》
(名) 土壤

3 雑草《ざっそう》
(名) 雜草

4 スプリンクラー
(sprinkler)
(名) 灑水設備

此字也可以唸成スプリンクラー 。

5 農薬噴射機《のうやくふんしゃき》
(名) 農藥噴霧器

6 スコップ
(schop (荷))
(名) 鏟子

7 肥料《ひりょう》
(名) 肥料

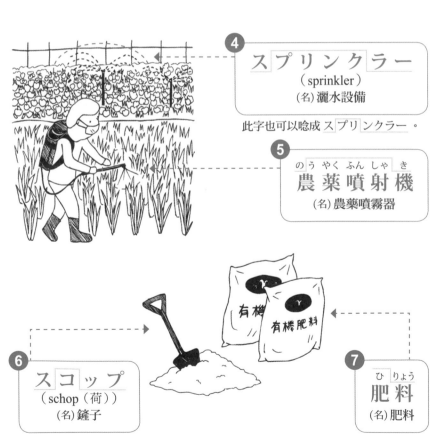

❶ 植物の世話《せわ》をするのが好《す》きです。

❷ 工場《こうじょう》からの土壌汚染《おせん》が心配《しんぱい》です。

❸ 除草剤《じょそうざい》は使《つか》わずに、手《て》で雑草を除去《じょきょ》します。

❹ スプリンクラーで、自動的《じどうてき》に水《みず》を撒《ま》きます。

❺ 農薬噴射機を使《つか》って、農薬《のうやく》を撒《ま》きます。

❻ スコップで土《つち》を掘《ほ》ります。

❼ 植物《しょくぶつ》が枯《か》れそうなので、肥料を与《あた》えました。

學更多

	例句出現的		原形／接續原則	意義	詞性
❶	世話をする	→	世話をする	照顧	動Ⅲ
	好き	→	好き	喜歡	な形
❷	工場から	→	名詞＋から	來自～	文型
	心配	→	心配	擔心	な形
❸	使わ	→	使う	使用	動Ⅰ
	使わずに	→	動詞ない形＋ずに	不要～	文型
	除去します	→	除去する	去掉	動Ⅲ
❹	スプリンクラーで	→	名詞＋で	利用～	文型
	撒きます	→	撒く	灑	動Ⅰ
❺	使って	→	使う	使用	動Ⅰ
	撒きます	→	撒く	噴灑	動Ⅰ
❻	スコップで	→	名詞＋で	利用～	文型
	掘ります	→	掘る	挖掘	動Ⅰ
❼	枯れ	→	枯れる	枯萎	動Ⅱ
	枯れそう	→	動詞ます形＋そう	看起來好像～	文型
	与えました	→	与える	給予	動Ⅱ

中譯

❶ 我喜歡照顧植物。
❷ 來自工廠的土壤污染令人擔心。
❸ 不使用除草劑，用手拔除雜草。
❹ 用灑水設備自動灑水。
❺ 使用農藥噴霧器噴灑農藥。
❻ 用鏟子挖土。
❼ 因為植物看起來好像要枯萎的樣子，所以給予肥料。

196

建築工地(1)

MP3 196

1 ヘルメット
(helmet)
(名)安全帽

2 鉄筋《てっきん》コンクリート《コンクリート》
(名)鋼筋混凝土

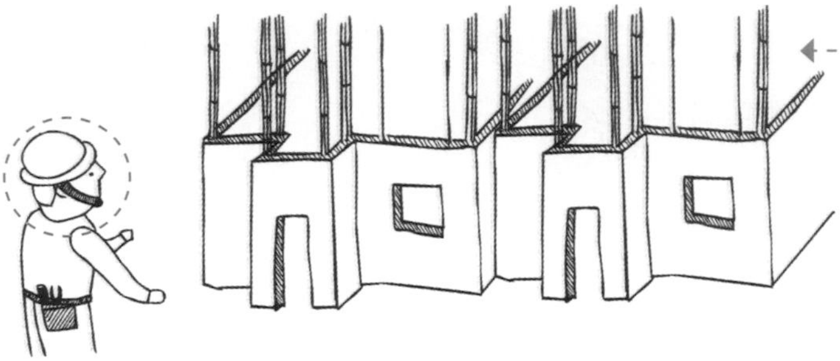

3 足場《あしば》
(名)鷹架

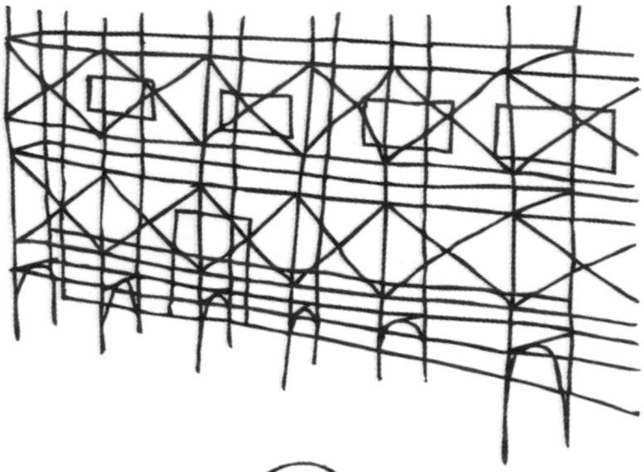

4 現場監督《げんばかんとく》
(名)監工者

5 建築作業員《けんちくさぎょういん》
(名)建築工人

❶ 作業員《さぎょういん》は、必《かなら》ずヘルメットをかぶるようにしてください。

❷ 家《いえ》の建築《けんちく》に際《さい》して、鉄筋コンクリートが組《く》まれます。

❸ ビルの建築《けんちく》に際《さい》して足場が組《く》まれました。

❹ 現場監督は、安全第一《あんぜんだいいち》をモットーに作業員《さぎょういん》をまとめます。

❺ 最近《さいきん》若《わか》い日本人《にほんじん》建築作業員が、不足《ふそく》しています。

學更多

	例句出現的		原形／接續原則	意義	詞性
❶	必ず	→	必ず	一定	副詞
	かぶる	→	かぶる	戴	動 I
	かぶるようにして	→	動詞辭書形＋ようにする	盡量做～	文型
	かぶるようにしてください	→	動詞て形＋ください	請做～	文型
❷	家の建築に際して	→	名詞＋に際して	在～的時候	文型
	組まれます	→	組まれる	被組裝	組む的被動形
❸	ビル	→	ビル	大樓	名詞
	組まれました	→	組まれる	被組裝	組む的被動形
❹	安全第一をモットーに	→	名詞＋をモットーに	以～為方針	文型
	まとめます	→	まとめる	整頓	動 II
❺	若い	→	若い	年輕的	い形
	不足して	→	不足する	不夠	動 III
	不足しています	→	不足しています	目前狀態	文型

中譯

❶ 工人請一定要戴安全帽！
❷ 蓋房子時，會使用鋼筋混凝土。
❸ 建造大樓時，組裝了鷹架。
❹ 監工者以安全第一為方針，整頓工人工作。
❺ 最近年輕的日本建築工人人手很不足。

197 建築工地(2)

MP3 197

1 クレーン
（crane）
(名)起重機

2 クレーン車《クレーンしゃ》
(名)吊車

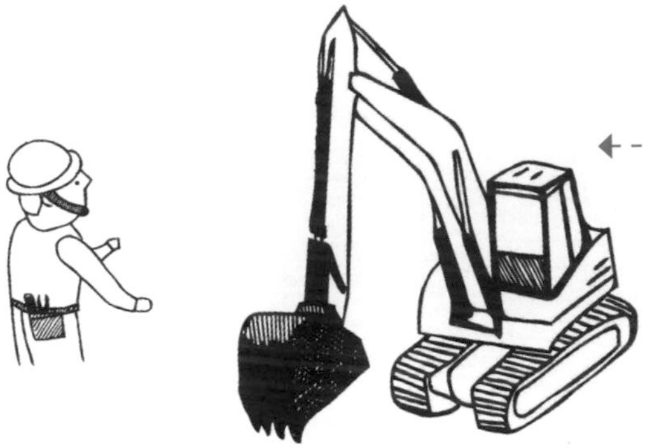

3 掘《くっ》削《さく》機《き》
(名)挖土機

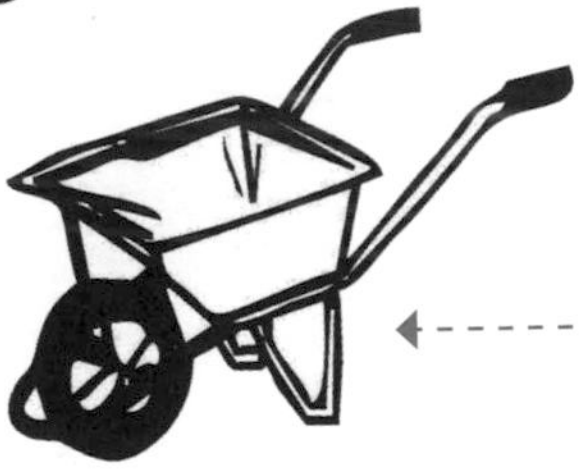

4 レンガ《レンガ》
(名)磚塊

5 一《いち》輪《りん》車《しゃ》
(名)手推車

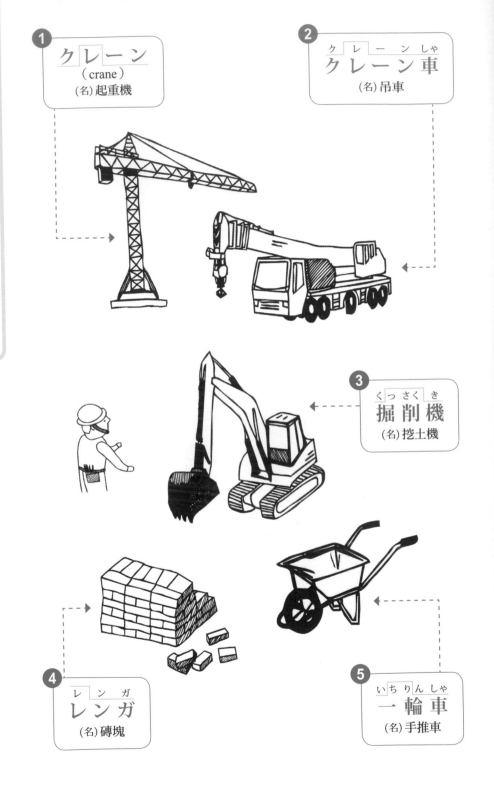

❶ クレーンでコンテナを吊《つ》り上《あ》げます。

❷ クレーン車で柱《はしら》を運《はこ》びます。

❸ 掘削機で井戸《いど》を掘《ほ》ります。

❹ 三匹《さんびき》の子豚《こぶた》の話《はなし》では、レンガの家《いえ》を建《た》てた豚《ぶた》の家《いえ》だけが残《のこ》りました。

❺ 一輪車でコンクリートを運《はこ》びます。

學更多

	例句出現的		原形／接續原則	意義	詞性
❶	クレーンで	→	名詞＋で	利用～	文型
	コンテナ	→	コンテナ	貨櫃	名詞
	吊り上げます	→	吊り上げる	吊起來	動 II
❷	クレーン車で	→	名詞＋で	利用～	文型
	運びます	→	運ぶ	搬運	動 I
❸	井戸	→	井戸	井	名詞
	掘ります	→	掘る	挖掘	動 I
❹	子豚	→	子豚	小豬	名詞
	話	→	話	故事	名詞
	建てた	→	建てる	建造	動 II
	豚の家だけ	→	名詞＋だけ	只有～	文型
	残りました	→	残る	殘存	動 I
❺	コンクリート	→	コンクリート	混凝土	名詞
	運びます	→	運ぶ	搬運	動 I

中譯

❶ 用起重機吊起貨櫃。
❷ 用吊車載運柱子。
❸ 用挖土機鑿井。
❹ 三隻小豬的故事當中，只有用磚塊建造的小豬的房子殘存下來。
❺ 用手推車搬運混凝土。

198

記者會(1)

MP3 198

1 記《き》者《しゃ》会《かい》見《けん》
(名)記者會

2 カメラマン
(camera man)
(名)攝影師

3 マイク
(microphone)
(名)麥克風

4 記《き》者《しゃ》
(名)記者

5 カメラ
(camera)
(名)攝影機/照相機

❶ 大企業《だいきぎょう》の不正《ふせい》が発覚《はっかく》し、記者会見の様子《ようす》がニュースで流《なが》れていました。

❷ カメラマンが、必死《ひっし》にシャッターを切《き》ります。

❸ マイクで音《おと》を拾《ひろ》います。

❹ 政府《せいふ》の会見《かいけん》には、外国人《がいこくじん》の記者も大勢《おおぜい》来《き》ていました。

❺ 記者会見中《きしゃかいけんちゅう》、カメラのフラッシュが止《と》まりませんでした。

學更多

	例句出現的		原形／接續原則	意義	詞性
❶	不正	→	不正	不正當	名詞
	発覚し	→	発覚する	敗露	動Ⅲ
	流れて	→	流れる	播放	動Ⅱ
	ニュースで	→	名詞＋で	利用～	文型
	流れていました	→	動詞て形＋いました	過去維持的狀態	文型
❷	必死に	→	必死	拼命	な形
	シャッターを切ります	→	シャッターを切る	按快門	動Ⅰ
❸	マイクで	→	名詞＋で	利用～	文型
	音を拾います	→	音を拾う	收音	動Ⅰ
❹	会見	→	会見	記者會	名詞
	記者も	→	名詞＋も	～也	文型
	大勢	→	大勢	眾多	副詞
	来て	→	来る	來	動Ⅲ
	来ていました	→	動詞て形＋いました	過去維持的狀態	文型
❺	フラッシュ	→	フラッシュ	閃光燈	名詞
	止まりませんでした	→	止まる	停止	動Ⅰ

中譯

❶ 大企業的不法之事敗露，記者會的狀況透過新聞播出。
❷ 攝影師拼命地按下快門。
❸ 用麥克風收音。
❹ 在政府記者會上，許多外國記者也來參加了。
❺ 記者會中，攝影機的閃光燈沒有停止過。

199 記者會(2)

MP3 199

1 弁護士《べんごし》
(名)律師

2 被害者《ひがいしゃ》
(名)受害者

3 発表者《はっぴょうしゃ》
(名)發言人

4 シャンペンタワー
（champagne tower）
(名)香檳酒杯塔

5 ミーティングテーブル
（meeting table）
(名)會議桌

❶ 凶悪犯《きょうあくはん》にも弁護士はつきます。

❷ 被害者弁護団《べんごだん》が上告《じょうこく》しました。

❸ 発表者が話《はな》している時《とき》は、静《しず》かに聞《き》くのが礼儀《れいぎ》です。

❹ シャンペンタワーにシャンペンを注《そそ》いで、席《せき》を盛《も》り上《あ》げます。

❺ ミーティングテーブルに、有力者達《ゆうりょくしゃたち》が並《なら》んで座《すわ》ります。

學更多

	例句出現的		原形／接續原則	意義	詞性
❶	凶悪犯	→	**凶悪犯**	兇殘的罪犯	名詞
	凶悪犯にも	→	**名詞＋にも**	在～方面也	文型
	つきます	→	**つく**	陪同、伴隨	動I
❷	上告しました	→	**上告する**	上訴	動III
❸	話して	→	**話す**	說話	動I
	話している	→	**動詞て形＋いる**	目前狀態	文型
	静かに	→	**静か**	安靜	な形
	聞く	→	**聞く**	聆聽	動I
❹	注いで	→	**注ぐ**	倒入	動I
	盛り上げます	→	**盛り上げる**	炒熱氣氛	動II
❺	有力者達	→	**有力者達**	有力人士們	名詞
	並んで	→	**並ぶ**	排列	動I
	座ります	→	**座る**	坐	動I

中譯

❶ 兇殘的罪犯也有律師。
❷ 受害者的律師團提出上訴。
❸ 發言人在說話時，安靜聆聽是一種禮貌。
❹ 把香檳酒倒入香檳酒杯塔裡，炒熱現場氣氛。
❺ 會議桌前，有力人士們並排坐著。

200 記者會(3)

MP3 200

1 ガードマン
（guard man）
(名)警衛

2 現《げん》場《ば》中《ちゅう》継《けい》車《しゃ》
(名)SNG 車

3 有《ゆう》名《めい》人《じん》
(名)名人

（名人特寫圖）

4 パパラッチ
（paparazzi（義））
(名)狗仔隊

5 ボディーガード
（body guard）
(名)保鏢

❶ 議事堂《ぎじどう》の前《まえ》には、常《つね》にガードマンがいます。

❷ 現場中継車が、災害《さいがい》の現場《げんば》をいち早《はや》く映像《えいぞう》にして届《とど》けます。

❸ 有名人を一目《ひとめ》見《み》ようと、多《おお》くの人《ひと》が訪《おとず》れました。

❹ パパラッチが、ハリウッドスターを追《お》いかけます。

❺ 大統領《だいとうりょう》のボディーガードは数名《すうめい》います。

學更多

	例句出現的		原形／接續原則	意義	詞性
❶	議事堂	→	議事堂	議會	名詞
	議事堂の前	→	地點＋の前	～地點前面	文型
	常に	→	常に	隨時	副詞
	います	→	いる	有（人或動物）	動II
❷	いち早く	→	いち早く	快速地	副詞
	映像にして	→	映像にする	做成影像	動III
	届けます	→	届ける	送去	動II
❸	一目	→	一目	一眼	名詞
	見よう	→	見る	看	動II
	見ようと	→	動詞意向形＋と	想做～	文型
	訪れました	→	訪れる	訪問	動II
❹	ハリウッドスター	→	ハリウッドスター	好萊塢明星	名詞
	追いかけます	→	追いかける	追逐	動II
❺	大統領	→	大統領	總統	名詞
	います	→	いる	有（人或動物）	動II

中譯

❶ 議會前面，隨時都有警衛在場。
❷ SNG車快速地將災害現場的畫面做成影像傳送出去。
❸ 許多人前來造訪，想看名人一眼。
❹ 狗仔隊追逐好萊塢明星。
❺ 總統有幾名保鏢。

201 法庭上(1)

MP3 201

1 法廷《ほうてい》
(名)法庭

2 裁判官《さいばんかん》
(名)法官

依法擔任審判工作，代表國家行使審判權的司法人員。

3 検察官《けんさつかん》
(名)檢察官

代表國家進行犯罪偵察、提起公訴、指揮刑事裁判執行的司法人員。

4 陪審員《ばいしんいん》
(名)陪審團

5 弁護人《べんごにん》
(名)辯護律師

6 傍聴席《ぼうちょうせき》
(名)旁聽席

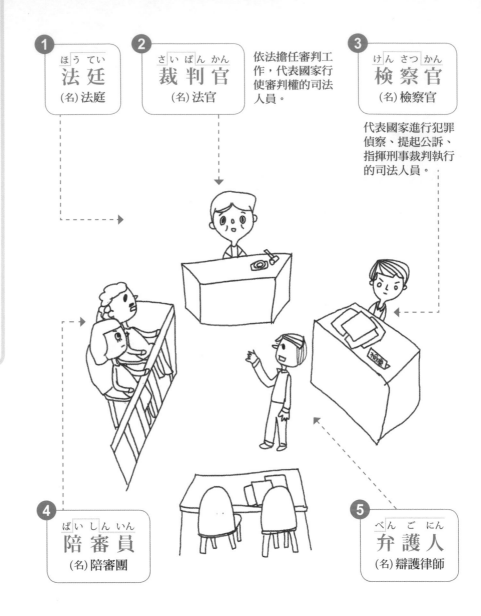

❶ 法廷で嘘《うそ》を言《い》うことは、法律《ほうりつ》で禁《きん》じられています。

❷ 法的《ほうてき》な判決《はんけつ》は、裁判官の判断《はんだん》に拠《よ》るところが大《おお》きいです。

❸ 検察官側《がわ》の尋問《じんもん》が始《はじ》まりました。

❹ 日本《にほん》でも、陪審員制度《せいど》が設《もう》けられるようになりました。

❺ 弁護人の答弁《とうべん》が始《はじ》まりました。

❻ 傍聴席には、被害者《ひがいしゃ》の家族《かぞく》の 姿《すがた》 もありました。

學更多

	例句出現的		原形／接續原則	意義	詞性
❶	法廷で	→	地點＋で	在～地點	文型
	嘘を言う	→	嘘を言う	說謊	動 I
	禁じられて	→	禁じられる	被禁止	禁じる的被動形
	禁じられています	→	動詞て形＋いる	目前狀態	文型
❷	法的な判決	→	法的＋な＋判決	法律的～	文型
	拠る	→	拠る	取決於～	動 I
	ところ	→	ところ	場面、情況	名詞
❸	検察官側	→	名詞＋側	～方面	文型
	尋問	→	尋問	盤問	名詞
	始まりました	→	始まる	開始	動 I
❹	設けられる	→	設けられる	被設置	設ける的被動形
	設けられるようになりました	→	設けられる＋ようになりました	變成有設置了	文型
❺	答弁	→	答弁	答辯	名詞
	始まりました	→	始まる	開始	動 I
❻	ありました	→	ある	有（事或物）	動 I

中譯

❶ 在法庭上說謊這件事，在法律上是禁止的。
❷ 法律的判決，多半取決於法官的判斷。
❸ 檢察官開始盤問了。
❹ 日本也設計了陪審團的制度。
❺ 辯護律師開始答辯。
❻ 旁聽席上也有受害者家屬的身影。

202 法庭上(2)

MP3 202

1 被《ひ》告《こく》
(名)被告

2 証《しょう》人《にん》
(名)證人

3 原《げん》告《こく》
(名)原告

4 手《て》錠《じょう》
(名)手銬

5 判《はん》決《けつ》
(名)判決

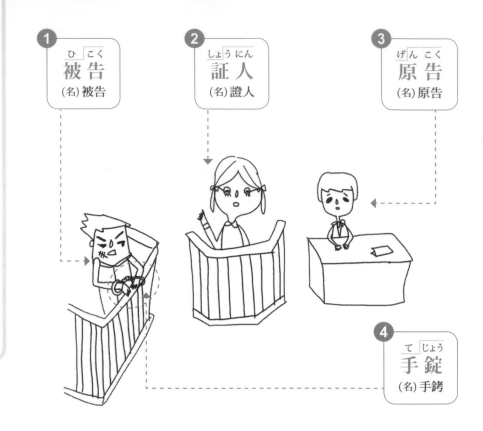

❶ 被告は、黙秘権《もくひけん》を使《つか》って沈黙《ちんもく》を守《まも》りました。

❷ 法廷《ほうてい》には、証人を呼《よ》ぶことができます。

❸ 原告は、事件当日《じけんとうじつ》の夜《よる》にあった事《こと》を語《かた》りました。

❹ 被告人《ひこくにん》は、手錠を付《つ》けられたまま法廷《ほうてい》に 出頭《しゅっとう》しました。

❺ 待《ま》ちに待《ま》った判決が下《くだ》されました。

學更多

	例句出現的		原形／接續原則	意義	詞性
❶	黙秘権	→	**黙秘権**	緘默權	名詞
	使って	→	**使う**	使用	動Ⅰ
	守りました	→	**守る**	保持	動Ⅰ
❷	法廷には	→	**地點＋には**	在～地點	文型
	呼ぶ	→	**呼ぶ**	傳喚	動Ⅰ
	呼ぶことができます	→	**動詞辭書形＋ことができる**	可以做～	文型
❸	当日	→	**当日**	當天	名詞
	あった	→	**ある**	有（事或物）	動Ⅰ
	語りました	→	**語る**	陳述	動Ⅰ
❹	付けられた	→	**付けられる**	被銬上	付ける的被動形
	付けられたまま	→	**付けられた＋まま**	保持被銬上的樣子	文型
	法廷に出頭しました	→	**法廷に出頭する**	出庭	動Ⅲ
❺	待ちに待った	→	**待ちに待った**	期待已久	連語
	下されました	→	**下される**	授予	動Ⅱ

中譯

❶ 被告行使緘默權，保持沉默。
❷ 法庭上可以傳喚證人。
❸ 原告陳述事件當天晚上所發生的事情。
❹ 被告戴著手銬，到法院出庭。
❺ 等待許久的判決下來了。

附錄

詞性分類 × 50 音排序

詞性分類 × 50 音排序

詞性分類 × 50 音排序

詞性分類×50音排序

詞性分類 × 50 音排序

名詞(片假名) 單元

詞性分類×50音排序

詞性分類 × 50 音排序

詞性分類 × 50 音排序

動詞（平假名）單元

檸檬樹出版社
Lemon Tree Publishing House

赤系列 25

圖解生活實用日語：舉目所及的人事物（附 1MP3）

初版 1 刷　2015 年 8 月 28 日

作者	檸檬樹日語教學團隊
日語例句	鷲津京子、福長浩二、松村リナ
插畫	許仲綺、陳博深、陳琬瑜、吳怡萱、鄭菀書、周奕伶、葉依婷、朱珮瑩、沈諭、巫秉旂、王筑儀
封面設計	陳文德
版型設計	洪素貞
日語錄音	仁平美穗
責任主編	邱顯惠
責任編輯	方靖淳
發行人	江媛珍
社長・總編輯	何聖心
出版者	檸檬樹國際書版有限公司 檸檬樹出版社 E-mail：lemontree@booknews.com.tw 地址：新北市 235 中和區中安街 80 號 3 樓 電話・傳真：02-29271121・02-29272336
會計・客服	方靖淳
法律顧問	第一國際法律事務所 余淑杏律師 北辰著作權事務所 蕭雄淋律師
全球總經銷・印務代理 網路書城	知遠文化事業有限公司 http://www.booknews.com.tw 博訊書網 電話：02-26648800　傳真：02-26648801 地址：新北市222深坑區北深路三段155巷25號5樓
港澳地區經銷	和平圖書有限公司 電話：852-28046687　傳真：850-28046409 地址：香港柴灣嘉業街12號百樂門大廈17樓
定價	台幣 399 元／港幣 133 元
劃撥帳號・戶名	19726702・檸檬樹國際書版有限公司 ・單次購書金額未達300元，請另付40元郵資 ・信用卡・劃撥購書需7-10個工作天

圖解生活實用日語：舉目所及的人事物 / 檸檬樹日語教學團隊著. -- 初版. -- 新北市：檸檬樹, 2015.08
面；　公分. -- (赤系列；25)
ISBN 978-986-6703-92-8 (平裝附光碟片)
1. 日語　2. 詞彙
803.12　　104011642